REBECCA ROANHORSE

Das erwachte Land – Jägerin des Sturms

W0471407

**Über die Autorin:**

Rebecca Roanhorse wurde 1971 in Conway, Arkansas, geboren, und sie hat sowohl indianische (Ohkay Owingeh Pueblo) als auch afroamerikanische Vorfahren. Sie wuchs in Fort Worth, Texas, auf. Ihren Bachelor in Theologie absolvierte sie an der YALE UNIVERSITY, danach schloss sie einen Master am UNION THEOLOGICAL SEMINARY an. Zudem besitzt sie einen Juraabschluss von der UNIVERSITY OF NEW MEXICO und besuchte den Workshop der VOICES OF OUR NATION ARTS FOUNDATION, die von PULITZER-Preisträger Junot Diaz mitgegründet wurde. Die Autorin hat bereits zahlreiche Preise gewonnen, darunter den HUGO AWARD, den NEBULA AWARD, den LOCUS AWARD und den JOHN W. CAMPBELL AWARD als beste Nachwuchsautorin 2018.

Roanhorse lebt mit ihrem Mann (einem Navajo-Indianer), ihrer Tochter und ihrem Mops in Santa Fe, New Mexico, wo sie – wenn sie nicht schreibt – als Anwältin arbeitet.

REBECCA ROANHORSE

DAS ERWACHTE LAND

# JÄGERIN DES STURMS

ROMAN

Aus dem amerikanischen Englisch von
Frauke Meier

lübbe

MIX
Papier aus verantwortungsvollen Quellen
FSC® C083411

Dieser Titel ist auch als Hörbuch und E-Book erschienen

Vollständige Taschenbuchausgabe

Deutsche Erstausgabe

Für die Originalausgabe:
Copyright © 2018 by Rebecca Roanhorse
Titel der amerikanischen Originalausgabe:
»The Sixth World, Book One: Trail of Lightning«
Originalverlag: Published by arrangement with Saga Press,
An imprint of Simon & Schuster Children's Publishing Division

All rights reserved. No part of this book may be reproduced or transmitted in any form or by any means, electronic or mechanical, including photocopying, recording or by any information storage and retrieval system, without permission in writing from the Publisher.

Für die deutschsprachige Ausgabe:
Copyright © 2019 by Bastei Lübbe AG, Köln
Textredaktion: Silvana Schmidt, Dortmund
Titelillustration: © Christl Glatz, © liseykina/getty-images
Umschlaggestaltung: Guter Punkt, München | www.guter-punkt.de
Satz: hanseatenSatz-bremen, Bremen
Gesetzt aus der Adobe Garamond Pro
Druck und Verarbeitung: CPI books GmbH, Leck – Germany
ISBN 978-3-404-20964-4

2 4 5 3 1

Sie finden uns im Internet unter
www.luebbe.de
Bitte beachten Sie auch: www.lesejury.de

*Für Michael, mein shi Herz.*
*Ohne dich hätte ich das nicht geschafft.*

# Kapitel 1

Das Monster ist hier gewesen. Ich kann es riechen.

Sein Gestank speist sich zum einen aus dem säuerlichen Schweiß der Anstrengung, zum anderen aus dem überreifen, fleischigen Dunst des ungewaschenen Körpers eines Karnivoren und aus noch etwas anderem, das ich nicht recht benennen kann. Er verpestet die Abendluft, überschreitet die Grenzen des Olfaktorischen zu etwas, das tiefer geht, etwas, das elementarer ist. Er bringt mich aus dem Gleichgewicht, so sehr, dass meine Instinkte alarmiert aufheulen. Kalter Schweiß bricht auf meiner Stirn aus. Ich wische ihn mit dem Handrücken weg.

Das Kind, das er geholt hat, kann ich auch riechen. Dieser Geruch ist leichter, reiner. Unschuldig. Für mich riecht das Mädchen lebendig. Zumindest war es das, als es diesen Ort verlassen hat. Inzwischen könnte es schon ganz anders riechen.

Die Tür des Chapter Houses von Lukachukai schwingt auf. Eine Frau, vermutlich die Mutter des Kindes, sitzt mit versteinerter Miene auf einem alten Klappstuhl aus verbeultem Metall vor dem kleinen Versammlungsraum, flankiert von einem Mann mittleren Alters, der einen Silver-Belly-Cowboyhut trägt, und einem Teenager in Kampfanzug. Der Junge, der aussieht, als wäre er ein paar Jahre jünger als ich, hält die Hand der Frau und murmelt ihr etwas ins Ohr.

Beinahe die ganze Gemeinde von Lukachukai hat sich hier eingefunden. Um der Familie beizustehen oder aus Neugier und weil das Trauerspiel sie angelockt hat. Sie scharen sich zu zweit oder dritt zusammen, kauern griesgrämig auf den grauen, ramponierten Stühlen und atmen die muffige Luft, die dank der verriegelten Fenster und dem erstickenden Gefühl, dass sich zu viele Leute in einem zu kleinen Raum aufhalten, noch unangenehmer wirkt. Sie alle sind Einheimische, Navajos – oder Diné, wie wir uns selbst nennen –, deren Vorfahren schon seit Generationen an den Ausläufern der Chuska Mountains gelebt hatten, als der weiße Mann erstmals seinen Fuß auf den Kontinent gesetzt hat. Noch immer können sie Geschichten von Verwandten, die auf dem Langen Marsch oder in den Internaten gebrochen oder ermordet worden waren, so erzählen, als wäre es erst letztes Jahr passiert. Dabei haben sie selbst das Reservat aller Wahrscheinlichkeit nach nie verlassen, nicht einmal in der Zeit, als es noch kaum mehr als eine vergessene, verschlafene Provinz der Vereinigten Staaten gewesen ist, nicht das aufstrebende Dinétah von heute. Diese Diné kennen die alten Geschichten, gesungen von den hataałii, Geschichten von uralten Monstern und von Heroen, die sie bezwungen hatten, lange bevor sich die Monster aus der Legende wieder erhoben, um Dorfkinder aus ihren Betten zu stehlen. Und jetzt erwarten sie von mir, ihre Heldin zu sein.

Aber ich bin keine Heldin. Eher so etwas wie eine Ultima Ratio im Sinne einer Politik der verbrannten Erde. Ich bin die Person, die man anheuert, wenn die wahren Helden bereits in Leichensäcken zurückgekehrt sind.

Meine Mokassins verursachen kein Geräusch, als ich über die gesprungenen Bodenfliesen schreite und vor der Mutter stehen bleibe. Geflüsterte Gespräche verstummen auf meinem Weg, Köpfe drehen sich zu mir, Augen heften sich auf mich, starren mich an. Wie es scheint, eilt mir mein Ruf voraus, und nicht alle Blicke wirken freundlich. Ein paar Jungs, die wohl Freunde des Teenagers sein müssen, drücken sich an der Wand auf der anderen Seite herum. Sie kichern vernehmlich, und ihre Blicke folgen mir, doch niemand bringt sie zum Schweigen. Ich ignoriere sie und rede mir ein, dass mich das nicht kümmert. Dass ich hier bin, um einen Job zu erledigen und bezahlt zu werden, und dass es nicht wichtig ist, was man in Lukachukai sonst von mir hält. Aber ich war schon immer eine lausige Lügnerin.

Die Mutter richtet nur eine Frage an mich.

»Kannst du sie retten?«

Kann ich? Das ist die eigentliche Frage, nicht wahr? Was nützen meine Gaben, meine Clankräfte, wenn ich sie nicht retten kann?

»Ich kann sie finden«, sage ich. Und das kann ich, ganz ohne Zweifel. Aber retten und finden sind zwei verschiedene Dinge. Die Mutter scheint das auch zu wissen, denn sie schließt die Augen und wendet sich ab.

Mit einem Räuspern stemmt sich der Mann mit dem Cowboyhut von seinem Stuhl hoch. Er trägt eine alte, ausgeblichene Levi's, die ihm vor zehn Jahren vermutlich gut gepasst hat, inzwischen aber anscheinend geschrumpft ist, sodass sein hervorquellender Bauch über der Gürtelschnalle hängt. Ein ähnlich schlecht sitzendes Cowboyhemd bedeckt die alternde Wampe, und der Blick, mit dem er mich aus blutunterlaufenen Augen bedenkt, sagt mir, dass er bereits in Trauer ist. Dass er wohl auch nicht so recht an eine Rettung glauben kann.

Er stellt erst die Mutter, dann den Jungen und schließlich sich selbst vor. Vorname, Nachname, Clan, ganz, wie es sich gehört. Er ist der Onkel des vermissten Mädchens, der Junge ist der Bruder. Sie alle sind Begays, ein Nachname, der hier so verbreitet ist wie Smith bei den bilagáanas. Aber seine Clans, die uralten Sippen, die ihn zu einem Diné machen und über unser aller verwandtschaftliche Pflichten bestimmen, sind mir nicht vertraut.

Er schweigt, wartet darauf, dass ich ihm Namen und Clans nenne, damit er und die anderen mich in ihrer kleinen Welt einordnen, unsere Verwandtschaftsbeziehung definieren und erkennen können, welche k'é sie mir schulden könnten. Und welche k'é ich ihnen schulde. Aber ich verweigere ihm den Gefallen. Für

Traditionen hatte ich noch nie viel übrig, und es ist für alle besser, wenn wir einfach Fremde bleiben.

Schließlich nickt der alte Begay, versteht, dass ich nicht geneigt bin, mich der Etikette zu unterwerfen, und deutet auf den Stoffbeutel zu seinen Füßen. »Das ist alles, was wir im Austausch anbieten können«, sagt er. Während er spricht, zittern seine Hände, was mich auf den Gedanken bringt, dass er ein ebenso schlechter Lügner ist wie ich, zugleich reckt er trotzig das Kinn nach vorne, die Augen unter der Hutkrempe weit aufgerissen.

Ich trete vor und bücke mich, um in den Beutel zu schauen. Rasch überschlage ich die Bezahlung im Kopf. Der Silberschmuck ist nett – Perlen, alte, ziselierte Armreife, ein paar kleine Squash Blossoms, auch wenn der Türkis eher Schrott ist. Ihm fehlen die feinen Äderchen, die den Stein erst richtig wertvoll machen. Das Silber kann ich auf dem Markt von Tse Bonito gegen Waren tauschen, aber die Türkise sind nutzlos, nichts weiter als hübsche, blaue Steine.

»Der Türkis ist Mist«, sage ich zu ihm.

Lautes Grunzen, und der Bruder schiebt seinen Stuhl zurück. Die Metallfüße kreischen protestierend auf den Fliesen. Er zeigt mir seine Entrüstung, indem er demonstrativ die Arme vor der Brust verschränkt.

Ich achte nicht weiter auf ihn und sehe wieder seinen Onkel an. »Vielleicht solltet ihr euch jemand anderes suchen; Law Dogs oder Thirsty Boys.«

Er schüttelt den Kopf. Seine gespielte Tapferkeit bricht ihm unter der Last seiner beschränkten Möglichkeiten weg. »Wir haben es versucht. Es ist niemand gekommen. Wir hätten keinen Läufer geschickt, wären wir nicht …«

*Verzweifelt.* Er muss das Wort nicht aussprechen. Ich verstehe ihn auch so.

Der Läufer war ein Gör auf einem Motorrad. Kurz und gedrungen, weshalb Läufer nicht unbedingt die passende Bezeichnung war, aber er trug ein paar uralte Nikes. Klebeband verstärkte die Fußspitzen in mehreren Lagen und sicherte die Naht an der Ferse, also wer weiß? Er saß in meinem Garten und der Motor des Bikes tuckerte laut im Leerlauf, was meine Hunde mit Gebell quittierten. Ich kam zur Tür, um ihm zu sagen, er solle verdammt noch mal verschwinden. Ich hätte die Monsterjagd an den Nagel gehängt. Aber er sagte mir, Lukachukai brauche Hilfe und niemand sonst wolle kommen und es gäbe da ein kleines Mädchen und außerdem würden sie bezahlen. Ich erklärte ihm, das sei nicht mein Problem, aber der Junge blieb hartnäckig, und die Wahrheit war, dass ich insgeheim sowieso längst angebissen hatte. Alles, was ich in den letzten neun Monaten getan hatte, war, die Wände meines Trailers anzustarren, was also sollte mich abhalten? Ich hatte nichts Besseres zu tun, und außerdem ging mir allmählich das Geld aus, und ein kleiner Verdienst konnte mir nicht schaden. Ich beschloss, nach Lukachukai zu gehen. Aber jetzt fange ich langsam an, das zu bedauern. In den Monaten der selbst auferlegten Isolation hatte ich vergessen, wie sehr ich Menschenansammlungen hasste, und wie sehr Menschenansammlungen mich hassten.

Der Onkel breitet die Hände aus, und seine Augen betteln, wo Worte nur versagen können. »Ich dachte, wenn du es erst gesehen hast …«

Und ich sehe es. Aber ich nehme an, dass die Begays nicht ganz ehrlich sind. Vielleicht wollen sie nicht zahlen, weil ich eine Frau bin.

Vielleicht auch nur, weil ich nicht *Er* bin.

»Das ist Scheiße«, verkündet der Bruder lauthals, eine Kampfansage, in deren Folge ein nervöses Kichern durch die Menge läuft. »Was kann die, was wir nicht können?« Mit einer ausholenden Geste deutet er auf seine an der Wand stehenden Freunde. »Clankräfte? Sie will uns ihre Clans ja nicht einmal verraten. Und dafür, dass sie Neizghánis Schülerin war, haben wir nur ihr Wort.«

Bei der Erwähnung von Neizghánis Namen schlägt mein Herz schneller, und ich kann kaum an dem Kloß in meinem Hals vorbeiatmen. Aber ich zwinge mich, den vertrauten Schmerz hinunterzuschlucken, den Kummer der Verlassenheit. Die erbärmlichen Zuckungen der Sehnsucht. Ich bin nun schon eine ganze Weile nicht mehr Neizghánis Irgendwas.

»Nicht nur ihr Wort«, widerspricht der Onkel. »Alle sagen das.«

»Alle? Alle sagen, sie ist nicht gut. Sie ist eine Schande für die Kultur der Navajos. Das ist das, was alle sagen!«

Allgemeines Gemurmel brandet in der Menge auf, bestimmt, weil sie ihre Informationen über meine Schandhaftigkeit vergleichen. Aber der Onkel sorgt mit einem flattrigen Winken für Ruhe.

»Sie ist die Einzige, die gekommen ist. Was willst du von mir? Dass ich sie wegschicke? Und deine Schwester in der Nacht da draußen lasse, zusammen mit dem Ding, das sie geholt hat?«

»Schick mich!«, brüllt er.

»Nein! Der Berg ist kein Ort, an dem man sich bei Dunkelheit aufhalten sollte. Die Monster ...« Sein Blick huscht zu mir, der Person, die er durchaus nach Einbruch der Dunkelheit den Berg hinaufzuschicken gewillt ist. Aber sein Gesicht verrät keine Spur von Verlegenheit. Immerhin bezahlt er mich dafür, dass ich mein Leben aufs Spiel setze, wenn auch alles andere als großzügig. Der Neffe ist ein Verwandter und damit eine ganz andere Angelegenheit. »Wir haben schon ein Kind verloren«, fügt er matt hinzu.

Für einen Moment sieht der Junge ganz so aus, als wollte er sich mit seinem Onkel anlegen, aber dann fällt ihm der Blick seiner Mutter auf, und seine Schultern sacken herab. Er atmet hörbar aus und lässt sich auf seinen Stuhl fallen. »Ich habe keine Angst«, murmelt er, wie um noch eine letzte Salve abzufeuern. Aber das ist nicht wahr. Er zieht mit seinen abgelegten Army-Klamotten lediglich eine Show ab und hat sich auffallend schnell geschlagen gegeben. Ich sehe mich zu seinen Jungs an der Wand um, die nun schweigen und überallhin schauen, nur nicht zu ihrem Freund, und korrigiere meine Altersschätzung um ein paar Jahre nach unten.

Ich lasse meinen Blick zu dem zugenagelten Fenster schweifen, hinter dem die Sonne nun rasch untergeht. Hätte ich eine Armbanduhr, dann würde ich sie demonstrativ konsultieren.

»Meiner Ansicht nach vergeuden wir mit all dem Gerede nur Tageslicht«, merke ich an. »Bezahlt, was ich wert bin, und lasst mich meine Arbeit machen, oder bezahlt nicht und lasst mich heimgehen. Für mich macht das keinen Unterschied.« Ich lege eine Pause ein, ehe ich die Mutter ansehe. »Aber für deine Tochter könnte es einen Unterschied machen.«

Der Junge zuckt regelrecht zusammen, und ich erlebe einen Augenblick des Vergnügens, als ihm die Schamesröte ins Gesicht steigt, ehe eine Stimme die drückende Luft zerschneidet.

»Hast du Clankräfte?« Das sind die ersten Worte der Mutter, seit sie gefragt hat, ob ich ihre Tochter retten kann. Ihr eigener Ausbruch scheint sie erschreckt zu haben, und sie hebt die Hände, als wollte sie sie vor den Mund schlagen. Aber sie unterbricht die Bewegung, lässt die Hände in den Schoß sinken und krallt die Finger in den Stoff ihres langen Rocks, ehe sie leise hinzufügt: »So wie der Monstertöter. Es heißt, du hättest sie. Und er hätte dich ausgebildet. Und du wärest … wie er.«

Ich bin nicht wie Neizgháni, nein. Er ist der legendäre Monstertöter, ein Unsterblicher und der Sohn zweier Heiliger. Ich bin ein Mensch, ein fünffingriges Mädchen. Aber ich bin auch nicht ganz normal, nicht so wie dieser Bruder und seine Freunde. Hätten die anderen mich gefragt, der Junge oder der Onkel, dann hätte ich die Antwort verweigert, aber einer trauernden Mutter würde ich sie nicht vorenthalten.

»Honágháahnii, geboren für K'aahanáanii.« Nur meine ersten zwei Clans, aber das reicht voll und ganz.

Die gemurmelten Verdächtigungen in der Menge steigern sich zu lautstarken Anfeindungen, und einer der Jungs bellt mir etwas Hässliches entgegen.

Die Mutter steht auf, drückt den Rücken durch und bringt die Leute mit einem harten Blick zum Schweigen. Ein leidenschaftlicher, grimmiger Ausdruck tritt in ihre Augen und weckt mein Mitgefühl, so sehr ich mich auch dagegen wehre. »Wir haben mehr«, sagt sie. Der Onkel setzt zu einem Einwand an, aber sie lässt ihn nicht zu Wort kommen und spricht mit lauter Stimme weiter. »Wir haben noch andere Waren. Wir werden bezahlen. Nur finde sie. Finde meine Tochter.«

Und das ist mein Stichwort.

Ich rolle mit den Schultern, verlagere die Flinte in dem Holster über meinem Rücken. Aus Gewohnheit taste ich kurz nach dem Patronengurt an meiner Taille und dem Bökermesser in der Scheide an meiner Hüfte. Meine Fingerspitzen streichen über die Wurfmesser am oberen Ende des gewickelten Schafts meiner Mokassins, Silber auf der rechten, Obsidian auf der linken Seite. Ich werfe mir mein Bündel über die Schulter, drehe mich auf leisen Sohlen um und stolziere durch die stille Menge. Den Kopf hoch erhoben, die Hände locker, die Augen stur geradeaus gerichtet. Ich stoße die Tür auf, und gerade als ich das stickige Chapter House verlasse, brüllt der Bruder: »Und wenn du nicht zurückkommst?«

Ich mache mir nicht die Mühe, ihn mit einer Antwort zu beehren. Sollte ich nicht zurückkommen, dann hat Lukachukai größere Probleme als bloß ein vermisstes Mädchen.

# Kapitel 2

Ich folge den leicht erkennbaren Spuren – abgebrochenen Zweigen, niedergedrückten Gräsern, die im verbliebenen Tageslicht glänzen – etwa eine Stunde lang bergauf, ohne meine Beute zu Gesicht zu bekommen. Trotzdem ziehe ich weiter, bin mir meines Weges gewiss. Und für einen Moment vergesse ich in der Schönheit des schwindenden Sonnenscheins und dem steten Rhythmus meines Atems, dass ich gekommen bin, um etwas zu töten.

Der Wald umgibt mich. Goldkiefern und Blaufichten breiten sich auf den hoch aufragenden Wüstengebirgen aus und bieten kleinen Dachsen, Mäusen und Nachtvögeln eine Zuflucht. Die Luft ist erfüllt mit dem Duft der Pinien, und die herabgefallenen Nadeln knirschen leise unter meinen Füßen. Der kühler werdende Abend ist angefüllt mit dem zufriedenen Brummen der Insekten, von denen mir einige, angelockt durch meinen Schweiß, direkt um die Ohren summen. Dieser Ort ist geprägt von einer Schönheit, einer Stille, die ich genieße. Das Blutvergießen werde ich zweifellos auch genießen, doch diese Balance zwischen Erde und Tieren und mir fühlt sich richtig an. Fühlt sich echt an.

Die Sonne geht unter, der Mond geht auf, und die Nacht senkt sich über mich. Die Bäume werden zu Schatten, die Geschöpfe fliehen vor den Räubern der Dunkelheit, und die Insekten fliegen davon. Mein Genuss schwindet mit dem Sonnenlicht.

Ich ziehe weiter, bis der Gestank der Verderbtheit überwältigend wird. Grauen baut sich wie eine finstere Intuition in meinem Bauch auf und verrät mir, dass ich mein Ziel beinahe erreicht habe. Mit einem säuerlichen Geschmack auf der Zunge schlucke ich trockenen Mundes meine Furcht hinunter und gehe weiter. Taste zur Sicherheit mit den Händen nach meinen Waffen.

Das Flimmern von Licht weiter vorn auf meinem Weg erregt meine Aufmerksamkeit und lockt mich näher heran. Ich sehe ein Lagerfeuer flackern, seine unsteten Flammen zeichnen sich zitternd vor den Stämmen der hohen Bäume ab. Das Feuer tut sein Bestes, um höher aufzulodern, aber es zehrt nur von einem Haufen loser Zweige, die wahllos in eine flache Grube geworfen worden, schnell verbrannt und der Aufgabe nicht gewachsen sind.

Ich bewege mich in einem Bogen nach Süden, um mich dem Lager windabgewandt von Osten zu nähern. Unterwegs lade ich meine Flinte mit Patronen voller Maispollen und Obsidianschrot, beides Dinge, die den Diné heilig sind. Munition, die dazu geschaffen wurde, yee naalodlǫǫshii und chʼįįdii und jede andere Art von Monstern zu töten, die Dinétah ihr Zuhause nennen. Sollte ich falschliegen und dieses Ungeheuer zu der gewöhnlicheren menschlichen Variante zählen, würde die Munition ebenfalls gut funktionieren. Ein Loch im Herzen ist ein Loch im Herzen, ganz gleich, wodurch es entsteht.

Ich finde einen guten Platz. Laub bietet mir Deckung, ohne mir die Sicht auf das Lager zu versperren. Ich hebe die Flinte an meine Schulter und visiere es am Lauf entlang an. Was ich zu sehen bekomme, dreht mir den Magen um.

Das Monster sieht aus wie ein Mann, aber ich weiß es besser. Es liegt ausgestreckt auf einem blauen Schlafsack unter einem provisorischen Tarp aus grober Zeltleinwand, die mit einer gewöhnlichen Schnur aus dem Handelsposten zwischen zwei Goldkiefern gespannt wurde. Sein Körper verdeckt die Sicht auf das Mädchen, aber ich kann es hören. Ein leises Wimmern und Maunzen, während sein Mund ihren Hals bearbeitet und sie ihn anfleht, er solle aufhören.

Es hört nicht auf.

Wut strömt durch meinen Körper, vernebelt meinen Blick, während ich gegen eine Woge der Erinnerung ankämpfe. Die Erinnerung an das Gewicht eines Mannes, der mich niederdrückt, an dickes, erstickendes Blut in meinem Mund, während seine kraftvollen Finger meinen Schädel packen und meinen Kopf auf den Boden rammen. An einen starken Geruch von Frevel in meiner Nase.

Die Erinnerung erschüttert mich, bringt meine Hände zum Zittern. Ich zwinge mich, sie abzuschütteln. Ermahne mich, dass es nur eine Erinnerung ist und mir nicht mehr wehtun kann – das Monster, das mir das angetan hat, ist tot. Ich selbst habe es umgebracht.

Ich hege eine letzte Hoffnung, Neizgháni würde den Berg heraufstürmen, das flammende Blitzschwert hoch erhoben, um die Lage zu retten. Ich warte sogar noch eine halbe Sekunde, für den Fall, dass er wirklich kommt. Aber … nichts. Nur ich. Allein.

Ich hebe das Gewehr, presse den Kolben fest an die Schulter. Ohne den Blick abzuwenden, schiebe ich einen Fuß vor und trete schwer auf einen herabgefallenen Ast, der beim Zerbrechen ein lautes Knacken in die sonst so stille Nacht entlässt.

Ich warte darauf, dass das Monstrum sich bewegt, mir eine freie Schusslinie liefert. Aber nein, es rührt sich nicht.

Den Blick noch immer auf den Rücken des Monsters gerichtet, taste ich auf dem Boden nach einem Stein und werfe ihn kraftvoll gegen einen entfernt stehenden Essigbaum. Mit einem lauten, dumpfen Knall prallt er gegen den Stamm. Ich umfasse die Flinte fester, den Finger am Abzug.

Immer noch nichts, und derweil werden die Schreie des Mädchens schriller, wilder.

Scheiß drauf. Ich schlage mit dem Kolben auf den Stamm des Baums, den ich als Deckung benutze, und schreie: »Hey! Hier drüben!«

Es bäumt sich auf. Sein Kopf zuckt hin und her, als es mich

in der Dunkelheit auszumachen versucht. Das nahe Feuer hat es geblendet.

Ich schlucke Galle hinunter. Sein Mund ist blutverschmiert. Es hat an ihrer Kehle genagt. Dieses Scheißvieh frisst sie auf.

Ich schieße. Der Schuss reißt ihm die Brust auf. Es stolpert, fällt aber nicht. Blutstropfen funkeln im Feuerschein, und dann strömt es hervor. Ich fange an, von zehn rückwärts zu zählen. Zehn Sekunden, und ein Mensch hat genug Blut verloren, um umzufallen wie ein Stein. Ich weiß, das Monster hat nur äußerlich Ähnlichkeit mit einem Menschen, aber ich hoffe, dass die alte Regel dennoch gilt: Ich bleibe zehn Sekunden am Leben und gewinne.

Es ist groß, breitschultrig und kräftig. Kein Wunder, dass es das Mädchen meilenweit den Berg hat hinaufschleppen können. Im flackernden Schein des jämmerlichen Feuers kann ich keine Details ausmachen. Männliche Gestalt, aber voller knotiger Beulen, die seinen Rücken, seine Schultern und Hüften überziehen wie riesige Tumore. Arme, die zu lang wirken, die an seinem Torso baumeln und über den Boden schleifen. Haut, so durchsichtig, dass sie zu glühen scheint. Und nun ist da auch noch das blutige Loch in seiner Brust.

Zum Nachladen ziehe ich den Vorderschaft zurück. Dann feuere ich erneut. Dieses Mal reißt ihm der Schuss ein Stück aus der Schulter. Fleisch und andere Bestandteile seines Körpers spritzen auf das Mädchen herab, das auf allen vieren davonkriecht.

Das Monster steht immer noch und brüllt mich voller Zorn an wie ein verwundeter Keiler.

»Lauf!«, rufe ich dem Mädchen zu, als ich vorrücke. Sechs, fünf, vier, und es schwankt kaum, obwohl es ein Loch im Herzen hat und ihm der halbe Arm fehlt. Nun weiß ich, dass ich in Schwierigkeiten stecke.

»Fall um«, flüstere ich. »Fall um!«

Es greift mit einer mächtigen Hand, die eher an eine Tatze

erinnert, unter den Schlafsack und zieht eine lange, fies aussehende Axt hervor, geeignet, um Bäume zu fällen und die Fenster von kleinen Mädchen einzuschlagen. Ich bezweifle nicht, dass sie mein Fleisch sauber zerteilen würde, aber ich habe nicht die Absicht, ihm dazu eine Chance zu geben.

Mit einer geübten Bewegung schiebe ich das Gewehr zurück in das Holster auf meinem Rücken und ziehe das Bökermesser. Sieben Zoll gekrümmter Stahl, gerade richtig für einen Hieb wie mit einer Machete. Aber ehe ich angreifen kann, wirbelt das Monstrum herum, grabscht sich das Mädchen, wirft es über seine Schulter und rennt.

»Scheiße!«

Ich folge ihm und habe Mühe, das Jagdmesser wegzustecken und den kleinen Dolch zu ziehen, der in meinem Mokassin steckt. Blitzschnell werfe ich die Obsidianklinge, jage sie in einer sauberen, flachen Flugbahn hinter ihm her. Mit erbitterter Befriedigung sehe ich, wie sie sich auf ihr Ziel zubewegt und sich schließlich in seine Kniekehle bohrt. Es brüllt, stolpert, lässt beinahe das panisch kreischende Mädchen fallen. Aber es läuft weiter. Schneller, als es sollte, immerhin steckt ihm ein Messer im Bein. Schneller auch, als es aussieht. Schon verschwindet es im dunklen Wald, also tue ich das Einzige, was ich tun kann. Ich jage hinterher.

Und in meiner Not kommt mir Honágháahnii zu Hilfe. Wie ein Buschfeuer rast es durch meine Adern, wühlt in meinen Muskeln und macht mich zu mehr, als ich ohne es bin. Meine Sehkraft wird besser, meine Lunge größer. Und ich fliege, meine Füße sind leicht, berühren kaum den Boden. Instinktiv weiche ich Bäumen aus, springe über abgebrochene Äste und dichtes Unterholz. Schnell – zu schnell – habe ich das Monster eingeholt, es kostet mich nur die paar Millisekunden zwischen zwei Atemzügen. Es gelingt mir gerade noch, einen kurzen Zwischenschritt zu tun, um mich vom Boden abzustoßen und mich auf seinen breiten Rücken zu katapultieren.

Aufprall. Zu dritt stürzen wir auf den Waldboden. Das Mädchen fliegt ihm aus den Armen, das Ungeheuer landet mit dem Gesicht voran im Dreck. Sein mächtiger Leib dämpft meinen Sturz, liefert mir für einen Moment einen Vorteil, den ich nutze. Ich rolle mich herum und ziehe mein Messer, noch während ich damit beschäftigt bin, meine Beine unter meinen Körper zu bringen. Als das Monster auf die Füße kommt, bin ich bereit.

Sein Blick huscht zwischen meinem Messer und dem Mädchen hin und her. Das Kind liegt bäuchlings da, ausgestreckt und still. Vielleicht schon tot, aber das kann ich nicht mit Sicherheit erkennen. Wieder zuckt sein Blick zwischen uns vor und zurück, und als er dieses Mal an dem Kind hängen bleibt, leckt der Kerl sich die Lippen.

Ich schlage mit dem Messer nach seiner Kehle, immer noch schnell dank Honaghaahnii, aber es reißt einen Arm hoch und blockt mich ab. Ich korrigiere die Bewegung, kurz bevor die Klinge aufprallen kann, unterlaufe flink wie ein Berglöwe seine Deckung. Ich versenke die Klinge in seinem Bauch, nur um sie anschließend wieder herauszuziehen. Und noch mal. Ein drittes Mal. Hart, schnell und gnadenlos, wie man es mich gelehrt hat. Meine Hände sind glitschig von seinem Blut. Der Gestank der Eingeweide ist überwältigend, und meine Augen tränen so sehr, dass ich nicht mehr klar sehen kann, aber ich höre nicht auf. Ich halte zwischen meinen Stichen nicht einmal inne, um nachzusehen, ob ich Wirkung erziele. Ich warte einfach nur darauf, dass es zu Boden geht.

So viel Glück habe ich nicht. Stattdessen umfangen mich gewaltige Arme und drücken zu. Der Lauf meines Gewehrs gräbt sich mir schmerzhaft in den Rücken. Ich ringe um Atem. Feuer rast über meine Schulter, als es brutal zupackt und sein Bestes tut, um sich durch meine Lederjacke zu beißen.

Ich schreie. Laut und instinktiv, während ich mich in seinen gewaltigen Armen herumwerfe. Panik rattert in meinen Knochen, Sterne blitzen am Rand meines Blickfelds auf und erlöschen wieder. Es drückt fester zu. Benutzt seine Zähne und zerrt damit an meiner Schulter wie ein Hund an einem Knochen. Ich habe immer noch mein Böker in der rechten Hand. Verzweifelt verlagere ich es nach links und befreie diesen Arm. Und dann, mit aller Kraft, hole ich weit aus und ramme es ihm in den Hals. Die Bewegung ist linkisch und ungelenk, erzielt aber Wirkung. Mit gepeinigtem Gebrüll lässt es mich los. Schleudert mich von sich. Wild mit den Beinen rudernd, fliege ich durch die Luft.

Ich pralle hart auf dem Boden auf. Schmerz rast durch meine Seite. Ich ringe nach Luft, und meine Schulter pulsiert, aber ich rappele mich auf und bemühe mich, das Messer zwischen mich und das Monster zu bringen.

Aber das ist nicht mehr notwendig. Es stolpert herum, versucht, mit der Hand Fleisch und Sehnen in seinem Hals festzuhalten, und mir wird klar, dass ich ihm den Kopf abgetrennt habe. Andächtig sehe ich zu, wie es zusammenbricht.

Tot.

Das Monster ist tot.

Erschöpft sinke ich auf die Knie. Denn was Honágháahnii gibt, nimmt es auch, und schon diese begrenzte Nutzung meiner Kräfte laugt mich aus. Das Herz hämmert wie eine große Trommel in meiner Brust. Ein Brüllen wie von einem Windsturm schlägt mir auf die Ohren, und das Zittern ist der pure Wahnsinn. Es rattert durch meine Muskeln, während das Adrenalin langsam versickert.

Ich schreie, beschwingt, unzüchtig, euphorisch. Ich kenne dieses Hochgefühl. K'aahanáanii, meine Clankraft, ein Blutrausch, der mich im Töten schwelgen lässt. Schuldgefühle und Entsetzen regen sich in mir, und ich versuche, K'aahanáanii zu vertreiben, aber es lässt sich nicht abwehren, solange ich mit dem Blut des Feindes bedeckt bin und sein lebloser Körper zu meinen Füßen liegt. Ich lausche, als meine eigene Stimme aus den Bäumen zu mir zurückhallt, warte darauf, dass die Perversion meiner mörderischen Clankraft vorüberzieht.

Eine Weile höre ich nichts anderes mehr als meinen eigenen Atem und das Rauschen des Windes in den Bäumen.

Schmutz und Steine kleben an meinen blutgetränkten Leggings, bohren sich schmerzhaft in meine Knie, als ich über den Waldboden krabbele, um mir meine Messer zurückzuholen. Ich säubere sie, so gut ich kann, und stecke die Obsidianklinge zurück in ihre Scheide.

Das Böker benutze ich dazu, auf das einzuhacken, was von dem Hals des Monsters übrig ist, bis der Kopf endlich ganz ab ist. Ich bin nicht sicher, welche Art Monster ich gerade getötet habe, aber ich weiß, dass es sich mit dem Sterben verdammt viel Zeit gelassen hat, und das macht mich nervös. Nur ein vollständig abgetrennter Kopf kann dafür garantieren, dass es nicht schon in dem Moment wieder aufsteht, in dem ich ihm den Rücken zukehre.

Ich höre ein Rascheln hinter mir.

Zu schnell wirbele ich herum, und mein Kopf reagiert mit pulsierendem Schmerz. Sollte da noch ein Monster lauern, bin ich nicht mehr in der Verfassung, es zu bekämpfen.

Es ist das Mädchen. Das Mädchen, das ich völlig vergessen habe.

Es hat sich hochgestemmt und lehnt nun mit dem Rücken an einem Baumstamm. Sein Nachthemd ist zerfetzt und schmutzig, das Haar hängt ihm in blutverkrusteten Büscheln vom Kopf. Das Gesicht der Kleinen ist unter der braunen Haut schauerlich, sogar geisterhaft bleich. Nun kann ich auch ihre Wunde sehen und das schwarze Blut, das Weiß von Knochen und Sehnen, das dort hervorblitzt, wo die Zähne des Monsters ihr Fleisch fortgerissen haben. Ich schüttele das Grauen ab und frage mich, wieso sie noch lebt. Das Monster hat nicht nur an ihr geknabbert. Es hat versucht, ihr die Kehle herauszureißen.

Sie will etwas sagen, ihre Lippen bewegen sich, aber kein Ton kommt aus ihrem Mund, zu schwer ist der Schaden an ihrem Hals. Ihre Augen sind riesig, stark geweitet und glasig. Sie kann nicht älter als zwölf sein. Und als ich mir die Wunde ansehe, wird mir klar, dass sie ihren dreizehnten Geburtstag nicht mehr erleben wird.

Ich gehe zu ihr, kauere mich nieder, damit wir halbwegs auf Augenhöhe sind. Sie sieht mir sehr ähnlich. Das gleiche dunkle Haar, die gleiche dunkle Haut und ein breites, kantiges Gesicht.

Ich habe immer noch das Böker in der Hand, halte es aber flach am Boden und außer Sichtweite.

»Das Monster hat dich erwischt«, erkläre ich ihr sanft und zeige auf die Wunde. Sie verdreht die Augen, versucht, die blutige Stelle an ihrem Hals zu sehen. »Weißt du, was das bedeutet?«

Ein leiser, gequälter Laut ist alles, was sie zustande bringt.

Neizgháni hat mir einmal erklärt, das Böse sei eine Krankheit. Er hat mir gesagt, er könne es an Menschen sehen wie einen Makel und dass die bilagáanas falschlägen, denn das Böse sei mehr als eine spirituelle Vorstellung oder die Taten eines schlechten Menschen. Es ist real, physisch, ähnlich einer ansteckenden Krankheit. Und man kann sich damit infizieren, wenn etwas Böses in einen hineingerät. Und ist es erst in dir, kann es dich überwältigen. Kann dich dazu bringen, böse Taten zu begehen. Zu zerstören, was du einst umhegt hast. Leute zu verletzen, denen du ohne diesen Einfluss niemals wehtun würdest, und schließlich auch zu töten. Und wenn das geschieht, dann bist du in Gefahr, selbst zu einem weiteren Monster zu werden.

Er sagte mir, ich hätte etwas von diesem Bösen in mir, ich sei von dem berührt worden, was in jener Nacht geschehen war, in der er mich gefunden hatte. Und dass es sich als K'aahanáanii manifestiert habe und mich stark mache, mich grausam mache, wenn es nötig sei. Doch er sagte auch, dass ich auf einem schmalen Pfad wandelte und wachsam sein musste, um es nicht weiter wachsen zu lassen, um es nicht unnötig zu füttern. Denn mein Schicksal war noch nicht besiegelt. Ich konnte ein Monstertöter werden, oder ich konnte ein Monster werden.

Als er mir das erzählt hatte, war ich nur lachend darüber hinweggegangen. Ich sagte ihm, das sei nur Aberglaube, das Gerede alter Leute. Macht ja nix, dass ich mit einem Unsterblichen redete. Aber die Wahrheit ist, er hatte mir eine Höllenangst eingejagt. Denn ich wusste, warum er mir das erzählte.

Wir standen damals auf einem Leichenfeld, sein Blick ruhte auf mir und schien doch so distanziert und unergründlich wie die entferntesten Ecken des Universums. Ich reinigte mein Böker am Mantel eines Toten. Aber die Art, wie Neizgháni die Lippen schürzte und die schweren Brauen zusammenzog, verriet mir klar und deutlich, was in seinem Kopf vorging.

Am nächsten Morgen war er weg. Warum er, der Monstertöter, mich nicht einfach getötet hatte, obwohl er glaubte, ich würde zu einem Monster werden, weiß ich nicht so recht. Vielleicht bedeuteten all diese Jahre als seine Schülerin etwas. Vielleicht hatte er es sich auch einfach nur am Ende anders überlegt. Aber hier, während ich dieses Mädchen betrachte, das gar nicht so anders aussieht als ich, trifft mich die Erinnerung wie ein Schlag in die Magengrube.

Ich denke daran, ihr die Ansprache zu halten, die Neizgháni mir gehalten hatte, aber ich bin nicht grausam, nur ehrlich. Ich mache es auf die einfache Art. »Das bedeutet, du bist infiziert.«

Ihr nasses Keuchen wird lauter.

»Selbst wenn du überlebst, wird die Infektion nur immer schlimmer werden. Du wirst dein ganzes Leben lang dagegen ankämpfen müssen. Sie wird sich tief in dich eingraben und die Macht über dich übernehmen.« Ich schlucke, um die Kehle freizubekommen. »Ich habe deine Familie getroffen. Unten im Ort. Sie scheint nett zu sein.« Ich reibe mir mit dem Handrücken die Nase, die plötzlich zu jucken angefangen hat.

Sie sitzt da, und ihr Oberkörper schwankt hin und her, aber ihre Augen fixieren mich unentwegt.

»Sie werden versuchen, die richtigen Dinge zu sagen. Sie werden versuchen, alles in Ordnung zu bringen. Dich in Ordnung zu bringen. Aber sie werden nicht verstehen. Was dir zugestoßen ist, kann man nicht in Ordnung bringen.« Mehr habe ich seit Monaten nicht zu einem menschlichen Wesen gesagt. Aber nun, da ich rede, fühle ich, dass sie es wissen muss. Dass sie verstehen muss, warum ich tun muss, was ich tun werde.

»Die Infektion«, erkläre ich ihr. »Die macht dich im Inneren zu … etwas anderem. Zu etwas, das Menschen wehtut. Etwas, das du nicht sein willst.« *Etwas Monströsem*, möchte ich sagen. »Verstehst du mich?«

Sie schluckt, und ich kann sehen, wie die Muskeln in ihrem Hals arbeiten, feucht und glänzend, wo die zerfetzte Haut sie nicht mehr bedeckt.

Ich nicke, spanne meinen Griff um das Heft des Messers. Ich möchte ihr sagen, dass es mir leidtut, beschränke mich aber auf: »Schließ die Augen.«

Flatternd schließen sich ihre Augen. Ich streiche ihr das Haar aus dem Gesicht. Lege ihren Hals frei.

Und dann murmele ich doch: »Es tut mir leid.« Und mir rede ich ein, dass ich sie rette, auch wenn es nicht so aussieht.

Ich hole mit dem Böker aus.

Ihr Kopf wird sauber abgetrennt.

Ihr Körper sackt auf den Waldboden.

Ein harter Klumpen liegt in meinem Bauch, zwingt mich, mich zusammenzukrümmen, weckt in mir das Bedürfnis, mich zu übergeben. Ich ignoriere den Umstand, dass sich das Messer in meiner Hand plötzlich schwerer anfühlt, falsch anfühlt; dass das vertraute Heft an meiner Handfläche kratzt wie Sandpapier. Und ich kann nicht anders, ich überlege unentwegt, warum sich das Richtige so falsch anfühlen kann.

Stolpernd weiche ich vor der Leiche zurück. Der Boden ist mit den Spuren des Gemetzels übersät, das ich in gerade einer Handvoll Minuten angerichtet habe. Ich zwinge mich, es auf mich wirken zu lassen. Die Gerüche, das Blut, die kopflosen Leichen. Ich überantworte sie meinem Gedächtnis. Das ist der Stoff, aus dem Albträume gemacht sind.

Der Wald um mich herum ist still, und welches Urteil er auch über mich fällen mag, sei es gnädig oder monströs, er behält es für sich. Die ungeschützten Zweige des Lagerfeuers sputtern und zischen in der Ferne, ehe sie sich schließlich den Flammen ergeben. Augenblicke später sterben auch sie, und mir bleiben nur noch Dunkelheit und Asche.

# Kapitel 3

Ich schaffe es erst weit nach Mitternacht zurück nach Lukachukai.

Zuvor vernichte ich das provisorische Lager, entfache kurzzeitig das Feuer erneut, um alles zu verbrennen, was man nicht weiter verwerten kann, und verstaue die beiden Köpfe in getrennten Leinenbeuteln. Ich öffne eine meiner Patronen, schütte ein wenig Maispollen in meine Hand und bestäube mit ihm die beiden Körper, während ich ein kurzes Gebet spreche. Nicht, dass ich viel von Gebeten halte, aber Grandpa Tah sagt, der Pollen binde das Fleisch an die Erde. Ich glaube zwar, dass das Entfernen des Kopfes auch recht wirkungsvoll ist, aber wer bin ich schon, mit einem Medizinmann zu streiten?

Die abgetrennten Köpfe liegen schwer und nass auf meinem Rücken, und die lange Wanderung durch den dunklen Wald mit dieser Last auf meinem Buckel ist ein Albtraum. Das einzig Gute ist, dass ich allein bin. Keine Tiere, keine weiteren Monster. Ein- oder zweimal bemerke ich, dass mir ein Kojote folgt, aber er hält Abstand, tritt nur in Form eines gelben Augenpaares in Erscheinung, das zuweilen in der Finsternis aufleuchtet.

Eine einzelne, kahle Glühbirne beleuchtet die Tür des Chapter Houses. Sie sollte mich willkommen heißen wie ein Leuchtfeuer, doch stattdessen glimmt sie nur fahl und bedrohlich. Die Vordertür ist verschlossen, verrammelt zum Schutz vor den Monstern der Nacht. Ich bin nicht sicher, ob das aus deren Sicht auch mich einschließt oder nicht, aber ich klopfe kraftvoll an die Tür und hoffe, dass noch jemand auf mich wartet.

Schlösser werden von innen entriegelt. Ein Gesicht lugt heraus. Es ist mein Läufer, der gleiche Junge, der an diesem Morgen an meiner Tür war, um mir den Auftrag in Lukachukai anzubieten.

»Wo sind denn alle?«, frage ich.

Er glotzt mich an, und mir wird klar, dass ich ziemlich grausig aussehen muss. Ich streiche mir das Haar aus dem Gesicht, schmiere Blut über meine Stirn und schenke ihm ein Lächeln.

»Haben sich eingeschlossen«, sagt er. »Aus Angst vor den Monstern.«

»Sogar der Bruder?«

Seine Lippen zucken. »Der vor allem.«

Ich grinse. Ich bin also nicht die Einzige, die der jüngere Begay nicht beeindrucken kann. »Warum hast du dich nicht eingeschlossen?«

»Ich habe mich freiwillig gemeldet, um auf dich zu warten. Ich habe keine Angst vor Monstern.«

»Nicht?« Ich verlagere die blutigen Säcke auf meiner Schulter auf die andere Seite, höre Schädelknochen an Schädelknochen klappern. »Warum nicht?«

»Hab gewusst, dass du es töten wirst. Du bist berühmt.«

»Berühmt, ja?«, schnaube ich.

»Die Freundin vom Monstertöter.«

Meine Mundwinkel sacken abwärts, und ich setze eine harte Miene auf. »Ich bin nicht seine Freundin.«

Er starrt mich an, sichtlich enttäuscht. *Damit bist du nicht allein.*

»Hör mal«, sage ich, »hast du meinen Lohn?«

»Hast du die Beute?«

Ganz schön gradlinig, der Bursche. Ich lasse die Beutel von meiner Schulter gleiten. Behalte den größeren in der Hand und lege den kleineren zur Seite. »Mach den nicht auf.« Mit spitzen Lippen zeige ich auf den kleineren Beutel. »Der ist für die Familie. Damit sie etwas haben, das sie bestatten können.«

»Du hast sie nicht gerettet?«

Darauf antworte ich nicht. Das ist zu kompliziert, und ich bin zu müde, um es ihm zu erklären. Stattdessen halte ich den größeren Sack auf, damit er hineinschauen kann.

Als er das tut, verfliegt ein Teil seiner zur Schau gestellten Unerschrockenheit, und er schluckt schwer. »Ist das …?«

»Der Kopf des Monsters. Ich bringe ihn zu einem Medizinmann, den ich kenne. Er lebt in Tse Bonito und kann mir sagen, was das ist. Was es war.«

Der Junge nickt. »Cool.« Vielleicht ist es das, wenn man in seinem Alter ist, aber für mich ist es alles andere als cool. Er greift hinter die Tür und zieht den gleichen Blue-Bird-Beutel dahinter hervor, den ich schon zuvor zu sehen bekommen habe.

Ich nehme mir einen Moment Zeit, um hineinzuschauen. Derselbe Silberschmuck mit demselben Schrotttürkis.

»Ernsthaft?«

»Oh!«, macht der Junge, als hätte er es vergessen. Er greift erneut hinter die Tür und zieht zwei Decken hervor. Eine sieht aus wie eine Pendleton, dick und warm. Die leuchtenden Blau-, Grün- und Gelbtöne des gewöhnlichen Pfeilmusters sind ziemlich verbreitet. Aber die andere, in der erkenne ich eine Two Grey Hills, eine Wolldecke, von der mir meine nalí erzählt hat, dass sie selten und kostbar sei und heute nicht mehr häufig angefertigt werde.

Ich bin beeindruckt. »Das ist ein guter Lohn.«

Er zuckt mit den Schultern und pult in seinen Zähnen herum. Sein Blick wandert zu dem kleineren blutverkrusteten Sack, aber er sieht nicht so aus, als fürchte er sich vor seinem Inhalt. Eher so, als sei er neugierig.

Ich behalte die Pendleton, gebe ihm aber die Two Grey Hills zurück. »Sag der Familie, wir sind quitt.« Bezahlung ist Bezahlung, und ich bin nicht nachgiebig geworden. Aber ich kann die Two Grey Hills nicht annehmen, wenn ich ihnen den Kopf ihrer Tochter in einem Beutel zurückbringe.

Ich stopfe mir die grelle Decke unter den Arm, schnappe mir mit der einen Hand den Schmuckbeutel und mit der anderen den Sack mit dem Kopf des Monsters und drehe mich zu meinem Truck um.

»Denkst du, da draußen sind noch mehr Monster?« Seine Stimme klingt ein wenig heiser, was sich aber mehr nach Aufregung anhört als nach Furcht.

»Kann ich nicht sagen, ehe mir der Medizinmann etwas über dieses erzählt hat.«

Ich ahne mehr, als dass ich sehe, dass er nach dem kleinen Beutel greift. »Tu das nicht.«

»Das ist sie, oder?«, fragt er nun total gespannt. »Atty?«

Ich habe ihren Namen nicht gekannt.

Ich werfe den Kopf des Monsters auf die Ladefläche des Trucks und lege Decke und Schmuck auf den Sitz neben mir. Dann schaue ich mich um und sehe, dass der Junge immer noch unter der kahlen Glühbirne kauert und den Sack mit Attys Kopf anstarrt.

# Kapitel 4

Ich wohne in einem Trailer einfacher Breite mit nur einem Schlafzimmer, den ich vor einigen Monaten ergattert habe. Der vorherige Eigentümer ist im Schlaf gestorben, weshalb ihn niemand mehr haben wollte, folglich war er ein Schnäppchen, das mich genau gar nichts gekostet hat. Ich habe ihn auf einem kargen Stück Land im Crystal Valley geparkt, etwa eine Stunde südlich von Lukachukai. Er steht eine halbe Meile entfernt von dem aufgegebenen Internat, das dem Tal seinen äußerst geringen Ruhm eingetragen hat, und direkt unterhalb des Zugangs zum Narbona Pass, der in beide Richtungen auf einer Länge von fünfzig Meilen einzigen Straße durch die Chuska Mountains. Der Pass selbst war nach dem vom Unglück verfolgten Häuptling Narbona benannt worden, der im Jahr 1849 zu Friedensvertragsverhandlungen mit der US Army erschien und am Ende wegen eines gestohlenen Pferdes und eines schlechten Übersetzers erschossen wurde. Das Los der Friedensstifter.

Nur ungefähr fünfundzwanzig Familien verteilen sich über das zehn Meilen lange Tal, und die meisten davon drängeln sich nahe der Abzweigung vom Highway, die ich vier Meilen zuvor passiert habe. Womit ich keine direkten Nachbarn habe, was mir auch ganz recht ist. Dass niemand in der Nähe ist, bedeutet natürlich auch, dass niemand mir zu Hilfe käme, sollte ich in Schwierigkeiten geraten. Ich bin ziemlich gut darin, mir selbst zu helfen, aber selbst ein knallharter Dinékrieger braucht bisweilen ein bisschen Unterstützung. Fragen Sie nur Narbona.

Darum habe ich meine Hunde. Ein Trio Reservatsköter, die mich beaufsichtigen und mein Zuhause ziemlich gut vor unerwünschten Besuchern schützen – seien sie nun menschlich, tierisch oder sonst was. Den ersten Hund hatte ich aufgelesen, als mir klar geworden war, dass Neizgháni nicht mehr zurückkommen würde. Der zweite hat sich selbst eingeladen und ist einfach geblieben, und der dritte war der einzige Überlebende aus seinem Wurf – genau wie ich.

Als ich den Truck nun rückwärts durch das Tor über den Weiderost steuere, kommen sie auf mich zu, um mich zu begrüßen. Würde jedoch irgendjemand anderes dieses Tor passieren, dann würden sie bellen und großes Trara veranstalten. Aber sie kennen mich und sie kennen das Klappern und Brummen des alten Chevys, den ich so frisiert habe, dass er mit Fusel läuft, nun, da Benzin nicht mehr so leicht zu bekommen ist. Sie kennen die dumpfen Abrollgeräusche der alten Reifen, besonders das von dem hinten rechts, bei dem sich ein Streifen Gummi abgelöst hat, der nun protestierend gegen den Radkasten schlägt. Ich mache mir wieder einmal bewusst, dass ich das Ding früher oder später in Ordnung bringen muss.

Kaum drin, stehe ich im Bad und schäle mir die blutigen Klamotten vom Leib. Sie sind so über und über mit Blut verkrustet, dass ich kurz darüber nachdenke, sie einfach wegzuwerfen, aber dann packe ich sie doch ins Waschbecken, schließe den Stöpsel und lasse ein bisschen von meinem kostbaren Wasser drüberlaufen, um sie stattdessen einzuweichen. Ich hoffe, dass der größte Teil des Bluts mehr oder weniger von selbst abgeht, aber bei meinem Glück werde ich noch mächtig rubbeln müssen, um sie wieder tragbar zu machen. Die Sachen, die man in dem staatlichen Handelsposten in Tse Bonito bekommt, sind zwar ganz brauchbar, bestehen aber zum größten Teil aus ungefärbter Wolle und Altkleidern, deren Preise nicht weit von purer Halsabschneiderei entfernt sind.

Ich starte den Generator und lasse ihm Zeit, das zu erwärmen, was in meinem Wassertank noch übrig ist. Ich weiß, bei den derzeitigen Wasserrationen kommt es einer maßlosen Verschwendung gleich, eine Dusche zu nehmen, aber ich tue es trotzdem. Ich habe nicht nur Blut im Haar, sondern auch ein paar andere, abscheuliche Dinge, und nichts außer einer heißen Dusche und Yuccaseife wird mich davon befreien können. Dadurch bleibt mir zwar für den Rest des Monats verdammt wenig Wasser, da der Tankwagen erst in zwei Wochen kommt, aber das ist es mir wert. Ich stelle mich sogar in den Dampf und nehme mir die Zeit, die nötig ist, um das getrocknete Blut unter meinen Fingernägeln herauszukratzen. Als ich fertig bin, fühlt sich meine Nagelhaut wund an, und mein Gesicht ist knallrot und kribbelt bei jeder Berührung, aber ich bin sauber.

Ich denke daran, ein Nickerchen zu machen, entscheide mich aber dagegen. Nicht, weil ich nicht müde wäre. Ich bin völlig erledigt und mir tut immer noch alles weh, ganz besonders die Schulter, die das Monster anzunagen versucht hat. Aber wenn ich früh genug runter zu Tah will, um ihn noch vor dem Frühstück zu erwischen, habe ich keine Zeit mehr zum Schlafen.

Ich lege das Gewehr wieder in die Halterung im Truck und vergewissere mich, dass der Kopf des Monsters immer noch auf der Ladefläche liegt, ehe ich nach Süden aufbreche. Die Fahrt zu Tah in Tse Bonito dauert eine gute Stunde. Ich schalte das Radio ein, um mich berieseln zu lassen. Seit Big Water gibt es in Dinétah nur noch einen verlässlichen Sender, ein universaler Mittelwellensender, der eine Mischung aus alter Countrymusik und Regierungsmeldungen bringt, die gemeinhin als Nachrichten durchgehen. Dann und wann verstärkt jemand außerhalb von Dinétah sein Signal ausreichend, um die Mauer zu überwinden, und wir können ein oder zwei Wochen lang Berichte über die mächtigen Wasserwerke hören, die entlang der neu gebildeten Küstenlinie gebaut werden, die sich von San Antonio nach Sioux Falls zieht, oder über die fortdauernden Unruhen in New Denver. Aber gewöhnlich ist Dinétah genauso abgeschottet und isoliert wie vor Big Water, und den meisten Einheimischen scheint das nicht einmal aufzufallen.

Die Mauer. Der Stammesrat hatte damals, als die Energiekriege ausbrachen, zugestimmt. Die meisten Diné befürworteten die Mauer. Wir alle sind mit Geschichten groß geworden, die uns gelehrt haben, dass unser Platz auf dem Land unserer Vorfahren ist, dem Land, das von den vier heiligen Bergen bewacht wird. Andere halten die Mauer für absurd und sagen, sie sei der paranoide Versuch einer Grenzkontrolle, die zwingend versagen müsse, genau wie jene Mauer, welche die dem Untergang geweihte Regierung der Vereinigten Staaten einige Jahre vor Big Water an der Südgrenze des Landes zu bauen versucht hatte.

Der Stamm hat sie trotzdem gebaut. Der Ratsvorsitzende, dessen Name Deschene war, schrieb einen Artikel für die *Navajo Times*, der die Leute in Angst und Schrecken versetzt hat, umso mehr nach dem Gemetzel in der Prärie. Navajos wären nicht mehr sicher, so sagte er. Er malte das Gespenst der Eroberung durch feindliche Kräfte an die Wand, nannte es das offenkundige Schicksal des Volkes. Und er hatte nicht unrecht. Dem Gemetzel war der Höhepunkt des Energieraubs auf dem Fuß gefolgt; Ölgesellschaften hatten den heiligen Boden aufgerissen, um ihre Pipelines zu verlegen, Erdgasgesellschaften kauften Ländereien zu Frackingzwecken auf, wo sie nur konnten, und erschütterten mit ihrer Gier buchstäblich das Grundgestein. Außerdem hatten die Feds Pläne entworfen, um den rechtlichen Status des Trust Lands der Reservate zu ändern und das Land für Glücksjäger zu öffnen, wie es schon im Zuge der Termination geschehen war. Dieses Mal waren die Glücksjäger Multis mit Privatarmeen, die tausendmal stärker waren als die ursprünglichen bilagáana Siedler. Deschene erklärte, wenn wir Diné bleiben und unser Zuhause beschützen wollten, so müssten wir diese Mauer bauen.

Die Mittel wurden binnen eines Monats genehmigt, die Fundamente, erbaut mit Steinen aus allen vier heiligen Bergen, binnen eines Jahres gelegt. Die Leute lachten und sagten, sie hätten noch nie erlebt, dass die Stammesregierung irgendetwas so schnell umgesetzt hätte. Sechs Monate später fand das New-Madrid-Erdbeben statt, und dem Mittleren Westen brach der Boden unter den Füßen weg. Und dann fingen die Hurrikane an. Und Deschenes Mauer erschien einem Haufen Leute plötzlich wie das Ergebnis weiser Voraussicht.

Ich weiß noch, wie ich die Mauer zum ersten Mal gesehen habe. Ich hatte etwas Langweiliges, Nichtssagendes erwartet. Einen fünfzehn Meter hohen Berg aus grauem Beton, gekrönt von Stacheldraht, wie man sie in Endzeitfilmen sehen konnte. Aber ich hatte vergessen, dass die Diné ihre Endzeit bereits ein Jahrhundert zuvor erlebt hatten. Dies war nicht unser Ende. Es war unsere Wiedergeburt.

Es heißt, die hataałii hätten Hand in Hand mit den Bauarbeitern gearbeitet und für jeden Stein, der gelegt wurde, ein Lied gesungen, jeder Latte ihren Segen gegeben. Und die Mauer entwickelte ein Eigenleben. Als die Arbeiter am nächsten Morgen zurückkamen, war sie plötzlich fünfzehn Meter hoch. Im Osten schimmerte sie so weiß wie das Innere einer Muschel, im Süden dagegen türkis. Der Westen glänzte in dem Perlmutt von Seeohren und der Norden im schwärzesten Gagat. Sie war wunderschön. Sie gehörte uns. Und wir waren geschützt. Geschützt vor der Außenwelt zumindest. Aber manchmal sind die schlimmsten Monster die im Inneren.

Ich fahre nach Tse Bonito rein, als die aufgehende Sonne sich gerade in voller Stärke über den Klippen erhebt und die Wüste in trockene Hitze hüllt. Tse Bonito neigt dazu, sich besonders aufzuheizen. Vielleicht liegt das daran, dass es sich an die T-förmigen Asphaltflächen schmiegt, wo zwei wichtige Highways von Dinétah aufeinandertreffen. Vielleicht auch daran, dass es von den weißen Mesas umgeben ist, die die heiße Luft direkt in den Canyon von Tse Bonito hineinleiten. Oder an den Hütten mit den Blechdächern und den alten Trailern mit Metallwänden, die die Hitze aufsaugen, als wäre das ihr einziger Daseinszweck. Vielleicht auch an allem zusammen. Wie dem auch sei, die Barackenstadt aus Trailern, Hütten und vereinzelten Hogans, die sich auf zwei Quadratmeilen unter dem gnadenlosen Wüstenhimmel ausdehnt, ist eine boomende Metropole, gemessen an den Maßstäben des Dinétah.

Es ist auch nicht der sicherste Ort zum Leben. Mehr oder weniger gesetzlos, sieht man von den gelegentlichen Interventionen der Citizens' Watch and Guard ab. Sie patrouillieren durch die Straßen, was allerdings nicht besonders hilft. Tse Bonito ähnelt nach wie vor nichts so sehr wie einer alten Wildwest-Stadt. Haufenweise Cowboys und Indianer, auch wenn alle Diné sind. Als ich hier das letzte Mal auf der Suche nach einem Bad Man war, hat das mit einer Schießerei geendet, die sich weniger nach Monsterjagd angefühlt hat als nach O. K. Corral. Ich kann nicht sagen, dass ich mich freue, wieder hier zu sein, nicht einmal, wenn es darum geht, Grandpa Tah zu besuchen.

Tah lebt mitten in der Stadt. Sein Haus ist einer von einem halben Dutzend Hogans, die sich um den geschäftigen Marktplatz verteilen, und ich weiß, wenn ich ihn nicht ganz früh erwische, dann schlendert er herum, besucht seine Nachbarn oder sieht sich die Waren im Laden der Mokassin-Händlerin ein paar Türen weiter unten an, erledigt seine täglichen Einkäufe oder mischt sich einfach in dieses und jenes ein. Ungeachtet der gelegentlichen bewaffneten Auseinandersetzungen und mehr am täglichen Klatsch interessiert als an seiner eigenen Sicherheit. Nicht, dass irgendjemand ihm etwas würde tun wollen. Er gilt hier mehr oder weniger als Heiliger. Weithin bekannt und beliebt, weshalb ich immer wieder erstaunt bin, dass er überhaupt Zeit mit jemandem von meinem fragwürdigen Ruf zu verbringen bereit ist. Für ihn bin ich wohl eine Art Sozialfall, ganz besonders in diesem letzten Jahr. Und normalerweise ist das für mich ein guter Grund, mich fernzuhalten, Stolz und so. Aber Tah ist ein wunderbarer Mensch, also versuche ich, ihm gerecht zu werden, so gut ich kann. Außerdem ist er der führende Monsterexperte in dieser Gegend, und ich brauche seine Hilfe.

Ich parke meinen Truck neben der einzigen Tür des Hogans, darauf bedacht, Abstand zu der Schmutztrasse von einer Straße zu halten, die in einer Stunde voller Menschen und Staub sein würde. Alles, was so aussieht, als wäre es wert, geklaut zu werden, kommt mit mir ins Haus. Mit einer Hand schnappe ich mir den klebrigen Sack mit dem Kopf des Monsters, mit der anderen mein Gewehr und gehe rüber.

Die Tür selbst ist die Art traditioneller Tür, die man an einem Hogan irgendwo außerhalb der Stadt erwarten würde, aber sicher nicht an einem so belebten Ort wie diesem. Keine Schlösser, keine Riegel, nicht einmal irgendetwas, das aussieht wie ein Stolperdraht oder eine Warnvorrichtung. Nur eine staubige schwarzgraue Decke von der Sorte, wie man sie billig im staatlichen Handelsposten bekommt, hängt über dem Eingang. Aber ich weiß, dass der Schein trügen kann, und halte Abstand, während ich in den Hogan brülle.

»Tah!« Ich verlagere den Griff um den Sack und schultere das Gewehr.

Ich will gerade erneut rufen, als eine knorrige braune Hand auftaucht und die Decke zur Seite zieht. Der dicke Stoff fegt über die ausgetrocknete Erde und löst roten Staub aus dem Boden, der in kleinen Wölkchen durch die Luft tanzt. »Komm herein, Maggie«, ertönt eine Stimme, so knorrig und alt wie die Hand, die dazugehört. »Komm herein, shi Tochter.«

»Ahéheé, Grandpa. Danke.«

Grandpa Tah sieht immer gleich aus. Makellose Jeans in kräftigem Blau, ein paar Nummern zu groß für seinen knochigen Leib. Das Gleiche gilt für die Sneakers, die, obwohl sie schon zehn Jahre vor Big Water aus der Mode gekommen waren, immer noch aussehen wie frisch aus dem Karton. Ein schwarz-rot kariertes Cowboyhemd verhüllt seine schmalen Schultern. Weiße Perlmuttknöpfe schimmern im Licht. Auf seinem Kopf sitzt eine Mütze aus kurz geschnittenem Silberhaar, und Lachfalten zieren sein verwittertes Gesicht. Aber am besten gefallen mir seine Augen. Lebhaft und unendlich verschmitzt, als würde er etwas im Schilde führen, das viel witziger ist als alles, wovon man je gehört hat.

Ich mag Tah, das tue ich wirklich, und er ist die Person für mich, die einem lebenden Verwandten am nächsten kommt. Wir sind nicht verwandt, wir gehören nicht einmal demselben Clan an, aber er nennt mich Tochter. Das bedeutet etwas.

Ich ducke mich unter der Decke hindurch und breche in breites Grinsen aus. Ich kann einfach nicht anders. Mein Trailer ist meine Zuflucht. Er erfüllt seinen Zweck als Behausung, und das war es dann. Aber Tahs Hogan fühlt sich an wie ein Zuhause, die Art Zuhause, von der die Leute in Gute-Nacht-Geschichten erzählen. Es ist ein traditioneller Hogan – ein großer Raum in einem achteckigen Gebäude, dessen Wände aus langen fest miteinander verzurrten und mit Beton abgedichteten Rundholzstämmen bestehen. In dem Holzofen in der Mitte brennt bereits ein Kochfeuer, und der Piñongeruch ist so angenehm und kräftig, dass ich ihn auf meiner Zungenspitze schmecken kann. Warme Webteppiche in Rot, Orange und Braun hängen an den Wänden zwischen gealterten Bilderrahmen, in denen die verblassten Fotos von lächelnden Verwandten stecken, die ich zwar nicht kenne, aber dennoch beneide. Eine billige Couch beherrscht die Südseite des Hogans, eine provisorische Küche mit Spüle, ein paar Hängeschränken und einem alten, abblätternden Resopaltisch die Westseite, die gegenüber der Tür liegt. Der Boden besteht aus fest verdichteter Erde, bedeckt von einem Durcheinander aus Teppichfetzen in allen Farben des Regenbogens, offensichtlich aus ausrangierten Stücken zusammengestellt. Dennoch ist jedes einzelne Teil makellos sauber. Tahs Bett ist frisch gemacht und steht an der Südwand. Alles ist so, wie ich es von meinen früheren Besuchen kenne, abgesehen von einem Haufen Decken, die säuberlich gefaltet auf einer Seite des alten Sofas liegen.

»Hast du einen Gast?«, frage ich, den Blick auf die Decken gerichtet, während in meinem Kopf die Erinnerung an eine Zeit auflebt, in der ich selbst Tahs Couch okkupiert habe.

»Hmm?« Er folgte meinem Blick. »Aoo'.« *Ja.*

Ich warte, aber mehr gibt er von sich aus nicht preis. »Und …?«

»Hmm?«

Ich schüttele den Kopf. »Schon gut.« Ich weiß, er wird es mir nur erzählen, wenn er dazu bereit ist, und vielleicht geht es mich auch einfach nichts an. »Ich habe dir etwas mitgebracht«, sage ich.

»Das rieche ich«, grunzt er.

»Tut mir leid.«

»Monsterjagd?«

»Ja. Wo soll ich ihn hintun?«

Mit einer Mundbewegung zeigt er in Richtung Küchentisch. »Da drüben.«

»Den willst du nicht auf deinem Tisch haben, glaub mir.«

Er sieht sich um. »Dann neben die Tür. Und wóshdéé' … komm herein, komm herein. Ich habe etwas ganz Besonderes. Etwas Leckeres!«

Ich lasse den Kopf neben der Tür fallen und stelle mein Gewehr daneben an die Wand. »Also, was hast du ›Leckeres‹?«, frage ich, als ich im Uhrzeigersinn durch den Hogan gehe.

»Gohwééh!« Er grinst schelmisch, und sein tiefbraunes Gesicht leuchtet regelrecht auf, als er mir eine Dose mit dem wundervollsten Zeug auf Erden hinhält. Kaffee.

»Und wo hast du den her?« Ich höre mich ein bisschen so an, als wäre ich in Ehrfurcht erstarrt. Kaffee ist teuer und schwer zu bekommen. Glücklicherweise wächst er im Hochland. Die meisten Orte ab einer Höhe von etwa vierzehnhundert Metern haben Big Water recht gut überstanden, aber das bedeutet nicht, dass die Infrastruktur, die zum Transport der kostbaren Bohnen nötig ist, keinen Schaden genommen hat. Ich habe Geschichten über guten Kaffee gehört, süßen äthiopischen und erdigen indonesischen, der in Spezialgeschäften ausgeschenkt wurde, die nur zum Kaffeetrinken dienten, aber die waren alle längst weg, zusammen mit jeder Verbindung zu den exotischen Ländern, aus denen diese Kaffeesorten gekommen waren. Heute kommt Kaffee über die Gebirgspässe aus Aztlán, wenn er überhaupt kommt.

Wenige Minuten später kocht Wasser in einem Topf auf dem Herd. Tah schaufelt ein paar gehäufte Löffel Kaffeemehl direkt in den Topf. Die Portion, die er mit mir teilen will, ist wirklich großzügig bemessen. Sofort überwältigt das Aroma meine Sinne, so sehr, dass ich beinahe in Ohnmacht falle. Ich kann mich nicht erinnern, wann ich zum letzten Mal Kaffee getrunken habe. Die Wahrheit ist, dass ich mir an den meisten Tagen einfach einen Navajo-Tee zubereite, der wild in meinem Garten wächst. Als er mir einen Metallbecher mit der tiefschwarzen Flüssigkeit reicht, warte ich nicht erst, bis sie abgekühlt ist, ehe ich daran nippe. Er verbrüht mir die Zunge, aber auf die schönste Art, die ich mir vorstellen kann.

Tah hat noch einen Topf auf dem Ofen, aus dem er zwei überdimensionierte Portionen tóschiin in zwei Schüsseln schaufelt. Der gallertartige Brei ist dick genug, dass der Löffel, den er mitten hineinrammt, aufrecht stehen bleibt. Ich greife nach dem Löffel, aber er hält meine Hand fest.

»Warte, Warte!« Glucksend führt er seinen absurden kleinen Freudentanz auf, greift in den Küchenschrank und holt noch eine Überraschung heraus. Salbeihonig, gut, aber der gute alte Rohrzucker aus der Zeit vor Big Water? Ich starre ihn mit offen stehendem Mund an.

Er lacht. »Pass auf, dass keine Fliegen reinkommen, Maggie«, warnt er mich mit einem zufriedenen Grinsen. »Willst du auch Zucker in deinem Kaffee?«

Will ich? Ich weiß nicht. Ich kann mich nicht erinnern, wie Kaffee mit Zucker schmeckt. Ich beschließe, sicherzugehen. »Nur auf den Brei.« Der Kaffee ist so gut, und ich würde mich zu Tode ärgern, sollte der Zucker den Geschmack ruinieren.

Er streut einen großen Löffel Zucker über den blauen Maisbrei, und ich rühre um und esse. Der Zucker explodiert auf meiner Zunge, so süß, dass meine Zähne schmerzen, eine perfekte Ergänzung zu dem nussigen Geschmack des blauen Maises. Es ist herrlich.

»Wo hast du das alles her?«

»Es war ein Geschenk.«

»Beachtliches Geschenk. Wer ist so ein guter Freund?«

»Kein Freund. Ein Verwandter. Mein Enkel.«

Aha, der geheimnisvolle Hausgast.

»Er ist aus Burque hergekommen.« Er spricht es »Böööör-kej« mit langem, gedehntem Vokal in der ersten Silbe. Ich kenne den Ort. Eine Stadt, hundert Meilen östlich der Mauer. Vor den Aufständen war das die Stadt Albuquerque, aber nun ist es nur noch das, was davon geblieben ist – ein Teil der Stadt, ein Teil des Namens. Scheint nur fair zu sein. Soweit ich gehört habe, ist das ein schlimmer Ort. Raues Land, heimgesucht von Rassenkriegen und Wasserbaronen. Gewaltige Flüchtlingsproblematik.

Ich stopfe mir einen weiteren Löffel voll Brei in den Mund. Nippe an meinem Kaffee. Und dann stürzen wir uns beide auf unser Frühstück. Bald stellen das Kratzen der Löffel in den Schalen und das gelegentliche Schlürfen aus unseren Bechern die einzigen Geräusche dar. Zum ersten Mal seit langer Zeit fühle ich, wie ich mich entspanne. Der Hogan ist so behaglich und vertraut, der Kaffee warm und erdig. Für einen Moment denke ich nicht mehr an Monster und tote Mädchen und einsame Trailer; für einen Moment ist alles einfach perfekt.

»Also, hast du mit Neizgháni gesprochen?«, fragt Tah.

Die Perfektion zerschellt. Ich lege meinen Löffel ab. Mein Appetit ist weg. »Neizgháni ist fort, weißt du nicht mehr?«

Tah schnaubt tadelnd. »So stur. Ihr beide. Ich dachte, er wäre vielleicht inzwischen zurückgekommen.«

Zucker und Koffein erreichen zu schnell meinen Blutkreislauf und bringen meine Hände zum Zittern. Ich lege sie um meinen Becher und studiere angestrengt den Tisch, an dem wir sitzen. Starre das billige Resopal an, das sich an den Rändern ablöst, und versuche, mir zu überlegen, was ich sagen könnte. Mir fällt nichts Tiefsinniges ein, also bleibe ich bei den Tatsachen. »Es ist schon beinahe ein Jahr her, Tah. Ich glaube nicht, dass er zurückkommt.«

»Nicht?« Er gibt einen ungläubigen Laut von sich. »So etwas kann ich mir gar nicht vorstellen. Und dann noch Neizgháni. Er ist eine Legende. Ein Held. Er hat dir das Leben gerettet, als …« Seine Stimme verhallt.

Ich fummele mit dem Daumen am Rand meines Bechers herum.

Die Stimme des alten Mannes klingt sanft, gepeinigt. »Es tut mir leid, shi Tochter. Ich weiß, du denkst nicht gern an jene Nacht.« Er seufzt und nippt an seinem Kaffee. »Ich wünschte, du würdest mich für dich beten lassen.«

»Nein.«

»Das ist nicht gut, all dieser Tod, der auf dir lastet. Die richtige Zeremonie könnte helfen …«

»Tah, bitte.«

Er lässt das Thema fallen. »Vielleicht ist Neizgháni etwas zugestoßen.«

»Dem legendären Monstertöter? Das glaube ich nicht.«

»Aber hat er denn gesagt, warum …?«

»Das hatten wir doch schon.« Unter keinen Umständen werde ich Tah von der Warnung erzählen, die Neizgháni mir gegenüber auf der Black Mesa ausgesprochen hat. Tah sieht immer noch das

Gute in mir, was mein Mentor am Ende nicht mehr getan hat, und dieses Vertrauen ist kostbar.

»Ja, aber …«

»Vergiss es.«

»Maggie.«

»Tah.« Normalerweise streiten wir nicht, aber ich bin kribbelig. Fühle mich nach der Bluttat erschöpft und ruhelos zugleich. Ganz offensichtlich bin ich trotz Tahs Gastfreundschaft kein angenehmer Umgang, und mir kommt der Gedanke, dass es vielleicht keine gute Idee war, herzukommen. Vor allem, wenn er darauf beharrt, über Neizgháni zu reden.

Eine Minute schweigt er, ehe er sagt: »Du darfst nicht vergessen, dass Neizgháni nicht menschlich ist. Er denkt nicht so wie wir.«

Ich schnaube verächtlich. Das ist eine gewaltige Untertreibung.

Tahs Stimme aber klingt milde, als er fortfährt: »Wirst du mir je erzählen, was auf der Black Mesa passiert ist?«

Der Kaffeebecher in meinen Händen tanzt klappernd auf dem Tisch, bis ich eine Hand über ihn schlage, um ihn zur Ruhe zu bringen. Der Zucker, der auf meiner Zunge verblieben ist, schmeckt plötzlich sauer. Ich lehne mich zurück und zucke heftig mit dem Kopf. Das Gespräch ist beendet.

Tah mustert mich mit offensichtlicher Neugierde. Aber er fragt nicht noch einmal. »So viele Geheimnisse«, klagt er. »Und keine Familie, keine Freunde, und nun kannst du nicht einmal mehr mit Neizgháni sprechen? Du hast niemanden, Maggie.«

Nicht, dass ich keine Freunde wollte, keine Familie. Das tue ich. Ich wünsche sie mir so sehr wie jeder andere. Es ist nur … kompliziert. Neizgháni war anders. Ein Unsterblicher. In seiner Gegenwart habe ich mir keine Sorgen gemacht. Aber bei anderen Leuten? Menschen aus Fleisch und Blut? Ich glaube nicht, dass ich mir diese Verantwortung aufbürden möchte.

»Mir geht es gut«, würge ich hervor. »Ich habe dich, und ich habe meine Hunde.«

»Nur ein alter Mann zum Reden, und ich werde nicht mehr lange leben. Und wenn ich fort bin, was tust du dann? Es ist nicht gut, so zu leben. Allein, ohne Bindungen. Es ist Art der Diné, Bindungen zu suchen – zwischen dir und deinen Verwandten, dir und der Welt. K'é, Verwandtschaft, das ist die Lebensart der Diné, so …« Er faltet die Hände und führt sie in Wellenbewegungen zusammen und auseinander und wieder zusammen. »Aber du, du verbringst dein Leben abgeschieden von allem.« Er löst die Hände voneinander, befreit seine Finger, um mit ihnen vor mir zu gestikulieren. »Das ist keine Art zu leben.« Er legt eine kurze Pause ein und wirft mir einen strengen Blick zu. »Auch nicht, wenn man Hunde hat.«

Das ist eine gewohnte Unterhaltung, die wir schon oft geführt haben, aber ich hatte null Schlaf, bin beschissen drauf und stehe unter dem ungewohnten Einfluss von Koffein; ich fühle mich dem heute einfach nicht gewachsen. »Hilfst du mir jetzt mit dem Ding, was ich mitgebracht habe, oder müssen wir weiter über Neizgháni tratschen?« Das klingt härter als beabsichtigt, und ich versuche mich an einem Lächeln, um meine Worte abzumildern, aber es fühlt sich an wie ein schiefes, gruseliges Grinsen.

Er starrt mich an. Ich warte, behalte das blöde Lächeln bei, das ich mir ins Gesicht geklebt habe. Schließlich lässt er seufzend die Schultern hängen. »Du zeigst mir wohl besser, was du da hast.«

»Wo hast du den her?«

Wir stehen einander gegenüber am Küchentisch, eine frische Tasse Kaffee in der Hand, und starren den Kopf an. Tah hat den Tisch mit einer alten Plastiktischdecke abgedeckt, und ich habe den Kopf da abgeladen, wo er ihn haben wollte. Zum ersten Mal kann ich ihn mir nun bei Licht richtig ansehen. Die Züge des

Monsters sind plump, grobschlächtig, zwei gleich aussehende Schlitze bilden die Augen, ein weiterer den Mund, als hätte ein Kind den Kopf aus Ton geformt und die Züge mit einem Stock herausgekratzt. Seine Nase ist beinahe vollkommen flach, als hätte jemand sein Gesicht gegen eine Felswand aus Granit gepresst und fest zugedrückt, und die Haut, die vom Schädel herabhängt, ist fast durchsichtig, breiig und von Adern durchzogen. Durch die breite, überdimensionierte Stirn und das kantige, harte Kinn sieht der Kopf des Monsters genauso brutal aus, wie er auch schon im lebendigen Zustand gewirkt hat.

Ich stoße einen leisen Pfiff aus. Es ist echt hässlich.

»Aus den Bergen östlich von Lukachukai«, erkläre ich. »Es hatte ein kleines Mädchen entführt. Ich habe es in seinem provisorischen Lager erwischt, ungefähr eine Stunde hangaufwärts, als es an dem Kind genagt hat, als wäre es sein Abendessen.«

Er blickt auf. Seine Augen sind so intelligent und so scharf wie die eines Adlers. »Genagt?«

»Ja. Hat ihre Kehle ausgegraben. Mit seinen Zähnen.«

Tah benutzt einen Stock, um die Kieferknochen auseinanderzudrücken. Der Mund lässt sich überraschend leicht öffnen.

»Das ist seltsam«, bemerke ich. »Keine Leichenstarre. Sollte sein Kiefer nicht versteift sein?«

»Sieh dir das an, Maggie.« Er winkt mich näher zu sich und deutet mit dem Stock auf die Zähne des Monsters. Ich beuge mich vor. Sie sind alle gleichermaßen gerade und stumpf wie eine alte Holzprothese. »Keine Schneidezähne, keine Eckzähne. Das sieht aus wie ein ganzer Mund voller Mahlzähne.«

»Komisch. Schließlich war er offensichtlich ein Karnivore. Hätte er da nicht spitzere Zähne haben müssen?« Zumindest erklärt das, warum er so auf dem Mädchen herumgekaut hat und doch kaum vorangekommen ist. Und warum er meine Jacke nicht einfach durchgebissen hat.

»Zahnfäule sehe ich auch nicht.«

»Warum ist das wichtig?«

»Ein ausgewachsenes Tier ohne Zahnfäule?« Er schüttelt den Kopf. »So etwas gibt es nicht.«

»Und was schließt du daraus?«

»Noch gar nichts.« Er lässt den Mund zufallen und dreht sich zu einem Regal hinter ihm um. Von dort holt er eine Handsäge und eine Zange mit langem Griff. »Schauen wir mal, was da drin ist.«

Ich verziehe mich, während er den Schädel bearbeitet. Ich bin nicht zimperlich. Okay, vielleicht ein bisschen. Ich meine, ich habe dem Ding den Kopf abgeschnitten, aber das war in der Hitze des Gefechts. Aus irgendeinem Grund ist es schwerer für mich, bei Tageslicht zu hören, wie eine Säge einen Schädel auftrennt, während ich an meinem kostbaren Aztlán-Kaffee nippe.

»Komm und schau dir das an«, sagt Tah.

Ich kehre zum Tisch zurück. »Wonach muss ich suchen?«

»Schrumpfungen. Abnormitäten. Abartigkeit.«

Ich sehe genau hin und komme mir dumm vor. Ich weiß gar nichts über Gehirne. Die, die ich zu sehen bekomme, sind normalerweise Brei und verteilen sich über den Boden, oder sie kleben an den Wänden, nachdem Kugeln aus meiner eigenen Waffe sie dorthin gespritzt haben. Das Gehirn dieser Kreatur sieht aus wie jedes andere auch, soweit ich das beurteilen kann.

»Übersehe ich etwas?«, frage ich Tah schließlich.

»Nein. Da gibt es nichts zu sehen. Das Gehirn sieht normal aus.«

»Das Ding war aber nicht normal.«

»Ich glaube dir.«

»Und du hast diese seltsamen Zähne gesehen.«

»Ja, ja«, sagt er und schlurft zur Spüle. Er lässt Wasser laufen und wäscht sich die Hände mit etwas Wurzelseife. »Du musst mich nicht überzeugen.«

»Ich versuche gar nicht, dich zu überzeugen.«

Er zieht die Brauen hoch, sagt aber nichts. Stattdessen schlurft er erneut zur Spüle und zapft sich ein Glas Wasser. Ich ärgere mich. Manchmal, wenn ich mit dem alten Mann rede, ist es, als wäre er eine Art Beichtvater. Ich fühle mich schuldig, auch wenn ich gar nichts getan habe.

Er winkt mir zu, ich solle mich setzen, zieht sich auf der anderen Seite einen Stuhl herbei und nimmt vorsichtig Platz. Er lässt sich ein paar Augenblicke Zeit, ehe er mich auffordert: »Sag mir, was du gesehen hast. Da draußen, im Wald. Sag mir, was diese Kreatur getan hat.«

»Das habe ich dir schon gesagt. Es hat versucht, das Mädchen zu fressen. Ich habe ihm ins Herz geschossen, ein sauberer Schuss, der es hätte ausschalten müssen. Dann habe ich noch einmal abgedrückt und ihm die halbe Schulter weggeschossen, aber es ist immer noch nicht umgefallen. Am Ende ist es zu einem Messerkampf gekommen, und ich habe gewonnen.«

»Hat es mit dir gesprochen?«

»Mit mir gesprochen? Wir hatten eigentlich nicht die Zeit, uns zu unterhalten.«

»Ich meine, hat es Worte benutzt?«

Ich ging die Konfrontation im Kopf durch, förderte aber nichts zutage. »Ich kann mich nicht erinnern. Nein, ich würde sagen, das hat es nicht.«

Tah trinkt sein Wasser und starrt in die Ferne.

»Sprich mit mir, Tah.«

»Ich glaube, das ist … sehr schlimm.«

»Ja, das glaube ich auch. Aber warum sagst du mir nicht, wieso?«

»Warum ihre Kehle, Maggie? Warum nicht ihr Herz? Oder den weichen Bauch?«

»Das ergibt keinen Sinn.«

»Es sei denn, es gab einen besonderen Grund dafür. Etwas, das es gewollt hat.«

»Und das wäre?«

Er atmet hörbar aus. »Ich weiß es nicht. In den Geschichten, die ich kenne, taucht nirgends ein Monster auf, das Kehlen isst.«

»Meinst du, da könnten noch mehr sein?«

»Mehr Monster?« Er zuckt mit den schmalen Schultern. Stemmt sich vom Tisch hoch. Verharrt für einen Moment. Und setzt sich wieder hin. »Mit Gewissheit kann ich es nicht sagen, aber diese Kreatur … ich glaube, die wurde nicht geboren, sondern geschaffen. Und wer immer sie geschaffen hat, muss viel Macht haben.«

»Geschaffen?« Mir ist, als würden die Wände um mich herum schimmern, schwammig werden und an Substanz verlieren. Zu gern würde ich es auf den Kaffee schieben, aber ich weiß, dass das, was mich schwindeln lässt, eine Woge plötzlicher Furcht ist.

Er sieht mich unter faltigen Lidern mit freundlichen Augen an. Eine seiner Hände ruht auf dem Tisch, die andere hat er locker um den alten, blauen Metallbecher gelegt. Ein übertrieben großer Ring an seinem Mittelfinger funkelt schwach im künstlichen Licht. »Das wird dir nicht gefallen.«

»Es gefällt mir jetzt schon nicht, und du machst mich nervös.«

»Ich kann dir nicht viel über dieses Monster erzählen, aber ich weiß, dass es nach menschlichem Fleisch giert. Aber nicht, um sich zu ernähren. Ich glaube, es sucht etwas. Wie ich schon sagte, etwas, das ihm fehlt. Und so etwas kann nur passieren, wenn jemand es geschaffen hat, wenn jemand schlechte Medizin benutzt hat, um es zu formen.«

»Hexerei.« Meine Stimme ist leise, belegt. »Ich weiß. Das habe ich an ihm gerochen.«

Diné-Hexerei ist mächtig, gewirkt von Männern und Frauen, die ihre Seelen für die dunkle Magie eintauschen und die Gestalt von Nachtgeschöpfen annehmen, um im Schutz der Dunkelheit zu reisen; die sich mit Geschmeide schmücken, erbeutet aus frisch ausgehobenen Gräbern. Ein Hexer hatte das Rudel Monster angeführt, das mich in jener Nacht angegriffen hatte, in der ich Neizghání begegnet war, und ihre Gewalt verfolgt mich noch immer. Will ich wirklich losziehen und noch mehr von dieser Art aufscheuchen? Nun ergibt der gütige, mitfühlende Ausdruck in seinen Augen noch mehr Sinn.

»Das ist nicht mein Problem, weißt du?«, hauche ich tonlos. »Ich habe meinen Job erledigt und bin bezahlt worden. Wenn ich jetzt losrenne und versuche, den Hexer oder was auch immer aufzuspüren, ist niemand da, der mich dafür bezahlt.«

»Du bist nicht ohne Grund zu mir gekommen, Maggie«, sagt Tah leise. »Ich weiß, dass du in diesen Monaten allein in deinem Trailer gehockt und auf Neizghání gewartet hast, aber vielleicht ist nun die Zeit gekommen, ohne ihn weiterzuziehen.«

»Ich weiß es nicht, Tah. Ich habe Clankräfte, ja, aber ich bin kein Neizghání. Ich bin nicht unsterblich. Wenn dieser Hexer mich erwischt, bin ich so tot wie jeder andere auch. Und ich will wirklich nicht sterben.« Er sagt nichts, also spucke ich aus, was mir zu schaffen macht. »Kannibalismus. Hexerei. Das klingt doch alles ein bisschen zu vertraut, nicht wahr?« Ich mag nicht über die Nacht reden, in der ich Neizghání begegnet bin, aber die groben Fakten kennt er trotzdem.

»Hast du Angst?«

»Teufel, ja.« Ich schiebe meinen Stuhl zurück. »Ich wäre bescheuert, hätte ich keine. Und ich wäre genauso bescheuert, würde ich das allein angehen.«

»Du musst das nicht allein tun«, sagt er fröhlich. »Ich kenne jemanden, der einen großartigen Partner für dich abgeben würde.«

# Kapitel 5

»Dein Enkel?« Ich bemühe mich, die Skepsis aus meiner Stimme herauszuhalten.

Tah nickt nachdrücklich. »Er ist seit Ende des Sommers bei mir. Lernt die Kunst der Medizin. Er ist ziemlich gut bei den Gebetsgesängen, hat sie wirklich gut verinnerlicht. Die Schutzgebete auch. Und die Heilgebete.«

Sommer? Und es ist bereits November. Ist es schon so lange her, seit ich Tah das letzte Mal besucht habe? Und was sagt es über mich aus, dass mir das nicht einmal aufgefallen ist? »Hat dein Enkel je ein Monster gejagt?«

Er schüttelt den Kopf. »Aber seine Gebete sind machtvoll, und sein Gedächtnis ist gut. Und er ist klug. Wirklich klug.«

»Und er ist aus Burque?«

»Burque«, bestätigt er.

»Und warum ist er jetzt hier in Dinétah?«

»Um zu lernen, wie ich es dir gesagt habe.« Er beugt sich vor, als wolle er mir ein Geheimnis zuflüstern, also beuge ich mich meinerseits zu ihm hinüber. »Er wird die alte Lebensart zurückbringen. Die Wetterkünste. Sie helfen uns. Helfen den Diné. Helfen vielleicht allen Menschen.«

»Die Wetterkünste?«

»Den Regen rufen. Die Dürre brechen. Vielleicht das Land von Big Water heilen.«

Ziemlich viel verlangt. Und Big Water ist ein echter Witz. Der Rest der Welt mag ersoffen sein, aber Dinétah welkt unter einer rekordverdächtigen Dürre dahin.

»Und du meinst, dein Enkel kann so etwas?«

Ich hatte noch nie von etwas Derartigem gehört, wenn man mal von dem Klischee des indianischen Regentanzes absieht. Aber Tah spricht nicht über irgendeine Vorstellung für Touristen, wie es sie damals gegeben hatte. Er spricht darüber, echte Energien zu manipulieren. Leben zu schaffen und zu erhalten. Die Kräfte der Natur zu kontrollieren. Ein Schauder flattert über meinen Skalp, und ich kratze mich nachdenklich am Kopf.

»Das ist toll, Tah, aber was hat das damit zu tun, mir bei der Jagd nach diesem Monster zu helfen?«

»Er ist in deinem Alter. Ein guter, junger Mann.«

»Ein guter Mann«, wiederhole ich … und plötzlich wird mir alles klar. Sein kurzer Vortrag vorhin, darüber, dass ich so allein sei, seine Fragen in Bezug auf Neizgháni. »Versuchst du gerade, mich zu verkuppeln?« Ich dachte, der alte Mann hätte nur davon geredet, mir zu helfen, einen Partner für die Monsterjagd zu finden, aber das hört sich ganz so an, als wäre er viel mehr daran interessiert, den Ehestifter zu spielen.

Und er sieht nicht einmal verlegen aus. »Ihr wäret gut füreinander.«

Ich lache, lauter als beabsichtigt, aber der Gedanke ist einfach zu aberwitzig. Ich spreche davon, ein Monster zu bekämpfen, und Tah macht sich Sorgen um mein Liebesleben.

Tah bedenkt mich mit einem finsteren Blick. Er denkt, ich lache ihn aus, aber so ist das gar nicht. Ich versuche es mit einer anderen Taktik. »Du sagst also, er ist ein Heiler, richtig?«

»Ein guter Heiler. Große Medizin.«

»Richtig, große Medizin. Nun, dann kannst du nicht wollen, dass er bei mir ist. Alles, was ich ihm zeigen kann, ist der Tod.«

Er grunzt. »Wenn du gegen diesen Hexer kämpfen willst, wird dir kein Gewehr helfen. Du brauchst starke Medizin, und mein Enkel hat sie.«

Okay, also geht es ihm vielleicht doch nicht so sehr um mein Liebesleben. Und er hat nicht ganz unrecht. Ich freue mich nicht gerade darauf, mich ohne eigene Heilkräfte mit einem Hexer anzulegen, der mächtig genug ist, um Monster zu erschaffen. »Vielleicht sollte ich diesen Hexer doch lieber nicht jagen.«

»Triff ihn einfach, Maggie.«

»Schön.« Ergeben hebe ich die Hände. »Ich treffe mich mit ihm. Wo ist er?«

Wir sehen uns beide zu dem leeren Sofa um, auf dem niemand geschlafen hat. Ich breite die Hände aus, um ihm etwas zu verdeutlichen. »Ich warte nicht auf ihn.«

»Warten? Auf wen?«, ertönt eine Stimme hinter uns. Eine Gestalt, umrahmt von der Morgensonne, steht in der offenen Tür.

Der Fremde lehnt sich an den Türrahmen, die Hände lässig in den Hosentaschen. Eine verspiegelte blaue Sonnenbrille verbirgt seine Augen, und die Schatten verhindern, dass ich sein Gesicht richtig sehen kann. Er ist schlank, mittelgroß. Vielleicht ein, zwei Zoll kleiner als ich mit meinen fast sechs Fuß. Vermutlich in meinem Alter, vielleicht ein Jahr älter, vielleicht ein Jahr jünger.

»Wer bist du?«, frage ich, und meine Hand sinkt automatisch zu dem Böker an meiner Hüfte, als ich ins Licht blinzele.

Tah erhebt sich. »Das ist mein Enkel«, ruft er. »Große Medizin!«

# Kapitel 6

Wie sich herausstellt, heißt Tahs Enkel Kai, nicht »Große Medizin«, und es wird sehr schnell sehr klar, dass Kai und ich nicht das ideale Paar sind, das Tah erhofft hat.

Vielleicht liegt es an seinen Klamotten. Ein Hemd in dunklem Purpur mit durchgehender Knopfleiste, ordentlich in die blaugrüne Hose gesteckt, deren Bügelfalten immer noch messerscharf sind, dazu eine silbern gestreifte Krawatte. Silberfarbene Gesellschaftsschuhe, die etwa so gut ins Reservat passen wie gläserne Pantoffeln und trotz des unerträglichen roten Staubs, der sich sonst auf allem festsetzt, säuberlich poliert sind. Und dann noch diese blaue, verspiegelte Pilotenbrille, die vermutlich so viel gekostet hat wie mein Truck, als beide brandneu gewesen waren.

Vielleicht liegt es an seinem Gesicht. Attraktiv. Nein, mehr als attraktiv. Filmstar-Boyband-attraktiv, wenn es noch Filmstars oder Boybands gäbe. Perfektes Haar, kunstvoll zerzaust, dick und schwarz genug, um in einem Blauton zu schimmern, der zu der Designersonnenbrille und den Modelklamotten passte. Makellose braune Haut, die mir die vereinzelten Aknenarben auf den eigenen Wangen unangemessen deutlich ins Bewusstsein ruft.

Aber vielleicht liegt es auch gar nicht so sehr daran, dass er aussieht und gekleidet ist wie ein Schönling, sondern vielmehr daran, dass er um Viertel vor acht am Morgen in Tahs Zuhause spaziert kommt, nachdem er die Nacht, die offenbar gerade erst geendet hat, anderenorts verbracht hat. Und wenn er auch nicht so aussieht, als hätte er gefeiert – seine Hände sind vollkommen ruhig, als er sich Schafsmilch in den Kaffee gießt –, riecht er doch vage nach Rauch, Schnaps und Schweiß. Nicht unangenehm, aber ich hätte meinen Arsch darauf verwettet, dass Kai in der vergangenen Nacht, während ich Monster gejagt habe, mit seinen Freunden Party gemacht und dabei versucht hat, irgendein einheimisches Mädchen aufzureißen.

Ich respektiere Tah. Das tue ich wirklich, aber es ist völlig unvorstellbar, dass Kai mir helfen wird, Monster zur Strecke zu bringen.

»Dein Name ist Maggie?«, fragt mich Kai, während er die Milch in seinen Kaffee rührt. Ringe funkeln an mindestens drei Fingern. Ich kann seine Augen hinter den verspiegelten Brillengläsern nicht sehen, aber ich bekomme zunehmend das Gefühl, dass er mich anstarrt. Mich taxiert.

In Ordnung. Tue ich schließlich auch. »Richtig.«

»Und das ist deiner?« Mit leichtem Stirnrunzeln mustert er den Monsterkopf und sieht dabei eher neugierig als angewidert aus. Ich hatte schon mit einer etwas stärkeren Reaktion gerechnet. Immerhin findet man nicht jeden Tag den abgetrennten Kopf eines Monsters auf seinem Frühstückstisch, aber ich muss ihm zugutehalten, dass er den Anblick gut wegsteckt.

»Na ja, so würde ich es nicht ausdrücken«, sage ich. »Aber, ja.«

»Maggie ist eine Monstertöterin«, zwitschert Tah stolz. »Ausgebildet von Naayéé Neizgháni persönlich. Ich habe ihr von dir erzählt. Davon, wie du ihr beim Kampf gegen die Monster helfen könntest.«

Abrupt hält Kais Hand mitten in der Bewegung inne. Der Löffel scharrt laut über den Boden seiner Kaffeetasse. Sein Stirnrunzeln vertieft sich, kleine Fältchen stören sein sonst so makelloses Aussehen. »Hast du Monstertöterin gesagt?«

»Aoo'!«, ruft Tah so begeistert, dass ich rot anlaufe. Ganz besonders, weil ich im Begriff bin, etwas zu tun, wofür er mich vermutlich hassen wird.

»Kann ich mit dir reden?«, frage ich Tah leise und sehe mich kurz zu Kai um. Der dreht den Kaffeelöffel in seinen langen Fingern und beobachtet mich. »Unter vier Augen?«

»Hmm? Sicher, sicher.« Wir stehen auf, und ich bedenke Kai mit einem entschuldigenden und angespannten Lächeln, während ich Tah sanft am Ellbogen auf die andere Seite des Hogans führe.

»Worum geht es?«, fragt er.

»Es tut mir leid, Tah, aber ich kann nichts mit ihm anfangen.« Wir stehen in der Ecke. Nicht weit genug entfernt, damit Kai uns nicht hören kann, aber doch weit genug, damit ich nicht das Gefühl habe, direkt vor seiner Nase über ihn herzuziehen.

»Warum nicht?«

Verlegen erröte ich und sehe mich zu Kai um, der sich nun die Krawatte über die Schulter geworfen hat und sich über den Tisch beugt, um mit der Unterseite des Löffels an dem Kopf des Monsters herumzuprokeln. »Ich weiß, du hast gesagt, er hat große Medizin«, sage ich und spreche noch leiser. »Aber sieh ihn dir an. Die Klamotten, die Frisur. Ernsthaft.«

Tah schüttelt den Kopf. »Du hast eine falsche Vorstellung von ihm, Maggie.«

Kai räuspert sich, und wir beide drehen uns zu ihm um. »Ich weiß nicht genau, worüber ihr redet, aber ich würde gern helfen.«

»Danke, nicht nötig«, sage ich.

Tah seufzt schwer. »Sag ihm wenigstens, was wir über das Monster wissen. Mein Enkel ist klug. Er könnte etwas wissen, das dir weiterhilft.«

»Du hast bestimmt recht, Tah, aber ich glaube, ich mache das lieber allein.«

»Sei nicht so stur. Er kann dir helfen«, drängelt er.

Ich habe das Gefühl, wir drehen uns schon wieder im Kreis, und mir ist klar, dass Tah ein »Nein« als Antwort nicht akzeptieren wird. Ich habe nichts gegen Kai, wirklich nicht, aber wenn ich zu Tah durchdringen will, muss ich wohl etwas direkter werden.

»Schau, er mag dein Enkel sein, und, klar, vielleicht lernt er ein paar Heilgesänge oder was auch immer, aber er ist ein Burqueño, Tah. Meinst du wirklich, er will so angezogen auf Monsterjagd gehen? Nicht böse gemeint, aber würde er ein Monster überhaupt erkennen, wenn es ihn in den …«

»Redet ihr über diesen tsé naayéé'?«

Ich erstarre mitten im Satz und drehe mich mit vor Überraschung weit aufgerissenem Mund zu ihm um. »Was?«

»Ein tsé naayéé'. Na ja, sozusagen.« Kai nimmt die Sonnenbrille ab. Klappt sie zusammen und legt sie vorsichtig auf den Tisch. »Eine Kreatur, geschaffen aus einer Mischung aus Fleisch und anderen Dingen. Holz, Stein, sogar Mais. Aber unfähig zu sprechen. Trotzdem war vermutlich ein sehr machtvoller heiliger Gegenstand notwendig, um es zu beleben. Es gibt ein paar, die das schaffen können. Vielleicht solltest du mit deiner Suche in der Bibliothek in Crownpoint anfangen. Die Audioarchive enthalten viele Erzählungen der Ältesten. Ich bin ziemlich gut darin, sie zu übersetzen. Für einen Burqueño, meine ich.«

Geistesabwesend tätschelt er das struppige Haar des Monsters. Das Haar, das an dem Skalp hängt, den Tah während seiner Küchentischautopsie abgenommen hat. Und während er das tut, führt er seinen Milchkaffee an die perfekt geformten Lippen und schaut mich an, ehe er einen Schluck trinkt.

Ich sehe mich zu Tah um. Der strahlt. Wenn ich es nicht besser wüsste, würde ich sagen, er hat mich reingelegt.

# Kapitel 7

Wir schnappen uns den Kopf des Monsters, ein halbes Pfund Zucker, zwei Blechbüchsen mit Kaffee, einen Krug Whiskey, auf den Kai bestanden hat, und Proviant für eine Woche für uns beide, und verstauen alles auf der Ladefläche meines Trucks. Kai ist drinnen und redet mit Tah über irgendetwas, von dem er geschworen hat, es erfordere Privatsphäre, und ich lehne mich an die Fahrertür und sehe träge zu, wie die Massen von Tse Bonito die staubige Straße hinauf- und hinunterströmen. Die Temperaturen steigen bereits merklich. Die Beengtheit und die Metallgebäude der Stadt fangen die Hitze ein und treiben sie um weitere, die Lebensgeister erschlagende zehn Grad oder so nach oben. Ich spüre, wie der Schweiß meinen Rücken hinunterrinnt, während meine Lederjacke den Sonnenschein aufsaugt.

Aus dem Augenwinkel nehme ich eine Bewegung wahr, zwei Männer mit Khakiuniformen und dunklen Sonnenbrillen kommen auf mich zu. Beiläufig drehe ich mich um, ziehe den Kopf ein und öffne die Tür des Trucks. Bete, dass sie mich nicht gesehen haben und ich davonschlüpfen kann.

»Na, na, Maggie Hoskie. Schau einer an, wer unser kleines Drecksloch von einer Stadt zu besuchen geruht.«

Erwischt. Seufzend trete ich von meinem Truck zurück. Knalle die Tür zu. Drehe mich um, lasse die Hände locker herabhängen und gebe mir Mühe, harmlos auszusehen. »Longarm«, grüße ich den Law Dog auf der linken Seite, den mit dem verwitterten Gesicht und dem harten Zug um das Kinn. »Wollte gerade wieder los.«

»So hast du Tse Bonito doch genannt, als du das letzte Mal

hier warst, nicht wahr? Ein Drecksloch?« Er grinst, aber in seiner Stimme schwingt keine Spur von Humor mit. Ich kann seine Augen wegen der verdammten Sonnenbrille nicht sehen, aber ich weiß, dass sie klein und gemein sind.

Longarms richtiger Name ist Chris Tsosie, aber jeder, der sich mal bei ihm unbeliebt gemacht hat, nennt ihn Longarm. Er ist der Leiter der Citizens' Watch and Guard, kurz CWAG oder, häufiger, einfach Law Dogs. Longarm ist der Leithund in einem Rudel von Schlägern mit Marken, und ich Glückliche stehe weit oben auf seiner schwarzen Liste. Wenn es eine Person in Tse Bonito gibt, der ich auf keinen Fall über den Weg laufen möchte, dann ist er es.

»Der Fairness halber, als ich das gesagt habe, wurde gerade auf mich geschossen«, erinnerte ich ihn.

»Sieht aus, als würde jedes Mal, wenn du hier bist, jemand versuchen, dich umzubringen«, grunzt er.

»Dieses Mal nicht«, widerspreche ich hoffnungsfroh.

»Der Tag ist noch jung«, witzelt er, walzt auf mich zu und baut sich bedrohlich vor mir auf. Mein Blick huscht zu der Waffe an seinem Gürtel. Seine Hand ruht auf dem Griff. Mein Gewehr habe ich zurück in die Halterung in der Kabine des Trucks getan. Da komme ich jetzt auf keinen Fall dran. Aber ich habe immer noch die Wurfmesser in meinem Wickelschaft und das Böker an meiner Hüfte. Und vielleicht ist Longarm ja nur hier, um zu reden. Vielleicht aber auch nicht.

Sein Partner lehnt sich an die Motorhaube meines Trucks und beobachtet uns. Ein paar Passanten schauen neugierig zu uns herüber, aber niemand wartet, um Zeuge der zu erwartenden Polizeibrutalität zu werden. Zumindest noch nicht.

»Was willst du hier, Hoskie?«, fragt er gedehnt. »Ich dachte, ich hätte dir klar und deutlich gesagt, dass du in Tse Bonito nicht erwünscht bist.«

»Ich besuche nur einen Freund. Wie gesagt, ich wollte gerade wieder los.«

Er beäugt den Haufen Zeug, den wir auf die Ladefläche gepackt haben, und winkt seinen Partner zu sich. »Kontrollier die Ladung.«

»Ach, nun hör aber auf«, protestiere ich.

Er schnippt mit den Fingern, gerade ein paar Zentimeter von meinem Gesicht entfernt. »Halt die Klappe, oder ich nehme dich wegen einer Ordnungswidrigkeit fest.«

Zu gern hätte ich den spießigen kleinen Scheißer lauthals verwünscht, aber ich halte den Mund. Er würde nichts lieber tun, als mich aufgrund eines beliebigen Vergehens in den Knast zu schleifen und ein paar Tage dort festzuhalten. Da wäre es wirklich dumm, würde ich ihm auch noch einen Anlass liefern, also bleiben meine Lippen fest verschlossen. Aber ich schaffe es nicht ganz, den herausfordernden Blick aus meinen Augen fernzuhalten.

Longarms Hand schießt vorwärts und klatscht heftig auf meine Schulter. Auf die Schulter, aus der das Monster ein Stück herauszubeißen versucht hat. Es tut ausreichend weh, dass ich zusammenzucke. Longarm kneift grinsend die Augen zusammen, als hätte er eine Schwäche entdeckt, die es wert ist, ausgenutzt zu werden. Er kommt näher, rückt mir unangenehm nah auf die Pelle, verdeutlicht demonstrativ die unausgesprochene Drohung.

Mein Körper erstarrt, und ich spüre es. Spüre K'aahanáanii an die Oberfläche steigen. Wie aufs Stichwort verschärfen sich meine Sinne, und ich sehe ihn. Den schnellsten Weg, die Law Dogs zu töten.

Es würde so laufen: Ein Schlag an die Kehle, und wenn er keucht und instinktiv nach seinem Hals greift, reiße ich seine Pistole aus dem Holster. Drehe mich hinter ihn und benutze ihn als Deckung, während ich die Waffe hochreiße und seinen Partner ausschalte, dessen Reaktionszeit so lang ist, dass er nicht einmal die Kugel auf seine Stirn zukommen sehen wird. Peng, peng, und dann liegt die Mündung an Longarms Schläfe, und es knallt noch einmal. Vier Sekunden, maximal, und sie sind beide tot. Die Vorstellung entlockt mir ein Lächeln.

Longarm muss etwas in meinem Gesicht erkannt haben, ein Schimmern in meinen Augen, das ihm verrät, dass er sich auf dünnerem Eis bewegt, als er erwartet hat. Für einen Moment sehe ich, wie ihm der Schweiß über der Oberlippe ausbricht, sehe wie in Zeitlupe, wie er ihn ableckt und plötzlich zögert.

Und dann ruft sein Partner. »Heilige Scheiße, auf der Ladefläche liegt ein menschlicher Kopf!«

Longarm starrt mich mit großen Augen an. Und dann grinst er, und jegliche Furcht geht unter in der Woge der Selbstgerechtigkeit. Mit zwei hastigen Schritten entfernt er sich von mir. »Wie war das?«

»Ein Kopf!«

Ohne mich aus den Augen zu lassen, schlurft er zu seinem Partner. Dort wendet er für einen Moment den Blick ab, um in den Sack zu sehen, den der andere Law Dog aufhält. Dann wendet er sich wieder zu mir um. Die stolzgeschwellte Brust ist auch wieder da. »Du fängst besser an zu reden, Hoskie.«

»Er ist nicht menschlich.«

»Bullshit«, höhnt er.

Longarm weiß, womit ich mir meinen Lebensunterhalt verdiene. Warum er meint, er müsse so tun, als wüsste er es nicht, ist mir unbegreiflich. Aber das tut er, und nun, da er den Kopf als Beweis für meine angeblichen Missetaten hat, baut er sich erneut direkt vor meiner Nase auf. Sein heißer Atem ist unangenehm und riecht nach verfaulten Eiern.

»Wen hast du dieses Mal umgebracht, hä? Irgendeinen armen Kerl, der dumm genug war, dich auf einen Drink einzuladen? Teufel auch, vielleicht verrät uns das, was aus diesem Heldentypen geworden ist, mit dem du zusammen warst. Vielleicht hat er eines Nachts versucht, dich zu besteigen, und du hast ihm den Kopf abgeschnitten und trägst ihn jetzt in einer Tasche mit dir herum.«

Besteigen? Wer spricht denn bloß so? »Ich jage Monster«, erwidere ich mit ruhiger Stimme. »Ich schütze die Menschen, wenn ihr Law Dogs gerade keine Lust dazu habt.«

Er lacht höhnisch, aber ich sehe ihm an, dass ich einen Nerv getroffen habe. »Wenn du dir das nur lange genug einredest, Hoskie, wirst du es eines Tages selbst glauben. Jeder weiß, dass mit dir etwas nicht stimmt. Dass du nicht normal bist. Vielleicht solltest du keine Monster jagen. Vielleicht sollte jemand dich jagen. Je eher du dir das eingestehst, desto eher kann ich dich ausschalten und anderen viel Ärger ersparen.«

Ich bin nicht so dumm, mich von ihm provozieren zu lassen, aber K'aahanáanii wurde bereits provoziert, und meine Hand bewegt sich langsam und beiläufig zu meinem Messer. Ich spüre, dass ich lächele, und dann flüstere ich und mein Atem streicht wie die Liebkosung einer Geliebten über sein Ohr.

»Warum nicht heute, Chris? Warum versuchst du es nicht heute?«

Ich kann sein Herz in der Brust donnern hören. Den säuerlichen Geruch der Furcht riechen. Genieße das Gefühl meiner selbst, ich, das Raubtier, er, die Beute. Ich schließe die Augen und atme ihn tief ein, diesen berauschenden, erregenden Duft.

Lautes Husten zu meiner Rechten. Laut genug, um die Spannung zu brechen. Longarm blinzelt. Atmet die Luft aus, die er angehalten hatte, und entfernt sich von mir und der Aussicht auf Gewalt.

Verärgert drehe ich mich um und sehe Kai, der uns beobachtet. Auf seinem Mund liegt ein feuriges Grinsen, aber seine Augen blicken wachsam, umsichtig, als wollte er sich einem wilden Tier nähern. Und ich bin nicht sicher, ob dieser Blick mir oder Longarm gilt.

»Zeit zu gehen, Maggie«, sagt er. »Wir müssen nach Crownpoint.«

Ich atme K'aahanáanii aus, bin plötzlich zurück in meiner eigenen Haut, meinem eigenen Kopf. Das war knapp. Und dumm. Ich hätte etwas tun können, das mich auf die falsche Seite des Gesetzes befördert hätte, Monstertöterin hin oder her.

»Wer zum Teufel bist du?«, herrscht Longarm ihn an und fügt höhnisch hinzu: »Bist du Hoskies neue Freundin?«

Verwirrt runzelt Kai die Stirn.

»Longarm meint, du siehst hübsch aus«, erkläre ich.

Ich sehe Kai am Gesicht an, wie ihm ein Licht aufgeht hinsichtlich Longarms Versuch, ihn zu kränken. Für jemanden wie Longarm könnte nichts schlimmer sein, als ein Mädchen genannt zu werden. Aber Kai scheint das nichts auszumachen. Er grinst und streckt freundlich die Hand aus. »Ich bin …«

»Zurück!« Longarm zieht seine Waffe. Zielt auf Kai. Und so einfach eskaliert die Situation von schlimm über schlimmer zu total am Arsch.

Für einen Moment tritt ein Chaos ein, in dem die Zeit zugleich langsamer und schneller zu laufen scheint.

Meine Hand liegt auf meinem Bökermesser.

Ich höre Longarms Partner, der immer noch auf der Ladefläche meines Trucks steht und darum ringt, seine Waffe aus dem Holster zu befreien.

Und es sieht aus, als käme ich heute doch nicht aus Tse Bonito raus, ohne dass jemand versucht, mich umzubringen.

»Ich wollte nicht …«, fängt Kai an.

»Ich sagte, zurück und Hände hoch!«, brüllt Longarm. Jetzt sieht er mit seinen übermäßig geweiteten Augen ein bisschen wahnsinnig aus.

Übertrieben langsam streckt Kai die Hände in die Luft und tritt einen Schritt zurück in Richtung Hogan und weg von Longarm.

»Du machst einen Feh…«, setze ich an, aber Longarm bringt

mich zum Schweigen, indem er sich abrupt umdreht und die Waffe auf mich richtet.

»Eins von euch Arschlöchern erzählt mir jetzt besser ganz schnell was über die Leiche in deinem Truck. Oder ich schleife euch alle ins Gefängnis, wo ich euch mit Freuden verdreschen werde wie eine Piñata, bis die Wahrheit aus eurem Mund purzelt wie gottverdammte Bonbons.«

Der Mann kann mit Worten umgehen. Das muss ich ihm wirklich lassen. Aber der Kopf ist plötzlich zu einer vollständigen Leiche mutiert, und ich weiß, dass wir hier ganz bestimmt nicht mehr rauskommen, ohne dass jemand verletzt wird.

Kai antwortet zuerst. »Wenn Sie die Waffe runternehmen würden, Officer, dann können wir reden. Ich würde es Ihnen gern erklären.« Ich sehe mich um, und Kai lässt ein Tausend-Watt-Lächeln aufblitzen und zwinkert mir allen Ernstes zu.

Longarm lässt die Waffe nicht sinken. Aber er versucht auch nicht, Kai zum Schweigen zu bringen, wie ich es erwartet habe. Er hört zu.

»Longarm, richtig?«, fragt Kai. »Sind Sie *der* Longarm? In Burque sind Sie ziemlich berühmt.«

»Wovon redest du?«, fragt Longarm in misstrauischem Ton.

»Der lange Arm des Gesetzes«, sagt Kai. »›Law and Order von Dinétah‹. Der Cacique der Familia Urioste ist voll des Lobes für Sie.«

Longarm blinzelt einige Male überrascht, scheint aber geschmeichelt. »Die Familia Urioste?«

Ich bezweifle, dass Longarm eine Ahnung hat, wer die Familia Urioste ist. Teufel, ich selbst weiß nicht, wer die Familia Urioste ist, aber es hört sich beeindruckend an, wenn Kai es sagt. Wichtig. Longarm bläst sich ein bisschen mehr auf und wirft sich in die Brust, bis er aussieht wie ein Präriehuhn.

Kai nickt. »Mein Vater arbeitet für den Cacique in Burque«, sagt er, und seine Stimme ist so glatt wie heißer Schmalz, als wären er und Longarm bei einer Dinnerparty, ohne dass eine Waffe auf sein Gesicht zielt. »Sein Name ist Juan Cruz. Ich habe Geschichten über Sie gehört.«

Ich habe keine Ahnung, wovon Kai spricht, und Tah hat nie etwas über irgendwelche bedeutenden angeheirateten Verwandten in Burque erzählt, aber die plötzliche Wendung des Gesprächs scheint zu Longarms Entspannung beizutragen. Nein, es ist Kai selbst, der so einen besänftigenden Einfluss auf den Law Dog ausübt. Der mustert Tahs Enkel mit einem abschätzenden Blick, und Kai steht nur mit argloser Miene da. Ordentlich gebundene Krawatte. Glänzend polierte Schuhe. Anziehend und elegant. Und man glaubt es nicht, aber der Law Dog steckt doch tatsächlich die Waffe weg. Ich drehe mich nicht um, aber ich spüre, dass sich auch sein Partner wieder beruhigt.

Kai lässt die Hände sinken und redet weiter. »Das ist ja wirklich ein Ding, dass ich Sie hier treffe. Das muss ich meinen Leuten erzählen, wenn ich wieder nach Hause komme.«

Er streckt die Hand aus, sodass seine Handfläche gut zu sehen ist.

Longarm grunzt, und ich sehe, wie sich die Rädchen in seinem beschränkten Hirn drehen, während er überlegt, welche Verbindungen Kai außerhalb von Dinétah haben mag und was das für ihn bedeuten könnte. Die Mauer mag uns im Inneren schützen, aber das bedeutet nicht, dass Kontakte zur anderen Seite sich nicht auszahlen können. Zucker. Kaffee. Schicke Sonnenbrillen.

Endlich nickt der Law Dog, steckt die Waffe zurück ins Holster und tritt näher, um Kai die Hand zu schütteln.

Scheißkerl.

»Verschwinde zum Teufel noch mal aus meiner Stadt, Hoskie«, murmelt er, als er zurückweicht, um Kai vorbeizulassen. »Ihr beide. Sehe ich euch hier noch einmal, wandert ihr in den Knast.«

Soll mir reichen.

Sein Partner springt von der Ladefläche. »Was ist mit dem Kopf?«

Longarm winkt ihn vom Wagen weg und murmelt etwas, das ich nicht ganz verstehen kann.

Kai brummt ein Dankeschön, und ich verliere keine Zeit, sondern öffne die Fahrertür und klettere hinein. Ramme den Schlüssel ins Zündschloss. Kai schlüpft auf der Beifahrerseite in die Kabine, als der Motor gerade brüllend zum Leben erwacht. Ich lege den Gang ein und fahre los.

Die Straße ist voller Fußgänger, aber ich drängele mich mit dem Truck durch die Menge und mache großzügig Gebrauch von der Hupe, um die Leute wegzuscheuchen. Die holprige Schmutztrasse sorgt dafür, dass wir ordentlich durchgerüttelt werden. Kai stemmt eine Hand gegen das Dach, bis ich den Highway erreicht habe. Kaum habe ich Platz, gebe ich Gas, halte aber die Luft an, bis ich Tse Bonito im Rückspiegel nicht mehr sehen kann.

Kai mustert mich, die Augen gedankenverloren zusammengekniffen.

»Was?«, blaffe ich. Ich bin immer noch kribbelig, aufgedreht von der Monsterjagd. Meine Finger krümmen sich um das Lenkrad, und ich zwinge mich, meinen Griff zu lockern. Ich bin nervös und wütend, aber nichts davon ist Kais Schuld. Er hat mir gerade den Arsch gerettet, und dafür bin ich ihm etwas schuldig. Und er hat es sogar geschafft, das zu tun, ohne dass irgendjemand verhaftet, erschossen oder niedergestochen wurde. Das ist keine Kleinigkeit, also ist wohl das Mindeste, was ich tun kann, mein Temperament zu zügeln und wenigstens zu versuchen, nett zu ihm zu sein.

»Das war was«, bemerke ich und sehe mich zu ihm um. Er starrt mich an. Erwartungsvoll. Er sieht nicht so aus, als hätte er vor, es mir besonders leichtzumachen. Ich versuche es noch einmal.

»Ich schätze, das mit dem Cacique deines Vaters oder was

auch immer ist eine gute Sache. Hat uns jedenfalls da rausgeholfen. Bei Longarm.« Na also. Ein Friedensangebot.

Aber er wendet sich schon ab und schaut zum Fenster hinaus. Sieht zu, wie die weißen Steilwände der Mesa rot werden, während die spärlich mit Kaninchensträuchern getüpfelte Landschaft vorüberrauscht. »Mein Vater kennt den Urioste-Cacique gar nicht«, sagt er geistesabwesend. »Mein Vater ist Collegeprofessor. Zumindest war er das vor Big Water.«

Stirnrunzelnd versuche ich, mir ins Gedächtnis zu rufen, was er Longarm vorhin erzählt hat. »Ich dachte, du hättest gesagt, er arbeitet für die Familia Urioste.«

»Tut er. Hebt Gräben aus oder tut, was immer man ihm an Arbeit gibt. Collegeprofessoren sind heutzutage nicht mehr besonders gefragt.«

»Er ist nicht Juan Cruz, der Freund von irgendeinem wichtigen Sowieso?«

»Es gibt einen Juan Cruz, der für den Cacique arbeitet, aber der ist nicht mein Vater. Mein Nachname ist Arviso.«

»Arviso? Dann … hast du gelogen?«

Kurz schaut er zu mir herüber und lächelt. »Natürlich. Dieser Law Dog wollte doch gar nicht die Wahrheit hören. Der wollte eine gute Geschichte hören, also habe ich ihm eine geliefert. Ich meine, ernsthaft. ›Law and Order von Dinétah‹? Meinst du wirklich, irgendjemand hätte je so etwas Blödes gesagt? Das habe ich mir ausgedacht.«

Ich weiß nicht, ob ich mich darüber freuen soll, dass er verdammt große Eier in der Hose hat, oder doch lieber ärgern, weil er auch ein verdammt großes Risiko eingegangen ist.

»Juan hat aber einen Sohn«, fährt Kai fort. »Netter Bursche. Alvaro Cruz. Wir haben zusammen Party gemacht, uns auf diese schicken Urioste-Galas oben in den Bergen geschlichen. Ihren Kaviar gegessen und ihren Champagner getrunken.« Für einen Moment grinst er, während er in Erinnerungen schwelgt. Dann klopft er mir auf die Schulter, die, an der das Monster genagt hat. Ich zucke zusammen, aber das scheint er gar nicht zu merken. »Es ist völlig in Ordnung, ›danke‹ zu sagen«, verkündet er. »War mir ein Vergnügen, dir auszuhelfen. Ich meine, dieser Typ scheint ein echter Schwanz zu sein. Ich dachte, du könntest vielleicht Unterstützung brauchen, ehe du ihn mit dem Messer bearbeitest.«

Ich grunze, er lacht. Er hat ein nettes Lachen, klar und ehrlich, aber ich komme immer noch nicht über die Lüge hinweg.

»Übrigens«, sagt er, als er die Pilotenbrille aus seiner Hemdtasche zieht und sie sich auf die Nase schiebt, »du hast doch diesen Whiskey auf der Ladefläche, oder? Hast du was dagegen, eine Minute Pause zu machen? Ich könnte wirklich einen Drink vertragen.«

# Kapitel 8

Wenige Meilen hinter Fort Defiance ramme ich den Fuß auf die Bremse.

Dort, keine drei Meter vor uns, überquert ein Kojote die Straße. Er hält inne und dreht den Kopf zu uns. Braun-graue Schnauze, lange, dürre Beine. Er starrt uns aus leuchtenden gelben Augen an, ehe er in ein Gebüsch trottet und in einem Flussbett verschwindet.

»Das ist nicht gut«, sage ich.

»Was ist nicht gut?«, fragt Kai.

»Wenn ein Kojote deinen Pfad kreuzt. Das bringt Unglück, so viel steht fest. Und manchmal bedeutet es auch etwas Schlimmeres.«

Kai nickt sinnierend, als würde er über meine Worte nachdenken. Vielleicht glaubt er mir nicht, Stadtjunge, der er ist. Hält mich trotz seiner Medizinlehre für abergläubisch. Aber dann sagt er: »Sollen wir umkehren? Zurückfahren und einen anderen Weg suchen?«

Ich schaue aus dem Fenster in Richtung Sonne. Ein Kojote, der den Weg kreuzt – damit ist nicht zu spaßen. Aber soweit ich es sehe, haben wir keine große Wahl. »Nein. Wir verlieren zu viel Zeit, wenn wir jetzt umkehren. Aber …« Ich lenke den Truck an den Straßenrand und schalte den Motor ab. »Jetzt ist ein guter Zeitpunkt für den Whiskey.«

Kay sieht zu, wie ich aussteige und zur Heckklappe gehe. Ich lasse sie runter und springe auf die Ladefläche, finde den Whiskey zwischen einigen alten Decken und ziehe ihn hervor. Aufrecht auf der Ladefläche stehend, schraube ich den Deckel ab und hebe den Krug zum Salut. Dann halte ich ihn mir an die Lippen und nehme einen ordentlichen Schluck. Die bernsteinfarbene Flüssigkeit brennt sich einen Weg über meine Kehle. Ich halte Kai, der inzwischen auch ausgestiegen ist, den Krug hin.

Mit verschränkten Armen steht er vor der Seitenwand und taxiert mich. Die Nachmittagssonne spielt mit den weichen Stacheln seiner Haare, kitzelt blaue Flammen aus ihnen heraus, die sein Gesicht umtanzen, und lässt die silbernen Streifen seiner Krawatte aufblitzen. Lange starrt er mich an, als wollte er herausfinden, was ich denke. Dann streckt er die Hand aus und ergreift den Krug. Er hebt ihn und nimmt einen tiefen Zug. Und dann noch einen.

»Du feierst wohl viel?«, frage ich.

Er lässt den Krug sinken, neigt den Kopf zur Seite und hebt eine Hand an die Augen, um sie vor der Sonne abzuschirmen. »Du hast doch nicht vor, mir Vorträge über die Gefahren des Alkohols für Indianer zu halten, oder? Und mir zu erzählen, dass ich eine Art veraltetes Klischee darstelle?«

»Dachte nur, Champagner wäre eher dein Stil.«

Er blinzelt und gluckst leise. »Du hast mir zugehört?«

»Sicher habe ich das. Auch wenn du nur Scheiße laberst.«

Er lacht. Ich springe von der Ladefläche und schlage die Klappe zu. Dann gehe ich um den Wagen herum und nehme ihm den Krug aus der Hand. »Hab das Zeug selbst noch nie getrunken. Champagner ist im Reservat nicht so verbreitet. Als Big Water passiert ist, war ich fünfzehn. Schätze, bis dahin habe ich mal einen Schluck Coors ergattert. Das ist der Champagner unter den Bieren, also zählt das auch, jedenfalls ein bisschen, richtig?« Ich grinse über meinen eigenen Scherz. Öffne den Tank und lege das Sieb in den Stutzen, ehe ich den Whiskey hineinschütte. Wir sehen zu, wie die Flasche langsam leerer und mein Tank voller wird.

Er seufzt theatralisch.

»Du kommst darüber hinweg.«

»Das bezweifle ich.« Er reibt sich den Mund, als wollte er sich den Geschmack auf seinen Lippen ins Gedächtnis rufen. »Dein Truck fährt also mit Schwarzgebranntem.«

»Der fährt mit was immer ich an Treibstoff ergattern kann.«

»Ich dachte, in Dinétah gäbe es jede Menge fossilen Brennstoff.«

»So lautet das Gerücht. Aber der Stammesrat kontrolliert das Benzin, und das verkauft sich besser an Orten wie New Denver oder dem EMK oder den anderen Orten, die sich in den Energiekriegen aufgerieben haben. Darum bringen sie es zu den Leuten, die bereit sind, dafür zu bezahlen.«

»Was ist das EMK?«

»Exalted Mormon Kingdom. Nie davon gehört? Es umfasst so ziemlich alles westlich von New Denver und den größten Teil von dem, was außerhalb von Dinétah von Arizona übrig ist. Hab gehört, das müsse man mal gesehen haben.«

»Das EMK?«

»Na ja, schon, aber ich habe eigentlich Lake Powell gemeint, wo die Raffinerien sind. Ist nur zweihundert Meilen westwärts, nahe dem westlichen Ende der Mauer. Es heißt, die Raffinerien laufen Tag und Nacht, und die Funktionäre des Stammes würden leben wie die Könige. Man sollte doch glauben, nach den Energiekriegen würden die was ändern, findest du nicht? Das Volk beteiligen. Einen verdammten Sonnenkollektor bauen.«

»Gier ist universell«, kommentiert Kai mit nachdenklicher Miene und vage distanziertem Blick. »In Burque haben wir die Wasserbarone, die diese Rolle ausfüllen. Sie kontrollieren alles. Sie haben tiefe Brunnen und Wasserwerke, das kannst du dir nicht vorstellen. Talsperren und Verdampfer in den Bergen. Das Wasser macht sie so reich wie Renaissanceprinzen.« Er nimmt die Pilotenbrille ab und blinzelt in die Sonne. »Es scheint, als gäbe es überall, wo es natürliche Rohstoffe gibt, auch jemanden, der bereit ist, sie für sich allein zu horten und mehr Geld dafür einzuheimsen, als er in seinem Leben je ausgeben kann.«

Ich denke an die Protektoren, die Leute, die in den multinationalen Energiekriegen gekämpft und verloren haben. Bis die Erde selbst eingeschritten ist und sie alle unbesehen ihrer jeweiligen politischen Ausrichtung ersäuft hat.

»Wasser ist Leben«, sage ich.

»Und Öl kann man nicht trinken«, entgegnet er, der alte Slogan der Protektoren, den wir als Kinder gelernt haben. Aber etwas in seinem Ton klingt sonderbar, und für eine Sekunde verdunkelt sich seine Miene und seine Augen blitzen hell, beinahe metallisch. Es ist erschreckend, und es zwickt meinen Monsterinstinkt. Aber ehe ich noch darüber nachdenken kann, warum das so ist, klopft er auf die Seitenwand meines Trucks, laut genug, dass ich zusammenzucke. »Mich erstaunt, dass dieser Truck überhaupt noch fährt. Wie alt ist das Ding?«

Ich schüttele das befremdliche Gefühl ab, speichere es in meinem Gedächtnis ab, um später mit ihm darüber zu reden. »Schlag meinen Wagen nicht, oder du kannst zu Fuß weitergehen. Sie ist ein Klassiker.« Und das ist sie. Ein 1972er Chevy 4x4 Pick-up-Truck, kirschrot und chromverziert wie die Schönheitskönigin, die sie ist. Ich habe sie mehr als einmal von den Toten zurückgeholt, und sie hat mich nie im Stich gelassen, wenn ich sie gebraucht habe. Liebevoll tätschele ich die Heckklappe und lege den leeren Krug auf die Ladefläche.

»Schon ein Relikt, oder?«, fragt er.

»Sie ist aus gutem Detroiter Stahl. Die überlebt jeden anderen Wagen, der in den letzten fünfzig Jahren gebaut wurde. Die bestehen alle nur aus einem Haufen Fiberglas und Plastik.«

Grinsend taxiert er mich. »Kleine Schrauberin, was?«

»Ich kenne mich ein bisschen aus«, gebe ich zu. »Wenn du im Reservat nicht in der Lage bist, dein eigenes Auto zu reparieren, dann musst du ziemlich viel zu Fuß gehen.«

»War nicht böse gemeint«, stellt er klar und reckt die Hände hoch. »Nur eine Beobachtung.«

»Ja, schön, dann beobachte vom Beifahrersitz aus. Wir müssen weiter.« Ich erfasse den Sonnenstand, die schrumpfenden Schatten. »Wir haben vielleicht noch eine Stunde zum Fahren, ehe wir Pause machen müssen.«

»Pause? Es ist noch nicht einmal Mittag.«

»Richtig. Diese Serpentinenstraße führt durch Twin Lakes. Dort können wir halten. Bis dahin ist es Mittag, und wir können um drei wieder auf der Straße sein. Sonst ist es zu heiß, und wenn sie überhitzt, müssen wir laufen.«

»Sagtest du nicht, dein Truck wäre so eine Art Wundermaschine?«

»Nein, ich sagte, sie ist ein Klassiker, und das bedeutet, du hast sie mit Respekt zu behandeln. Wenn wir Twin Lakes hinter uns haben, ist die Straße bis Nahodishgish nur noch andeutungsweise vorhanden. Überhitzung ist schon schlimm genug, aber ein großes Schlagloch, und die Achse ist erledigt. Hast du irgendeine Ahnung, wie schwer es heutzutage ist, die Achse von einem 1972er Chevy auszutauschen?«

»Irgendwie erschüttert das mein Vertrauen ein wenig.«

»Keine Sorge, ich bringe dich in einem Stück zurück zu Tah.« Ich öffne die Fahrertür und klettere in den Truck. Kai steigt auf der Beifahrerseite ein. »Vorausgesetzt, es geht nichts schief.«

»Wir fahren nicht, wenn es zu heiß ist. Wir fahren nicht im Dunkeln über schlechte Straßen. Was kann da noch schiefgehen?«

Obwohl ich mit einem breiten Grinsen den Motor starte, huscht mein Blick unwillkürlich zu der Stelle, an der wir den Kojoten gesehen haben. »Tja, da wären immer noch die Monster.«

Kurz nach Mittag, ganz wie ich gesagt habe, halten wir kurz hinter Twin Lakes an. Trotz des Namens gibt es hier natürlich keine Seen. Was immer hier einmal an Wasser gewesen ist, ist längst ausgetrocknet.

Kai sitzt im Schneidersitz auf einem staubigen Fleckchen Boden, relativ geschützt durch einen Kliffüberhang. Seine Krawatte hat er sich über die Schulter geworfen, die Sonnenbrille sitzt an ihrem Platz, und er nagt an einem Stück Dörrfleisch, das Tah uns großzügigerweise eingepackt hat. Wir teilen uns eine Feldflasche, trinken nur, wenn es nötig ist, und gerade genug, den Mund nicht austrocknen zu lassen. Wenn es vorher schon heiß war, dann ist die Hitze jetzt mörderisch. Ein paar Minuten reichen, um zu spüren, wie die Haut zu verbrennen anfängt; es fühlt sich an, als würden die Hautzellen geröstet, bis sie rot leuchten, und selbst unsere von Natur aus braune Haut liefert uns unter dieser grellen Sonne wenig Schutz. Aber genau wie man es sich über die Hochwüste erzählt, ist es eine trockene Hitze. Unerträglich im direkten Sonnenlicht, aber gute zwanzig Grad kühler im Schatten. Also habe ich den Truck so weit wie nur möglich unter dem beschatteten Überhang geparkt und eine Decke über die dem Wind ausgesetzte Seite gelegt, um den Wagen vor plötzlichen Böen staubgeschwängerter Luft abzuschirmen, bevor ich mich mit Kai zum Mittagessen gesetzt habe.

»Also, warum hat dieser Law Dog gesagt, du wärest nicht normal?«

Ich antworte mit dem Mund voller Dörrfleisch. »Longarm ist ein Idiot.«

»Offensichtlich, aber das ist keine Antwort auf meine Frage.«

Ich schlucke das Fleisch runter. Nehme mir die Zeit, einen gerösteten Pinienkern aus einem kleinen Stoffbeutel mit Kordelzug zu fischen. Als ich den Kern in den Mund stecke, mustere ich den angehenden Medizinmann eingehend. Das Ding ist ranzig geworden. Angewidert spucke ich es wieder aus. »Was hat Tah dir über Clankräfte erzählt?«

Er lockert seine Krawatte, zupft an seinem Hemd, das an seiner schweißfeuchten Brust geklebt hat. »Dass sie Gaben der Diyin Dine'é sind. Dass sie nur von deinen ersten beiden Clans kommen können, erst der mütterliche, dann der väterliche. Dass sie sich in Zeiten großer Not manifestieren, aber nicht bei jedem, und nicht alle sind gleichermaßen mit ihnen gesegnet.«

»Tah hält das für eine Segnung? Und er sagt, das seien Gaben des Heiligen Volks?«

Kai nimmt noch einen Bissen. »Bist du anderer Meinung?«

»Ich sage nur, dass dein cheii es gut meint, aber auch nicht viel herumkommt.« Ich lehne mich Kai gegenüber an das Rad meines Trucks und ziehe ein Knie an die Brust, kratze an einer juckenden Stelle an meiner Wade.

»Ich schätze, das ist alles eine Frage der Perspektive«, sagt er. »Manche Leute sehen in den schlimmen Dingen, die ihnen widerfahren, eine Bürde, andere eine Chance, an ihnen zu wachsen.«

Ich schnaube vernehmlich. »Manche Dinge sind einfach nur schlimm. Leiden hat keinen ausgleichenden Nutzen. Und dieser ganze Mist über die edlen Wilden ist was für Idioten.«

Kai wirkt unbeeindruckt. »Als ich in Rock Springs warten musste, während die Grenzkontrolle meine Papiere überprüft hat, habe ich da dieses Mädchen kennengelernt. Ich weiß nicht mehr, welches der Clan ihrer Mutter war, aber sie war geboren für das Tązhii Dine'é.«

»Tązhii? Sagt mir nichts.«

»Truthahn. Sie wurde geboren für den Turkey-People-Clan.«

»Aha«, entgegne ich trocken. Ich kann mir um alles in der Welt nicht vorstellen, in welcher Art von Clankraft sich das manifestieren könnte.

»Sie hatte von Natur aus ein Händchen für Truthähne. Beispielsweise konnte sie einen wilden Truthahn aus einer Entfernung von einer Meile ausmachen. Und sie sind zu ihr gekommen.

Sie hat sie einfach gerufen – sie hat da so einen besonderen Truthahnruf –, und sie sind gekommen. Das mag nicht die Art von Superkraft sein, die man sich als Kind erträumt, aber wenn man kurz vorm Verhungern ist und dringend etwas zu essen braucht, ist das verdammt nützlich. Außerdem konnte sie die Federn als Tauschware benutzen.« Er gestikuliert, um seine Schilderungen zu untermalen. »Siehst du? Doch eine Gabe.«

»Dass sich eine Clankraft in wohltätiger Art manifestiert, heißt nicht, dass es auch alle anderen tun.«

»Du hast gesagt, aus Leiden würde nichts Gutes entstehen. Ich sage, das stimmt nicht immer.« Er nimmt noch einen Bissen Fleisch, und wir reichen die Feldflasche hin und her. »Also, warum die starke Abneigung deines Gesetzeshüterfreundes?«

Meine Lippen zucken unbeabsichtigt. »Warum willst du das wissen, Kai? Hast du Angst, dich mit mir sehen zu lassen?«

»Überhaupt nicht«, sagt er mit einem entwaffnenden Lächeln. »Ich bin neu hier, weißt du noch? Ich denke mir, wenn du und Longarm natürliche Feinde seid, ist das vermutlich ein Zeichen dafür, dass wir Freunde sein sollten. Denn dieser Typ ist viel zu verkrampft. Und ich neige dazu, die Sichtweise meines cheiis zu teilen. Wenn die Diyin Dine'é dich in einer Zeit der Not gesegnet haben, ist das für mich jedenfalls kein Zeichen dafür, dass du nicht normal bist.«

Ich bohre die Fingernägel in die juckende Stelle an meinem Bein, bis ich spüre, wie die Haut unter dem Stoff aufreißt. »Auf jeden Fall weißt du, wie man sich lieb Kind macht.«

Er neigt den Kopf wie zu einer zustimmenden Verbeugung. »Und du weißt, wie man Fragen ausweicht.«

Ach, zum Teufel. »Ich bin Honágháahnii, geboren für K'aahanáanii.«

Er nickt nachdenklich. »Honágháahnii kenne ich. ›Walksaround.‹ Und das heißt, du bist …«

»Schnell. Wirklich schnell.«

»Mit anderen Worten …?«

»Sagen wir, übermenschlich schnell.«

Er stößt einen anerkennenden Pfiff aus. »Das nenne ich mal eine Superkraft. Ich wünschte, ich könnte es mal sehen.«

»Nein, das wünschst du dir nicht«, widerspreche ich. »Wenn Honágháahnii auftritt, bedeutet das, dass wir in Schwierigkeiten stecken.«

»Richtig«, stimmt er zu. »Vergiss, was ich gesagt habe. Also, dein anderer Clan, was bedeutet K'aahanáanii?«

»Living Arrow.«

»Heißt dass, du bist eine gute Bogenschützin oder so was?«

»Nein, Kai.« Ich stehe auf und strecke mich, klopfe mir den Staub von meinem Hintern und meinen Hüften. Ich spüre, wie Blut über meine Wade rinnt, dort, wo ich die Fingernägel so tief in die Haut gegraben habe, dass sie aufgerissen ist. Ich sehe Kai an, der immer noch dasitzt, die Krawatte über der Schulter und einen Ausdruck von Neugier im Gesicht, als wären Clankräfte für ihn nichts weiter als eine Denkübung. Oder vielleicht auch coole Superkräfte, die nicht dazu führen, dass einem die Leute misstrauen oder einen behandeln, als wäre man nur einen Schritt davon entfernt, selbst ein Monster zu sein. Als würden sie nicht dafür sorgen, dass dein Mentor sich angewidert von dir abwendet, weil dein Blutrausch so entsetzlich ist, dass sogar er, ein Krieger der Legende, nicht begreift, was dich treibt. Tah mag diese Kräfte für eine Segnung halten und Kai ebenfalls. Aber ich weiß es besser.

»Living Arrow bedeutet, dass ich wirklich gut darin bin, Leute zu töten.«

Kai schiebt die Pilotenbrille hoch, als wollte er mich besser sehen können. Dann blinzelt er langsam und mit schweren Lidern, ehe er sie wieder sinken lässt, die Krawatte zurechtrückt und, die Arme über den Kopf gestreckt, herzhaft gähnt. Dann stützt er sich mit beiden Ellbogen auf die Pendleton-Decke und sagt: »Tja, Mags, zumindest weißt du, worin du gut bist, nicht wahr?«

Ich starre ihn an. Ich war auf Widerwillen vorbereitet. Auf Entsetzen. Sogar auf Fassungslosigkeit. Aber Gelassenheit? Mir fällt ein, wie Kai in Tahs Haus den abgetrennten Kopf getätschelt hat wie eine Hauskatze und nicht wie … na ja, den abgetrennten Kopf eines Monsters.

»Ich meine«, fährt er fort, »wenn du eine Gabe erhältst, bist du gewissermaßen verpflichtet, sie auch zu nutzen, richtig? Zugegeben …« Er reckt eine Hand hoch, um meine Antwort aufzuschieben. »… *zugegeben*, deine Gaben könnte man als ein wenig unkonventionell einstufen, und ich würde in ihnen keine allgemein taugliche Grundlage für die Berufswahl sehen, aber wenn es für dich in Ordnung ist …«

Ich fummele weiter an der Stelle an meinem Bein herum. »Dann macht dir das wirklich nichts aus? Du könntest hier draußen allein mit einer eiskalten Mörderin festsitzen.«

»Wenn wir versuchen wollen, aufzuspüren, wer oder was auch immer genug Macht hat, um das Monster zu erschaffen, das ich bei meinem cheii gesehen habe? Nein, das macht mir wirklich nichts aus.« Er zögert kurz, ehe er sein Megawatt-Lächeln einschaltet. »So lange nicht ich es bin, der auf deiner Abschussliste steht.« Er dreht sich zur Seite und stützt sich auf einen Ellbogen. »Versteh mich nicht falsch, ich weiß, ich habe noch viel zu lernen, aber ich bin ein Mann des Friedens.«

»Ein Mann fürs Zarte, nicht fürs Harte?«

Er grinst. »Bingo. Alles eine Frage der Balance, nicht wahr? Ich schätze, wenn es jemanden wie mich gibt, muss es auch jemanden wie dich geben. Solange ich mich bei dir nicht unbeliebt mache und du nicht in Versuchung gerätst …« Mit einer Hand fährt er sich über die Kehle.

Ich kichere. »Schlaf einfach ein bisschen. Falls du wieder aufwachst, weißt du, dass du dich nicht unbeliebt gemacht hast.«

Er trommelt auf den Rändern der Decke herum. Zögert.

»War nur ein Scherz«, sage ich.

»Nein, das ist es nicht.«

»Was dann? Schau, ich habe letzte Nacht keinen Schlaf bekommen, und allmählich macht mir das zu …«

»Ich habe Träume.«

Damit hat er meine volle Aufmerksamkeit. Diné nehmen ihre Träume ernst, ganz besonders die von einem Medizinmann. Auch von einem künftigen wie Kai. »Was für Träume?«

»Nichts, worüber man sich Sorgen machen müsste. Nur …« Er fummelt an der Decke herum. »Wenn ich anfange, im Schlaf zu reden oder so was, weck mich. Okay?«

»Klar.«

Er berührt seine Lippen, eindeutig eine unbewusste Geste, und ich würde die Two Grey Hills, die ich in Lukachukai gelassen habe, darauf verwetten, dass er an den längst verdauten Whiskey denkt. »Ich meine es ernst. Lass mich nicht …«

»Ich habe ›Ja‹ gesagt. Wenn du redest oder dich zu häufig herumwälzt, wecke ich dich. Versprochen.«

Aber Kai ist nicht derjenige, der träumt.

Zuerst überfällt mich der Geruch von böser Medizin. Der Himmel hüllt sich in Schattierungen von Grün, ein aufwühlender Ton krankhaften Erbrechens, vermengt mit fahlgelben Blitzen. Hohl und dissonant erklingt Donner aus der Ferne. Wolken huschen an einem aufgeblasenen roten Mond vorüber, und die Erde klagt leise und gepeinigt, wankt unter ihren Qualen, verlagert Berge und Meere und ertränkt die Städte der Welt in blutschäumenden Tsunamis.

Das ist das Big Water meiner Albträume, aber ich verweile nicht lange. Die Zeit ändert sich, und ich befinde mich in einer Mondlandschaft voller ausgedörrter Erde und schalem, leerem Nichts.

Ich erkenne den Ort wieder. Ich bin wieder auf der Black Mesa.

Jemand ist bei mir. Jemand, der sich gerade außerhalb meines Blickfeldes aufhält. Ich versuche, den Kopf zu drehen, aber ich bin aus Holz. Hart, wie versteinert und bewegungsunfähig. Ich verdrehe die Augen in ihren Höhlen, kann aber nur einen kurzen Blick auf den Eindringling erhaschen. Langes, rabenschwarzes Haar flattert wie Vogelschwingen. Neizgháni.

Ich öffne den Mund, bekomme aber keinen Laut über meine Lippen. Versuche, meine Hand zu heben, aber sie bleibt wie erstarrt an meiner Seite. Meine Kiefermuskulatur arbeitet, bringt ein feuchtes, saugendes Geräusch hervor. Blut füllt meine Mundhöhle und bringt mich zum Würgen, zäh, warm und markig. Neizgháni hört es, und unsere Blicke treffen sich. Seine Augen sind grau, die Farbe toter Dinge, die zu lange in der Sonne gelegen haben. Seine Zähne sind gelb, befleckt vom Fett menschlichen Fleisches. Pfropfen davon kleben an seinem Zahnfleisch. Auf seinem Kopf liegt das Fell eines Kojoten, das ihm über Nacken und Schultern hängt. Um den Hals trägt er eine silbern gestreifte Krawatte. Das ist alles falsch. Neizghánis Augen sind wie Onyx, seine Zähne wie Diamanten. Und nur ein yee naaldlǫǫshii würde ein Tierfell tragen. Ich schreie, verschlucke mich an meinem eigenen Blut, meine Stimmbänder wollen arbeiten, aber sie werden zerkaut, durchgebissen von einem seelenlosen Monster, das eine Flammenkrone auf dem mit Asche bedeckten Haupt trägt. Seine derben Finger liebkosen meine Wange, streichen beinahe liebevoll durch mein Haar. Da ist eine Last auf meiner Schulter, die stumpfen Zähne des Monsters plagen meine Knochen. Meine Haut bricht auf, und Maden strömen in einem fauligen, matschigen Brei aus meinem Körper. Longarm lacht, schaufelt sie mit zwei Fingern auf und steckt sie in den Mund. »Schmeckt wie Hühnchen«, sagt er zu Kai. Kai lächelt, strahlend und liebreizend. Ein Paar gewaltiger Insektenflügel bläht sich hinter ihm auf. Berge aus Spinnennetzen bedecken seine Augen, rauben ihm die Sicht. »Töte sie«, flüstert er mir zu, und seine Worte klingen wie das Flehen eines Geliebten, Ringe glitzern an seinen anmutigen, langen Fingern, und seine Berührung fühlt sich auf meiner

Haut so sanft an wie ein Frühlingsregen. Er beugt sich zu mir, um meinen blutgefüllten Mund zu küssen, und sagt erneut: »Töte sie alle.«

Ich erwache frierend und zitternd im Schatten des Überhangs. Kai kauert immer noch mir gegenüber am Boden und schläft nun doch tief und fest. Die Luft riecht nach Staub und Hitze, nicht nach böser Medizin. Und ich bin weit und breit das einzige potenzielle Monster.

Als wir wieder unterwegs sind, zeigt sich die Sonne als freundlichere, sanftere und leicht verwischte Kugel auf ihrem Weg zum Horizont. Kai versucht einige Male, mich in ein Gespräch zu verwickeln, aber ich kann meinen Traum nicht abschütteln. Der kranke Himmel über der Black Mesa, der Geruch der Hexerei. Neizgháni, der bis hin zu den schlammgrauen Augen und den gelben Zähnen ausgesehen hat wie der yee-naaldlǫǫshii Hexer, der meine nalí ermordet hat. Aber der Kojotenkopf war falsch. Der Hexer, der uns angegriffen hatte, hat einen Wolfspelz getragen. Trotzdem ist es immer noch nahe genug dran, um mich zusammen mit dem Rest des Traums aus dem Gleichgewicht zu bringen. Als Kai mich also nach meiner Familie fragt, sage ich: »Tot.« Und als er mich fragt, wer mich großgezogen hat, sage ich: »Vermutlich tot.«

Bis er endlich aufhört, mir Fragen zu stellen.

Geistesabwesend reibe ich meine Schulter und denke an das Monster. Denke an das Böse. Und frage mich, ob all das, was ich in meinem Traum gesehen habe, nur Zufall war, oder ob es etwas zu bedeuten hat.

»Erzähl mir etwas über diese … wie hast du sie genannt?«

Er lehnt sich auf der anderen Seite des Trucks an und starrt konzentriert aus dem Fenster. »Hmm?«

»Du hast gesagt, du hättest dieses Monster bei Tah erkannt. Hast es tsé naayéé' genannt?«

Er sieht aus, als wäre ihm danach, mich auflaufen zu lassen, wahrscheinlich, weil er sich über mein beschissenes Auftreten ärgert, aber ich sehe ihm an, dass das nicht sein Stil ist, dass er das nicht lange durchhalten wird. »Na ja, tsé naayéé' ist nicht ganz das richtige Wort dafür«, räumt er ein. »Aber es ist etwas Ähnliches. Ich weiß, dass ich schon früher davon gehört habe. Wie ich schon sagte, mein Vater war Professor für Navajostudien. Manchmal hat er Aufzeichnungen mit nach Hause gebracht, mündliche Berichte von Ältesten über die überlieferten Geschichten. Schöpfungsgeschichten, Legenden, Monster.« Er grinst. »Ich weiß noch, dass er eine große Kiste mit VHS-Kassetten hatte. Erinnerst du dich an die Dinger? Nicht? Wie auch immer, er hat sie vom Stamm bekommen mit der Genehmigung, sie zu digitalisieren. Ich habe dann oft in seinem Arbeitszimmer gesessen und zugehört, während er gearbeitet hat.«

»Digitalaufnahmen? Glaubst du, die finden wir in der Bibliothek in Crownpoint?«

»Das hoffe ich, Mags.«

Der Name klingt fremd für mich, und ich runzele die Stirn. »So hast du mich schon einmal genannt.«

»Mags? Das ist ein Spitzname. Gefällt er dir? Jemand hat mir gesagt, man solle Mädchen Spitznamen geben, dann würden sie einen eher mögen.«

»Jemand hat dir Lügen erzählt.«

»Ja, mag sein.« Er lehnt sich zurück, stützt die Beine an der Konsole ab und grinst mich an wie ein Filmstar. »Lass es mich einfach wissen, falls es doch funktioniert, Partnerin.«

»Hör mal«, sage ich, »erwarte nicht zu viel von dieser Partnersache, ja? Ist nichts Persönliches, ich arbeite nur lieber allein.«

»Ich dachte, du hättest früher schon einen Partner gehabt.«

Neizghání. Aber wie soll ich ihm das erklären? Er war mehr als ein Partner, mehr als mein Lehrer. »Weg«, sage ich also nur. »Ich bin schon eine ganze Weile auf mich allein gestellt.«

»Auf Monsterjagd?«

»Nein«, gestehe ich. »Der tsé naayéé' war meine erste Solo-Jagd. Ich habe mich ein paarmal von einer örtlichen Gruppe als Söldnerin anheuern lassen, aber das hat nicht hingehauen. Vor allem habe ich einfach pausiert.« Sofern mich in meinem Trailer zu verkriechen als Pause durchgeht.

»Was soll's, jetzt bist du da. Perfektes Timing.« Er breitet die Arme aus. »Denn hier bin ich.«

Der Mann gibt einfach keine Ruhe, aber ich spüre, wie sich trotz meiner festen Absicht, ihn mit finsterer Miene abzuspeisen, ein Lächeln in mein Gesicht schleicht. Immerhin. »Ich habe Hunde«, murmele ich.

»Hmm?«

»Ich sagte … Scheiße …«

Wir erklimmen die letzte Hügelkuppe, und vor uns breitet sich Crownpoint aus.

Die Stadt Crownpoint besteht aus ein paar Meilen voller Trailer und von der NHA bebauten Grundstücken, die sich über sanfte Hügel hinab zu dem bescheidenen Campus der technischen Hochschule ziehen. Ich erinnere mich, dass die Hauptstraße, auf der wir uns befinden, den Ostrand der Stadt streift und wir, wenn wir einfach weiterfahren, zu einem ehemaligen *Bashas'* Lebensmittelmarkt gelangen, der zu einem Handelsposten mit einem kleinen Restaurant umfunktioniert wurde, das einmal im Monat öffnet und Hammeleintopf serviert. So zumindest war Crownpoint früher. Jetzt sieht es aus wie ein verwaistes Schlachtfeld.

Verbrannt, verkohlt und mit Leichen übersät.

# Kapitel 9

Schweigend fahren wir über die Route 9 mitten hinein in das Herz von Crownpoint. Mein Gewehr ruht auf meinen Oberschenkeln, und Kai sieht aus dem Fenster, wonach er Ausschau hält, weiß ich nicht so recht. Vielleicht sucht er nach Lebenszeichen. Aber er hat kein Glück. Die Leichen, die überall um uns herum auf dem Boden liegen, sind eindeutig nicht lebendig.

»So viele Geister«, flüstert er.

»Meinst du …?«

» Ch'į̨įdii. Überall. Kannst du sie sehen?«

Ich schaudere und mir ist, als würden mir eine Million Ameisen über das Rückgrat krabbeln. »Nein.«

Er nickt. Sagt nichts.

In Navajo sind die verweilenden Seelen der Toten ch'į̨įdii. Sie sind die Überreste, die bösen Taten, die jeder Mann und jede Frau im Augenblick des Todes zurücklässt. Sie können von den Lebenden Besitz ergreifen, ihnen das Leiden des Versinkens aufbürden. Das Versinken kann einen langsamen Tod bedeuten, das Opfer vergisst, aus dem Bett aufzustehen, vergisst zu essen und schließlich zu atmen. Oder aber das Versinken tritt aggressiv auf wie ein Angriff, der sich anfühlt, als müsse man ersticken, als werde man in sein Grab hinabgezogen. Aber ob nun schnell oder langsam, ch'į̨įdii töten. Glücklicherweise neigen sie dazu, nahe bei der Leiche zu bleiben oder die Häuser heimzusuchen, in denen die Verstorbenen ihr Ende gefunden haben, halten wir uns also fern von ihnen, sollten sie sich auch von uns fernhalten.

»Einmal hatte ich die Geisterkrankheit«, sage ich, hauptsächlich, um mich selbst reden zu hören. »Wir haben diesen Mann gejagt, einen Menschen, aber er ist zu etwas Bösem geworden. Er hat in der Nähe von Ganado seine Familie abgeschlachtet. Frau, Kinder, Cousins, sogar die Pferde. Mein alter Partner war dabei, aber wir haben uns aufgeteilt und sind verschiedenen Spuren gefolgt. Ich war allein, als ich ihn gefunden habe. Hab ihn in einem alten, verlassenen Hogan in die Enge getrieben und erschossen. Aber ich habe ihm nicht den Kopf abgeschlagen. Mein Fehler. Wie auch immer, sein ch'įįdii war stark. All das Böse hat nur darauf gewartet, sich zu erheben und Gestalt anzunehmen, und ich war dumm genug, mit ihm in dem Hogan zu sein, ohne genug Platz, um rechtzeitig flüchten zu können. Mein Mentor hat mich Stunden später gefunden. Ich hatte Fieber, war deliriös und habe etwas über das Versinken geschrien. Er hat mich zu deinem Großvater gebracht. Vier Tage und Nächte hat es gedauert, mich zu retten, aber Tah hat es geschafft.« Ich sehe mich zu Kai um. Er starrt immer noch zum Fenster hinaus, hört mir aber zu. »So bin ich deinem cheii begegnet. Er hat mir das Leben gerettet.«

»Diese hier scheinen … irgendwie festzuhängen.«

»Warten sie auf etwas?«

Ich kann seinen Adamsapfel hüpfen sehen, als er schluckt. »Ich weiß es nicht.«

»Ich habe ganz besondere Munition in den Hülsen unter deinem Sitz. Maispollen und Obsidian. Das wird sie nicht umbringen, aber es hält sie auf. Bindet sie an den Ort, an dem sie sich gerade aufhalten.«

Er greift unter den Sitz und zieht die Kiste mit selbst gemachter Munition hervor.

»Wenn du einen kommen siehst, brich die Hülse auf und bewirf ihn damit«, erkläre ich ihm.

»Und dann?«

»Dann laufen wir, so schnell wir können.«

Mit angespannter Miene steckt er ein paar Hülsen in die Tasche.

Das ist nicht gerade ein toller Plan, aber wenn da so viele sind, wie Kai sagt, dann ist das alles, was ich zu bieten habe.

Glücklicherweise brauchen wir meinen Plan nicht. Trotz der Spuren des Gemetzels um uns herum sind die Relikte von Crownpoint schaurig verlassen von allem, was lebt, und was tot ist, bleibt auf Distanz. Den Weg zur Hochschule habe ich im Kopf, und ich steuere uns durch die Geisterstadt, biege an Lower Point rechts ab und am Hogan Trail links, ehe ich um die leere Bude des Wachdienstes an der Zufahrt zum Campus herumfahre.

Die alte Bibliothek war ursprünglich kaum mehr als ein besserer Trailer doppelter Breite mit braunen Metallwänden und einem passenden, grünen Dach. Jemand hat eine behindertengerechte Rampe und einen prächtigen, zweistöckigen Vorbau an dem Gebilde angebracht, vier Betonpfeiler umrahmen zweiflügelige Türen. Und das Dach auf der Rückseite des Gebäudes ist halb hochgeklappt, um Raum für zusätzliche Fenster zu schaffen und den Eindruck eines Innenhofs zu vermitteln. Das Bauwerk sieht nicht übel aus, abgesehen von den verkohlten Fundamenten, die sich an der Außenseite entlangziehen. Jemand hat erst kürzlich versucht, es niederzubrennen, aber viel Mühe hat sich derjenige nicht gegeben. Es sieht aus, als hätten sie lediglich ein Streichholz an das Gestrüpp und das gelbe Gras rund um das Gebäude gehalten, wären aber nicht geblieben, um sich zu vergewissern, dass es auch wirklich in Flammen aufging. Ein Punkt für uns.

»Meinst du, wir sind hier sicher?«, fragt Kai mit immer noch leiser Stimme.

Ich ramme den Schalthebel in Parkposition und schalte den Motor ab. »Nein. Aber da drin sind Informationen, die wir brauchen, richtig?«

Er nickt.

»Dann gehen wir rein.«

Ich greife unter den Fahrersitz und ziehe eine Metallkiste hervor. Nehme einen kleinen Schlüssel von meinem Schlüsselring und stecke ihn in das Schloss. Er dreht sich, und der Deckel geht auf. In dem Kasten liegt eine Glock 22 Kaliber 40 mit einem 15-Schuss-Standardmagazin. Ich nehme sie heraus und biete sie Kai an.

»Was ist das?«

»Eine Waffe.«

»Das weiß ich. Ich meine, warum gibst du sie mir?«

»Du wirst sie brauchen, falls da drin etwas Großes und Böses auf uns wartet.«

»Ich glaube, das Große und Böse ist gekommen und wieder gegangen.«

Beharrlich halte ich den Arm weiterhin ausgestreckt. »Nimm sie trotzdem.«

»Ich brauche sie nicht. Ich kann nicht … und etwas zu töten könnte …« Er schüttelt den Kopf.

Ich stutze, und meine Hand umklammert das kalte Metall. »Hast du noch nie eine Waffe abgefeuert?«

»Ich habe es dir ja gesagt. Ich bin ein Heiler, kein Mörder.«

»Du hast auch gesagt, du kannst dich verteidigen!«, brülle ich lauter als beabsichtigt. Ich bin eben einfach nicht auf die Idee gekommen, Kai könnte sich weigern, eine Waffe zu benutzen.

Angesichts meiner Lautstärke zuckt er zusammen und gestikuliert besänftigend. »Ich kann auf mich aufpassen«, sagt er mit ruhiger Stimme. »Aber ich brauche dazu keine Waffe.«

Ich schlucke die scharfe Erwiderung runter, die bereits in meiner Kehle aufsteigt. »Tah hat mir dein Leben anvertraut. Wenn du mich zwingst, zurückzugehen und diesem netten alten Mann zu sagen, dass du unter meiner Aufsicht getötet wurdest, erwürge ich dich.«

Seine Mundwinkel zucken. »Mir passiert nichts.«

Ich lege die Waffe zurück und schiebe die Kiste wieder unter den Sitz. »Das will ich hoffen.« Ich steige aus und knalle die Tür zu, um meine Aussage zu untermauern. Er gleitet auf der Beifahrerseite hinaus und folgt mir die Handvoll Betonstufen hinauf. Dabei klappern seine eleganten Halbschuhe auf der harten Oberfläche. Ich starre seine fehlgeleiteten Füße an. »Bei der ersten Gelegenheit besorgst du dir richtige Schuhe. Die Dinger machen genug Lärm, dass die Monster uns schon aus einer Meile Entfernung kommen hören werden.«

Nach all dem Krach, den ich veranstaltet habe, ist es schon ein ziemlich starkes Stück, mich über Kais Schuhe zu echauffieren, aber er ist klug genug, keine Widerworte zu geben. Vor der Rampe halte ich inne. Das Fundament ist hier stärker verbrannt, und ich bücke mich und presse die Hand auf die geschwärzte Erde. Dann halte ich sie an meine Nase und schnüffele daran. Sie riecht leicht süßlich, beinahe metallisch, so, als wäre die Isolierung eines stromführenden Drahts beschädigt worden.

»Was ist?«

»Nichts. Nur so ein Gefühl.« Ich richte mich auf und wische mir die Asche von den Händen. »Lass uns erst mal die Bibliothek checken.«

Kai folgt mir die Eingangsrampe hinauf. Ich bleibe stehen, hebe mein Gewehr an die Schulter und ziele auf die zweiflügelige Tür.

»Mach die Tür auf«, fordere ich ihn auf.

»Ich?«

»Ja. Ich bin die mit dem Gewehr, also bist du der, der die Türen öffnet.«

Er grummelt unglücklich, tritt aber vor und ist sogar so schlau, sich aus meiner Schusslinie zu halten, als er an einer der Türen zieht. Sie schwingt auf. Ich warte, bereit, auf alles zu schießen, was sich uns nähert. Aber es nähert sich nichts, also gehe ich hinein.

Die Bibliothek ist verlassen und fühlt sich an wie ein Ort, an dem sich lange nichts gerührt hat. Weit offener Eingang, ausstaffiert in institutionellen Braun- und Grautönen. Der Generator ist aus, und das einzige Licht im Inneren ist das, was fahl und wässrig durch die Fenster und das Oberlicht hereinsickert. Eine Schicht Wüstenstaub bedeckt die Oberseiten der schulterhohen Regale. Mehr Staub hat sich auf den Einbänden der Bücher gesammelt. Hier, in der Nähe des Eingangs, finden sich reihenweise Zeitschriften – *Native Peoples Magazine*, *Smithsonian*, eine alte Sonderausgabe von *Indian Country* – und auf allen prangt ein Veröffentlichungsdatum aus der Zeit vor Big Water.

Unbehagen kriecht mir über den Rücken. Ich habe nie viel Zeit in Bibliotheken zugebracht, nicht einmal als Kind, aber diese Bücherei fühlt sich eher wie eine Gruft an.

»Wohin?«, frage ich, und meine Stimme hallt von der gewölbten Decke zurück.

Sein Blick wandert über die staubigen Zeitschriften, die langen, leeren Tische. »Archiv«, sagt er. »Wer weiß, womöglich finden wir sogar etwas von dem Zeug, an dem mein Dad gearbeitet hat.«

»Monstergeschichten?«

»Na ja, nicht nur das. Das sind mündliche Überlieferungen. Das Wissen der Ältesten über ihr Leben, ihre Zeit in Internaten, Geschichten über Eltern, die den Langen Marsch überlebt haben. Im Grunde alles, was sie zu teilen bereit waren. Navajo-Gelehrte hatten befürchtet, wir könnten dieses Wissen verlieren, wenn die Ältesten sterben. Hätten sie gewusst, dass die Vereinigten Staaten brennen und untergehen würden und Dinétah als eines der letzten Gebiete überdauern würde, hätten sie sich vielleicht weniger Sorgen gemacht. Aber man kann nicht alles vorhersehen.«

»Viele haben es vorhergesehen. Big Water, meine ich.«

»Sicher, aber nicht so, wie es dann wirklich gekommen ist.« Er führt uns einen langen Gang hinunter, dessen Wände mit Postern behangen sind – Werbung für den Benefizlauf für Diabetiker im Jahr 2030 und den Jahrmarkt in Crownpoint im Jahr 2029 –, die die kahlen Flächen in regelmäßigen Abständen auflockern. »Ich meine, vom Klimawandel wurden Überschwemmungen in Florida und Dürren in Kalifornien erwartet, nicht, dass zwei Drittel des Kontinents plötzlich unter Wasser stehen.«

Ich halte das Gewehr schussbereit, als wir um die Ecke biegen und einen Lesesaal betreten, der voller überdimensionierter Bücher mit Landkarten aus der ganzen Welt ist – Landkarten, die nun überholt sind. Neben den Karten befinden sich alte Enzyklopädien über die Geschichte einer Welt, die in der dargestellten Form nicht mehr existiert. Es ist unheimlich und bringt mich dazu, auf eine Weise an Orte außerhalb von Dinétah zu denken, wie ich es lange nicht getan habe. Aber vielleicht liegt es auch an Kai, dass ich so denke. Ich frage mich, ob es andere Gebiete wie dieses gibt, andere Stammesgebiete, in denen die alten Götter wiederauferstanden sind, in denen Monster die Fünffingrigen bedrohen, in denen der Tod auf die wenigen lauert, die noch immer im Land ihrer Vorfahren leben.

»Außerdem«, fährt Kai fort, »haben sie die Erdbeben von New Madrid nicht bedacht. Das Chaos und die Aufstände im Zuge der Energiekriege. Bedenkt man, dass das alles in einem Zeitraum von ein paar wenigen, kurzen Jahren unter einer inkompetenten Regierung passiert ist … Es wäre auch ohne Big Water schlimm genug gekommen.«

»Meine nalí sagte, damit hätte das nichts zu tun.«

Er bleibt stehen, und ich renne ihn beinahe um, in Gedanken immer noch bei den fernen, versunkenen Ländern.

»Wie meinst du das?«, fragt er neugierig.

»Viele traditionelle Diné erzählen die Geschichte der ersten Flut. Davon, wie Coyote die Kinder von Water Monster stahl und Monster die Welt überschwemmt hat, um sie zurückzubekommen. Sie denken, Big Water könnte vielleicht etwas in dieser Art gewesen sein.«

»Coyote ist dafür verantwortlich?«, fragt Kai zweifelnd.

»Hey, ich will mich nicht mit dir streiten.« Ich gebe ihm zu bedenken, dass er weitergehen soll. Je weniger Zeit wir hier drin verbringen, desto besser. »Ich sage nur, es könnte vielleicht noch mehr dran sein. Gerade du solltest das wissen.«

»Warum ich?«, fragt er. Er hat mir den Rücken zugekehrt, sodass ich sein Gesicht nicht sehen kann, aber seine Stimme klingt, als wäre er beleidigt.

»Du bist der Med...«

Wieder bleibt er stehen. »Das sieht passend aus.«

»Das« ist eine lange Reihe von Aktenschränken. Die Sorte mit Schubladen, die zusätzlich in einzelne Fächer zum Ordnen von Audiobändern unterteilt sind. Die Schublade, auf die Kai zeigt, ist mit den Worten »Mündliche Überlieferungen« gekennzeichnet, geordnet nach Jahr und Nachname. Die Aktenschränke ziehen sich in mindestens vier Reihen über die ganze Wand.

»Unmöglich«, sage ich bestürzt.

»Mehr, als ich gedacht habe«, gesteht Kai. »Aber vielleicht gibt es eine Möglichkeit, die Sache einzugrenzen. Sehen wir es uns einmal an.«

Ich lehne das Gewehr an eines der nahen Regale und rüttele am Griff der ersten Schublade, die die Aufschrift »1971 A–C« trägt, aber sie weigert sich hartnäckig, aufzugehen. Sicherheitshalber versuche ich es auch noch bei der nächsten, aber sie ist ebenfalls abgeschlossen.

»Sieht aus, als müssten wir sie aufbrechen«, merkt Kai an.

Ich schnappe mir mein Gewehr und halte es mit dem Schaft nach unten. Wenn ich hart genug zuschlage, sollte das Schloss nachgeben.

Kai räuspert sich. Ich halte inne und schaue mich um. Er sieht mich an und zieht eine perfekt gewölbte Braue hoch.

»Ich weiß selbst, dass das ein bisschen plump ist, aber es dürfte funktionieren«, sage ich.

»Oder ...« Er zeigt auf das Bökermesser an meiner Hüfte. »Darf ich?«, fragt er.

»Du willst mein Messer benutzen?«

»Ich habe ein Händchen für Schlösser.«

Ich gebe einen missbilligenden Laut von mir. »Lügt Amtspersonen an, bricht Schlösser auf und hortet schwarzgebrannten Whiskey. Und ich dachte, du wärest so eine Art Gelehrter.«

Er setzt eine gespielt entrüstete Miene auf. »Ich habe keine Ahnung, wovon du redest.«

»Weiß dein Großvater das?«, frage ich und reiche ihm mein Messer.

»Mein cheii war zu seiner Zeit selbst ziemlich berüchtigt.«

»Tah?«, frage ich verdattert.

»Lass dich von einem hübschen Gesicht nicht täuschen.«

Amüsiert lehne ich mich an den Aktenschrank. »Weißt du, jetzt, da du es erwähnst, ich wette, Grandpa Tah war ein Hingucker. Er hat immer noch so ein Funkeln in den Augen.«

Er bedenkt mich mit einem übertriebenen Seufzer. »Ich habe von mir gesprochen. Ich bin der mit dem hübschen Gesicht.«

Er bückt sich, legt eine Hand an die Schranktür und studiert das Schloss, sodass ich sein Profil bewundern kann.

»Das Gesicht dürfte dir helfen, mit einem ganzen Haufen von Dingen durchzukommen«, stelle ich fest.

Er schiebt die Messerspitze zwischen Schloss und Rahmen. Fummelt ein wenig an dem Mechanismus herum. »Was meinst du?«

»Ich meine nur, dass jemand, der so gut aussieht wie du …«

Er grinst. Ich verdrehe die Augen. »Vergiss es. Wenn ich noch mehr sage, passt dein Ego nachher nicht mehr durch die Eingangstür, und das, obwohl sie zweiflügelig ist.«

Er versetzt der Schublade einen kräftigen Stoß, und sie öffnet sich. Mit einer schwungvollen Geste gibt mir Kai das Messer zurück. Ich stecke es in die Scheide und ziehe die Schublade auf.

Im Inneren kommt eine Reihe schmaler Plastikhüllen zum Vorschein, von denen jede eine Disk enthält, etwa so groß wie meine Handfläche. Kai wählt nach dem Zufallsprinzip eine aus, nimmt sie heraus und dreht sie in seinen Händen hin und her. »So ein Ding habe ich schon lange nicht mehr zu Gesicht bekommen. Gut, dass dem Stamm die Mittel ausgegangen sind, ehe sie all diese Daten irgendwo extern haben hochladen können.«

Ich nehme ebenfalls eine Disk heraus und halte sie in das trübe Licht, das durch die hohen Fenster hereinfällt. »Meinst du, die haben einen CD-Player?«

»Ich bin überzeugt, dass die Bibliothek einen hat. Wir müssen ihn nur finden.«

»Wenn du mir sagst, wo ich suchen soll …«

»Nein, das mache ich.« Geistesabwesend kratzt er sich am Ohr. »Aber ich möchte die hier erst katalogisieren.«

»Alle?«

»Ich beschränke mich für den Anfang einfach auf diese hier, aber das wird trotzdem eine Weile dauern.«

»Okay. Ich lasse dich arbeiten und sehe mich solange ein bisschen um.«

»Sicher«, sagt er, schon jetzt völlig auf die Disks konzentriert. Tonlos spricht er die Namen auf den Etiketten – Atcitty, Bahe, Begay, Bitsue –, während er die Sammlung durchsieht.

»Hey.« Ich klopfe mit den Fingerknöcheln auf die Seite des Aktenschranks. »Wenn du was siehst, dann schrei, aber richtig laut.«

Er blickt auf, als wäre er verwundert, dass ich immer noch da bin und mit ihm rede. »Mir passiert schon nichts, Mags. Ehrlich.«

Ich werfe ihm noch einen letzten Blick zu. Mit einem konzentrierten Stirnrunzeln lässt er die Finger über die Disks tanzen, während seine Lippen Navajo-Namen formulieren. Ein Teil von mir möchte bleiben und ihm bei der Arbeit zusehen. Der andere Teil kann es nicht erwarten, aus diesem schaurigen Kasten von einer Bibliothek zu entkommen und herauszufinden, was zum

Henker in Crownpoint passiert ist. Ich schnappe mir mein Gewehr und verschwinde.

Ich verlasse die Bibliothek und blinzele, als sich meine Augen nach der Düsternis der Bibliothek wieder an den hellen Wüstenhimmel gewöhnen müssen. Eine Brise streicht über den Parkplatz, und ich erhasche einen Hauch von Ozon. Und wie aus dem Nichts bekommt der süßlich metallische Geruch der Überbleibsel des Feuers einen Sinn. Niemand hat versucht, die Bibliothek niederzubrennen, jedenfalls nicht von Hand. Sie wurde von einem Blitz getroffen.

Das einzige Problem ist, dass es in Dinétah seit mindestens sechs Monaten nicht geregnet hat. Ich weiß, dass gelegentlich auch bei Trockenheit ein Blitz ein Feuer auf so einem ausgedörrten Land auslösen kann, aber es gibt eine erheblich naheliegendere Erklärung.

Neizgháni.

Was immer hier passiert ist und all diese Leute umgebracht hat, muss seine Aufmerksamkeit erregt haben. Er ist seit etlichen Monaten aus meinem Leben verschwunden, aber das bedeutet nicht, dass er keine Monster mehr jagt. Vielleicht tut er es jetzt nur einfach ohne mich.

Ich schlucke die aufkeimende Panik runter. Ich bin nicht bereit, mich ihm zu stellen, werde vielleicht nie dazu bereit sein, aber zugleich wünsche ich mir nichts sehnlicher, als ihn wiederzusehen. Rasch wische ich mir die plötzlich feuchten Hände an der Hose ab und sage mir, dass ich schon zurechtkäme, obwohl ich weiß, dass das eine Lüge ist.

Unser letzter gemeinsamer Tag hatte strahlend und kalt begonnen. Januar auf der Black Mesa. Wir hatten im Schatten von Dziłíjiin, dem schwarzen Berg selbst, kampiert. Gerade eine Handvoll Meilen weiter nördlich ragte der rußgeschwärzte Turm der verlassenen Mine in den Himmel empor und verschandelte die Aussicht.

Die alte Mine sucht die Black Mesa genauso heim wie ein Geist. Einst hatte dieser Teil des Reservats besonders floriert, hatte den Leuten Arbeit verschafft und Pacht und Abgaben eingebracht. Aber mit dem Geld waren auch die verschlagenen Anwälte gekommen, die Betrügereien, erzwungenen Umsiedelungen, verschmutztes Wasser und Krebs.

Diese ganze Gegend macht mir zu schaffen, reizt meine Monsterinstinkte und sorgt dafür, dass meine Clankräfte stets dicht unter der Oberfläche lauern, als reiche meine bloße Anwesenheit an diesem Ort, um mich in Lebensgefahr zu bringen. Ein Schauder, der nichts mit der eisigen Luft zu tun hat, rinnt mir über den Rücken. All das Hässliche, das Leiden, der Verlust und das Unglück. Hier lebt es noch immer, auch wenn die Menschen längst geflüchtet sind. Es färbt die schwarzen Säume der Erde, malt die Landschaft düsterer und tödlicher, als es nicht geförderte Kohle vermag.

Neizgháni spürt es auch. Er ist unruhig, wandert um das kleine Feuer herum, das ich entfacht habe, um ein wenig von der winterlichen Kälte zu vertreiben. Seine Quarzrüstung funkelt hell in dem klaren, winterlichen Licht, und seine edlen Mokassins brechen durch die Eiskruste, die den Boden überzieht, eine silbrige Schicht, die viel schöner sein könnte, würde sie mir nicht den Arsch abfrieren. Ich ziehe die Schultern hoch und kauere mich dichter ans Feuer. Wir sind inzwischen seit beinahe einer Stunde hier oben, und die ganze Zeit läuft er nur herum und starrt die verlassene Mine an, während ich darauf warte, dass er etwas sagt.

Sein Schweigen ist nicht gerade außergewöhnlich. Oft verbringen wir Tage, ohne zu sprechen. Aber normalerweise ist das eine vertraute Stille, ein gemeinsamer Friede, der beruhigend wirkt. Aber an diesem Morgen spüre ich die Distanz zwischen uns. Mann, Frau. Unsterblicher gegen Fünffingrige. Held der Legenden gegen was immer ich bin. Ich weiß nicht, ob er mir, dem Menschen, irgendwie indirekt die Schuld daran gibt, was mit der Black Mesa passiert ist, oder ob er über etwas nachdenkt, was gar nichts mit mir zu tun hat. Ich weiß nur, ich bin allein hier, obwohl er nur ein paar Schritte von mir entfernt ist.

»Wie sieht der Plan aus?«, frage ich ihn zum wiederholten Mal. Meine Stimme ist ein wenig brüchig, aber das liegt nicht an der Kälte oder meinem Unbehagen angesichts seiner ungewohnten Reserviertheit. Es liegt an der Aufregung. Ich sehne mich nach der Jagd.

Die ersten vier Male hat er meine Frage ignoriert, aber dieses Mal sieht er sich zu mir um, und irgendein Gefühl verdunkelt seine Miene. »Dieser Ort ist Leiden«, sagt er.

»Mir gefällt es hier auch nicht besonders«, erkläre ich Neizgháni, wickele mich fester in meinen Mantel und halte die Hände über die Flammen. »Aber du bist derjenige, der gesagt hat, wir müssten herkommen. Weil es Berichte über Monster in der Nähe der Mine gäbe.«

»Bad Men«, korrigiert er mich mit angespannten Zügen. »Bad Men«, das ist eine juristische Bezeichnung, eine Sprache, übrig geblieben aus der Zeit der Verträge, die uns das Recht eingeräumt haben, Monster zu jagen, seien sie menschlich oder nicht, ohne dass sich die Autoritäten gleich ins Höschen machen, wenn jemand zu Tode kommt. Warum die Vertragssprache überhaupt von Bedeutung sein soll, wenn es doch keine Vereinigten Staaten mehr gibt, ist mir nicht ganz klar, und es ist schließlich nicht so, als hätten die Feds ihre Seite des Vertrags eingehalten. Aber der Begriff ist kleben geblieben. Kommt mir trotzdem irgendwie albern vor, sich groß Gedanken darüber zu machen, wie man jemanden bezeichnet, den man zu töten gedenkt.

»Sie sind immer noch Menschen«, sagt er mit einer Stimme so tief wie Donnergrollen. »Sie sind immer noch Fünffingrige. Sie Monster zu nennen wäre falsch.«

»Ich verstehe nicht, warum es wichtig ist, wie wir sie nennen. Tot ist tot.« Für mich ist es Haarspalterei, in diesen Menschen keine Monster zu sehen. Immerhin gibt es auch haufenweise menschliche Monster, die genauso verdreht und bösartig sind wie alles Übernatürliche.

Nun dreht er sich ganz zu mir um, und seine breiten Schultern versperren mir den Blick auf den rußigen Turm, füllen den Raum zwischen uns aus. »Worte sind wichtig«, sagt er. »Der Name, den du den Dingen gibst, verleiht ihnen Form, wenn du ihn aussprichst. Du musst immer sorgsam mit deinen Worten umgehen.« Der Blick, mit dem er mich mustert, ist düster und gedankenschwer, und plötzlich fürchte ich, ich könnte zu weit gegangen sein.

»Ich hätte das nicht sagen sollen«, leiste ich Abbitte.

Er grunzt etwas Unverbindliches. Die Rüge schmerzt, und ich krümme mich unter seinem Urteil. Ich weiß, er versucht mir beizubringen, eine gute Diné zu sein, aber ich halte das für Zeitverschwendung. Wir wissen beide, warum er mich bei sich behält. Ich bin eine Mörderin, und auch wenn Neizgháni ständig versucht, mich durch seinen Rat zu etwas Größerem zu machen, kommt ihm mein Blutdurst doch ganz gelegen, wenn er gebraucht wird. Ich mag eine schreckliche Schülerin sein, aber er kann nicht bestreiten, dass ich meine Arbeit erledige.

Endlich spürt er etwas an der Position der Sonne oder dem Geruch der Luft. Etwas, das ihm sagt, dass wir uns in Bewegung setzen sollten. Erwartungsvoll lösche ich das Feuer und fange an, unsere Ausrüstung einzusammeln.

»Lass es liegen«, sagt er.

Eine Änderung der üblichen Routine, aber mir soll es recht sein. Und offen gesagt, je schneller wir loskommen, desto besser. Ich bin völlig zufrieden damit, das Lager so zu verlassen, wie es ist.

Schnell laufen wir über das offene Land auf die Mine zu. Die

Männer sind da, wo wir sie erwartet haben. Und in Anbetracht der Blässe ihrer Haut nehme ich an, dass sie Flüchtlinge sind, die es geschafft haben, die Mauer zu überwinden, um auf dieser Seite zu stehlen, was sie in die Finger bekommen und ihren heimtückischen Zwecken dienlich ist. Ich stürme voran, begierig, Neizgháni tatkräftig daran zu erinnern, warum er mich gerettet hat. Einer der Männer hebt eine Waffe, zielt auf mich. Ich lache nur, und K'aahanáanii trillert einen Todesgesang, der sich zu einem lauten Klagelied steigert. Ich schlage ihm die Waffe aus der Hand, worauf sie davonsegelt und sich in der Luft überschlägt. Grunzend versucht er, mit den Fäusten nach mir zu schlagen. Mein Böker ahndet die Sünde sogleich und nimmt ihm die Hand ab. Ich drehe mich um, ziehe ihm das Messer über die Kehle, so unausweichlich, wie sich dahinjagendes Wasser seinen Weg durch den Fels der Mesa bahnt. Blut spritzt durch die Luft wie Sprühregen, und wo es aufkommt, färbt es die schwarze Kohle noch etwas schwärzer.

Ein weiterer Mann greift mich an, schlägt mit der flachen Seite seiner Schaufel nach mir. Ich ducke mich, komme unter seinem Arm hoch, versenke mein Messer in seinem Bauch und schlitze ihn auf. Eingeweide sammeln sich zu meinen Füßen. Das sollte mich mit Abscheu erfüllen, aber ich kann nicht aufhören zu grinsen. Zu lachen.

Dann stürzen sich die Übrigen alle zusammen auf mich, bewaffnet und mit lautem Gebrüll. Einen nach dem anderen schalte ich aus.

Als ich endlich euphorisch und atemlos zur Ruhe komme, bin ich vom Tod umgeben.

Schließlich beuge ich mich vor, stütze die Hände auf die Knie, um zu Atem zu kommen. Schnappe mir den Saum des Mantels von einem der Toten, um das Blut von meinem Messer zu wischen.

»Siehst du«, sage ich mit etwas zu hoher, zu aufgeregt klingender Stimme zu Neizgháni, räuspere mich und bemühe mich, die schreckliche Freude im Zaum zu halten. »Siehst du, es macht nichts aus, wie du sie nennst. Sie sterben doch alle gleich.«

Er steht da und starrt mich an. An dem Kampf hat er sich überhaupt nicht beteiligt. Sein Blitzschwert steckt immer noch in der Scheide auf seinem Rücken, seine Rüstung ist unberührt und seine Arme hängen locker und mit leeren Händen herab.

Ich zögere, vergesse unter seinem Blick, was ich habe sagen wollen. Mein Puls schlägt schneller, als es sich durch das Adrenalin rechtfertigen ließe. Die Distanz zwischen uns wird größer. Ich schlucke, begreife plötzlich, dass ich an einem Abgrund stehe, den wahrzunehmen ich zuvor zu dumm gewesen war.

»Das Böse ist eine Krankheit«, sagt er zu mir.

Am nächsten Morgen ist er fort. Ich warte in unserem Lager im Schatten des schwarzen Berges. Eine Woche, zwei. Fürchte, er könnte mich nicht wiederfinden, sollte ich gehen; fürchte, es wäre eine Art böses Omen, das Lager zu verlassen, als könnte es etwas auslösen, das ich nicht würde aufhalten können. Aber am Ende bin ich doch nur eine Fünffingrige, und mein Körper braucht Nahrung. Wasser. Wärme. Einen Monat halte ich durch, schlafe auf dem felsigen Boden, esse, was vom Proviant der Bad Men übrig ist, und fange den Morgentau auf, um etwas zu trinken, ehe ich mir endlich eingestehe, dass er nicht zu mir zurückkommen wird. Eine Woche später stolpere ich nach Tse Bonito hinein, dehydriert, mit beinahe durchgelaufenen Mokassins und blutigen Füßen, und bitte Grandpa Tah um Hilfe. *Ich weiß nicht, wo ich sonst hingehen soll,* murmele ich mit aufgerissenen Lippen, und er versichert mir, ich sei willkommen. Aber die Schande, die Verwirrung, das ist mehr, als ich zu bewältigen weiß. Mir ist klar, dass ich nicht bei dem Medizinmann bleiben kann, ganz gleich, wie lieb er zu mir ist. Also beschaffe ich mir einen Trailer, einen Truck. Versuche, mich der örtlichen Söldnertruppe anzudienen, aber die fangen die Leute gewöhnlich lebendig, und als sie begreifen, was ich bin, wollen sie nichts mehr mit mir zu tun haben. Also sitze ich nur noch in meinem Trailer und starre die Wände an. Tag für Tag, Monat für Monat. Bis Lukachukai mich ruft.

Und nun bin ich in Crownpoint, mustere die Brandspuren eines Blitzes und erfahre doch nichts. Außer, dass ich mir so sehr wünschte, ich könnte zurückgehen und in Ordnung bringen, was immer ich im Zusammensein mit Neizgháni zerbrochen habe.

# Kapitel 10

»Was entdeckt?«, frage ich, als ich die Bibliothek wieder betrete.

Kai hat es sich an einem der langen Tische gleich hinter dem Eingang bequem gemacht. Um sich herum hat er ein Dutzend Discs ausgelegt, auf denen kleine weiße Etiketten kleben, und er macht sich Notizen auf dem Rand einer Seite, die er aus einer der Zeitschriften herausgerissen hat. Eine nasale Frauenstimme hallt aus dem Lautsprecher des CD-Players. Sie spricht vorwiegend Navajo, durchsetzt mit der einen oder anderen englischen Phrase. Ich lasse mich auf einen Stuhl in der Nähe fallen und lausche.

»Die Geschichte kenne ich«, sage ich.

Kai blickt von seinen Notizen auf. Ich bin selbst überrascht, aber die Geschichte ist mir vertraut, ich habe sie schon einmal gehört. Eine Geschichte über Coyote und den Feuergott Haashch'ééshzhini, den man auch Black God nennt. Einst waren die beiden Gauner die besten Freunde und hatten die Aufgabe, die Sterne an ihre Stelle am Himmel zu setzen. Später sollte Haashch'ééshzhini, der Hüter des Feuers und gleichzeitig ein mächtiger Hexer, sie mit seinem magischen Werkzeug entzünden. Der Feuergott hatte einen Plan dafür, wie die Sterne platziert werden sollten. Methodisch. Geordnet. Aber Coyote langweilte der Plan, und so schleuderte er die Sterne mithilfe einer Decke mit ungestümer Leidenschaft aufs Geratewohl in den Himmel.

Die Frauenstimme spricht langsamer und undeutlicher, als sie zu der Stelle kommt, an der Coyote nach der Decke greift, und ein kleines rotes Licht am Player blinkt uns wütend entgegen. Kai drückt die Stopptaste.

»Batterien«, sagt er kopfschüttelnd. »Mich überrascht, dass wir überhaupt noch so viel Saft da rausholen konnten. Das Ding steht hier schon wie viele Jahre herum?«

»Kein Ladegerät?«

»Es war nicht in der Packung. Und selbst wenn, wir haben hier keinen elektrischen Strom.«

Nachdenklich bohre ich mir die Zunge von innen in die Wange. »Sagt dir diese Geschichte irgendwas?«

»Hast du den Teil mit dem Feuer mitbekommen?«

»Haashch'ééshzhini. Er gab den Fünffingrigen das Feuer. Und er hat mit irgendeinem Dingsda die Sterne angezündet und ihnen Leben eingehaucht.«

»Ist nur so eine Idee, aber …« Seine Stimme verliert sich, und er tippt mit dem stumpfen Ende des Stifts in seiner Hand auf den Tisch.

»Eine Idee?«, souffliere ich.

»Ich weiß auch nicht. Etwas an dem Feuer und den Sternen. Vielleicht gibt es da einen Zusammenhang. Vielleicht auch nicht. Aber ich würde mir wirklich gern den Rest dieser Aufnahmen anhören.« Er streicht mit der Hand über die CDs auf dem Tisch. »Schauen, ob wir noch mehr finden.«

Ich zögere, hole tief Luft, und er sieht mich erwartungsvoll an. »Mein Trailer steht nicht weit von hier«, informiere ich ihn. »Nur über den Pass. Er ist ein paar Stunden näher als Tah. Wie wäre es, wenn wir dorthin fahren? Ich habe vermutlich noch irgendwo Batterien, und wenn nicht, können wir morgen früh immer noch nach Tse Bonito zurückkehren. Irgendjemand auf dem Markt verkauft bestimmt einen passenden Stecker für das Teil.«

Er nickt zustimmend. »Hört sich nach einem Plan an, Mags.«

»Tut mir leid, dass Crownpoint nichts gebracht hat.«

»Etwas hat es ja gebracht. Wir wissen jetzt von einem Gegenstand, der die Sterne beleben kann. Und wenn sie den Sternen Leben schenken können, dann stehen sie vielleicht in Verbindung zu dem, wonach wir suchen. Das könnte ein Hinweis sein. Hast du noch irgendetwas entdeckt?«

»Nope«, sage ich, nicht bereit, ihm jetzt schon meine Theorie in Bezug auf Neizgháni zu offenbaren.

»Deine Ahnung hinsichtlich der Brandspuren hat dich nicht weitergebracht?«

Für eine Minute denke ich, er weiß, dass ich ihm etwas verheimliche, aber in seinem Gesicht erkenne ich nur entwaffnende Freundlichkeit und keine Spur von Misstrauen. »Nein.«

»Tja, wir könnten immer noch ein paar interessante Informationen auf diesen CDs finden«, sagt er und packt die CDs und den Player in einen Stoffbeutel, auf dem das Logo der technischen Hochschule prangt.

»Hübsche Tasche«, stelle ich fest.

Er hebt den Leinenbeutel hoch und inspiziert ihn. »Hab einen ganzen Haufen davon dort drüben hinter der Auskunftstheke gefunden. Willst du eine?«

»Danke, ich passe.«

»Ich frage mich, ob wir eine für meinen cheii mitnehmen sollten.«

»Klar doch. Wir sind nach Crownpoint gefahren, haben einen Haufen toter Leute gesehen, etwas über einen Zündler erfahren, und alles, was mir das eingebracht hat, ist ein lausiger Stoffbeutel.«

Er lacht. Niemand hat je über meine dummen Witze gelacht. Prompt laufe ich vor Freude rot an. Er geht in Richtung Ausgang und schlingt sich die Henkel der Tasche über die Schulter. Ich folge ihm. Sehe zu, wie er seinen traurigen Blick ein letztes Mal durch die verlassene Bibliothek schweifen lässt, ehe er die Doppeltür aufstößt.

Noch auf der Schwelle erstarrt er, schnappt erschrocken nach Luft, und seine Knöchel zeichnen sich weiß unter der Haut ab, so sehr spannt sich sein Griff an der Tür.

»Was ist los?«, frage ich alarmiert, ziehe das Gewehr aus dem Schulterhalfter und schiebe mich neben ihn, nutze die Wand als Deckung. Er hat sich immer noch nicht gerührt, und ich kauere mich, will um die Ecke schauen, aber alles, was ich sehe, sind die Rollstuhlrampe, ein leerer Parkplatz und mein Truck.

»Kai?«

Aschfahl dreht er sich zu mir um. Flüstert ein Wort, das ich nicht ganz verstehen kann. Ich beuge mich näher zu ihm, und er sagt es noch einmal.

»Geister.«

»Wie viele?«, frage ich mit angespannter Stimme.

»Dutzende«, sagt er. »Mehr sogar. Sie verstellen uns den Weg zum Truck.«

»Okay«, erwidere ich und denke angestrengt nach. Versuche, mich zu erinnern, was Neizgháni darüber gesagt hat, wie man die ch'į̨įdii bekämpfen kann. Versuche ganz besonders, nicht daran zu denken, wie hilflos ich dem Geisterleiden ausgeliefert gewesen bin. Denn wenn ich da zu genau darüber nachdenke, dann verliere ich womöglich die Beherrschung. Etwas aus Fleisch und Blut zu bekämpfen ist eine Sache, aber ein Leiden zu bekämpfen, etwas, das von innen tötet, ist nicht gerade mein Spezialgebiet.

»Hast du immer noch die Patronen, die ich dir gegeben habe?«

Langsam lässt Kai die Tür los. Greift in seine Tasche und zieht zwei Patronen hervor. Seine Hand zittert. Er atmet tief durch, und sie wird ruhiger. Ich habe zwei Patronen in meinem Gewehr und weitere vier in meinem Munitionsgürtel. Aber acht Patronen sollten reichen, um uns zum Truck zu bringen.

Ich ziehe das Obsidianmesser aus dem Wickelschaft meines Mokassins. Nehme Kai die Patronen ab. Dann schiebe ich die Messerspitze unter den Rand einer Patrone, bis sie aufplatzt. »Hände.« Kai hält mir die Hände hin, und ich schütte ihm die Obsidianladung in die Handfläche. Der Maispollen wogt kurz auf, kommt aber schnell auf seiner Haut zur Ruhe. Ich wiederhole den Prozess mit den anderen Patronen, bis er ein ordentliches Häufchen mit Obsidian und Pollen in den Händen hält. Ich nehme mir die Hälfte davon.

»Okay«, sage ich. »Wir gehen in Richtung Truck. Ich kann sie nicht sehen, darum musst du die Führung übernehmen. Ich folge dir, also achte auf eine klare Route. Falls du sie aus dem Weg scheuchen musst oder sie zu nahe kommen, wirf etwas davon nach ihnen. Pollen dürfte sie an Ort und Stelle aus dem Verkehr ziehen, und das Obsidian sollte ihnen Schmerzen bereiten. Sie vertreiben, wenn wir Glück haben.«

»Und wenn wir kein Glück haben?«, fragt er.

Meine Stimme klingt ein wenig atemlos, und mir wird klar, dass ich total aufgedreht bin. Adrenalin strömt durch meinen Blutkreislauf. Ich bin kampfbereit, obwohl ich es mit einem Gegner zu tun habe, den ich nicht so recht kommen sehen kann. »Wenn einer von uns ihnen zu nahe kommt, wird uns das Geisterleiden erwischen. Ich schlage also vor, dass wir uns schnell eine Ladung Glück zulegen.«

Kai blinzelt, und mir fällt auf, dass das satte Braun seiner Augen an den Rändern fahl geworden ist, der dunkle Ring um die Iris quecksilbern. Ein Schauder kriecht mir über die Schultern, der nichts mit den ch’įįdii zu tun hat. Aber daran kann ich jetzt nichts ändern. Wir müssen hier raus. Außerdem ist Kai immerhin auf meiner Seite.

»Okay, bereit?«, frage ich ihn.

Er nickt. »Ich werde mein Bestes tun, um sicherzustellen, dass die Geister dich nicht anrühren.«

Ich stoße die Tür auf, und wir gehen los.

Ich mag nicht fähig sein, die ch’įįdii zu sehen, aber ich spüre sie in meinen Eingeweiden wie einen aufsteigenden Wahn, der in mir das Bedürfnis weckt zu heulen, zu weinen um alles und jeden, den ich je verloren habe. Meine nalí, meine Eltern. Neizgháni. Sogar das Stoffpferdchen, das ich mit zehn besessen hatte. Diese

Gefühle überkommen mich rasend schnell, drohen, mich zu überwältigen. Ein Schluchzer steigt in meiner Kehle auf, aber ich schlucke ihn hinunter, ehe er entkommen kann. Kai stöhnt, ein leiser, trauriger Laut, und ich weiß, dass er sie auch spürt, dass er der Erinnerung an seine eigenen Verluste ausgesetzt ist. Schaudernd zwinge ich mich, einen Fuß vor den anderen zu setzen.

Kai geht langsam und ruhig in Richtung Truck und verstreut die Ladung in einem weiten Bogen. Ich achte sorgsam darauf, bei jedem Schritt in seine Fußstapfen zu treten, während ich die Ladung hinter mir und zu beiden Seiten verteile. Als er abrupt stehen bleibt, um eine Handvoll Obsidian auf eine leere Stelle drei Fuß voraus zu werfen, erschrecke ich so sehr, dass ich aufschreie. Er schaut sich um. Ich nicke und signalisiere ihm, er solle weitergehen. Wir setzen unseren Weg fort, bis wir die Beifahrertür erreicht haben.

Ich reiße die Tür auf, bereit, das Innere des Wagens mit allem einzustauben, was mir von der Ladung geblieben ist. »Im Truck ist nichts, oder?«, frage ich Kai. Aber ich weiß, dass da nichts ist. Ich kann sie nicht mehr spüren. Der quälende Kummer, der mich noch Augenblicke zuvor fest im Griff hatte, ist verschwunden, weggewischt, als hätte es ihn nie gegeben.

Er zieht die Brauen hoch, als hätte ich etwas Witziges gesagt. »Alles klar«, versichert er mir. »Die sind mehr oder weniger geflüchtet, als ich den ersten mit dem Zeug beworfen habe.«

»Fragen schadet ja nicht«, entgegne ich abwehrend und klettere über den Beifahrersitz ans Steuer. Er steigt ebenfalls ein und schüttelt die Stofftasche von der Schulter, achtet dabei aber darauf, die Ladung der Patronen in seiner Hand nicht zu verlieren. Ich greife in meine Tasche und hole eine der leeren Hülsen heraus. Er krümmt die Hand zusammen und schüttet, was von dem Häufchen noch übrig ist, wieder hinein.

»Gar nicht so übel«, sagt er. »Eigentlich …« Einer seiner Mundwinkel zuckt aufwärts. »… hat das sogar irgendwie Spaß gemacht.«

Ich schaudere. »Spaß« ist das Letzte, was ich mit diesem Gefühl in Verbindung bringe. Ich starte den Motor und erspare mir eine Antwort.

»Also, was meinst du? Am Ende bin ich doch ein ganz guter Partner, oder?«, fragt er.

Ich steuere den Truck vom Parkplatz auf die Straße. Fahre westwärts in Richtung Gebirge und raus aus Crownpoint. Kais gute Laune verfliegt schnell, als wir die verlassenen Häuser passieren, die Leichen am Straßenrand. Hier blickt uns die Wahrheit über die Herkunft dieser ch'įįdii mitten ins Gesicht. Das Gefühl einer tiefen, ins Leere gehenden Sehnsucht verweilt bei uns, obwohl wir wieder sicher im Wagen sitzen. Neizghánis Gesicht erhebt sich ungebeten aus meinen Erinnerungen, und ich schalte in der Hoffnung auf Ablenkung das Radio ein. Aber der einzige Song, der im ganzen Dinétah gespielt wird, ist von Patsy Cline, die davon singt, in Stücke zu zerfallen.

Auf halbem Wege durch den Narbona Pass drehe ich mich zu Kai um. »Was ist mit deinen Augen los?«

Er blinzelt, als hätte er mich nicht verstanden, aber ich weiß, dass er das hat. Ich kann beinahe zusehen, wie er sich eine Antwort zurechtlegt. »Was meinst du?«, fragt er.

»Als du gesagt hast, du würdest diese ch'įįdii sehen, bevor wir da rausgegangen sind, haben sich deine Augen silbern verfärbt. Genauso war es auch, als wir wegen des Kojoten angehalten haben.«

»Ich bin nicht sicher, ob ich verstehe, worauf du hinauswillst.«

»Und wie du das verstehst.«

Theatralisch reißt er die Augen auf und wendet mir das attraktive Gesicht zu. »Ich bin ziemlich überzeugt, dass meine Augen braun sind.« Da hat er recht. Sie sind wieder braun. Nur ein Hauch rötlich-goldener Schlieren akzentuiert seine lächerlich schönen, aber auch absolut normalen Augen. Er bedenkt mich mit einem besänftigenden Lächeln. »Das war bestimmt nur eine Täuschung aufgrund des Lichteinfalls, Mags. Ich glaube, ich müsste es wissen, wären meine Augen silbern.«

Möglich. Klar, durchaus möglich. Und wohl auch wahrscheinlicher, als dass Kais Augen die Farbe wechseln, aber er hat die ch'įįdii gesehen, was ich nicht konnte. Ich dachte, das hätte etwas mit seiner Ausbildung zum Medizinmann zu tun, aber nun frage ich mich, ob ich mich geirrt habe, ob da nicht mehr dahintersteckt. Etwas, von dem ich wissen sollte. »Du solltest keine Geheimnisse vor mir haben, Kai. So funktioniert Partnerschaft nicht.«

Er wird munter. »Dann sind wir jetzt also Partner?«

»Ich wollte damit nicht …«

Ein Blitz zerreißt den Nachmittagshimmel und schneidet mir mitten im Satz das Wort ab. Wir sehen zu, wie er irgendwo im Westen einschlägt. In der Richtung, in die wir unterwegs sind. Kurz darauf donnert es, und wir beide blinzeln gegen die Nachbilder an.

»Wow, das war verdammt nah«, bemerkt Kai.

Ich würde sagen, kein Dutzend Meilen von uns entfernt. Wider besseren Wissens suche ich wie eine Vollidiotin den Himmel ab in der Hoffnung, eine Sturmwolke zu finden, die mir sagt, dass es gleich regnen wird und dieser Blitz ein ganz natürliches Ereignis darstellt. Aber selbstverständlich gibt es da nichts zu sehen, vor allem keinen Regen. Furcht beschleunigt meinen Herzschlag. An Kais Augen vergeude ich plötzlich keinen Gedanken mehr.

»Ein Blitz aus heiterem Himmel«, bemerkt Kai. »Komisch.«

»Ja, komisch.« Aber ich weiß, dass es alles andere als komisch ist. Ein Blitz ohne eine Wolke weit und breit kann nur eines bedeuten: Besucher.

# Kapitel 11

»Gehen wir rein?«, fragt Kai.

»Hmm?« Ich starre meinen Trailer an, warte auf etwas, auf ein Zeichen, das mir einen Hinweis darauf liefert, worauf ich gefasst sein sollte. Wir sind schon vor gut zehn Minuten angekommen, aber ich sitze immer noch auf dem Fahrersitz und bin nicht bereit, mich in Bewegung zu setzen.

»In den Trailer. Das ist doch deiner, nicht wahr?«

»Ja, aber ich habe Besuch.«

Er dreht sich um und sieht sich in der Umgebung der verlassenen Zufahrt um. »Woher weißt du das?«

»Der Blitz. Und hörst du das?«

»Ich höre gar nichts.«

»Genau.« Ich reibe mir die Hände an der Hose ab, bereite mich innerlich vor. »Ich habe Hunde, drei sogar. Reservatsköter. Die haben keine Angst vor irgendwas. Und im Augenblick kann ich sie nirgends sehen. Vor allem kann ich sie nicht hören.«

Und da ist es. Der Vorhang bewegt sich. Ein Gesicht schaut heraus, nur für einen Moment, und dann fällt der Vorhang wieder zu.

Ich stoße einen Seufzer aus, der irgendwo zwischen Erleichterung und Enttäuschung angesiedelt ist. Das Gesicht kenne ich. Ein Teil von mir hat einen Augenblick lang gedacht, Neizgháni könnte dort drin sein. Ich weiß nicht recht, wie das Wiedersehen verlaufen wäre, aber ich muss mir darüber auch nicht den Kopf zerbrechen. Das Gesicht im Fenster war nicht das von Neizgháni.

»Ich möchte, dass du hier wartest«, sage ich zu Kai. »Hol das Gewehr von der Ladefläche. Sollte ich in zehn Minuten nicht zurück sein, dann komm mit der Waffe rein. Keine Sorge, ich verlange nicht von dir, jemanden zu erschießen, aber versuch, so bedrohlich wie möglich zu wirken. Mir passiert wahrscheinlich nichts.«

»Wahrscheinlich?«

»Ja. Er will vermutlich nur reden, aber ich möchte nicht länger als unbedingt notwendig mit ihm allein sein.«

Nun starrt Kai die Fenster meines Trailers an und sieht dabei gleichzeitig nachdenklich und nervös aus. Mein Besucher hat sich kein zweites Mal am Fenster gezeigt, aber ich spüre, wie die Luft zwischen uns dicker wird, empfinde ein Grauen, das mich ganz kribbelig macht.

»Wenn er dir nichts tut, soll ich dann wirklich da reingehen und mit dem Gewehr rumfuchteln?«, flüstert Kai, obwohl wir allein im Wagen sind.

Ich nicke und flüstere ebenfalls: »Manchmal muss man einfach einen guten ersten Eindruck hinterlassen.«

Fassungslosigkeit spiegelt sich in seinem Blick. »Mit einem Gewehr? Wer zum Teufel ist da drin?«

Ich bin ziemlich sicher, dass die erste Frage rhetorischer Natur war, aber die zweite beantworte ich, so gut ich kann. »Ein alter falscher Freund. Sein Navajo-Name ist Ma'ii. Du kennst ihn vermutlich unter dem Namen Coyote.«

Ich öffne die Wagentür und steige aus. Nun, da der Abend herannaht, wird es allmählich kühler im Wüstenhochland. Ein Hauch Ozon liegt in der Luft, ein Überbleibsel des Blitzes, den mein Hausgast als Transportmittel genutzt hat. Ein unheimliches Gefühl schärft meine Sinne bis zum Äußersten, und etwas Animalisches, Instinktives tief in meinem Inneren sagt mir, dass ich mein Heim nicht betreten darf. Dass das, was dort auf mich wartet, mir Böses will. Dieser Instinkt liegt selten falsch. Er hat mich mehr als nur einmal gerettet, wenn ich es mit den Bik'e'áyée'ii zu tun hatte. Aber dieses Mal höre ich nicht auf ihn. Coyote ist zu mir gekommen, und ich will wissen warum.

Ich unterdrücke den Impuls, davonzulaufen, und gehe die wenigen Schritte über den Trampelpfad zur Eingangstreppe, erklimme sie mit einem Satz und reiße die Tür auf.

# Kapitel 12

Als ich vierzehn war, vor Big Water, als es noch Fernsehen gab und das Abschmelzen der Polarkappen von Florida bis Maine Berichte über Rekordstürme generiert hat, als die Überflutungen entlang der Ostküste Hurrikan Sandy aussehen lassen haben wie einen sommerlichen Schauer dessen, was wir weiblichen Regen nennen – ein milder Regen, der den Boden tränkt, ohne ihn fortzuspülen –, war Coyote auch zu mir gekommen. Beim ersten Mal hat er mich in meinen Träumen besucht. Und er hat noch ein ganzes Jahr gewartet, bis ich nicht nur meine Familie und meinen Platz im Leben verloren hatte, sondern mein ganzes Selbst, ehe er sich physisch manifestiert hat. Doch noch immer ist dieses erste Mal, als Coyote mir im Traum erschien, ehe ich im Albtraum der Welt von Big Water erwacht bin, das, was mir am lebhaftesten in Erinnerung geblieben ist.

Er trug einen adretten Anzug, in dem er aussah wie ein Gentleman aus dem Wilden Westen. Das weiße Hemd mit dem hohen Kragen steckte in einer Hose, die mit Streifen in Olivebraun, Gold und einem höchst frevlerischen Blutrot aufwartete. Über dem Hemd, das er mit einem voluminösen goldenen Halstuch ausschmückte, trug er eine zweireihige Weste, die mit einem zarten, rosafarbenen Garn bestickt war. Eine goldene Uhr hing an einer Kette, deren Ende in einer Westentasche verschwand, und über seine Schultern zog sich der dicke graue Pelzkragen eines kamelfarbenen Mantels, der ihn bei jedem Schritt umflatterte wie der Umhang eines bösen Königs. Mit einer Hand umfasste er den goldenen Knauf eines mit Schnitzereien verzierten Gehstocks aus Mahagoni, mit der anderen tippte er sich zur Begrüßung an den

Hut. Dabei lächelte er ebenso breit wie spöttisch. Vom Scheitel bis zur Sohle erinnerte er an einen charmanten Halunken aus irgendeinem alten Hollywood-Western.

Heute denke ich, es muss ihn, eine Kreatur, die ihre Gestalt so einfach wechseln kann wie ein Mensch die Kleidung, wohl irgendwie gereizt haben, sich für den Besuch bei einem Navajo-Mädchen in Schale zu werfen wie ein Dandy aus dem Wilden Westen. Er sah natürlich famos aus, aber die Wahl seines Erscheinungsbildes entbehrte nicht einer gewissen Grausamkeit. Ich kannte die Geschichten über den Langen Marsch, über doppelzüngige Landverwalter und Rosstäuscher. Dass er mich gerade an die erinnerte, geschah gewiss nicht aus Versehen.

In diesem Traumland saßen wir zusammen und nippten Whiskey aus Porzellantassen. Das Kitzeln der bernsteinfarbenen Flüssigkeit in meiner Kehle hatte in meiner kindlichen Vorstellung etwas Karamellartiges, aber die Wärme, die sie in meinem Bauch hervorbrachte, und die vage verschwommene Wahrnehmung der Welt, die sie in meinem Kopf auslöste, wirkten durchaus real. Er streckte die langen Beine vor einem tüchtig knisternden Feuer aus und erzählte mir Gruselgeschichten.

Davon, wie in einer Welt weit vor meiner Zeit Vögel seine Augen ausgehackt und gefressen hatten. Wie Bieber seinen Körper mit ihren langen, flachen Schwänzen geprügelt hatten, bis er nur noch ein haarloser Sack Haut voller gebrochener Knochen und aufgeplatzter Organe war. Wie es sich angefühlt hatte, als ihm Zehen und Finger – von welchen Letztere nun wie Klauen verkrümmt im Traumfeuer schimmerten – zertrümmert wurden, wie sie nachgewachsen waren und erneut zerschlagen wurden.

Ich schauderte in meinem Baumwollpyjama, erfüllt von einem Grauen, wie es nur ein Mensch verspüren kann, der schläft und nicht erwachen kann. Ich fürchtete mich zu sehr, um etwas zu sagen, und meine Beine schienen nicht mehr zu funktionieren. Ich kämpfte gegen seine Worte, hielt mir sogar mit beiden Händen die Ohren zu. Er schien es gar nicht zu merken, und falls er es doch tat, so kümmerte es ihn nicht.

Endlich, als am fernen Horizont bereits ein Hauch von Sonnenschein erblühte, schien er seiner Geschichten müde zu werden.

»Zeit zu gehen«, verkündete er mit einem Blick auf seine Taschenuhr und setzte sich den Hut wieder auf. Er erhob sich und streckte mit theatralischem Gähnen den hageren Leib. »Unsere Plauderei hat mir Freude gemacht, Magdalena. Dir auch?«

Ich glotzte ihn nur entsetzt an, fürchtete mich davor, dass er mich nun allein im Dunkeln zurücklassen würde, und fürchtete mich ebenso davor, dass er womöglich nie wieder gehen würde.

»Wir sind Freunde«, sagte er tröstend und schenkte mir ein kaum wahrnehmbares Lächeln. »Meinst du nicht auch?«

Er starrte mich an, und seine Augen forderten eine Antwort von mir. Ich nickte, was ihn zufriedenzustellen schien. Er tätschelte mein Bein, und seine Klaue verfing sich in meinem Knie und hinterließ eine blutende Wunde. Schließlich richtete er seine an stumpfes Messing erinnernden Augen auf mich und stieß ein so schrilles Geheul aus, dass ich mir hastig erneut die Hände auf die Ohren schlug, ehe er mich mit einer letzten Warnung verließ. Vielleicht war es auch eine Drohung, das weiß ich immer noch nicht.

»Gib acht, Magdalena. Die Monster kommen.«

Dieselbe Kreatur, die weitgehend wie ein Mann aussah und wieder dieses ausgefallene Westernkostüm trägt, sitzt nun in meinem Lieblingssessel in meinem Wohnzimmer und trinkt Tee.

»Magdalena, Liebes, ist das wirklich alles, was du hast? Tee?«

»Hallo, Ma'ii«, begrüße ich ihn. Er ist die einzige Person oder Nicht-Person, die mich je mit diesem Namen anspricht, aber es hätte sowieso keinen Sinn, ihn zu korrigieren.

»Ja, yá'át'ééh, guten Morgen oder, eigentlich, Abend. Also, könntest du …?« Mit einer Hand wedelt er über der Tasse, ehe er mir zuwinkt. Lange graue Fingernägel funkeln spitz im Mondschein.

Ich seufze. Lehne mich an die Wand. »In meinem Truck sind Kaffee und Zucker.«

Ma'ii strahlt, wackelt mit den Schultern und versetzt seinen Mantel in Schwingung. »Hervorragend. Würdest du? Und wenn du schon rausgehst, sag doch diesem hübschen Mann in deinem Motorwagen, er solle hereinkommen.«

Ich verziehe das Gesicht. Er hat Kai gesehen. Natürlich hat er. Aber ich habe nicht die Absicht, Kai zu uns zu bitten, solange ich nicht einmal weiß, was Coyote im Schilde führt.

Ich gehe zurück zum Truck und hole die Büchse Kaffee und den Zucker. Kai starrt mich aus vor Neugier geweiteten Augen durch die Scheibe an. Ich schüttele den Kopf und forme mit den Lippen »fünfzehn Minuten«. Kurz werfe ich einen Blick auf die untergehende Sonne. Ich weiß nicht, ob es eine so tolle Idee ist, dass Kai allein hier draußen im Dunkeln bleibt, aber es ist auch keine gute Idee, ihn hereinzubitten, solange dieser Gauner da ist. Die bekannte Gefahr oder die unbekannte. Hoffentlich wird es nicht so schlimm. Wenigstens weiß ich, wie ich Coyote zum Reden bringen kann.

Ich gehe wieder hinein, stolziere geradewegs durch das kleine Wohnzimmer und vorbei an dem kleinen Bad in meine nicht minder kleine Küche. Coyote hat sich nicht gerührt, abgesehen davon, dass er die Teetasse auf dem Tisch neben sich abgestellt und die langen Finger um den Griff seines Gehstocks gewickelt hat. Gereizt pocht er mit seinen grotesk klauenartigen Nägeln auf das Holz.

»Warum hast du deinen Freund nicht mitgebracht?«, fragt er mich über seine Schulter.

»Er ist nicht mein Freund«, rufe ich aus der Küche. »Er ist

heute Nacht mein Gast, und je weniger du mit ihm zu tun hast, desto besser.«

»Du hättest uns einander zumindest angemessen vorstellen können. Was hätte das geschadet?«

»Nicht, solange ich nicht weiß, was du willst, Ma'ii.«

»Ach? Wirklich, Magdalena? Nach all diesen Jahren traust du mir immer noch nicht?« Er hört sich nicht gekränkt an, wenn überhaupt, dann wirkt er amüsiert.

Coyote hat bereits in meinem einzigen guten Topf Wasser für seinen Tee gekocht, was mir die Zubereitung des Kaffees erleichtert. Ich schütte Kaffeemehl in das dampfende Wasser und lasse es ziehen, ehe ich uns eine Tasse einschenke. Nach kurzem Zögern kippe ich auch in Ma'iis Tasse einen guten Teelöffel Zucker. Erst dann geselle ich mich zu ihm ins Wohnzimmer.

Mein Wohnzimmer misst knappe viereinhalb Meter, weshalb ich auch nur ein durchgesessenes Zweiersofa und zwei nicht zusammenpassende Sessel hineinquetschen konnte, die sich um einen provisorisch aus Sperrholz gebastelten Kaffeetisch gruppieren. Auf dem Tisch liegt ein dünnes Tuch aus blau gemustertem Gewebe, das sich emsig bemüht, einen fröhlichen, beschwingten Eindruck zu vermitteln, aber, wie ich zugeben muss, kläglich dabei versagt. Zumindest passt es zu den selbst genähten Vorhängen, die ich über die Fenster gespannt habe, meinem einzigen ernsthaften Versuch ordentlicher Haushaltsführung, obwohl ich mich monatelang in meinem Trailer verkrochen habe. Die Wahrheit ist, dass ich lieber auf der Straße wäre, als meine Zeit in meinem Zuhause zu verbringen. Daheim fühlt es sich viel realer an, dass Neizgháni mich im Stich gelassen hat. Da ist es besser, mich irgendwo anders mit irgendwas anderem zu beschäftigen.

Ich setze mich Coyote gegenüber in den anderen Sessel, den Rücken dem Eingang zugekehrt. Mir ist allzu bewusst, dass Kai in Kürze mit einem Gewehr dort hereinstürmen wird, und wenn er das tut, möchte ich mich in der Nähe der Tür befinden.

Coyote trinkt einen Schluck und lächelt. »Der Kaffee ist hervorragend, Magdalena. Ich hoffe, du hast genug für eine zweite Tasse gekocht.«

»Für eine zweite Tasse wirst du nicht lange genug hier sein.«

Er zieht eine Schnute, und für einen Moment scheint es mir, als hätte ich ein Wolfsohr hinter der menschlichen Fassade gesehen. »Wie gemein.«

»Warum bist du hier, Ma'ii?«

»Erzähl mir von dem hübschen Mann, den du in diesem Truck versteckst. Wer ist er? Ist er dein neuer Liebhaber?« Anzüglich reißt er die Augen auf und fährt sich mit der von dicken Adern durchzogenen Zunge über die schmalen Lippen.

»Nein.«

»Zu jung für dich?«, fragt er. »Das ist doch bei einem Liebhaber umso besser, oder? Jung und begierig. Ich finde, was der Jugend an Erfahrung fehlt, das macht sie durch ihren Enthusiasmus wett.«

»Ma'ii.« Ich lege so viel Missbilligung wie möglich in seinen Namen.

»Ich hatte einmal eine junge Geliebte«, fährt er unbeirrt fort. »Ein Mädchen in einem Glöckchenkleid aus Many Farms. Sie hat mich eher an einen zappelnden Fisch erinnert als an eine Frau, aber sie war bewundernswert enthusiastisch.«

Ich reibe mir den Kopf. Mir steht nicht der Sinn nach irgendwelchen Geschichten über Coyotes sexuelle Eroberungen.

»Nein, nein, Jungs in deinem Alter wären nicht nach deinem Geschmack … Dein Geschmack. Ich weiß, was dir gefällt. Große, stramme, muskelbepackte Krieger. Unsterbliche. Ja, das dürfte dir schon eher gefallen.« Er spricht voller Leidenschaft und seine verschlagenen Augen mustern mich wissend, erwarten eine Reaktion. Ich blicke ihn nur ruhig an und verziehe keine Miene.

»Naayéé Neizghání«, sagt er, ohne mich auch nur für einen Moment aus den Augen zu lassen. »Der Monstertöter! Was für ein Prachtexemplar. Wahrlich geschaffen aus sengender Sonne und seltener Schönheit. Ihn als Liebhaber zu haben, ja, dagegen würde auch dein hübscher Freund eher schlecht aussehen.«

»Neizgháni und ich waren kein Liebespaar.«

»Nie? In all den Jahren? Gar nichts? Nicht einmal ein Kuss? Eine verirrte Berührung? Eine kalte Nacht auf der Jagd, in der ihr euch eine Decke geteilt habt? Ach, Magdalena. Mich anzulügen ist erbärmlich, aber noch schlimmer ist es, dich selbst zu belügen.«

»Ich weiß, was du vorhast.«

»Und du, so versehrt, so allein nach diesen Unannehmlichkeiten, die deine Großmutter umgebracht und dich, nun ja, vor Kummer verzehrt zurückgelassen haben … so könnte man das doch sagen, nicht wahr?«

»Hör auf, Ma'ii.« Meine Stimme klingt tief und ruhig, aber ein Zittern kann ich nicht ganz unterdrücken.

»Es ist doch nur natürlich, dass du dich in deinen Retter verliebst und er dein Mentor wird. Dass er etwas Löbliches in dir sieht, wo andere nur ein jämmerlich gebrochenes kleines Mädchen erkennen.« Er beugt sich vor und starrt mir in die Augen. »Wenn ihr wirklich kein Liebespaar gewesen seid, dann muss die Begierde dich wahnsinnig gemacht haben. In wie vielen Nächten hast du im Bett gelegen, dich schüchtern selbst berührt und dabei an ihn gedacht? Verwirrt über die Feuchtigkeit unter deinen Fingern, die Anspannung in …«

»Es reicht!« Die Drohung in meinem Ton ist spürbar. Wenn er mich weiter reizt, kommt irgendwann der Punkt, an dem ich die Beherrschung verliere, und dieser Punkt ist nicht mehr weit entfernt.

Einen Moment starrt er mich nur an, wägt ab, wie wütend ich bin, ehe er sich zurücklehnt. »Wirklich, Magdalena«, sagt er, schnippt einen imaginären Fussel von seiner Samtweste und fährt im Plauderton fort: »Hast du etwa erwartet, dass eure gemeinsame Zeit zu etwas Dauerhaftem führt? Liebe? Ehe, womöglich? Monstertöterbabys?«

Meine Wangen erglühen unter seinem gnadenlos forschenden Blick. Ich weiß, er sucht lediglich nach meinem wunden Punkt in der Hoffnung, mich zusammenbrechen zu sehen. Boshaftigkeit liegt in der Natur eines Kojoten, und ich versuche, es nicht persönlich zu nehmen. Aber er macht es mir wirklich schwer, ihm nicht die Fresse mit der Faust zerschlagen zu wollen.

Ich zwinge mich, auszuatmen, mich zu entspannen. Erinnere mich daran, dass das nicht von Bedeutung ist. Dass Coyote bohren kann, wie immer er will. Zwischen Neizgháni und mir ist überhaupt nichts mehr.

Aber meine Geduld mit Ma'ii und seiner lässigen Grausamkeit ist am Ende.

»Was willst du, Ma'ii?«, frage ich mit teilnahmsloser Stimme. »Was willst du? Was willst du? Was willst du?«

Nun ist er beleidigt. Viermal zu fragen zwingt den Gauner zum Antworten.

»Wie unhöflich! War das nötig? Wir haben miteinander zu reden.«

»Nicht über Neizgháni.«

Er mustert mich finster.

Ich warte.

Er versucht, den Mund zu halten, aber seine Kiefer arbeiten protestierend unter dem Zwang meiner Worte, bis er schließlich nachgibt. »Eine Wiederbeschaffung«, blafft er unverkennbar wütend. »Du musst etwas für mich besorgen. Du beschaffst Dinge wieder, nicht wahr?« Er spuckt die Worte förmlich aus. »Tote Mädchen? Abgetrennte Köpfe?«

Kalte Finger kriechen über mein Rückgrat. »Woher weißt du …?«

»Ich weiß alles. Ich bin Coyote«, sagt er. »Also, wirst du das für mich tun? Ja?«

»Du hast mir noch nicht verraten, was es ist.«

»Vielleicht ist es ein Fehler, dich zu fragen. Du wirst es nicht verstehen. Du bist sterblich.« Er lässt ein Ts-ts folgen, als wäre das solch eine Schande. »Kein Wunder, dass Neizgháni gegangen …«

»Worum geht es?«, blaffe ich, wütend über sein Getue. Und wütend über diesen Tag. Und müde. Lukachukai, Longarm, die Toten in Crownpoint, das ständige Gerede über Neizgháni. Etwas in mir zerbricht, und ich brülle los: »Worum geht es, worum geht es, worum …?«

»Magdalena!« Coyote schießt aus seinem Sessel.

Ich schaudere angesichts des explosiven Zorns, der von seinem Körper ausstrahlt. Für einen Moment versagt die Vorspiegelung des Wildwest-Gentlemans, und ich erhasche einen Blick auf die wahre Gestalt unter der Fassade. Zottelige, grau-braune Schnauze, dumpfgelbe Augen, ein Mund voller Zähne, dazu angetan, Aas zu zerreißen. Er füllt den Raum aus, beängstigend und widernatürlich, und ich bin wieder das vierzehnjährige Mädchen, das am Feuer sitzt und zum ersten Mal einen Bik'é'áyéeii sieht.

Aber er hat sich genauso schnell wieder im Griff, schrumpft wieder auf Menschengröße und stabilisiert sein äußerliches Erscheinungsbild. Mit einer kaum auszuhaltenden Erhabenheit nimmt er wieder in dem Sessel Platz.

Mit einem Stiefel schiebt er eine Tasche über den Boden zu mir. Sie ist geformt wie eine altmodische Reisetasche aus Teppichgewebe, komplett mit Messingbeschlägen, aber das Material ist aus etwas Dunklem und Rauchigem gefertigt, das sich in dem zunehmend düsteren Raum zu bewegen scheint. Bis dahin ist mir die Tasche gar nicht aufgefallen, und es ist gut möglich, dass sie bis zu diesem Moment auch gar nicht da war. Ich drehe die Lampe neben mir und öffne die Tasche.

»Was ist das?«

Ich nehme fünf gefiederte Ringe heraus, die alle einen Durchmesser von ungefähr einem Fuß haben. Sie sind nicht schwer, aber auch nicht besonders leicht, und liegen perfekt in meiner Hand. Sie sind mit flauschigen Federn überzogen, als wäre jeder einzelne Ring in Kükendaunen gewälzt und dann in Farbe getaucht worden – schwarz, blau, gelb, weiß. Der Letzte besteht aus einem dichten Durcheinander all der farbigen Federn, durchsetzt mit Glitzerpartikeln. So etwas habe ich bisher noch nie gesehen. Sie sind wunderschön, heilig und unverkennbar machtvoll.

»Sie sind naayéé' ats'os«, sagt Ma'ii. »Sie werden dir helfen, deine Aufgabe zu erfüllen.«

Ich zermartere mir das Gehirn auf der Suche nach Geschichten oder Legenden, die etwas mit Reifen zu tun haben, doch mir will nichts einfallen. Allerdings liefern mir die Farben einen wichtigen Hinweis. »Das sind Richtungsringe, oder? Osten ist weiß, Süden ist blau, Westen gelb und Norden schwarz. Und der hier«, sage ich und widme mich dem mehrfarbigen Reif in meiner Hand. Alle Farben, alle Richtungen. »Wo hast du die her?«

»Woher sie stammen, ist nicht von Bedeutung.«

Mit so einem Ausweichmanöver muss er mir nicht kommen. »Du willst es mir also nicht erzählen?«

»Ihre Herkunft ist völlig irrelevant. Du solltest dich dafür interessieren, wozu sie gut sind, nicht darauf, woher sie kommen.«

»Also schön, wofür sind sie gut?«

»Kennst du die Geschichte von First Man und First Woman?«

»Vage.«

»Wie ich sehe, hat Neizgháni deine Bildung ebenso vernachlässigt wie dein Bett.« Er reckt eine Hand hoch, um meinen Protest zu unterbinden. »Ich werde dir eine Geschichte erzählen, Magdalena, wenn du zuzuhören bereit bist.« Die Hand immer noch erhoben, hält er inne. Wartet, bis ich nicke.

»Es heißt, vor langer Zeit wurden First Man und First Woman aus Maiskolben geschaffen, First Man aus weißem Mais, First Woman aus gelbem. Sie wurden mit Wildleder umhüllt, und dann hat Nílch'i ihnen mit seinem Odem Leben eingehaucht. Es ist der Atem von Nílch'i, der sie zu Menschen gemacht hat, so wie er dich zu einem Menschen macht.«

»Ich …«

»Nílch'i ist der heilige Wind. Der Lebensspender. Ich möchte, dass du zum Canyon de Chelly gehst und diese Reife nutzt, um mir den Atem von Nílch'i zu holen.«

»Oh.« Ich breche ab. Dann: »Das ist alles?«

»Ja.« Er lächelt, zeigt sich nachsichtig über meinen Sarkasmus. »Ein vernünftiges Anliegen bei jemandem mit deinen Gaben.«

Ich lache beinahe laut heraus und fühle mich plötzlich eher belustigt als verärgert. »Er ist ein Gott, Ma'ii. Ich kann keinen Gott fangen. Ich bin nur …«

»Eine Monstertöterin?« Er klappert mit den Zähnen. »Ich bitte dich nicht, ihn zu fangen. Nur seinen Atem.« Er klatscht in die Hände. »Nun komm schon, Magdalena. Wo ist dein Abenteuersinn geblieben? Dein Bedürfnis nach einer Herausforderung?«

»Nehmen wir mal an, ich sage Ja. Was zahlst du?«

»Ah.« Er lächelt, seine dünnen Lippen kräuseln sich ein wenig, aber seine Augen bleiben kalt. »Was begehrt dein Herz, Magdalena? Was wünschst du dir mehr als alles andere?« Er blickt zum Fenster hinaus und wieder zurück zu mir. »Ich könnte dafür sorgen, dass der hübsche Junge in deinem Motorfahrzeug sich unsterblich in dich verliebt.«

»Nein.«

Theatralisch klopft er mit dem Finger an sein Kinn. »Wie schade. Sehen wir mal … Würdest du Neizgháni gern wiedersehen? Ich könnte das arrangieren.«

Mein Herz schlägt ein wenig schneller, aber ich traue dem Gauner nicht über den Weg, wenn es um Neizgháni geht. »Nein«, sage ich wieder, aber die Ablehnung kommt mir schwer über die Lippen, und das entgeht auch Ma'ii nicht.

Er zuckt mit den Schultern. »Nun gut. Dann bleibt nur noch das Mädchen.«

Verwundert lehne ich mich zurück. Meint er etwa Atty? »Was ist mit dem Mädchen?«

Er beugt sich vor und flüstert: »So ein Monster …«

Mir sackt der Magen in die Kniekehlen, und meine Kehle ist wie zugeschnürt. Spricht er von mir? Aber wie kann er wissen, was Neizgháni auf der Black Mesa zu mir gesagt hat? Was ich mir selbst auf diesem Berg in Lukachukai gesagt habe? Es aus seinem Mund zu hören ist jedenfalls gruselig.

Er erhebt sich von seinem Sessel, beugt sich vor, bis sein Gesicht nur noch wenige Zoll von meinem entfernt ist. »Die traurige Wahrheit, der du dich nicht stellen willst, Magdalena, lautet, dass manchmal die, die wir unsere Helden nennen, die schlimmsten Monster von allen sind.«

Meine Faust schießt vor, ehe ich überhaupt begreife, dass ich mich bewege. Aber sie trifft nur die Luft, denn an der Stelle, an der sich noch vor einem Sekundenbruchteil Ma'iis Gesicht befunden hat, ist plötzlich nichts mehr. Er sitzt wieder in seinem Sessel, aber ich bin von meinem aufgesprungen und schon halb über dem Kaffeetisch zwischen uns, als ich höre, wie sich die Eingangstür öffnet. Ich ignoriere sie und stürze mich auf den Kojoten, die Hände ausgestreckt, bereit, sie ihm um die Kehle zu pressen. Aber er ist nicht mehr da, und ich krache mit der Schulter voran auf den Sessel, in dem er gesessen hat und der daraufhin mit mir umkippt. Ich donnere als ein Häufchen zügelloser Wut auf den Boden. Als ich versuche, mich auf die Knie zu stemmen, verheddern sich meine Füße in dem verdammten, blauen Tischtuch. Ich falle um und lande unsanft auf dem Hintern. Stoße mir die verdammte Schulter an der Tischkante. Mein Kampfgeist verlässt mich, und ich schreie: »Ma'ii!«

Ein hündisches Kichern antwortet mir, und dann höre ich Kais Stimme. »Störe ich?«, fragt er.

# Kapitel 13

Kai steht mit einem strahlenden Lächeln, akkurat zurechtgezupfter Krawatte und leeren Händen in der Tür. Kein Gewehr. Was vermutlich eine gute Sache ist. Ich wäre sehr in Versuchung gewesen, es zu benutzen.

Sein Lächeln verblasst ein wenig, als er die Szenerie auf sich wirken lässt. Ich auf dem Boden, wie ich mich, den Mund voller Flüche, von dem Stuhl befreie, während Coyote am Durchgang zum Korridor lehnt und mit einem übertrieben breiten Lächeln die Raubtierzähne bleckt.

»Alles in Ordnung?«, fragt Kai.

»Offensichtlich nicht«, erwidere ich, stemme mich hoch, richte den Stuhl wieder auf und versuche, einen Rest Würde zu bewahren.

Er nickt. »Gut. Soll ich mich wieder in den Truck setzen? Euch ein bisschen Zeit für euch geben?«

»Auf gar keinen Fall!«, ruft Ma'ii frohgemut. »Magdalena und ich haben gerade eine aufwendige Suche diskutiert, der sie sich von morgen an widmen wird, aber schon der bloße Gedanke bringt sie um den Verstand. Sie braucht offensichtlich etwas Zeit, um über diese gewaltige Herausforderung nachzudenken.« Er sieht sich zu mir um, und ich zeige ihm den Mittelfinger. Beidhändig. Er dreht sich wieder zu Kai um. »Wir sollten die Zeit nutzen, um uns bekannt zu machen, junger Kai Arviso.« Ma'ii blickt sich erneut zu mir um. »Magdalena, du hast in deinem unbesonnenen Jähzorn deinen Kaffee umgestoßen.« Er hört sich an, als wäre er überaus betrübt.

Ich betrachte den verschütteten Kaffee, der meinen billigen

braunen Teppich tränkt und sich zu den vielen Flecken gesellt, die sich vermutlich über Jahrzehnte angesammelt haben. Ich bedauere den Verlust, aber ich bedauere nicht, dass ich versucht habe, den verdammten Bauernfänger zu erdrosseln. Was ist er auch so dumm, mich derart zu provozieren.

Ich recke die Hände hoch. »Okay, schön, aber du …« Ich zeige mit dem ausgestreckten Finger auf Ma'ii. »Nimm dich in Acht, oder ich jage dir beim nächsten Mal eine Kugel in den Kopf.«

Kai gibt einen erstickten Laut von sich, aber Ma'ii zieht lediglich das Kinn ein, ein Zeichen der Einsicht, dass er zu weit gegangen ist. Und dass auch ich Grenzen habe. Und dass meine Instinkte oft die Oberhand gewinnen, wenn ich erst einmal eine davon erreicht habe. Ich kann ihn beinahe *Monster* in mein Ohr flüstern hören. Rasch schüttele ich das ungute Gefühl ab und reibe mir die Schulter.

»Ich kann dir beim Saubermachen helfen«, bietet Kai an.

»Nein, du setzt dich hin.« Ich deute auf einen freien Sessel. »Ma'ii schuldet mir nach dem Mist, den er hier abgezogen hat, noch ein paar Geschichten, und ich will, dass du sie ebenfalls hörst.«

Ich sammele unsere Tassen ein. Reibe mit dem Fuß über den neuen Fleck auf meinem Teppich. Schiebe mich auf dem Weg in die Küche an Ma'ii vorbei. Dieses Mal bleibt er, wo er ist, und fühlt sich ganz stofflich an, als ich ihn im Vorbeigehen berühre. Der harte Schlag gegen seine Schulter bringt ihn zum Stolpern, was mir mehr Freude bereitet, als es sollte.

Kais Stimme folgt mir in die Küche. »Ich weiß nicht, ob Kaffee so eine gute Idee ist. Vielleicht sollte sie das Koffein vorerst weglassen.«

Während ich in der Küche etwas Kaffeemehl in den Topf fülle, höre ich zu, wie Kai und Ma'ii sich unterhalten.

»Also, woher kennst du meinen Namen?«

Einen Herzschlag lang kehrt Stille ein, ehe Ma'ii sagt: »Ein Kojote weiß alles.«

»Richtig, Mags hat dich Coyote genannt. Bist du *der* Coyote?«

»Du kannst mich ›Ma'ii‹ nennen. Und Magdalena nennst du … ›Mags‹?«

»Frauen mögen Spitznamen.«

»Allerdings.«

Gegen meinen Willen muss ich lächeln, als ich weitere drei Tassen Kaffee zubereite. Zucker für Ma'ii. Ich erinnere mich, dass Kai Milch mag, und sehe im Kühlschrank nach, ob ich welche habe. Ein bisschen Schafsmilch. Ich schütte sie hinein. Dann bringe ich alle drei Tassen raus und stelle die für Kai und Ma'ii auf den Tisch. Kai hat meinen aufgegebenen Platz eingenommen und sitzt entspannt in meinem Sessel, die Beine weit gespreizt, während seine Arme locker herabhängen. Er sieht aus, als könnte ihn der sonderbare Verlauf des Abends nicht ansatzweise beeindrucken. Coyote sitzt wieder an seinem Platz und nimmt mir den Kaffee mit einem durchtriebenen Seitenblick ab. Ich gehe nicht darauf ein und steige über seine dürren Beine hinweg, um mich auf das Sofa fallen zu lassen. Der Kaffee ist köstlich.

»Also, Magdalena hat mir erzählt, du bist ihr künftiger Liebhaber«, nimmt Coyote das Gespräch wieder auf.

Kai verfällt in bellendes Gelächter und ich spucke etwas von meinem Kaffee auf meine Hose. »Was?«, stammele ich und spüre, wie mir die Hitze erneut ins Gesicht steigt. »Das habe ich nicht gesagt. Das habe ich *nicht* gesagt!«

Coyote schnippt mit den übermäßig langen Fingern und bietet dann in einer Art halbherzigem Schuldeingeständnis seine offene Hand dar. »Na ja, vielleicht nicht in so vielen Worten.«

Kai grinst breit. »Maggie und ich sind uns heute erst begegnet, also erlaube ich mir lieber keine Freiheiten. Außerdem bin ich überzeugt, eine schöne Frau wie sie hat bei Männern die Qual der Wahl.«

Das kann nur ein Scherz sein. Mein Blick schießt zu Kai. Gut, wenn ich mich zurechtmache, sehe ich ganz in Ordnung aus, aber bisher hat mich noch niemand beschuldigt, schön zu sein. Doch in seinem Gesicht kann ich nichts als Aufrichtigkeit sehen.

Coyote nickt eifrig. Dabei fixiert er mich. »Ich versuche ihr beizubringen, dass die Welt viele Liebhaber zu bieten hat. Sie sind so zahlreich wie die Sterne.«

»Du versuchst was?«, schnaube ich. »Ach, jetzt willst du mir also helfen, ja? Was du vorhin gesagt hast, war nur dazu gedacht, mir zu helfen?«

Ungerührt starrt Ma'ii mich an. »Ich weiß, du glaubst mir nicht, Magdalena, aber ich versuche immerzu, dir zu helfen.«

»Du versuchst immerzu, dir selbst zu helfen.«

»Kann ich nicht beides auf einmal tun?«

»Nein, du kannst nicht beides auf einmal tun.«

»Also, Maggie sagte, ihr seid alte Freunde«, geht Kai elegant dazwischen. »Wie habt ihr euch kennengelernt?«

Nein, ich hatte gesagt, wir seien falsche Freunde, und das war schon großmütig. Umso mehr nach den Mätzchen von heute Abend, aber Ma'ii freut sich sichtlich und setzt ein breites, verzücktes Lächeln auf.

»Ja, wir sind alte Freunde«, stimmt er vergnügt zu. »Ich habe Magdalena kennengelernt, da war sie noch ein Mädchen, kurz vor dem Ende der Fünften Welt, als meine Art immer noch vorwiegend in den Träumen der Fünffingrigen gelebt hat.«

»›Das fünffingrige Volk‹, das sind wir. Menschen.«

Ma'ii lächelt nachsichtig. »Die Diné, ja.«

»Und das Ende der Fünften Welt?«, fragt Kai. »Meinst du Big Water?«

»Genau.« Ma'ii beugt sich vor, macht es sich in der Rolle des Geschichtenerzählers bequem. Kai hat ihn einfach so zum Reden gebracht. Statt mich aufzuziehen oder zu piesacken, teilt er sein umfassendes Wissen über Dinétah mit uns. Ich bin, wenn auch unwillig, beeindruckt.

»Ich habe viele Leben in vielen Welten gelebt«, berichtet Ma'ii. »Sogar bevor Changing Woman das fünffingrige Volk erschaffen hat, und in ihnen haben all die Welten ihr Ende in einer großen Flut gefunden. Jedes Mal sind die Wasser von allen Seiten so hoch gestiegen, dass wir glaubten, die Wellenkronen wären die Gipfel schneebedeckter Berge. Diese letzte Flut, die, die ihr Big Water nennt, hat der Fünften Welt ein Ende gemacht und die Sechste hervorgebracht. Sie hat einen Weg zurück in die Welt für jene geöffnet, die sind wie ich.«

Seine Stimme hat einen dramatischen Unterton angenommen, klingt beinahe wie eine Melodie. Ganz offensichtlich amüsiert er sich prächtig, während er in Kais andachtsvoller Aufmerksamkeit badet. Aber mir fällt auf, dass er seine Rolle beim Herbeiführen jener früheren Fluten unerwähnt lässt, und ich frage mich, welche Rolle er, falls überhaupt, bei dieser letzten gespielt hat.

»Die Welt auf der Erdoberfläche?«, hakt Kai nach.

»Dinétah.«

»Und vorher hast du in Träumen gelebt?«

»In Träumen und Visionen«, bestätigt Ma'ii. »In Legenden und Gesängen.«

»Und jetzt?«

»Und jetzt sind wir mit dem Aufstieg von Dinétah und der Sechsten Welt wieder, was wir früher waren.«

»Und ›wir‹ bedeutet?«

»Wir. Die Diyin Dine'é oder wie ihr sie nennt, das Heilige Volk. Und die unter uns, die Bik'e'áyée'ii sind.«

»Aber du bist keiner der Diyin Dine'é?«

Er neigt den Kopf zur Seite und schaut drein wie ein Hund, der versucht, den dummen Menschen zu verstehen, ehe er sagt: »Ich bin Coyote.«

»Natürlich«, erwidert Kai leichthin und ohne das geringste Zögern. »Und es gibt noch andere wie dich?«

»Es gibt andere – Badger, Bobcat, Wolf –, aber niemanden wie mich.« Er wirft sich ein bisschen in die Brust und schüttelt sein Halstuch auf.

»Und was ist mit den Monstern?«, frage ich.

Er lässt sich Zeit, denkt nach, ehe er fortfährt. »Manche, das ist wahr, sind vor langer Zeit bezwungen worden und nicht zurückgekehrt. Aber andere hat der Monstertöter verschont, und sie leben noch immer. Hunger, Armut, hohes Alter. All diese wurden einst Monster genannt. Aber wir hatten auch den großen Yeiisoh, den trampelnden Wasserdrachen, dessen Gebeine nicht weit von hier jenseits der Bergkuppen liegen. Und dann sind da noch die Monster, die ihr selbst geschaffen habt, die yee naaldlǫǫshii, Hexen, die ihre Menschlichkeit gegen Macht eintauschen, ch'į́įdii, die Geister, die das Böse aller Männer und Frauen im Tode auf sich laden. Und dann gibt es noch die, die Magdalena bevorzugt jagt. Die, die junge Mädchen verschlingen.« Sein Blick huscht in meine Richtung.

Er hat einen Köder für mich ausgelegt, aber das bringt mich auf einen anderen Gedanken. »Was ist mit den tsé naayéé'?«

»Dieses Monster kenne ich leider nicht.« Er schaut von mir weg und zur Wand.

»Eine menschengemachte Kreatur, vielleicht etwas, das aus Hexerei entstanden ist? Sie ähnelt einem Menschenfresser. Zumindest reißt sie ihrem Opfer gern die Kehle raus. Und sie ist nicht dazu in der Lage, Worte zu formen. Ich habe gestern eine auf dem Berg getötet. Das ist das Ding, dass das kleine M…« Ich breche ab. Ich will nicht, dass Kai Einzelheiten über Atty erfährt. Jedenfalls noch nicht. Ich tarne mein abruptes Schweigen mit einem vorgetäuschten Gähnen, das ganz von selbst zu einem echten mutiert.

Ma'ii beobachtet mich einen Moment lang aufmerksam, denkt unverkennbar über etwas nach, ehe er sagt: »Es sind viele

Monde vergangen, seit ich so ein angenehmes Gespräch genossen habe. Geschichten und ein abendliches Mahl unter Freunden. Das ist genau das, was ein einsamer Kojote braucht.« Aufmunternd lächelt er mir zu, was offen gesagt kein angenehmer Anblick ist. Der Gesichtsausdruck, den er aufsetzt, ist besser geeignet, um Hohn oder hochmütige Geringschätzung zu vermitteln. Der Versuch, diesem langen, schmalen Gesicht etwas annähernd Freundliches abzuringen, ist geradezu lächerlich. Nichtsdestoweniger ist es ihm ernst. Und dann begreife ich, was er gesagt hat.

»Ich werde niemals für dich kochen.«

Wie aufs Stichwort fängt Kais Magen an zu knurren, laut genug, dass wir uns beide zu ihm umdrehen.

»Verräter«, murmele ich.

Nun, vielleicht ist es doch nicht nur ein Nachteil, Coyote hier zu haben. Er scheint bereit zu sein, mit Kai zu reden, und vielleicht verbirgt sich in seinen Geschichten ein informativer Kern, der uns helfen kann, mehr über den tsé naayéé' herauszufinden.

»Okay«, sage ich und stemme mich von meinem Sitzplatz hoch. »Ich füttere euch beide. Abendessen, und, ja, mehr Kaffee. Und danach verschwindest du, Ma'ii. Noch mehr von deiner Freundschaft auf einmal ertrage ich nicht.«

Er berührt die Stirn mit einer Klaue.

»Danke, Mags«, sagt Kai und schenkt mir dieses mächtige Lächeln, unter dem sein ganzes Gesicht aufleuchtet. Ich schüttele den Kopf. Kai hat Charme, das muss ich ihm lassen. Und die Tatsache, dass er damit sogar Ma'ii um den Finger gewickelt hat, ist ziemlich bemerkenswert. Aber das heißt noch lange nicht, es wäre etwas Gutes, wenn er und Ma'ii miteinander auskommen. Vermutlich ist das eher das erste Zeichen einer sich anbahnenden Katastrophe.

»Toll«, sage ich heiter. »Ihr zwei redet. Ich gehe in die Küche.«

# Kapitel 14

Ihre Stimmen leisten mir bei der Arbeit Gesellschaft. Ihrer Unterhaltung haftet etwas dezent Melodisches an, und die Klänge schweben durch meinen kleinen Trailer und füllen jeden freien Winkel aus. Ich lausche nur mit halbem Ohr, höre aber nicht auf ihre Worte, sondern auf den Rhythmus des Gesprächs.

Ich sehe mich in der Küche um. Ich bin schon so lange allein, dass ich einen Moment brauche, um mir zu überlegen, was ich den beiden überhaupt zu essen machen kann. Normalerweise esse ich im Stehen über der Spüle, und was ich esse, ist billig und macht keine Mühe. Trockenfleisch. Eine Handvoll Nüsse. Dinge, die in Dosen verpackt sind, die ich mit meinem Taschenmesser öffnen kann, und für deren weitere Zubereitung ich nicht viel mehr als einen Topf benötige. Auch das sind Relikte meiner Zeit mit Neizgháni, obwohl wir schon seit fast einem Jahr nicht mehr zusammenleben. Aber jetzt muss ich, jetzt *will* ich eine wirkliche Mahlzeit zubereiten.

Ich bin keine große Köchin. Um genau zu sein, sind meine Fähigkeiten in Sachen Haushaltsführung nicht besonders ausgeprägt, meine nalí war entsetzt, als ich noch jünger war. Aber sogar ich kann ein paar Dosenbohnen aufwärmen und Brotteig frittieren. Es gelingt mir sogar, eine Dose mit gewürfelten Chilis aufzutreiben, die ich zu den Bohnen gebe. Als Nächstes folgt etwas Schmalz, das ich in der Pfanne zerlasse. Dann falte ich das Tuch auseinander, in dem mein weicher Teigbatzen ruht. Den Teig hatte ich angerührt, ehe ich die Botschaft erhalten habe, ich solle nach Lukachukai kommen, also ist er immer noch gut. Ich tauche meine Hände in Mehl, klatsche drei Klumpen Teig auf den Tisch und hämmere im Backe-backe-Kuchen-Stil auf ihnen herum. Mit den Geräuschen kommen Erinnerungen an die Küche meiner nalí und das tägliche Ritual des Brotbackens hoch.

Meine nalí. Sie hat mich großgezogen. Wir zwei haben ganz allein in einem Trailer an dem abgelegenen licht bewaldeten Bergrücken oberhalb von Fort Defiance gelebt, der dem, in dem ich heute wohne, nicht unähnlich war. Sie war eine gute Frau, nicht übermäßig warmherzig oder liebevoll, aber sie hat dafür gesorgt, dass ich Essen und Kleidung hatte, und mich jeden Tag in die Schule gescheucht. Meine Großmutter hat nicht verdient, was ihr zugestoßen ist, was uns zugestoßen ist in jener Winternacht vor all diesen Jahren.

Eigentlich bin ich gut darin, die Erinnerung zu verdrängen. Ich kann nicht sagen, warum sie mich plötzlich mit solcher Wucht heimsucht. Vielleicht liegt es daran, dass Tah so leichtsinnig meine Kindheit erwähnt hat, vielleicht auch daran, wie grausam Coyote in scheußlichen Tatsachen herumgestochert hat, und vielleicht lautet die Wahrheit auch einfach, dass sie eben da ist. Dass sie sich regt, wann immer ich anfange, mich auch nur ein bisschen wohlzufühlen. Dass sie, wann immer ich mich aus der Deckung wage, auf mich lauert und ewig lauern wird.

Blut.

Ich erinnere mich, da war so viel Blut.

Ströme von Blut, karmesinrote Seen, die den billigen Teppich rund um den zerschlagenen Leichnam meiner Großmutter tränken. Sie trägt ihren Bademantel, ein fusseliges, blau-weißes Walmart-Schnäppchen – ich habe sie immer wieder bekniet, es wegzuwerfen. Sie aber beharrt darauf, dass es für eine alte Frau völlig in Ordnung sei, und zieht mich auf, weil ich so eitel bin und meine pinkfarbene Veloursjogginghose vorziehe, ebenfalls ein Restposten aus dem Vorjahr von Walmart, aber immer noch modischer als ihr ausgebeulter Morgenrock.

Wir sitzen gemeinsam auf der Couch und sehen uns einen alten Western an. Allzu häufig lassen wir den Generator nicht laufen, um Videos anzugucken, aber wir feiern gerade meinen sechzehnten Geburtstag. Sogar Kuchen haben wir gebacken.

Auf dem Bildschirm bittet gerade eine manierliche weiße Frau mit Reifrock den arg mitgenommenen Helden um Hilfe gegen die Komantschen. Ich mache mich über die albernen Zopfperücken der »Indianer«-Darsteller lustig, und meine Großmutter bringt mich zum Schweigen, weil sie sich nicht von meinem Teenagerzynismus den Spaß verderben lassen will.

Wir zucken beide zusammen, als unerwartet jemand an die Tür hämmert. Gleich darauf ertönt Gejohle und Gelächter, begleitet von Schlägen an die Außenwand. Jemand jault wie ein Kojote, was einem ganz eigenen, schaurigen Gelächter gleichkommt. Gesichter huschen an den Fenstern vorbei, flackern auf im Feuerschein und verschwinden wieder in der Dunkelheit. So geht es eine ganze Weile, bis wir begreifen, dass sie uns umzingeln. Mindestens ein halbes Dutzend, vielleicht mehr, tanzen um den Trailer herum wie Filmindianer, die einen Planwagen umkreisen, aber wir sind alle Diné, und für eine Minute verstehen wir nicht, was da los ist.

Hilflos vor Verwirrung und Furcht, starren wir einander wie betäubt an. Ganz allmählich kriecht mir das Entsetzen in den Nacken, streicht wie ein kaltes Raunen um meine Ohren. Ich sitze nur nutzlos da. Bis meine Grandma mich anbrüllt, ich solle das Gewehr holen. Sie bewahrt eines unter ihrem Bett auf. Im anderen Zimmer.

Aber es ist schon zu spät.

Brutal wird die Tür aufgestoßen und lässt die Februarluft und das Böse in ihrem Gefolge zu uns herein.

Ich erhasche einen kurzen Blick auf den yee naaldlǫǫshii, den Hexer mit dem Wolfsfell und dem Schmuck eines Toten, der zur Tür hereinkommt, ehe auch seine Handlanger wie eine unaufhaltsame Flut hereinwogen.

Ich renne los, um das Gewehr zu holen. Höre, wie sich die Stimme meiner Großmutter zu schriller Empörung aufschwingt. Und dann das entsetzliche Geräusch des Aufpralls, als ihr etwas auf den Schädel kracht.

Ich spüre eine Last auf meinem Rücken, stürze von hinten angegriffen zu Boden, pralle so hart mit der Brust auf, dass jegliche Luft meiner Lunge entweicht. Der Geschmack von Chemikalien legt sich auf meine Zunge, als mein Kopf auf den Teppich gedrückt wird. Dann schabt eine fleischige Hand über mein Gesicht, die nach verbranntem Schweinefett riecht. Ich beiße zu, beiße sie blutig. Ein Mann schreit auf und die Hand verschwindet.

Meine Chance zu fliehen. Mit aller Kraft kämpfe ich mich hoch, versuche auf allen vieren kraxelnd zu entkommen. Bis mich ein Stiefel auf den Boden zurückstößt. Starke Finger massieren meinen Hinterkopf, was sich zunächst beinahe wie eine Liebkosung anfühlt, doch dann packen sie eine Handvoll meines Haars und rammen mich mit dem Gesicht voran auf den Boden. Wieder und wieder. Schmerz explodiert hinter meinen Augen, Blut fließt, als ich mir die Zunge aufbeiße. Er hört nicht auf, bis ich reglos liegen bleibe.

Die Wucht des Schmerzes beeinträchtigt mein Sehvermögen. Ich zwinge meine Augen, lange genug genau hinzusehen, um das Gesicht des Hexers zu erblicken, das über mir auftaucht. Über seinem eigenen trägt er einen Wolfskopf, dessen Maul oberhalb seiner Stirn weit aufgerissen ist, und die entbeinten Arme hängen an seinen Ohren herab. Die Augen des Hexers sind fahlgrau und seine Zähne, die er lächelnd vor mir bleckt, gelb und verfault.

Sein Gesicht verschwindet, als meine Welt zusammenschrumpft und es schwarz um mich wird.

Ich erwache. Für einen Moment glaube ich, ich wäre tot. Aber ich habe immer noch den Geschmack von Ammoniak und Blut im Mund. Und da sind Stimmen. Sie streiten sich. Der Hexer und seine Männer. Mein Kopf pulsiert in Schwarz und Purpur, und die Worte, die sie sprechen, fallen zu schnell, als dass ich ihnen folgen könnte. Seltsame Worte, die ich nicht verstehe. Nein. Da ist eines. Náá'ah. Das Navajo-Wort für Schlachten.

Und da weiß ich, warum sie gekommen sind. Was sie zu tun vorhaben. Und dass das Fett, das ich an den Händen des Mannes gerochen habe, gar kein Schweinefett war.

Eine andere Stimme. Meine Großmutter. Ich wage es, die Augen zu öffnen, aber alles, was ich sehe, ist ein wilder Schneewirbel auf der anderen Seite der offenen Tür, eine fahle, ausgeblutete Landschaft, weiß und kalt. Dann höre ich wieder meine Großmutter, doch diesmal ist es nur noch ein leises, verzweifeltes Flehen. Hektisches Rascheln, Grunzen, Gebrüll, und dann der trockene Aufprall einer Faust auf einem Kieferknochen. Meine Großmutter ist still. Ich höre ein neues Geräusch und kann es erst nicht einordnen, bis ich es schließlich doch erkenne. Das Geräusch eines Seils, das über eine Rolle gleitet, als sie meine Großmutter an der Decke aufknüpfen.

Plötzlich greifen Hände nach mir. Ich werde auf die Füße gestellt. Die Erde schlingert. Blut trieft aus meiner Nase und von meinen Lippen. Ich schlucke und koste meinen eigenen Tod.

Der Hexer hält mir etwas hin, zwingt meine Finger, sich darum zu spannen. Dann tritt er zurück, ohne den Blick aus seinen bösen Augen auch nur für einen Moment abzuwenden. Er zeigt auf meine nalí und tut dann, als würde er ihr die Kehle aufschlitzen. Flüstert ein Wort. *Gnade.*

Meine Hand zittert. Ich lasse das Messer fallen. Jemand lacht, ein Geräusch wie der Ruf einer Eule. Der Hexer schüttelt in einem Ausdruck höhnischer Enttäuschung den Kopf. Für ihn ist das ein Spaß. Das alles ist nur ein riesiger Spaß.

Der Schlag in meinen Magen erwischt mich so abrupt, dass ich danach nur dumpfe Übelkeit wahrnehme. Tränen treten mir in die Augen.

Ein tapfereres Mädchen, ein klügeres Mädchen würde kämpfen. Würde das Messer nehmen und es gegen den Hexer verwenden. Würde eine Möglichkeit finden, sie alle zu töten und seine Großmutter zu retten. Heldenhaft sein. Aber dieses Mädchen bin ich nicht. Ich bin langsam und dumm und kann nicht einmal ein Messer in meiner zitternden Hand festhalten.

Als sie meine Arme loslassen, sinke ich zu Boden. Lege den Kopf auf den feuchten Teppich. Die klebrige Süße meines eigenen Erbrochenen überzieht meine Wange, während ich dort liege, stumm, und zuhöre, wie sie meine Großmutter des Fleisches wegen schlachten.

Und als ich an der Reihe bin zu sterben, leiste ich keinen Widerstand. Sie zerren mich aus der Pfütze von Erbrochenem. Binden mir das Seil um die Hände, um mich daran aufzuhängen.

Ein Geräusch von draußen.

Der Hexer hält inne, während das Seil noch locker um meine Handgelenke geschlungen ist. Er dreht sich zur Tür um. Wir alle tun das. Ein Geräusch, so schwach, und Wind, der durch geborstene Fenster streift. Ein kalter Kuss berührt mein Gesicht, geflüsterte Worte dringen in mein Ohr. Ein Gesang, wie ich ihn noch nie gehört habe, aber die Melodie ist so süß wie der Geschmack von Blut, die Stimmlage so hell wie neuer Stahl. Sie weckt mich aus meiner Benommenheit, reinigt meinen Geist in einem Schädel, der nicht länger schmerzt.

Sie kräftigt die Entschlossenheit des Willens, der schon gebrochen war.

Stählt das Herz, das einst so weich war.

Und dann sehe ich es.

Den dumpfen Glanz des schmutzigen Silbers am Hals des Hexers. Den roten See, der an meinen Füßen leckt. Das tödlich harte Metall des Schlachtmessers, das derzeit vergessen auf dem Boden neben dem Gräuel liegt, das ihnen als Frischfleisch dienen soll.

Und plötzlich rege ich mich wieder.

Der Erste ist leicht zu töten. Das Seil in meinen Händen schlingt sich um seinen Hals, das Schlachtmesser tanzt in meinen Fingern, und der Mann ist tot, ehe ich auch nur begreife, dass ich in Bewegung gekommen bin. Dass ich all das getan habe. Stille. Die anderen sind so verdattert, dass sie sich lediglich umdrehen und das Mädchen anstarren, das noch Augenblicke zuvor ein Lämmchen war, bereit, sich zur Schlachtbank führen zu lassen.

Und dann endet die Stille.

Schreie, als sich zerbrechliche Männer in Zeitlupe um mich herum bewegen. Ich sehe, was sie tun, sehe den Weg, dem ihre Körper folgen werden, ehe sie es tun. Und ich bin da, sorge dafür, dass sie nie wieder irgendetwas tun. Selbst das Blut aus der Kehle des Hexers scheint mein Gesicht in Zeitlupe zu sprenkeln, und ich sehe zufrieden zu, wie seine grauen Augen erlöschen.

Ich kann nicht sagen, was meine Clankräfte in diesem Moment geweckt hat, in dem ich noch gar nicht wusste, dass es sie gab, in dem unter den Diné noch gar nicht bekannt war, dass so etwas geschehen konnte. Manchmal frage ich mich, ob es der geisterhafte Kuss des Windes war, den ich gespürt habe, und ob das, was mich berührt hat, wirklich der Wind war. Oder mehr. Etwas oder jemand anderes. Etwas, das mir gezeigt hat, wie furchtbar ich sein kann.

Ich weiß nicht so genau, wie viele ich getötet habe, als ich die ersten Anzeichen davon verspüre, dass meine Clankräfte erschöpft sind, sich zurückziehen wie die See bei Ebbe. Auch der gewaltige Adrenalinrausch, auf dem ich reite, schwindet dahin, und ich bleibe mit zitternden Händen zurück und muss mich plötzlich einer alles umfassenden Erschöpfung erwehren.

Wirren Blicks sehe ich mich in dem Trailer um, schwankend und voller Furcht, ich könnte sie nicht alle erwischt haben, ehe mein Körper mich im Stich gelassen hat. Ehe es zu spät gewesen ist. Aber ich sehe nur tote Männer am Boden, rieche ihre freigelegten Eingeweide und das metallische Miasma ihres Blutes, das sich mit dem meiner toten Großmutter vermischt.

Meine Schultern sacken herab, und ein Schluchzer entweicht meinen Lippen.

Dann sehe ich ihn.

Er ist ein Riese, breit und groß, und er muss sich bücken, um zur Tür unseres Trailers hereinzukommen. Er trägt ein Schwert, geschaffen aus weißem Feuer.

Erst denke ich, er ist einer von ihnen. Dann sehe ich die Flügel. Flügel, die keine Flügel sind, sondern Haar, so lang und schwarz, dass es aussieht, als wollte es sich in die Lüfte erheben, während es ihn umflattert. Er ist schaurig und schön zugleich, und ihm haftet nichts Menschliches an. Nun begreife ich. Er ist ein Dämon, der gekommen ist, mich für die Gräuel zu strafen, die ich angerichtet habe.

Aber ich werde nicht zulassen, dass er mich holt. Diesen Fehler mache ich kein zweites Mal. Ich stolpere zurück. Rutsche in einer Pfütze aus Blut und Eingeweiden aus. Mit dem letzten Fitzel meiner Kraft hebe ich das Messer, umklammere mit beiden Händen das Heft, um es ruhig zu halten, und bete um noch ein Wunder.

Und der Dämon lächelt.

Er sagt mir, sein Name sei Naayéé' Neizgháni und er fühle sich geehrt, dass er bei meiner Wiedergeburt dabei gewesen sei. Er nennt mich »Chíníbaá'«, ein traditioneller Diné-Name, der »Mädchen, das leidenschaftlich kämpft« bedeutet. Er dankt mir dafür, dass ich den Hexer und dessen drei Männer getötet habe, denn sie seien eben die Monster, die er schon seit Tagen verfolgt.

*Ich habe nur vier getötet?*, frage ich ihn.

Er lacht. *Sind vier an einem Tag denn nicht genug?*

Im Griff der Clankräfte hat es sich angefühlt, als wären es mehr. Aber, nein, er hat die zwei getötet, die geflohen sind, und mir ihren Anführer und die drei anderen überlassen.

*Gnade*, sage ich zu ihm. Stoße ich flüsternd mit einem schauerlich blutigen Grinsen zwischen zusammengebissenen Zähnen hervor. Flüstere es erneut. Und dann noch einmal. Bis ich umfalle, ihm ermattet in die Arme falle, und er trägt mich aus dem Trailer und zurück zu seinem Lager. Dort gibt er mir Gelegenheit, mir das Blut meiner Feinde von der Haut zu waschen. Er gibt mir zu essen. Erklärt mir, dass ich nun vom Tode berührt sei und mich das verändert habe, ich aber heilen könne, wenn ich mich den notwendigen Zeremonien unterziehe und mich dem Wandel der Zeit beuge.

Ich bin nie zum Haus meiner Großmutter zurückgekehrt, zu diesem Trailer oben am Berg. Dort gibt es nichts für mich. Mit Neizgháni habe ich immerhin etwas, auch wenn es aus Blut und Gewalt hervorgegangen ist. Er stimmt zu, mich auszubilden, mich kämpfen zu lehren, im Umgang mit Waffen zu unterweisen und mir zu zeigen, wie ich Kreaturen aufspüren kann, die schlauer sind als die ersten, die ich getötet habe.

Ich habe mich nie einer jener Zeremonien unterzogen, die meinen Geist von der Berührung des Todes hätten reinigen sollen, aber die Zeit nimmt dennoch ihren Lauf. Allmählich fangen die Wunden jener Nacht zu verschorfen an, und solange ich nicht an den Erinnerungen knibbele, solange ich sie nur dazu nutze, meine Wildheit zu nähren, und sie an einem dunklen Ort einschließe, sobald ich sie nicht mehr benötige, komme ich zurecht.

Und daraus wird ein Leben. Mein Leben. Monsterjagd ist mein Handwerk, und ich lerne die Wege der Gewalt zu Füßen eines wahren Meisters. Das ist das Leben, das ich ertragen kann, das ich manchmal sogar genießen kann.

Bis Neizgháni geht. Und ich allein zurückbleibe, um ohne ihn Monster zur Strecke zu bringen, sowohl die von der sichtbaren Sorte, die kleine Mädchen stehlen, um ihr Fleisch zu essen, als auch die von der unsichtbaren Art, die unter der Haut lauern und das kleine Mädchen von innen verzehren.

# Kapitel 15

Kais Gelächter wabert gänzlich unpassend durch meine Erinnerungen, und ich greife danach, klammere mich daran fest und lasse mich von ihm in die Wirklichkeit zurückholen. Meine eigene, vertraute Küche, Gäste im anderen Raum, weicher Teig in meinen Händen. Ich blinzele, rechne mit Tränen, aber meine Augen sind trocken. Meine Hände sind ein wenig zittrig, als ich den Teig in das heiße Schmalz gleiten lasse, aber ich kriege es hin. Das Fett zischt, während sich das Brot aufbläht. Das klappt gut. Und mir geht es gut. Zumindest bin ich okay.

Ich ermahne mich zu atmen. Mich auf den schlichten Sog und Druck der Luft zu konzentrieren, die durch meinen Körper reist. Und dann schließe ich all diese Erinnerungen dort ein, wo sie hingehören. Jedenfalls versuche ich es. Aber sie können nicht ganz verschwinden, denn ich höre, wie Kai Coyote fragt: »Und dieser Neizgháni hat dein Leben verschont?«

Ich runzele die Stirn. Ma'ii erzählt Geschichten über Neizgháni. Ich versuche mich zu erinnern, ob ich Kai gegenüber den Namen meines Mentors erwähnt habe, aber es gelingt mir nicht. Ich weiß, das ist Ma'iis Art, mehr Ärger zu machen, doch ehe ich ihn zum Schweigen bringe, will ich erst die Geschichte hören, die er jetzt gerade zum Besten gibt.

»Er hat mein Leben einmal verschont. Aber ich bin viele Male auf viele Arten gestorben. Nicht das Sterben ist so schlimm, sondern das Wissen, dass man allein in der nächsten Dämmerung erwachen muss. Ich bin wirklich kein Frühaufsteher.«

»Tja, aber wenn er dein Leben verschont hat, nach dem, was du getan hast, kann er so übel nicht sein.«

»Es ist wahr, dass er als der Held der Legende betrachtet wird, andererseits bin ich keines seiner Monster.« Seine Stimme klingt aalglatt, beinahe leichtfertig, aber ich erkenne den Unterton des Zorns. Was immer Neizgháni ihm getan hat, es ist nicht vergeben, ganz gleich, was er behauptet. »Ich bin nur ein einfacher Kojote, und er ist der Sohn von Changing Woman und der Sonne. Wenn du es so betrachtest, ist es ein Wunder, dass er sich überhaupt mit mir abgegeben hat.«

Ich schüttele den Kopf, während ich vorsichtig mit der Brotzange das Gebäck aus dem heißen Schmalz nehme und das nächste Teigstück hineinlege. Vielleicht gelingt es mir ja eines Tages, Ma'ii zu überreden, mir zu erzählen, was zwischen den beiden vorgefallen ist.

»Changing Woman«, wiederholt Kai. »Die hast du schon einmal erwähnt. Sie hat die Menschen geschaffen, das fünffingrige Volk, meine ich. Also ist sie Neizghánis Mutter? Und sein Vater ist die Sonne?«

Ich höre einen Stuhl knarren. »Was die beiden betrifft, das ist eine recht delikate Geschichte der Verführung. Ein williges Mädchen mit gespreizten Beinen an einem heißen Sommertag. Möchtest du sie hören?«

»Vielleicht ein andermal«, erwidert Kai unschlüssig. »Dieser Neizgháni ist also ein legendärer Held. So in der Art wie Herkules?«

»Wer? Ich kenne keinen Herkules. Tötet er Monster?«

»In den Geschichten der alten Griechen.«

»Dann, ja!«

»Und er war Maggies Lehrer?«

»Und viel mehr als nur das«, sagt Coyote nun lüstern flüstend. Ganz gleich, welche Gefühle er Neizgháni entgegenbringt, der alte Coyote kann einem Skandal einfach nicht widerstehen.

»Okay, das reicht.« Ich stoße die Tür auf. Beide sitzen vorgebeugt auf ihren Plätzen und stecken die Köpfe zusammen wie die Klatschbasen in einem Chapter House. Ich zeige mit dem Finger auf Coyote. »Du hörst jetzt auf, über Dinge zu reden, von denen du nichts verstehst. Und du …« Mein Finger wandert zu Kai. »… hörst auf, einem Gauner zuzuhören.« Nun ruckt auch mein Kopf in Kais Richtung. »Außerdem kannst du mir mit dem Essen helfen.«

Kai sieht enttäuscht aus, aber Coyote grinst nur sein zahnreiches Raubtiergrinsen und zwinkert mir mit seinen gelben Augen zu.

»Du bist ein bisschen reizbar, Mags«, sagt Kai, als er zu mir in die Küche kommt.

»Ich will nicht, dass du mit Coyote über mich tratschst«, setze ich ihn in Kenntnis, als ich das letzte Teigstück im Schmalz versenke.

»Habe ich das?«

»Ja.«

»Also, wenn ich etwas über dich erfahren will, dann erzählst du es mir?«

Ich schöpfe die Chili-Bohnen in die drei bereitstehenden Schalen, während ich über seine Frage nachdenke. »Vielleicht. Kommt darauf an. Was willst du wissen?«

Das letzte Stück Brot ist nun auch fertig. Kai nimmt zwei der Schalen, eine für sich, eine für Coyote. Ich schnappe mir die letzte. Ein schiefes Lächeln krümmt seine Lippen, und er lehnt sich in der Tür zurück und hält sie auf, damit ich zuerst hindurchgehe. »Weiß ich noch nicht, Mags. Aber beim nächsten Mal komme ich ganz bestimmt mit meinen Fragen zu dir.«

Ich mustere ihn argwöhnisch, aber der Blick, mit dem er mich bedenkt, ist ganz Ausdruck glupschäugiger Unschuld.

Zum Essen kauern wir uns um meinen Kaffeetisch, drängeln uns auf Sessel und Sofa meines winzigen Wohnzimmers. Ich benutze mein Brot als Löffel, tauche es in die Bohnenmischung und schaufele mir Bohnen in den Mund. Ma'ii beobachtet mich aufmerksam, ehe er an seiner eigenen Schale schnüffelt, geziert, aber mit klappernden Fingernägeln den Löffel in die klauenartige Hand nimmt und speist, als wäre er die Königin von England. Kai folgt meinem Beispiel mit seinem eigenen Brot. Beim Essen herrscht Stille, hier und da wechseln wir ein Wort, konzentrieren uns aber vorwiegend auf unser Essen. So etepetete er auch mit seinem Löffel war, Coyote ist als Erstes fertig und wischt sich ungehobelt den Mund am Ärmel seines Mantels ab, nimmt einen tiefen Schluck von dem, was von seinem Kaffee übrig ist, stellt die Tasse ab und holt sich seinen Hut von dem Tisch neben ihm.

»Ahéheé, Magdalena«, sagt er. »Und nun ist es Zeit für mich zu gehen.«

Er dreht sich zu Kai um. »Ich habe deine Gesellschaft heute Abend genossen, Kai Arviso. Darum gebe ich dir ein Geschenk. Du darfst mich rufen, und ich werde dich hören. Sag nur viermal in der Morgen- oder Abenddämmerung beim Wechsel zwischen Hell und Dunkel meinen Namen in alle vier Himmelsrichtungen. Wenn mir danach ist, werde ich kommen.«

»Wenn dir danach ist?«

Ma'ii zuckt mit den Schultern. »Ich habe viel zu tun, und Dinétah ist groß.«

Ein großes Geschenk ist das nicht gerade, aber Kai ist es offenbar ernst, als er sich bedankt.

»Prächtig!« Coyote steht auf und setzt sich den Hut auf den Kopf. Dann ergreift er mit schwungvoller Geste seinen Gehstock und blinzelt mir gemächlich aus messinggelben Augen zu.

»Geh ein paar Schritte mit mir, Magdalena.«

Rasch werfe ich Kai einen Blick zu, frage mich, ob er weiß, was Ma'ii von mir will, aber er verrät nichts, also stemme ich mich hoch und gehe zusammen mit Coyote Richtung Tür. Das ist ein bisschen albern. Wir haben uns nur wenige Schritte weit von Kai entfernt. So zu tun, als wären wir unter uns, ist ein Witz. Aber Coyote scheint das nicht weiter zu stören.

»Er ist entzückend. Sehr charmant. Und diese Hände.« Ma'ii schüttelt sich, und sein kamelfarbener Mantel wogt um ihn herum. »Er gäbe einen guten Liebhaber ab.«

»Ich werde ihm sagen, dass du Interesse hast.« Nicht, dass er nicht sowieso hören könnte, was wir sagen.

»Nicht für mich«, protestiert Ma'ii ärgerlich. »Für dich.« Mit ernster Miene packt er meinen Arm. Seine Augen sind plötzlich so kalt wie der frühe Morgen. Er bringt seinen Mund so nahe an mein Ohr heran, dass ich seinen warmen, feuchten Atem auf meiner Wange spüre. »Vergiss Neizgháni. Er ist ein zutiefst selbstsüchtiges Wesen. Er liebt dich nicht. Das kann er nicht. Für ihn bist du nichts als eine Laune, eine Ablenkung, ein Kuriosum, dessen er inzwischen müde geworden ist.« Sein Griff wird härter, und seine Fingernägel bohren sich in mein Fleisch. »Der Monstertöter wird dich nur enttäuschen«, zischt er.

»Neizgháni geht dich nichts an.« Die Gutmütigkeit ist aus meiner Stimme verschwunden, und meine Augen stehen seinen an Freudlosigkeit nicht nach. Da ist er, der alte Coyote, ganz wie ich ihn kenne. Er hat sich nur für ein paar Stunden hinter der Maske der Freundschaft versteckt, doch nun ist er zurück und so grausam wie eh und je. Seine Warnung schmerzt mehr als die Anspielungen, mit denen er mich zuvor gepiesackt hat.

Er hat mich schon zuvor geärgert und unerwünschte Erinnerungen wachgerüttelt, aber so quälend die auch sein mögen, das alles liegt Jahre zurück, und diese Distanz gestattet mir, sie einigermaßen unter Kontrolle zu halten. Ich kann sie abschalten, sie wegsperren, kann mich vor ihren Schrecken schützen. Was Ma'ii aber nun über Neizgháni sagt, das berührt mich an einem anderen Punkt, irgendwo an meinen Ängsten im Hier und Jetzt, wo ich keine Chance habe, mich vor ihnen zu schützen. Denn, was ich mir selbst nicht eingestanden habe, was ich einfach nicht ertragen kann, ist, dass Ma'ii recht hat. Neizgháni hat mich zurückgelassen, ohne sich irgendetwas dabei zu denken, ohne auch nur zurückzublicken. Oder sich je wieder zu melden. Als hätte er mich bereits vergessen.

Ob ich ein Monster bin oder nicht, ich hätte ihm wichtiger sein müssen. Er hätte eine Möglichkeit finden sollen, Kontakt zu mir aufzunehmen. Er hätte mir die Wahl überlassen sollen, unter seinem Schwert zu sterben, statt mich einfach zu verlassen.

Ma'ii muss etwas in meiner Mimik gesehen haben, etwas, das ihn überrascht. Vielleicht hat er nicht damit gerechnet, dass ich verletzt reagieren könnte. Jedenfalls nimmt er die Hand weg, richtet seine Jacke und sieht mich stirnrunzelnd an. »Ich schlage vor, du beeilst dich ein bisschen, um zum Canyon de Chelly zu kommen. Finde Níłch'i, benutz die Ringe und ruf mich.« Seine Stimme klingt hart und verärgert. Für einen Moment hält er inne und kontrolliert seine Ärmelaufschläge. »Du musst begreifen, dass das wichtig ist.«

Ich klappe den Mund auf, um ihn daran zu erinnern, dass ich überhaupt nicht zugestimmt habe, den Job zu übernehmen, aber er ist weg. Ich habe ihn nicht einmal die Tür öffnen sehen.

»Wo ist er hin?«, fragt Kai hinter mir.

»Warte«, sage ich und recke eine Hand hoch. Einen Moment später flutet das gleißende Licht eines Blitzes den Trailer. Kai flucht leise, und ich blinzele, als mir ein Netz aus roten Adern über das Blickfeld tanzt.

»Wie macht er das?«

Ich zucke mit den Schultern. »Das tun die alle. Ich wünschte, ich wüsste, wie sie das anstellen. Würde bestimmt eine Menge Treibstoff sparen.«

Kai kratzt seine Schüssel aus und schaufelt sich den Rest seines Essens in den Mund. Zwischen den einzelnen Bissen fragt er: »Das war also *der* Coyote?« Als er fertig ist, schiebt er die Schale weg, lehnt sich mit hinter dem Kopf gefalteten Händen zurück und streckt den hageren Leib aus, die Beine unter meinem Kaffeetisch übereinandergeschlagen. »Er war nicht so, wie ich es erwartet hätte.«

»Was hattest du denn erwartet?«

»Ich weiß nicht. Ein bisschen weniger Ernsthaftigkeit, schätze ich. Coyote wird in all den Geschichten immer so ein bisschen wie ein Idiot dargestellt.« Er zuckt mit den Schultern. »So schlimm ist er mir gar nicht vorgekommen.«

Bereit zum Protest, kneife ich die Augen zusammen und öffne den Mund.

»Versteh mich nicht falsch«, kommt er mir zuvor. »Er ist ziemlich heftig und irgendwie pervers. Ich schwöre, die halbe Zeit hatte ich das Gefühl, er versucht, Blickkontakt zu meinen Genitalien herzustellen, nicht zu meinem Gesicht.«

Ich habe das Gefühl, in mehreren Schattierungen rot anzulaufen, aber Kai redet einfach weiter.

»Und er ist gruselig mit diesen gelben Augen und den Zähnen.« Ein Schauder rinnt über seine Schultern, aber er schüttelt ihn ab. »In der einen Minute sieht er ganz menschlich aus, und dann blitzt plötzlich etwas anderes auf, als würde er ein Menschenkostüm tragen, aber er ist kein Mensch.«

»Er kann ein wenig unheimlich sein«, stimme ich zu.

Amüsiert über meine Untertreibung, kichert Kai leise. »Aber ein Idiot ist er nicht.«

Ich setze mich ihm gegenüber auf den Rand des Sessels. »Die Wahrheit ist, ich habe ihn noch nie zuvor so erlebt.«

»Wie?«

»Gesprächig. Geschichten erzählend.«

»Er hat dir nie Geschichten erzählt?«

»Die einzigen Geschichten, die er mir je erzählt hat, waren Gruselgeschichten. Über Dachse, die ihn zu Tode geprügelt, oder Vögel, die ihm die Augen rausgepickt haben. Diese Art von Geschichten.«

Kai starrt mich nur an.

»Was?«

»Es ist nur …« Er zögert einen Moment, als wäre er nicht sicher, wie das, was er zu sagen gedenkt, ankommen könnte. »Darf ich dir einen Rat geben?«

Ich winke ihm zu, fortzufahren.

»Manche Leute glauben, man könne seine Feinde besiegen, indem man sie sich zu Freunden macht.«

Ich denke darüber nach. »Das ist das, was du getan hast? Einen Feind besiegen?«

»Etwa nicht?«

»Ich finde, ein Gewehr funktioniert auch ganz gut.«

Einen Moment hält er meinem Blick stand. Dann lacht er. »Du bist eine schwierige Frau, Mags«, gesteht er. »Nicht böse gemeint, ich mag dich. Und ich würde dich gern besser kennenlernen. Aber ich glaube nicht, dass sich am Ende eines Gewehrlaufs viele Freundschaften schließen lassen.«

»Sagt wer?«

Wieder lacht er, und es fühlt sich gut an. Hört sich gut an. Und es ist gut, ihn hier zu haben. Diese Begegnung mit Ma'ii hätte ich ohne ihn nicht so geschmeidig hinter mich gebracht.

Fernes Gebell ertönt, und ich blicke grinsend auf. »Meine Hunde sind zurück.«

»Wo sind die gewesen?«

»Keine Ahnung, aber sie hauen immer ab, wenn Ma'ii auftaucht. Muss was Hündisches sein.« Ich stehe auf und strecke mich, reiße den Mund zu einem Gähnen auf. »Komm, ich stelle euch vor. Du kannst mir helfen, sie zu füttern, und dann zeige ich dir, wo du schlafen kannst.«

»Du meinst, wir teilen nicht das Bett?«

Wie er es sagt, klingt es wie ein Scherz, aber ich erstarre dennoch, weil er mich damit völlig unvorbereitet erwischt. Mein Gehirn sagt mir, dass das eine ganz harmlose Bemerkung war, vielleicht ein Flirtversuch, und dass ich es nach Ma'iis Sticheleien, Kai könne mein neuer Liebhaber sein, und Tahs wenig subtiler Kuppelei hätte kommen sehen müssen. Ich weiß, ich sollte nun entweder den Flirt aufgreifen oder darüber lachen und ihm sagen, er solle meine Gastfreundschaft nicht zu sehr strapazieren, aber ich bringe kein Wort über die Lippen.

Kai muss es gemerkt haben, denn er rudert hastig zurück. »Nur ein Scherz, weiter nichts. Ich dachte nur, da du mich in dein Heim eingeladen hast …« Er zögert. »Ich schlafe einfach hier. Das ist in Ordnung. Die Couch sieht bequem genug aus.«

Ich weiß nicht, was ich sagen soll. Wie ich es ihm erklären soll. Ich sehe ihn an, die schlanke Gestalt, das verwegen aussehende Haar, das entwaffnende Lächeln. Ich wette, dazu sagen die meisten Mädchen nicht Nein. Warum auch? Und ich kann nicht leugnen, dass der Gedanke verlockend ist. Kai könnte mir etwas Leichtes, Unkompliziertes zu bieten haben. Jemand, der Wärme schenkt und hilft, die bösen Erinnerungen zu verscheuchen. Jemand, der nicht Neizgháni ist.

Die Wahrheit ist, Kai mag sein, was ich brauche, aber er ist nicht, was ich will.

»Es ist nicht so einfach, Kai.«

Für einen Moment schweigt er. »Könnte es aber sein«, sagt er dann. »Du und ich, meine ich. Wenigstens für heute Nacht. Wenn du es willst. Ohne Hintergedanken. Nur … ein bisschen Spaß.«

»Ich … ich habe jemanden. Jemanden, den …« Ich kann seinen Blick auf mir spüren, die Frage, die sich dahinter verbirgt. Wenn ich jemanden habe, wo ist er dann? Er hat Ma'ii über Neizgháni reden hören. Vermutlich hält er mich für wahnhaft, genau wie Ma'ii. Aber es ist nun einmal die einzige Hoffnung, die mir geblieben ist.

Ich deute auf die Truhe, die ich als Beistelltisch benutze. »Decken sind da drin. Bedien dich.«

»Darf ich dich etwas fragen?«, erkundigt er sich rasch, ehe ich flüchten kann. »Du hast gesagt, das dürfte ich. Dich etwas fragen.«

Habe ich, aber gerade jetzt bin ich da nicht so sicher. »Schieß los.«

»Warum gibst du dich mit ihm ab?«

Erst denke ich, er spricht von Neizgháni, aber dann geht mir auf, dass er Ma'ii meinen muss. »Er ist nicht so übel, genau wie du gesagt hast. Man muss nur wissen, womit man zu rechnen hat.«

»Und womit rechnest du?«

»All das Gerede über Freundschaft hat keine Bedeutung für ihn. Ich meine, Ma'ii ist ein Opportunist. Er ist nett, solange sich unsere Interessen decken, aber sobald er einen Vorteil darin sieht, wendet er sich gegen dich, ohne einen Gedanken daran zu verschwenden.«

»Aber Freundschaft schätzt du, richtig?«

»Klar.«

»Dann können wir vielleicht einfach Freunde sein«, bietet er an. »Nur Freunde, meine ich«, fügt er eilends hinzu, als ihm mein Blick auffällt. »Wenn du es willst.«

Für einen Sekundenbruchteil weiß ich nicht, was ich sagen soll. Das ist das Letzte, was ich erwartet habe, und ich habe schlicht keine Antwort. Ich sehe, wie sich sein Mund öffnet, als wollte er es zurücknehmen, und das will ich nicht. Aber ich weiß auch nicht, wie ich ihn daran hindern soll.

Plötzlich knallt etwas an der Tür, und wir beide zucken erschrocken zusammen. Gleich darauf erklingt ein leises Winseln, das zweifellos von einem Hund stammt. Die Anspannung im Raum zerfällt. Das Geräusch rettet uns beide davor, das Gespräch fortsetzen zu müssen.

Kai lacht leise. Reibt sich mit beiden Händen über das Gesicht und fährt sich mit den Fingern durch das Haar. Dann klappt er den Mund auf, als wollte er doch noch etwas dazu sagen, überlegt es sich dann aber anders und bemerkt: »Tja, das ist ein bisschen unangenehm.« Er sieht sich im Raum um und wirkt ein wenig niedergeschlagen. »Du hast nicht zufällig was zu trinken? Whiskey, Selbstgebrautes aus der Gegend? Ich bin nicht wählerisch.«

Ich will ihm sagen, dass wir Freunde sein können, aber stattdessen antworte ich: »Alles, was ich an Alkohol habe, ist für den Truck reserviert.«

»Richtig.« Er seufzt tief und stemmt sich von seinem Sessel hoch. »Was ist mit den Batterien? Danach haben wir noch gar nicht geschaut.«

»In der Küche gibt es eine Kramschublade.«

Er zieht das Kinn an die Brust, als läge, schwer, aber unsichtbar, eine Last auf seinem Nacken, und nickt. »Und davon abgesehen, schätze ich, wir sollten für heute Schluss machen. Einverstanden?«

Ich zucke mit den Schultern, die Arme fest vor der Brust verschränkt.

Er schlendert zurück in Richtung Küche. Ich sehe ihm nach, bis er hinter der Schwingtür verschwunden ist. Überlege für einen Augenblick, ob ich in Hinblick auf ihn heute Nacht die richtige Entscheidung getroffen habe. Überlege, ob ich heute Nacht überhaupt irgendeine richtige Entscheidung getroffen habe. Dann lasse ich es dabei bewenden und stoße mich von der Wand ab, um meine Hunde zu füttern.

Aber als ich zurückkomme, hat Kai die Essensschalen gespült und sich wortgetreu unter meiner Ersatzdecke auf dem Sofa zusammengerollt. Er kehrt mir den Rücken zu, und ich kann nicht mehr von ihm sehen als die Form seiner Schultern und das dunkle Durcheinander aus Haaren. Ich weiß nicht, ob er schon schläft, aber er gibt keinen Ton von sich, und ich sehe keine Batterien auf dem Kaffeetisch, also lege ich die Tasche an der Tür ab und werte es als Fingerzeig, dem ich folgen sollte. Ich schließe die Vordertür ab und schalte alle Lampen aus.

In meinem Schlafzimmer ziehe ich mich hinter der geschlossenen Tür bis auf die Unterwäsche aus und krieche ins Bett. Ich habe meine Glock aus dem Truck mitgenommen und schiebe sie unter die auf dem Boden liegende Matratze. Bisher ist noch nie jemand in meinen Trailer eingebrochen, und ich bin sicher, die Hunde würden mich alarmieren, sollte jemand bei Nacht auf ihrem Territorium herumschleichen, trotzdem fühle ich mich besser, wenn ich die Waffe bei mir habe.

Der Schlaf entzieht sich mir noch eine Weile. Ich lausche Kais Atem, der durch die dünne Tür aus dem Nebenraum zu hören ist. Allmählich wird er schwerer und geht dann in ein leises Schnarchen über. Erst da drifte auch ich allmählich weg und denke dabei an das Leben, das man haben könnte, wenn Flirten Spaß machen würde und Freundschaften leicht geschlossen werden könnten. Aber sogar in meinen Träumen gelingt es mir nicht, dieses Leben zu erreichen.

# Kapitel 16

Ich renne, jage etwas Unsichtbares den mit Kiefern bestandenen Hang hinauf. Oder durch einen Canyon mit rötlichen Felswänden. Oder über eine mit Wüsten-Beifuß bewachsene Mesa. In jedem Traum bin ich allein, nur ich und meine Jagdbeute. Die einzigen Geräusche entstammen meinem keuchenden Atem und meinen gleichmäßigen Schritten, während ich über den Berg laufe. Durch den Canyon. Über die Mesa. Das Einzige, was ich fühle, ist der Rausch der Jagd. Wie immer ist meine Beute mir einen Schritt voraus, ist für einen Moment zu sehen und dann wieder verborgen hinter einem Dickicht aus Bäumen, der Böschung hinter einem Bachlauf, einer Biegung des Trampelpfades. Endlich sehe ich mein Ziel vor mir. Für einen Moment verliert es sich in der Landschaft, dann offenbart es sich im Licht von Tausenden von Sternen, im Leuchten des Vollmonds, unter einer strahlenden Wüstensonne. Grinsend, triumphierend hebe ich mit schweißnassen Händen das Gewehr. Ich ziehe den Abzug, feuere den tödlichen Schuss ab. Ein Treffer, meine Beute fällt. Ich eile weiter, um mir meine Belohnung abzuholen, und mein langes Kojotenfell kräuselt sich im Wind.

Doch der, den ich erschossen habe, ist Kai. Ein Loch klafft in seiner Brust. Es geht direkt durch. Seine Augen starren anklagend. Lippen, feucht von Blut, öffnen sich, und er spricht zu mir. Ich beuge mich zu ihm herab, um zu lauschen. Oder zu einem Kuss.

Aber er hat nur ein Wort zu mir zu sagen.

*Monster!*

Der Traum weckt mich, und ich beschließe, dass ich genug geschlafen habe. Die Luft ist eisig. Ohne einen Ofen in meinem Trailer hat sich die nächtliche Kälte des Wüstenhochlands in Boden und Wänden eingenistet, wo sie bleiben wird, bis die Sonne aufgegangen ist. Zitternd, nicht nur wegen der Kälte, sondern auch wegen des verweilenden Entsetzens aus meinem Traum, ziehe ich mich an. Schwarze Leggings und ein Baumwollhemd. Sorgfältig wickele ich mir die Schäfte meiner Mokassins um die Waden, binde sie unter dem Knie fest und schiebe die losen Enden hinein. Stecke meine Wurfmesser an ihren Platz und das Böker an meinen Bund. Dann ziehe ich mir noch eine Wollmütze und Handschuhe an. Ich weiß, später wird die Sonne brutal heiß sein, aber derzeit will ich nicht auf die Annehmlichkeit des Stoffes auf meiner Haut verzichten.

Kai liegt ausgestreckt auf der Couch in meinem Wohnzimmer, ahnt nichts von dem schrecklichen Tod, den er erst kürzlich in meinem Unbewussten hat erleiden müssen, und scheint vollends unbekümmert. Eines seiner Beine ist unter der Decke hervorgerutscht. Seine Glieder sind zu lang für das schmale Sofa, und ein bestrumpfter Fuß hängt auf den Boden. Er liegt auf dem Rücken, die Arme sorglos über den Kopf gereckt, und seine Hände hängen über ihm und gucken über die Lehne.

Er war gestern schon attraktiv, jetzt ist er es noch mehr. Lange Wimpern ruhen über wohlgeformten Wangenknochen in einem im Schlaf entspannten Gesicht.

Aber ich sehe nur den Kai aus meinen Träumen, der mit einem Loch im Herzen blutige Tränen weint.

Ich schaudere so sehr, dass meine Muskeln protestieren. Schlucke etwas Sengendes hinunter, das mich von innen zu verbrennen droht. Verunsichert gehe ich zu ihm, strecke die Hand aus und schüttele ihn an der Schulter. »Wach auf!«

Er regt sich nicht, also versuche ich es noch einmal.

Dieses Mal öffnet er ein Auge. Sieht mich an, als versuche er, sich zu erinnern, wer ich bin. Und schließt das Auge wieder.

»Du musst aufstehen«, sage ich.

»Jetzt?« Er gähnt, kämpft gegen die Orientierungslosigkeit, die damit einhergeht, an einem fremden Ort zu erwachen. »Wie spät ist es? Ist die Sonne überhaupt schon aufgegangen?«

»Steh auf. Ich werde den Rest Kaffee wieder aufwärmen.«

Und das habe ich auch vor. Aber als ich in der Küche bin, ertappe ich mich dabei, ins Nichts zu starren. Die Sonne lugt bereits über die Berge, und das erste Licht der Morgendämmerung dringt durch das Fenster und fällt auf meine Hände, die ich auf den Küchentisch gestützt habe. Ich sehe zu, wie das Licht über meine Haut wandert. Meine Finger sind braun und mit winzigen Schnitten von meinem Kampf mit dem tsé naayéé' übersät. Die frischeren Wunden ergänzen all die Schwielen und die starren weißen Narben alter Verletzungen. Meine Fingernägel sind kurz und stumpf, und die meisten sind von kleinen, weißen Punkten bedeckt, Hinweise auf zerschlagene Finger und wer weiß welche anderen Traumata, denen ich sie ausgeliefert habe.

Traumata, Narben. Darin bin ich gut, das weiß ich. Darin, Hässliches in die Welt zu kotzen, wie Longarm es ausgedrückt hat. Seine Worte, verstärkt durch meinen Traum, kehren mit brutaler Wucht zurück, und plötzlich komme ich mir albern vor, frage mich, wie ich auf die Idee habe kommen können, Kai und ich könnten Freunde sein, womöglich mehr als Freunde. Ich spüre, dass ich schwanke, benebelt von dem erdrückenden Gefühl, dass die Wände auf mich zukommen.

»Mags?«

Aus der Ferne ruft mich eine Stimme zurück von was immer da gerade über mich hereinzubrechen droht, und ich taumele.

»Mags?« Eine Hand legt sich auf meine Schulter, und ich peitsche herum. Ausbildung und Instinkte machen sich bemerkbar, ehe ich klar denken kann, und schon habe ich Kai an der Wand festgenagelt und halte ihm das Messer an die Kehle, bis ich mich endlich erinnere, wo ich bin. Wer ich bin. Und was ich im Begriff bin zu tun.

Entsetzt stolpere ich zurück. Schlage mir die Hüfte am Küchentisch an, hart genug, dass ich schreien möchte. Stecke das Messer so schnell zurück in die Scheide, wie ich es gezogen hatte.

»Hör auf, mich Mags zu nennen«, blaffe ich unsinnigerweise. »Das ist nicht mein Name.«

»Na klar«, sagt er, und seine Stimme klingt nun hellwach. Und entsetzt.

Ich rücke noch weiter von ihm ab. Meine Sinne taumeln auf der Suche nach festem Boden. Kai rührt sich nicht, beobachtet mich nur mit glänzenden Augen. Er ist blass. Schweiß perlt auf seinen Schläfen, aber seine Hände hängen reglos herab, und er flippt nicht aus. Was mehr ist, als ich über mich selbst sagen kann.

Ich weiche zurück, bis ich gegen den Herd stoße. Dort drehe ich mich hastig um und schalte die Flamme ein. Plappere etwas über den Kaffee, das zuvor schon gesagt zu haben ich mich erinnern kann. Ich höre mich an wie eine Verrückte, also mache ich den Mund wieder zu.

Er behält mich immer noch im Auge, aber nun, da die Überraschung vorüber ist, kann ich ihm ansehen, dass sich ein Teil seiner Furcht in Sorge verwandelt. Und Mitgefühl ist das Letzte, womit ich gerade umgehen kann.

»Bist du in Ordnung?«, fragt er.

Ich schüttele den Kopf. »Ich gehe den Truck beladen«, murmele ich. »Pass auf den Kaffee auf, damit er nicht anbrennt.«

Ich warte nicht auf eine Antwort, sondern haue einfach ab und höre nicht auf zu rennen, bis ich zur Tür raus bin.

# Kapitel 17

»Was ist da drin passiert?«

Wir sitzen im Truck und fahren die Route von gestern in südlicher Richtung zurück nach Tse Bonito. Mein Gewehr liegt wieder auf der Halterung, auf die es gehört, und ich habe zusätzliche Munition, sowohl Spezialpatronen als auch die guten, alten Standardprojektile, je vierundzwanzig Stück, in Kästen unter meinen Sitz gepackt. Die Glock steckt in der Türablage, weil sich der abschließbare Kasten für meinen Geschmack heute zu weit entfernt anfühlt. Coyotes mysteriöser Beutel mit Federringen klemmt hinter dem Fahrersitz, und Kais CD-Tasche liegt zu seinen Füßen.

Seit wir den Trailer verlassen haben, habe ich kein Wort mit Kai gesprochen. Ich kann nicht. Die Verlegenheit wegen meiner Panikattacke blubbert wie Säure in meinem Magen. Ich sage mir, dass es nur an den Erinnerungen liegt, die Coyote aufgewühlt hat, an den blutigen Träumen, aber ich mache mir Sorgen. Ich weiß, wie hart an der Grenze ich mich bisweilen bewege, und es kommt mir vor, als würde es schlimmer werden. Aber das alles kann ich Kai schließlich nicht erzählen.

»Ich bin vor dem ersten Kaffee nicht zu gebrauchen«, scherze ich.

»Ach was.« Er lacht nicht, wirkt aber eher neugierig als wütend, und ich habe nicht den Eindruck, als hätte er vor, mich zu bedrängen, damit ich ihm eine richtige Antwort gebe. Ich werfe ihm ein dankbares Lächeln zu, bemühe mich, Abbitte zu leisten. Es dauert zwar eine Weile, aber schließlich taucht etwas in seinem Gesicht auf, das aussieht, als würde er das Lächeln erwidern.

»Du musst das nicht allein durchstehen, weißt du.«

»Was?«

»Nur, falls es das ist, was dir zu schaffen macht. Ich habe gesagt, ich bin dein Partner, und ich habe es auch so gemeint.« Er schmunzelt. »Trotz des Messers an meiner Kehle.«

»Ich glaube, es ist das Beste, wenn wir diese Partner-Geschichte vergessen«, erwidere ich. »Ich weiß das Angebot zu schätzen, aber …« Ich schüttele den Kopf. Derzeit bin ich kein guter Umgang für jemanden, der so leicht kaputtgehen kann wie Kai Arviso.

»Heißt das, du hast beschlossen, Coyotes Auftrag zu übernehmen?«

Verwundert runzele ich die Stirn. »Woher weißt du davon?«

»Coyote hat ihn gestern Abend auf dem Weg hinaus erwähnt. Außerdem habe ich an der Tür gelauscht, ehe ich reingekommen bin. Canyon de Chelli. Níłch'i. Meinst du, du schaffst das?«

»Du hast an der Tür gelauscht?« Ein Teil meines schlechten Gewissens, weil ich Kai mit dem Messer bedroht habe, löst sich in Luft auf.

»Und dann habe ich auch noch in den Beutel geguckt. Den, den Ma'ii dagelassen hat. Weißt du, ich glaube, ich weiß, was das für Reife sind. Das ist etwas, das ich aus der Arbeit meines Vaters kenne.«

Und damit sind die Schuldgefühle endgültig verflogen. Fassungslos schüttele ich den Kopf. »Ich dachte, du schläfst. Ich habe dich schnarchen gehört.«

Er bedenkt mich mit einem schiefen Blick. »Komm schon, Mags. Das ist einer der ältesten Tricks der Welt. Wenn du nicht gewollt hast, dass ich in den Beutel sehe, dann hättest du ihn nicht am Sofa stehen lassen sollen.«

»Du warst Gast in meinem Haus. Ein normaler Gast würde meine Privatsphäre respektieren. Er würde nicht an der Tür lauschen und nicht in meinen Sachen wühlen.«

»Hey, das ist nicht fair. Ich wollte nur Bescheid wissen.«

»Und das gibt dir das Recht dazu? Hat deine Mutter dir keine Manieren beigebracht?«

»Meine Mutter ist tot.« Sein Ton ist sachlich, aber er wendet sich ab und starrt zum Fenster hinaus. »Sie hat Big Water nicht überlebt.«

Ich seufze. Der Ärger versickert, und plötzlich komme ich mir vor wie ein Arschloch. »Tut mir leid.«

Er zuckt mit den Schultern und räuspert sich, als würgte er an etwas Hartem herum. Aber seine Stimme klingt dennoch locker. »Sie ist nicht die Einzige. Als ich das letzte Mal nachgesehen habe, hat es weltweit ein paar Milliarden Leute gegeben, die Big Water nicht überlebt haben. Und dann noch ein paar Hundert Millionen oder so, die aufgrund der Nachwirkungen umgekommen sind. Das war für alle eine ziemlich beschissene Zeit, falls du weißt, was ich meine.«

Ich nicke. Was soll ich auch sonst tun? Ich war nie gut darin, sensibel auf die Emotionen anderer Leute zu reagieren.

»Sie war auf einer Konferenz im Osten«, berichtet er. »Washington D. C. Sie war Expertin für traditionelle Weberei. Darüber wusste sie einfach alles. Als die Stürme angefangen haben, hat sie als Beraterin für eine Ausstellung im Smithsonian gearbeitet. Die Flugzeuge konnten nicht starten, und binnen Stunden waren auch die Highways entlang der Küste unpassierbar. Du weißt ja, wie das war. Die Telefonleitungen waren überlastet und sind schließlich zusammengebrochen. Der Strom ist ausgefallen.« Sein Lachen ist so leise wie bitter. »Weißt du, ich behaupte immer, sie wäre während Big Water gestorben, aber das ist nur geraten. Wir haben keine Ahnung, was aus ihr geworden ist. Wir wissen nur, dass sie nie zurückgekommen ist.«

»Wir?«

»Mein Dad. Er war auch Professor an der Universität. Aber das habe ich dir ja schon erzählt. Er hat sich nie davon erholt, dass wir meine Mom verloren haben. Als sie die Universität endgültig dichtgemacht haben, hatte er schon monatelang nicht mehr gearbeitet. Als die Urioste-Gorillas angefangen haben, Leute zusammenzutrommeln, damit sie für ihr Wasserwerk Brunnen graben und Reservoirs in die Berge bauen, war er einer der Ersten, die sich freiwillig gemeldet haben. Das war das Letzte, was ich von ihm zu sehen bekommen habe. Schätze, er hat sich gedacht, dass ich alt genug war, um auf eigenen Beinen zu stehen. Ich habe mich mit ein paar anderen Kids zusammengetan, die auch auf sich allein gestellt waren. Eine Weile war das der reinste Teenagerhimmel, verstehst du? Wir haben in verlassenen Häusern gelebt und uns beschafft, was immer wir gebraucht haben. Es hat immer haufenweise Tagelöhnerarbeit bei dieser oder jener Familie gegeben, also haben wir gearbeitet, wenn wir mussten, und den Rest der Zeit haben wir gefeiert. Sex, Drugs, Rock 'n' Roll.« Er bedenkt mich mit seinem mir inzwischen schon so vertrauten Grinsen, doch es erreicht seine Augen nicht.

»Die Champagnerpartys, von denen du mir erzählt hast.«

»Genau.«

»Was ist dazwischengekommen?«

»Es ist alles den Bach runtergegangen, so wie immer.« Er fährt sich mit einer Hand durch das Haar. »Das ist eine blöde Geschichte. Klischeehaft, sogar. Ich habe ein paar unbesonnene Dinge getan. Leute, die mir wichtig waren, sind zu Schaden gekommen, und jetzt wollen die Uriostes meinen Tod.«

»Die Uriostes. Das ist diese Familie drüben in Burque?«

»Familia«, sagt er. »Und, ja.«

Seine Enthüllung hängt zwischen uns in der Luft. Ich weiß, er versucht, wiedergutzumachen, was er gestern Abend angestellt hat, indem er etwas starken Tobak über sich preisgibt, um Vertrauen wieder aufzubauen, und ich weiß das zu schätzen. Dennoch habe ich nicht die Absicht, die Geste zu erwidern. Was ich aber tun kann, ist, Abbitte für heute Morgen zu leisten.

»Wegen heute Morgen, Kai. Mit dem Messer.«

»Ist okay, hab's schon verstanden. Ich hätte dich nicht einfach so anfassen sollen. Wird nicht wieder vorkommen.«

»Nein, es ist ...«

Er neigt den Kopf zur Seite und schaut mich an. »Es ist okay. Ich bin okay. Und ich habe durchaus gemerkt, dass Entschuldigungen dir furchtbar schwerfallen. Also vergiss es, einverstanden?«

Ich schlucke und bin erstaunlich erleichtert. »Einverstanden.«

»Also, wie sieht deine Big-Water-Story aus?«, fragt er.

»Die kennst du schon.«

»Du meinst, die Sache mit deinem Mentor, Neizghání? Coyote ist offenbar ziemlich interessiert an ihm.«

»Besessen«, stimme ich zu.

»Aber was war vor ihm? Was hast du vorher getan?«

»Nichts davor war wirklich von Bedeutung.«

Er runzelt die Stirn. »Das glaube ich nicht. Hattest du keine Familie? Keine Geschwister?«

Meine Stimme klingt so fest wie eh und je. »Ich bin bei meiner nalí aufgewachsen. Bis sie gestorben ist. Und dann war ich bei Neizghání.«

»Und dann?«

»Dann ist er gegangen. Ende der Geschichte.«

»Ja, das Gefühl kenne ich.«

Ich bin drauf und dran, ihm zu sagen, dass er keine Ahnung hat, wie ich mich fühle, aber dann fällt mir ein, was er mir über seinen Vater erzählt hat, und ich entscheide mich, doch lieber den Mund zu halten.

»Jeder hat heutzutage eine rührselige Geschichte zu erzählen, was? Scheiß deprimierend, wenn du mich fragst. Lass uns über irgendwas Schönes reden.« Er zwinkert mir so schelmisch zu, dass ich gegen meinen Willen lächeln muss.

»Was schwebt dir vor? Einhörner? Regenbogen? Weltfrieden?«

»Was ist das?«

»Du hast noch nie vom Weltfrieden gehört?«

»Nein, ich meine, was ist das da vor uns.«

Kai und ich sehen zu, wie sich etwa fünfzig Meter vor uns ein halbes Dutzend Gestalten aus dem Morgennebel schälen. Keine Monster, so viel kann ich erkennen. Jedenfalls keine von der Art, wie wir sie jagen. Diese Monster sehen aus wie Menschen.

»Wir bekommen Gesellschaft«, sage ich warnend zu Kai, und der setzt sich etwas aufrechter hin, um besser sehen zu können.

»Straßenräuber?«, fragt er.

»Werden wir bald erfahren.«

Ich überlege kurz, ob ich einfach Gas geben und mir die Straße freirammen soll. Stattdessen nehme ich den Fuß vom Pedal und greife zur Fensterkurbel, um die Seitenscheibe herunterzudrehen. Irgendwo außerhalb meines Blickfelds erklingt das schrille Geräusch eines aufheulenden Motorrads. Nein, mehrerer. Zweifellos liegen die auf der Lauer und warten ab, ob ich die Flucht ergreife. Aber ich bin nicht dumm. Wenn ich jetzt abhaue, liefere ich ihnen nur einen Grund, uns zu verfolgen.

Die Männer, die den Truck umzingeln, tragen Springerstiefel und blaue Kampfanzüge. Ein mir wohlbekanntes Tuch bedeckt ihre Gesichter von den Augen abwärts, schwarz, bedruckt mit den Umrissen der unteren Hälfte eines Schädels. Die weißen Konturen eines Kieferknochens und die Reihen spitzer Zähne heben sich im Morgenlicht deutlich von dem schwarzen Stoff ab.

»Keine Straßenräuber«, informiere ich Kai. »Aber wir sind noch nicht über den Berg.«

»Du kennst die?«

»Gewissermaßen. Ich kenne ihren Anführer.«

»Die haben ziemlich große Waffen.«

»AK-47er«, stimme ich zu. »Aber die wollen uns nicht erschießen, sonst würden sie auf uns zielen. Überlass das Reden einfach mir.«

»Na klar«, sagt er, klingt aber wenig überzeugt.

»Das sind die Dibáá' Ashiiké«, erkläre ich.

»›Thirsty Boys‹? Wonach dürsten die denn?« Er blinzelt träge, als würde er sich auf so einiges gefasst machen. »Bitte sag nicht, nach Blut.«

»Kommt drauf an. Vor allem nach Handelsware. Gold, Wasser, Schwarzgebrannter. Sie sind Söldner, folglich dürsten sie nach was immer du ihnen zahlen kannst. Ich habe einmal mit ihnen zusammengearbeitet. Kopfgeldjagd. Ihr Anführer Hastiin kennt mich. Wir sind gewissermaßen befreundet.« Und dann, wie um mich zu widerlegen, hebt der Söldner, der mir am nächsten ist, seine Waffe und zielt direkt auf mich.

Kai seufzt hörbar. Setzt seine Sonnenbrille auf. »Bist du da sicher?«

# Kapitel 18

Der Thirsty Boy befiehlt uns, rechts ranzufahren. Sich gegen sie zur Wehr zu setzen bringt nichts. Nicht nur, dass sie uns sowohl zahlenmäßig als auch im Hinblick auf ihre Waffen überlegen sind, ich möchte auch wissen, warum sie uns angehalten haben. Der Boy, der uns den Befehl erteilt hat, ranzufahren und den Motor abzuschalten, will es uns nicht verraten. Er weist uns lediglich an zu warten.

Als Hastiin endlich an meinem Fenster auftaucht, trägt er die gleiche Uniform wie die übrigen Thirsty Boys – blauer Kampfanzug, mächtige schwarze Stiefel. Das Schädeltuch hängt ihm locker um den Hals. Sein Gesicht wirkt hart und schmal im Licht der Morgendämmerung, nichts als messerscharf hervorspringende Wangenknochen und tiefe Schatten, dazu ein kahl geschorener Schädel und ein Drei-Tage-Bart. Gerüchten zufolge hat er bei den Energiekriegen in vorderster Front gedient, war einer der ersten Protektoren beim Protestcamp an der Transkontinentalen Pipeline, dem, in dem es die ersten massiven Verluste gegeben hatte. Es heißt, er hätte damals eine Menge Nervengas eingeatmet, und das hätte etwas in seinem Hirn kaputt gemacht, weshalb er nun nicht mehr stillhalten kann. Und tatsächlich pocht er geistesabwesend mit den Fingern auf dem Rahmen meines Fensters, und all diese Energie konzentriert sich voll und ganz auf uns.

»Hastiin«, begrüße ich ihn.

Sein Blick huscht nicht mal für eine Sekunde zu mir. Stattdessen fixiert er Kai, als hätte ich gar nichts gesagt. Er stellt sich Kai vor und streckt eine schmale, vernarbte Hand aus.

Kai schaut mich kurz fragend an, ehe er über mich hinweggreift, um dem anderen Mann die Hand zu schütteln. »Kai Arviso.«

»Das ist eine nette Krawatte, Kai. Willst du irgendwohin, wo es schick ist?« Seine Stimme knirscht wie Reifen auf Schotter.

Kai hebt die silbern gestreifte Krawatte, betrachtet sie kurz und lässt sie wieder los. »Danke. Der formelle Anlass war gestern. Aber ich mag die Krawatte.«

Hastiin nickt. »Tut mir leid, dass wir euch aufhalten müssen, aber meine Jungs haben gemeldet, dass unten im Tal sonderbare Dinge vorgehen. Wir haben die Verantwortung dafür übernommen, die Leute zu warnen, die hier durchkommen.«

»Sonderbare Dinge?«, frage ich. »Welche Art von sonderbaren Dingen?«

Hastiin sieht immer noch Kai an, als er antwortet: »Sieht aus, als wäre ungefähr eine Stunde nördlich von hier in der Nähe von Lukachukai ein Monster gesichtet worden. Ein Mädchen wurde getötet, und es sind Gerüchte im Umlauf, die besagen, dass noch mehr Monster von der Art durch die Berge streifen.«

Kai runzelt die Stirn. Mustert uns beide auf der Suche nach einem Hinweis darauf, warum Hastiin so hartnäckig tut, als wäre ich gar nicht da. Ich schüttele verärgert den Kopf, aber Hastiin ignoriert mich weiter und bedenkt Kai mit einem Zähneblecken, das, wie ich vermute, ein Lächeln darstellen soll.

Kai deutet auf mich. »Kennst du Maggie?«

»Ich fürchte, ich muss dich bitten, noch eine Weile bei uns zu bleiben. Dürfte nicht länger als eine Stunde oder so dauern. Die Unannehmlichkeit tut mir leid, aber ich habe einen Spähtrupp losgeschickt, und solange der nicht zurück ist, kann ich euch da draußen nicht brauchen.«

»Nett von dir«, sagt Kai.

»Mit nett hat das nichts zu tun. Ich kann es nicht riskieren, zusätzliche Leute loszuschicken, um dich zu retten, falls du in Schwierigkeiten gerätst, und ich kann auch nicht zulassen, dass du dem Monster Futter lieferst und es so noch mehr auf den Geschmack bringst, wenn du verstehst, was ich meine.« Wieder blitzen seine Zähne auf. »Also, wenn du so nett wärest, dich meiner kleinen Bitte zu fügen, wüsste ich das sehr zu schätzen.«

Ich kämpfe das Bedürfnis nieder, Hastiins übertriebene Manierlichkeit mit einem würgenden Geräusch zu kommentieren, und sage: »Wir wissen Bescheid über die gottverdammten Monster. Ich habe das in Lukachukai getötet, als deine Boys nicht aufgetaucht sind, und wir haben gesehen, was sie in Crownpoint angerichtet haben. Ich weiß besser als jeder andere, womit ihr es zu tun habt. Wenn du auch nur ein bisschen Hirn hättest, dann würdest du mich danach fragen, statt mich zu ignorieren.« Hastiin starrt immer noch Kai an, als hätte ich gar nichts gesagt, und ich falte die Hände im Schoß, um mich selbst davon abzuhalten, dem Kerl eine reinzuhauen. Sekunden ziehen dahin, und der Thirsty Boy blinzelt nicht einmal. Sogar seine geschäftigen Finger sind zur Ruhe gekommen, und er umklammert den Fensterrahmen, das einzig verlässliche Zeichen dafür, dass er mir tatsächlich zugehört hat.

»Du bist so ein Arschloch«, murmele ich. Dann lehne ich mich zurück, starre den Himmel der Fahrerkabine an und bitte den darüber um Hilfe im Umgang mit Männern, die ausschließlich um sich selbst kreisen. Ich bin ziemlich sicher, dass ich keine Hilfe bekommen werde, dennoch habe ich das Bedürfnis, darum zu bitten.

Kais Augen sehen ein bisschen groß aus. Langsam nickt er Hastiin zu. »Ich weiß deine Besorgnis zu schätzen, aber ich bin ziemlich sicher, dass Mags und ich zurechtkommen. Wir sollten besser weiterfahren.«

»Es gibt auch Berichte über ein Feuer südlich von hier in Tse Bonito. Die werden wohl evakuieren. Besser, du drehst einfach um.«

Ich richte mich wieder auf. »Feuer?« Tah ist in Tse Bonito.

Zugegeben, die Chancen, dass dieses Feuer irgendetwas mit dem alten Medizinmann zu tun hat, sind gering. Er lebt mitten in der Stadt, ist umgeben von Freunden, die ihm helfen können. Vermutlich ist es nur ein Waldbrand irgendwo am Freeway. Passiert oft genug. Natürlich ist so etwas bei dieser Dürre auch ziemlich gefährlich, und ich würde nur ungern durch das Gebiet fahren, schon weil sich das Feuer über die Straße hinweg ausbreiten und uns diesseits der Berge einschließen könnte.

»Wir sollten los«, sage ich zu Kai und greife nach dem Zündschlüssel.

Hastiins Hand schießt vor, schnell wie eine angreifende Schlange, und umfasst mein Lenkrad. Nun sieht er mich an, hart und kompromisslos. »Ich fürchte, das war keine Bitte.«

»Ach, jetzt willst du also mit mir reden?«, blaffe ich ihn entnervt an.

Ein Muskel zuckt in seiner Wange.

Ich zügele meine Wut und sammele, was ich noch an Ruhe aufbieten kann, ehe ich sage: »Wenn es ein Feuer in Tse Bonito gibt, dann müssen wir dorthin.« Ich höre mich total vernünftig an.

Er schüttelt den Kopf. »Zu riskant.«

»Zu …«

»Du solltest uns fahren lassen«, geht Kai dazwischen, beugt sich vor, nimmt die Sonnenbrille ab und sieht Hastiin in die Augen. »Wir müssen los, und du solltest uns fahren lassen. Wir werden keine Probleme bereiten. Bitte.«

Hastiin reibt sich die Wange, und seine Finger scharren über seinen Bart, während er Kai mit offenem Mund angafft, beinahe, als wollte er etwas sagen. Aber dann klappt er den Mund wieder zu, entfernt sich von dem Truck und winkt uns ohne ein weiteres Wort durch.

Ich verliere keine Zeit. Ich starte den Motor und fahre los. Vorbei an all den Söldnern mit den großen Kanonen.

»Ich dachte wirklich, er lässt uns nicht passieren«, murmele ich, während ich die Thirsty Boys beäuge, an denen wir vorbeikommen. Die betrachten uns mit dem gelangweilten Gesichtsausdruck von Männern, die es gewohnt sind, Befehle zu empfangen.

»Manchmal muss man einfach nur das Zauberwort sagen«, kommentiert Kai und lehnt sich auf seinem Sitz zurück. Über die Schulter blickt er sich zu Hastiin um, der immer noch am selben Platz steht. Und als Kai den Kopf dreht, fällt mir ein verhaltenes Lächeln auf seinen Lippen auf. Gleich darauf schlägt er so überraschend auf die Konsole des Trucks, dass ich zusammenzucke. »Und, was meinst du?«, fragt er.

»Ich meine, es kümmert niemanden, wenn *ich* ›bitte‹ sage.«

»Nein, wegen der Monstermeldungen. Denkst du, wir sollten zurück zu den Bergen fahren? Den Spähtrupp suchen, von dem er gesprochen hat?«

Ich schüttele den Kopf. »Wenn wir Monster sehen, töten wir sie. Aber es ist Zeitverschwendung, jedem unbegründeten Gerücht nachzujagen, wenn wir doch eine Spur zu ihrem Ursprung haben. Sollen die Thirsty Boys die Monster suchen. Wir müssen den Hexer aufspüren, der sie geschaffen hat. Monster zu jagen heißt in diesem Fall nur, dass wir die Äste eines Baums absägen, obwohl wir ihn eigentlich fällen müssten.«

Er sieht mich mit einem Ausdruck in den Augen an, den ich nicht einordnen kann.

»Was?«

»Nichts. Ich bin bloß beeindruckt.«

»Warum, hast du gedacht, ich schieße erst und stelle hinterher Fragen?«

»Irgendwie schon.«

»Danke.«

Er lacht. Und ich lächele zurück. Ein Teil der Spannung, die sich zuvor zwischen uns aufgebaut hat, schmilzt dahin. »Also, was meinst du, müssen wir uns wegen des Feuers, das er erwähnt hat, Sorgen machen?«, fragt er.

»Vermutlich nicht.«

Er verlagert sein Gewicht auf dem Sitz. »Ja, du hast recht. Aber würde es dir etwas ausmachen, bei meinem Grandpa vorbeizuschauen? Wir wollten doch sowieso wegen Batterien einen Zwischenstopp in Tse Bonito machen.«

Longarms Warnung, mich nicht in Tse Bonito blicken zu lassen, sollte mir zu denken geben, aber die Drohungen des Law Dogs haben mich nie sonderlich beeindruckt. Wir müssen eben vorsichtig sein und uns bedeckt halten. Außerdem, sollte es da wirklich brennen, dann dürfte der Law Dog damit alle Hände voll zu tun haben.

Kai schaudert, reibt sich mit beiden Händen die Arme.

»Alles in Ordnung?«

»Hast du schon mal so einen Schauer erlebt, als würde jemand über dein Grab schreiten? Ich bin überzeugt, es hat nichts zu bedeuten. Es ist nur …« Wieder schaudert er.

Ich sage nichts, gebe aber ein bisschen mehr Gas.

Danach schweigen wir beide, hängen unseren Gedanken nach, bis Kai sich doch wieder zu Wort meldet. »Also, was hast du getan, dass dieser Thirsty Boy so sauer auf dich ist?«

Ich verdrehe die Augen. »Der Mann kann von mir aus bis ans Ende aller Zeiten wütend sein.«

»Im Ernst, ich dachte, dieser Law Dog gestern würde dich hassen, aber dieser Typ …«

»Ja.« Ich wedele mit der Hand in der Luft, als hätte unsere Begegnung mit dem Thirsty Boy einen Dunst hinterlassen, den ich dringend vertreiben muss. »Jeder hasst mich. Schon verstanden.«

»Was hast du ihm getan?«

»Warum denkst du, *ich* hätte irgendetwas getan?«, frage ich vage verärgert.

Er gluckst leise. »Ich kenne dich gerade seit vierundzwanzig Stunden, aber sogar ich habe schon erkannt, dass du ein Talent dafür hast, Leute gegen dich aufzubringen. Oder willst du behaupten, du hättest nichts getan?«

»Schön. Ich habe ihn vor ein paar Monaten mal ein bisschen Geld gekostet. Diese Kopfjagd, von der ich dir erzählt habe. Ist eine lange Geschichte, und eine blöde dazu, wenn du mich fragst, aber er reitet immer weiter darauf herum.«

Kai nickt nachdenklich. »Hast du ihm das Geld zurückbezahlt?«

»Zurückbezahlt? So läuft das nicht. Das war eine Kopfjagd, die schiefgegangen ist. Im Grunde schulde ich ihm gar nichts.«

»Aber du hast gesagt …«

»Dann habe ich mich falsch ausgedrückt. Vergiss es.«

»Vielleicht.«

»Vielleicht?«

»Ja, vielleicht.« Er zuckt mit den Schultern. »Vielleicht helfe ich dir, die Sache in Ordnung zu bringen.«

»Das ist jetzt sechs Monate her. Wie willst du das in Ordnung bringen?«

»Überlass das mir.«

»Ich will nicht, dass du ihm Geld …«

»Nein, nichts in der Art. Ich werde lediglich mit ihm reden.«

»Reden? Du konntest vielleicht Longarm gestern verscheißern, aber Hastiin ist eine ganz andere Geschichte. Der ist nicht so ein Idiot wie dieser Law Dog. Er ist nur … nervig. Stur.«

»Ja, ich weiß. Mach dir darüber keine Gedanken. Verdammt, sieh dir das an.«

Ich folge seinem Blick durch die Windschutzscheibe. Wir nähern uns der Abfahrt vom Highway 134 nach Tse Bonito. Vor uns wabert dichter, schwarzer Rauch zum Himmel empor, ungesunde Wolken verschandeln den sonst so makellos blauen Himmel.

»Was ist das?«, flüstert er, als ich immer langsamer werde, bis wir regelrecht kriechen. Ein Waldbrand ist das nicht, so viel steht fest. »Ist das …?«

Eine Vorahnung durchflutet meinen Körper, krallt sich in meine Eingeweide und jagt das Blut durch meine Adern, bis es tosend durch meinen Kopf schießt. Das Feuer erhebt sich irgendwo in dem Gewirr aus kleinen Geschäften rund um den Platz, an dem Tah lebt.

»Oh …«, höre ich mich sagen.

Kais Stimme klingt, als stecke er in Watte gewickelt in einem eine Million Meilen entfernten Brunnenschacht, als er sagt: »Ich glaube, Tahs Hogan brennt.«

# Kapitel 19

Ich fahre so nahe wie möglich an dem Platz vorbei, an dem gestern noch Tahs Hogan gestanden hat. Law Dogs haben die Hauptstraße nach Tse Bonito mit blau-weißen Sägeböcken abgesperrt, auf denen *Polizeiabsperrung* geschrieben steht. Der Verkehr wird über den zweispurigen Highway geleitet, der die Stadt in ost-westlicher Richtung streift.

Ich brauche all meine Willenskraft, um den Truck nicht geradewegs durch die Absperrung zu jagen und Tahs Haustür direkt anzusteuern. Eine leise Stimme in meinem Hinterkopf fleht mich an, ruhig zu bleiben, zu atmen und zu denken. Aber meine Hände beben so sehr, dass ich das Lenkrad kaum noch halten kann. Ich atme in rasselnden, kurzen Zügen, und all meine Gedanken sind pechschwarz.

Ein Dutzend Dogs in CWAG-Khaki stehen an den Polizeihindernissen; sie fummeln nervös an ihren schweren Ledergürteln herum und starren bang in das Feuer. Eine Horde Stadtbewohner hat sich auf den Böschungen neben dem Highway versammelt, sodass wir uns stapeln wie ein mehrstöckiger Maiskuchen – Cops, Zivilisten, Fahrzeuge drängeln sich zusammen, um die Flammen anzugaffen, die aus dem Dach des Hogans lodern, und die schmuddelige Rauchwolke, die der Brand gen Himmel schickt. Wir alle verdrehen uns die Hälse, um einen besseren Blick auf die Katastrophe zu erhaschen.

Alle, bis auf einen Mann, der dem Feuer den Rücken zugekehrt hat und stattdessen seinen Blick über die Menge schweifen lässt, Gesichter mustert und sich die Anwesenden einprägt.

»Longarm«, flüstere ich.

»Verdammt«, flucht Kai mit angespannter Stimme und klingt zur Abwechslung einmal vollkommen ernst. Er hat den Law Dog auch erkannt; die gestrige Konfrontation ist in seinem Kopf noch ebenso lebendig wie in meinem. Longarm trägt seinen Cowboyhut und eine dunkle Sonnenbrille, sodass ich sein Gesicht nicht so genau sehen kann, aber ich habe das Gefühl, dass er sich nach mir umschaut, während er die Menge absucht.

Ich zwinge mich, weiterzufahren, bis die Barrikade ungefähr eine Viertelmeile hinter mir liegt. Links von mir weicht Tse Bonito dem staubigen verdichteten Boden des Festplatzes, der zu dieser Jahreszeit verlassen ist. Rechts von uns finden sich Reihen um Reihen leerer Schafställe aus rostendem Metall, die zu dieser Tageszeit vorübergehend verwaist sind, weil die Gemeindeherden draußen grasen. Ich lenke den Truck in die Nähe der Stallungen. Ein weiteres Fahrzeug würde hier nicht besonders auffallen, und es wird noch etliche Stunden dauern, bis die Schafe zur Nacht wieder hereingetrieben werden.

Ich stelle den Schalthebel in Parkposition und den Motor ab. Der feuchte, grasige Geruch der Schafe weht zu meiner offenen Seitenscheibe herein, doch der süße, vertraute Geruch ist nichts gegen den überwältigenden Gestank brennenden Holzes und erhitzten Metalls.

Einen Moment lang sitzen wir nur da und betrachten den wabernden Rauch, bis Kai schließlich sagt: »Ich muss dahin und rausfinden, was passiert ist.«

Ich greife hinter mich, um das Gewehr aus der Halterung zu nehmen. Erst da hören meine Hände allmählich auf zu zittern, und die Stimme in meinem Kopf wird ruhiger.

Die Hand an der Tür, hält er inne, und seine Augenbrauen rücken dichter zusammen, als er mich stirnrunzelnd ansieht. »Was hast du vor?«

»Das Gleiche wie du. Mir ein paar Antworten holen.«

»Mit einem Gewehr?«

»Hast du eine bessere Idee?«

»Ja, ungefähr ein Dutzend.«

Ich klappe den Mund auf, um ihm zu sagen, was ich von seinen Ideen halte, als mir das mattschwarze Gehäuse der Glock ins Auge springt. Ich zögere. Eigentlich ziehe ich das Gewehr vor – Reichweite, Vertrautheit, und mich hat so oder so noch nie jemand als sonderlich feinsinnig eingestuft –, aber Unauffälligkeit hat Vorzüge. Mir kommen die Cops an der Blockade in den Sinn. Schließlich lege ich das Gewehr zurück und stecke die Glock in die Tasche meines Ledermantels.

Kai sieht mir zu. »Lass mich wenigstens vorausgehen. Und versuchen, mit ihnen zu reden, ehe du Stress machst.«

»Nein«, gifte ich scharf und herablassend. »Ich habe dich gestern reden lassen, und nun sieh dir an, was passiert ist.« Ich öffne die Fahrertür und schlupfe hinaus. Der Brandgeruch ist draußen sogar noch intensiver. Der Boden unter meinen Füßen mag fest sein, trotzdem fühlt er sich an, als könnte er sich jeden Moment auftun, um mich zu verschlingen.

»Ja, sehen wir uns an, was gestern passiert ist.« Nun ist auch er wütend. »Ich habe uns da rausgeholt, und niemand ist zu Schaden gekommen.«

»Niemand? Nennst du das niemand, verdammte Scheiße?«

Ich verfluche mich selbst dafür, dass ich Tah allein gelassen habe. Einen alten Mann, der nicht einmal im Besitz einer Schusswaffe ist. Ich war so auf meine Fehde mit Longarm konzentriert, so überzeugt, ich wäre diejenige, hinter der er her war. So bereit, Kai die Sache zu überlassen, damit er uns den Weg freiplappert.

»Maggie.«

»Ich weiß, dass du gestern irgendeinen Deal mit Longarm gemacht hast«, fahre ich ihn an. »Was für einen?«

»Was meinst du?«

»Ich meine, dass der Dog uns auf keinen Fall einfach so laufen lassen hätte. Longarm hatte es auf uns abgesehen, und eine Minute später sagst du mir, er würde uns gehen lassen? Was steckt dahinter?«

Er leckt sich die Lippen. »So war das gar nicht.«

»Scheiße, war es nicht. Ich war dabei. Was hast du ihm erzählt? War es Tah? Hast du unsere Freiheit gegen die von Tah eingetauscht?« Ich brülle inzwischen aus vollem Halse, und meine Hand umfasst die Glock in meiner Tasche, bevor es mir richtig bewusst wird. Ich weiß, ich höre mich an, als wäre ich total übergeschnappt, aber alles, woran ich denken kann, ist Tah. Allein. Verängstigt. Womöglich ... oh Gott.

»Was? Nein. Das ergibt überhaupt keinen Sinn. Du hast doch gesehen, dass ich mit ihm geredet habe. Du warst die ganze Zeit dabei. Was sollte er denn von Tah wollen?«

»Sag du es mir.«

»Hey, wir sind auf derselben Seite. Ich bin auf deiner Seite. Für was für ein Monster hältst du mich eigentlich?«

Meine Stimme klingt kalt, als ich antworte: »Ich weiß nicht, welche Art Monster du bist, Kai. Noch nicht. Aber ich habe das Gefühl, ich werde es noch erfahren.«

»Jesus Christus«, zischt er. »Hörst du dir eigentlich selbst zu? Ich habe gar nichts getan, was meinem Großvater schaden könnte.«

»Und wie zum Teufel ist dann ...«

»Ich bin gut mit Worten, klar? Die Leute hören mir zu. So wie dein Freund vorhin. Hastiin. Und ich habe auch Longarm dazu bekommen, mir zuzuhören. Das ist bestimmt nicht so ruchlos, wie du es hinstellst. Er wollte eine Geschichte hören, also habe ich ihm eine geliefert. Juan Cruz und so. Das war alles. Glaub mir. Das. War. Alles!«

Ich höre, was er sagt, und ich weiß, er hat recht. Die Dogs geben einen Scheiß auf Grandpa Tah. Ich weiß, was Kai sagt, ergibt Sinn. Aber ich habe auch das Gefühl, dass er mir nicht ganz die Wahrheit sagt, ich weiß nur nicht so genau, in welchem Punkt.

Meine Hände sind wieder flattrig, und das Adrenalin fängt an, Aufmerksamkeit zu fordern, aber ich starre nur den brennenden Hogan an und versuche mich zu erinnern, wie man atmet.

»Wir wissen nicht, ob er tot ist«, sagt Kai leise. Er hat sich nun neben mir aufgebaut, nahe genug, um mich zu berühren. Tapferer Mann. »Lass mich wenigstens mit ihnen reden, um herauszufinden, was passiert ist. Ich kann das. Sie zum Zuhören bringen, meine ich. Bitte.«

Nicht das »Bitte« bewegt mich zum Umdenken, sondern die Vorstellung, Tah könnte noch am Leben sein. Eine Hoffnung, so gefährlich, dass sie mir überhaupt nicht in den Sinn gekommen ist.

Bilder strömen durch meinen Geist, ohne dass ich darum gebeten hätte, und ich versuche, sie abzuschütteln. Aber ich sehe immer noch unentwegt Tah vor mir, gefangen in seinem Hogan, während um ihn herum die Flammen auflodern, seine Küche verschlingen, den Tisch mit der abblätternden Resopaloberfläche, die blauen Metallkaffeebecher. Ich erinnere mich an den albernen Tanz, den er aufgeführt hat, als er mich mit dem Zucker überrascht hat. Daran, wie er mich shi Tochter genannt hat.

Tochter.

In Navajo hat das Wort eine Bedeutung. Es bedeutet Familie, aber auch Verantwortung. Es war meine Verantwortung, Tah zu beschützen, und ich habe bei dieser wichtigsten Aufgabe überhaupt spektakulär versagt.

»Jemand muss sterben, Kai, und ich muss diejenige sein, die diesem Jemand den Tod bringt.« Ich sehe ihn direkt an, während ich das sage, hoffe, dass er versteht, dass ich ihn inzwischen anflehe. Seine Augen sind ein wenig geweitet, sein Gesicht ernst. Ich kann nicht ergründen, was in seinem Kopf vorgeht, aber es scheint nichts Gutes zu sein.

»Gib mir fünfzehn Minuten«, sagt er und streckt die Hand nach mir aus, hält dann aber inne wie ein geprügelter Hund und lässt die Hand wieder sinken. »Das ist alles, worum ich dich bitte. Lass mich sehen, was ich herausfinden kann und ob es so aussieht, als … wenn es schlimm aussieht, überlegen wir, was wir als Nächstes tun sollen. Fünfzehn Minuten«, wiederholt er.

Ich starre seine Hand an, die, mit der er mich beinahe berührt hätte. Und plötzlich geht mir ein völlig verrückter Gedanke durch den Kopf: Coyote hat recht, Kai hat schöne Hände.

»Ich gebe dir zehn.«

Wir lassen den Truck hier. Ich beobachte den Verkehr, ehe ich die Straße überquere und auf den Schutz der niedrigen Gebäude zuhalte, die das Festgelände neben dem Highway säumen. Kai beeilt sich, mit mir Schritt zu halten.

»Wie sieht der Plan aus?«, frage ich über meine Schulter.

»Kannst du außer Sichtweite bleiben? Wenn Longarm dich sieht, geht alles den Bach runter.«

Ich erinnere mich gut an den Ausdruck, der mir gestern im Gesicht des Dogs aufgefallen war, an die absolute Gewissheit, dass er mich töten würde, wäre er nur sicher genug, dass er damit davonkommen kann. Außer Sichtweite zu bleiben klingt gut.

»Ich werde es wieder über die Juan-Cruz-Schiene probieren, nur ein Versuch, ein paar Informationen aus ihm rauszulocken.«

»Hältst du das für klug?«

»Er wird mir nichts tun. Zu viele Zeugen. Weißt du noch, wie er sich gestern dir gegenüber verhalten hat? Er hat Angst vor der Menge.«

Ich ziehe die Brauen hoch und starre ihn einen Moment nur an, während er neben mir geht. Er grinst. »Hey, ich kann mehr, als nur gut aussehen.«

Darauf gehe ich nicht ein. »Zehn Minuten«, erinnere ich ihn mahnend. »Ich halte mich am Rand der Menge auf. Ich kann dich nicht die ganze Zeit im Auge behalten, also triff mich dort, sobald du etwas herausgefunden hast.« Ich sehe mich um. Entdecke einen verlassenen Eintopfstand zu meiner Rechten, gerade ein Dutzend Fuß von der Straße entfernt. Ich zeige auf das Gebilde. »Wenn du in zehn Minuten nicht zurück bist, dann komme ich dich holen. Geh kein Risiko ein. Die werden dich nicht schonen, glaub mir.«

Er schenkt mir sein Tausend-Watt-Lächeln, als wäre das überhaupt keine große Sache. Ich kann nur hoffen, er weiß, was zum Henker er tut.

Wir nähern uns der Masse der Schaulustigen. Männer und Frauen, die meisten in Bademänteln oder Pyjamas, das Haar entweder zerzaust oder zu langen Zöpfen geflochten. All diese Leute, die aussehen, als hätten sie sich hastig im Dunkeln angezogen, drängeln sich in ungefähr einem Dutzend Reihen dicht zusammen und reden leise mit ihren Nachbarn oder beobachten einfach das Feuer. Keiner von ihnen schaut sich auch nur einmal zu uns um. Ich winke Kai zu, er könne gehen, und werde langsamer. Schiebe mich in die Menge und verschwinde darin.

Kai wird ebenfalls langsamer, verfällt in rasches Gehen und marschiert mit resoluten Schritten weiter zu der Mauer aus khakiblauen Uniformen. Ich kann sehen, wie er vor sich hinmurmelt, wie er gestikuliert und seinen Text probt.

Es wird wieder heiß in Tse Benito. Die unbarmherzige Sonne und das Feuer verstärken die so oder so schon elende Hitze. Ich trage immer noch meine Wollmütze und fange nun an zu schwitzen, nehme sie aber trotzdem nicht ab. Derzeit ist sie meine beste Tarnung. Ich ziehe sie tiefer in mein Gesicht, halte den Kopf gesenkt und lasse mich mit der Menge treiben. Mein Gewehr fehlt mir, aber die Glock steckt unauffällig in meiner Tasche, beruhigend und mühelos greifbar, und das muss reichen. Es vergehen nur wenige Momente, bis die Menge mich verschluckt hat, nur irgendein Mädchen, das gekommen ist, um sich das Feuer anzusehen.

»Sie haben gesagt, es hätte eine Explosion gegeben«, bemerkt eine Frau rechts von mir. Sie hat sich einen alten abgetragenen Bademantel, dessen ursprünglich rote Farbe zu einem fahlen Pink verblichen ist, fest um die Taille geschnürt. Ihre Fersen ragen über die gelben Plastik-Flipflops hinaus, und ihr Kopf zuckt mal nach rechts, mal nach links, während sie versucht, genauer zu erkennen, was los ist, und dabei mit ihrem nächsten Nachbarn tratscht.

»Ich habe gehört, es wäre ein Blitzeinschlag gewesen«, sagt eine andere Frau und blickt über ihre Schulter zurück, um an dem Gespräch teilzunehmen.

Mein Kopf ruckt hoch. Ein Blitzeinschlag. Neizgháni.

»Gleich hier, mitten in der Stadt!«, fährt sie fort. »Habt ihr das auch gehört? Den Donner?«

»Bestimmt nur Vandalen«, mutmaßt der Mann an ihrer Seite in einem verächtlichen Ton. »Treiben sich doch Gangs in der Umgebung rum, oder nicht?«

»Ich habe bisher keine Gangs bemerkt«, kontert seine Begleitung.

»Was weiß ich. Ist eben das, was die Leute so reden.«

Ich schlucke den säuerlichen Geschmack auf meiner Zunge hinunter. Nichts, was diese Leute sagen, ergibt einen Sinn.

Eine andere Stimme, weiter entfernt und so leise, dass ich sie beinahe überhört hätte: »Hab gehört, da drin hätte ein alter Mann gewohnt.«

Ein paar Köpfe drehen sich. »Der Medizinmann?«, fragt die Frau im Bademantel.

Erschrocken zuckt die Frau zurück. »Er war neulich erst in meinem Laden.«

»Habt ihr ihn gesehen?«, platze ich heraus, ehe ich weiß, was ich tue. »Wisst ihr, ob er da rausgekommen ist? Ehe das Feuer zu schlimm wurde?«

Die Frau, die nach dem Donner gefragt hat, starrt mich an. Ihre Augen taxieren mich. Nichts scheint ihnen zu entgehen.

Und der Blick, mit dem sie mich bedenkt, zerreißt etwas in meiner Brust.

»Niemand hat ihn gesehen«, sagt sie milde.

Ich weiche vor ihr zurück. Einen Schritt, noch einen. Und noch einen. Bis ich gegen jemanden pralle, der hinter mir steht. Ich drehe mich um, murmele, den Kopf tief gesenkt, eine Entschuldigung. Arbeite mich durch die Menge auf dem Weg zurück, den ich gekommen bin. Jetzt sind mehr Leute da. Zu viele. Die Menge hat sich beinahe verdoppelt, und alle stehen da und gaffen. Ich muss mich hindurchdrängen, pralle hier gegen eine Schulter, weiche dort einem Ellbogen aus. Und ich schwitze stärker. Etwas von der Panik von heute Morgen versucht, sich in Erinnerung zu bringen. Mit Gewalt bahne ich mir einen Weg, zwinge mich, zu atmen und in Bewegung zu bleiben. Weiter, weiter, bis ich fast renne. Und endlich bin ich durch.

Ich stolpere hinaus in eine der schmalen Schmutzstrassen von Tse Bonito. Ich bin ein bisschen wackelig auf den Beinen, aber ich bekomme wieder Luft und habe endlich mehr Platz. Die Straße, in der ich gelandet bin, ist verlassen. Dunkle Trailerfenster und Sperrholzbuden ziehen sich vor mir hundert Meter weit, aber Menschen sind, glücklicherweise, keine da. Der Eintopfstand, auf den ich zuvor gezeigt habe, ist zu meiner Rechten. Drei halbhohe Wände und eine lange, rechteckige Küche auf der Rückseite. Die Art von Stand, die Familien selbst bauen, um an geschäftigen Markttagen oder während des Jahrmarkts Speisen feilzubieten. Ich stemme den Fuß gegen die Verkleidung, halte mich an einem Pfosten fest und ziehe mich hinüber. In dem Stand kauere ich mich hinter die hüfthohe Wand und lehne mich mit angezogenen Knien an die Rückwand. Schließe die Augen und zähle bis zehn. Und dann noch einmal bis zehn. Bis die Panik allmählich nachlässt.

Ich weiß, dass ich hier nicht bleiben kann. Ich muss weiter. Aber in welche Richtung? Wohin soll ich gehen?

Ich muss zurück zu Kai. Seine zehn Minuten sind inzwischen um. Entweder er hat herausgefunden, was aus Tah geworden ist, oder er redet sich geradewegs in eine Gefängniszelle. Ich atme tief durch und schwinge mich erneut über die Seitenwand der Bude. Die Menschenmenge ertrage ich nicht noch einmal. Ich werde einen Weg um sie herum finden müssen, also beschließe ich, quer durch die Stadt zu gehen. Auf diesem Weg werde ich in Sichtweite von Tahs Hogan kommen. Danach kann ich in einem Bogen zurück zur anderen Seite der Barrikade gehen und sehen, ob Kai noch dort ist.

Die Schultern hochgezogen, die Kappe tief im Gesicht, bahne ich mir einen Weg vorbei an den Gebäuden, schlängele mich leise durch den Rauch und die abseits der Menge menschenleere Stadt zu Tahs Hogan. Hier ist das Feuer lauter, wirkt wie etwas Lebendiges. Der Rauch sammelt sich um mich herum wie Nebel. Ich schiebe mich weiter voran, das Kinn an mein Hemd gepresst, und atme flach, um nicht zu viel Gift aufzunehmen. Meine Augen tränen, und ich blinzele auf der verzweifelten Suche nach Kai in die Ferne.

Endlich entdecke ich ihn, ein unverkennbarer Fleck in Purpur und Blaugrün in der rauchgeschwängerten Luft. Aber er ist nicht allein. Longarm ist bei ihm, und er hat Kai freundschaftlich den Arm um die Schulter gelegt.

Ich hatte recht. Kai hat einen Pakt mit ihm geschlossen.

Meine Wut raubt mir beinahe die Sicht. Meine Hände verkrampfen sich. Ich erinnere mich an das Gefühl von heute Morgen, als meine Klinge an seiner Kehle gelegen hat, an den Pulsschlag unter meiner Hand. Wie leicht es gewesen wäre, einfach zuzudrücken, bis leuchtend rote Flüssigkeit aus seiner Kehle geströmt wäre. Bis er gurgelnd im eigenen Blut ertrunken wäre und mich aus toten Augen angestarrt hätte wie in meinem Traum. K'aahanáanii erwacht mit einem angriffslustigen Summen.

Ehe ich einen Gedanken fassen kann, bin ich schon in Bewegung und umfasse die Glock, die immer noch in meiner Tasche liegt. Ich sehe Kai stolpern, sehe, wie Longarm seinen Arm um ihn spannt, um ihn auf den Beinen zu halten. Etwas Silbernes blitzt vor mir in der verrauchten Luft auf, und ich bleibe stehen. Da ist es wieder. Etwas, das Kai in der Hand hält. Nein, er hält es nicht in der Hand, es ist an seinem Handgelenk. Er trägt Handschellen. Longarm schleppt ihn mit sich, und er ist kaum noch bei Bewusstsein.

Ich verwünsche mich für meine eigene Dummheit. Wie Kai gesagt hat, ich bin allzu bereit, hinter jeder Ecke Verrat zu wittern. Auch wenn nichts unzutreffender sein könnte.

Ich sehe zu, wie die beiden in eine schmale, von Essensständen gesäumte Gasse einbiegen, und beeile mich, ihnen zu folgen. Das nächste Mal sehe ich sie mitten auf einer mit Asche bedeckten Straße gehen; sehe Kai gefährlich schwanken und stolpern, bis Longarm ihn wieder ins Gleichgewicht bringt. Als sie scharf rechts abbiegen und hinter einer mit Blech verkleideten Bude verschwinden, verliere ich sie aus den Augen. Ich zögere. Wenn ich die Straße überquere, um ihnen zu folgen, werde ich, bis ich die Ecke erreiche, gut zu sehen sein. Aber wenn ich zu lange warte, könnten sie weg sein, und dann besteht die Gefahr, dass Kai bei unserer nächsten Begegnung bereits die gesiebte Luft einer Gefängniszelle atmet. Oder Schlimmeres.

Für einen Moment bin ich in Versuchung, die beiden im Rauch verschwinden zu lassen. Soll Kai doch ohne mich, mit was immer Law Dog für ihn auf Lager hat, zurechtkommen. Ich mache mir bewusst, dass Kai Arviso nicht mein Problem ist und ich ihn kaum kenne. Aber dann erinnere ich mich an Tahs Gesichtsausdruck, als er seinen Enkel »Große Medizin« genannt hat, und daran, wie er geprahlt hat, er könne Dinétah heilen. Und selbst wenn Tah falschliegen sollte, er hat mir Kai anvertraut. Und verdammt, Kai hat mir seine Freundschaft angeboten.

Also ziehe ich weiter den Kopf ein, gucke mich beständig um, um sicherzustellen, dass mich niemand sieht, und überquere die Straße.

Ich gehe um die Ecke hinter der Bude.

Und erstarre.

Entsetzt sehe ich zu, wie Longarm keine zwanzig Meter von mir entfernt mit seiner gewaltigen Faust ausholt und auf Kais Hinterkopf zielt. Kai hat keine Chance.

Der Aufprall stößt seinen Kopf ruckartig nach vorn, und sein Kinn schlägt auf sein Brustbein. Er stolpert, versucht, die Arme zu heben, aber die sind hinter seinem Rücken gefesselt. Longarm lässt ihm keine Gelegenheit, sich von dem Hieb zu erholen. Er geht um ihn herum und packt Kais Kopf mit beiden Händen. Dann schießt sein Knie hoch, knallt Kai brutal ins Gesicht und rammt seinen Kopf mit solcher Gewalt nach hinten, dass es für einen Moment aussieht, als würde sich sein Rückgrat nach hinten krümmen. Dann geben die Beine unter ihm nach, und er stürzt in den Dreck. Sein Kopf kommt so hart auf dem staubigen Boden auf, dass er wieder abprallt.

Longarm holt mit einem Fuß aus, der in einem Stiefel mit Stahlkappe steckt. Er tritt zu, einmal, zweimal, ein halbes Dutzend Male, immer wieder und wieder tritt er Kai in die Rippen und die Nieren. Kais Körper fliegt herum wie eine Stoffpuppe.

Und ich sehe aus großen Augen töricht zu, wie betäubt von dem plötzlichen Gewaltausbruch.

Das Einzige, was mein Gehirn verarbeitet, ist die Tatsache, dass Kai keinen Laut von sich gegeben hat. Ein Mann, der beinahe doppelt so groß ist wie er, schlägt ihn brutal zusammen, und er schreit nicht einmal auf.

Und dann sehe ich das Blut. Einen See von Rot. Der sich um seinen Kopf herum ausbreitet.

Blitzartig brennt sich die Erinnerung wie ein Waldbrand in meinen Geist. Der Geschmack des Entsetzens und der Hilflosigkeit flammt auf meiner Zunge auf. Das Böse, geboren in einer kalten Februarnacht, lebt wieder auf. Mein Blick verschleiert sich und wird dann schärfer, übernatürlich scharf. Die Zeit läuft langsamer. Und dehnt sich aus. K'aahanáanii, Living Arrow. Blutdurst strömt weiß glühend durch meine Adern, lodert auf und breitet sich in meinem Inneren aus.

Longarm hat sich vorgebeugt. Der große Mann keucht nach der abscheulichen Anstrengung. Er stützt die Hände auf die Knie, begutachtet sein Werk. Dann richtet er sich grunzend wieder auf. Weicht ein paar Schritte zurück, und ich sehe, wie seine Hand an seine Hüfte greift und die Waffe aus dem Holster an seiner Seite befreit. Langsam, so langsam schwingt sein Arm herum. Und zielt mit der Waffe auf Kai.

Ich bin in Bewegung. Meine eigene Waffe ist frei, ich umfasse sie fest mit beiden Händen, während ich voranstürme. Ich muss schreien, denn er dreht sich zu mir um. Sein Unterkiefer sackt herab, und seine Augen sind vor Überraschung weit aufgerissen.

Ich bin Living Arrow, und ich zögere nicht. Hinterfrage nicht, was ich tue. Sorge mich nicht darum, dass ich ein Monster bin.

Ich ziehe den Abzug. Einmal, zweimal, alles in allem fünfmal. Und jage jedes Mal eine Kugel in Longarms Gesicht.

# Kapitel 20

Zittern. Meine Hände zittern.

Wegen des Adrenalins und wegen der Rage. Aber auch aus Furcht. Der erstickenden Furcht, ich könnte zu spät gekommen sein.

An seiner Seite falle ich auf die Knie und lege meine bebenden Finger an seinen Hals. Seine Haut ist rot vor Blut, und meine Hand ist klebrig, als ich sie zurückziehe. Aber sein Pulsschlag ist kraftvoll.

»Kai.« Vorsichtig rüttele ich an ihm, tupfe sein Gesicht mit dem Ärmelsaum ab, versuche, die blutige Sauerei um seine Nase und seinen Mund zu entfernen, um ihm das Atmen zu erleichtern. Etwas steckt in seinem Mund, und ich öffne ihn sacht und entferne die Krawatte. Silberblaue Streifen. Longarm hat sie ihm in die Kehle gestopft.

Ich schaudere, bemühe mich, etwas von der Klarheit und dem Zorn des Living Arrow zu bewahren, aber meine Clankraft hat mich schon wieder verlassen.

»Du musst aufwachen, Kai. Wir müssen hier weg.« Ich schüttele ihn noch einmal, dieses Mal etwas stärker. Er gibt einen Laut von sich, saugt würgend und hustend Luft in die geschwächte Lunge und versucht dann instinktiv, die Knie anzuziehen und sich zusammenzurollen.

»Nein, nein.« Ich zerre an seinen Schultern, versuche, ihn auszustrecken. Er ist zu schwach, um mich abzuwehren. Mit der Spitze meines Messers breche ich die Handschellen auf. Dann versuche ich, ihn auf die Arme zu heben, aber er ist zu schwer und nach dem Verlust des Adrenalins habe ich nicht mehr die Kraft, die ich brauche, um ihn zu tragen. Dann erstarre ich. Höre ich da Schritte? Nein, nichts. Aber ich weiß, es ist nur eine Frage der Zeit, bis wir entdeckt werden.

Mir kommt die Galle hoch. Panik befällt mich, droht mich zu überwältigen. Ich zwinge sie nieder. Konzentriere mich auf das Hier und Jetzt.

Irgendwie muss ich Kai hier wegschaffen. Muss uns beide außer Sichtweite bringen, ehe weitere Law Dogs auftauchen, um nachzusehen, warum Longarm nicht zurückgekommen ist. Longarm. Kurz sehe ich mich über die Schulter zu ihm um. Was von dem Law Dog übrig ist, liegt zusammengekrümmt ein paar Fuß von uns entfernt, und sein Gesicht besteht aus wenig mehr als rohem Fleisch.

Ich rechne damit, dass sich irgendein Gefühl in mir rührt, wenn ich ihn so sehe, wenn ich sehe, was ich getan habe, aber ich rechne nicht damit, Befriedigung zu verspüren. Longarms Worte von gestern hallen durch meine Ohren: *Vielleicht solltest du keine Monster jagen. Vielleicht sollte jemand dich jagen.*

»Mags?« Kai hat die Augen geöffnet, einen kaum erkennbaren Spalt weit.

Ich schlucke, bändige das erleichterte Grinsen, das sich über mein Gesicht ausbreiten will. »Kannst du dich bewegen?«, frage ich.

Er nickt, schwach und kaum erkennbar, aber er nickt. Gemeinsam bringen wir ihn auf die Beine.

»Wir müssen zurück zum Truck«, sage ich. »Du brauchst einen Arzt, und wir müssen so weit wie möglich weg von hier.«

Er gibt ein Grunzen von sich, das ich als Zustimmung werte.

»Wenn ich dich aus der Stadt schaffen kann, dann kenne ich einen Ort, an dem wir für eine Weile untertauchen können. Und dich untersuchen lassen. Herausfinden, was mit Tah passiert ist, ob er okay ist. Aber wir …« Ich breche ab. Kai starrt an mir vorbei, und ich weiß, was er sieht. Ich warte darauf, dass er entsetzt vor mir zurückschreckt, dass er von mir wissen will, wie ich so etwas habe tun können. Dass er mich ansieht und das Monster erblickt.

Seine Augen sind geweitet, sein Gesicht geisterhaft blass und blutverschmiert. Er schluckt mühsam. »Los«, sagt er und hebt mühsam den Arm, damit ich unter ihn schlüpfen und ihn stützen kann.

Wir schaffen es vielleicht drei Meter weit, ehe er den Kopf abwendet und sich übergibt. Ich halte ihn, während er krampfhaft würgt, wieder und wieder, bis sein Magen leer ist und er nur noch gepeinigt keuchen kann. Ich warte so lange, wie ich glaube, es verantworten zu können, wohl wissend, dass jede Sekunde, die wir hier verbringen, eine Sekunde ist, in der wir völlig schutzlos sind.

»Wir müssen weiter, Kai.«

Wieder nickt er und schaudert gleich darauf. »Mein Kopf«, lallt er mit schwerer, unbeholfener Zunge.

»Du hast wahrscheinlich eine Gehirnerschütterung«, informiere ich ihn und schiebe ihn auf schlurfenden Füßen voran. »Übelkeit ist normal, Benommenheit, Gedächtnisverlust.« Ich rattere die Symptome herunter. »Total normal.«

»Du meinst, mir ist nicht wegen dem Gesicht des toten Typen übel?«, fragt er und lacht schwach. Ein Lachen, das sich in ein heftiges Husten verwandelt und mit einem erstickten Laut endet. Er hat Mühe, wieder zu Atem zu kommen.

Ich grinse, erfüllt von einem irrationalen Gefühl der Dankbarkeit wegen des morbiden Scherzes. »Sieh einfach zu, dass deine Füße in Bewegung bleiben, okay?«

Wir setzen das plumpe Schlurfen fort, und ich erhasche einen ersten Blick auf meinen Truck, der auf der anderen Seite der Straße steht, nur etwa zweihundert Meter entfernt von uns. Zweihundert Meter, die sich vor uns ausdehnen wie zweitausend.

Ich öffne die Beifahrertür und helfe Kai hinein, als ich die ersten Rufe höre. Jeder Muskel in mir zuckt, verlangt von mir, nachzusehen, mich zu vergewissern, dass sie Longarms Leichnam gefunden und uns bemerkt haben. Aber ich halte weiter den Kopf gesenkt und haste auf die andere Seite, um auf den Fahrersitz zu klettern, stets darauf bedacht, keine Aufmerksamkeit zu erregen.

Ich starte den Motor und lenke den Truck auf die Straße. Sicher hinter dem Lenkrad und wieder unterwegs, gestatte ich mir einen Blick zurück zu der Szenerie, die wir vor wenigen Minuten hinter uns gelassen haben. Ich kann Gestalten in khakifarbenen Uniformen ausmachen. Da ist Lärm, alles ist in Bewegung und ein Gefühl von Angst hängt in der Luft, als sie sich um Longarms Leiche versammeln. Ich verbiete mir, meiner Neugier nachzugeben. Stattdessen blicke ich wieder nach vorn und versuche, im Verkehr auf der Straße zu verschwinden. Bald biege ich auf den Highway 264 ein und fahre an der Abfahrt vorbei, an der es nordwärts zurück nach Crystal geht, und weiter nach Osten in die Checkerboard Zone, die einzige Gegend im Dinétah, in der die Law Dogs keine Machtbefugnisse haben.

Kai ist an der Tür zusammengesackt. Seine Augen sind geschlossen, die Mundwinkel hängen herab, und er atmet flach. Ich schüttele ihn, um ihn aufzuwecken. »Mit einer Kopfverletzung darfst du nicht schlafen«, warne ich ihn.

Mühsam öffnet er ein Auge. Die Haut drum herum färbt sich schon jetzt purpur-schwarz, und die Schwellung zwängt seine Lider zusammen. »Ich wusste nicht, dass ich dir so wichtig bin, Mags«, flüstert er mit trockenen, blutverkrusteten Lippen.

»Bist du nicht.«

»Du bist eine furchtbar schlechte Lügnerin.«

Ich wende mich von ihm ab, um die Straße im Blick zu behalten.

Wir schweigen, als ich den Wagen von der Stadt fort in die offene Wüste jage. Die roten Felsklippen von Tse Bonito weichen sanften Hügeln und einer ausgedehnten Masse an ausgedorrter, brauner Erde und trockenem Gesträuch. Der Himmel ist klar, ein Sakrileg aus makellosem, strahlendem Blau, während sich alle Zeichen von Feuer und Rauch meilenweit hinter uns verlieren. Nach einer Weile ergreift Kai wieder das Wort, doch seine Stimme klingt belegt und röchelnd, als fiele ihm das Atmen schwer. »Wo bringst du mich hin?«

»Ich kenne eine Frau draußen in der Checkerboard Zone. Dort ist das Land immer noch zerstückelt infolge der Zuteilungsperiode – ein Morgen ist Navajo-Land, der nächste gehört bilagáanas, und sie lebt in dem Gebiet, in dem CWAG und Navajo-Polizei nicht willkommen sind. Wichtiger noch, ihr Haus versteckt sich hinter zwanzig Fuß Klingendraht und einem halben Dutzend AR-15-Gewehren. Wir hätten dort ein sicheres Plätzchen, an dem wir uns in Ruhe überlegen können, wie es weitergeht. Sofern sie uns reinlässt.«

»Sofern?«

»Grace Goodacre ist nicht leicht einzuschätzen. Wir sind nicht gerade befreundet, aber sie ist bekannt dafür, eine sichere Zuflucht zu bieten, wenn man auf der Flucht vor dem Gesetz ist. Wenn es auf dieser Welt jemanden gibt, den sie zutiefst hasst, dann sind es die Law Dogs.«

Ich sehe mich zu Kai um. Er beobachtet meine Finger, die ruhelos auf dem Lenkrad herumtrommeln. Ich zwinge mich, stillzuhalten. »Ich bringe ihr eine Menge Leben und Ärger in die Bude«, erkläre ich. »Ich kann nur hoffen, dass sie heute großzügig gestimmt ist.«

Kai schmiegt sich in die Lücke zwischen Sitz und Tür, schließt wieder die Augen und zuckt zusammen, während sich seine Züge vor Schmerz verkrampfen. »Du wirst sie schon überzeugen«, sagt er. »Ich vertraue dir voll und ganz.«

Ich beiße mir auf die Lippe und gebe noch mehr Gas, denn ich bin nicht annähernd so zuversichtlich, dass sie uns aufnehmen wird. Zum dritten oder vierten Mal in einer Minute schaue ich in den Rückspiegel, aber die Straße ist frei. Niemand folgt uns. Trotzdem kann ich mich nicht entspannen, ehe wir irgendwo sicher und gut versteckt untergekommen sind und sich jemand um Kais Verletzungen kümmert. Dann erst werde ich darüber nachdenken können, was als Nächstes zu tun ist. Wegen Longarm. Wegen Tah.

»Er ist tot, Maggie.«

Kais Augen sind geöffnet und fixieren mich. Ich versuche zu schlucken, aber etwas steckt in meiner Kehle fest. Kai sackt ein wenig mehr in sich zusammen, wendet den Blick ab und schaut aus dem Fenster in die Ferne.

»Das weißt du nicht.«

»Longarm hat gesagt, er hätte seine Leiche gesehen.«

»Longarm ist ein beschissener Lügner.«

»Warum sollte er lügen?«, fragt Kai. »Es tut mir leid«, sagt er dann. »Ich weiß, du hast ihn geliebt wie einen Verwandten.«

»Nein.«

»Ich …«

»Da wohnt Grace«, sage ich und schneide ihm das Wort ab. Mit einer Mundbewegung deute ich auf das Gebäude, das links von uns näher kommt.

Dort, auf einer Lichtung neben dem Highway und davon abgesehen mitten im Nirgendwo, geschützt hinter einem Metallzaun, der dreimal so groß ist wie der größte Mann in Dinétah und außerdem gekrönt von Klingendrahtrollen, kauert *Grace's All-American*. Das *All-American* ist eine Bar. Eigentlich eher eine überdimensionierte Hütte, annähernd achthundert Fuß lang und halb so breit, verkleidet mit grauen Wandtafeln, die Holz ähneln sollen, aber überwiegend aussehen wie das Aluminium, aus dem sie bestehen. Auf einer altmodischen Leuchtreklame blinkt *GEÖFFNET* oder *GESCHLOSSEN*, abhängig von der Tageszeit und dem Treibstoff im Generator. Plastikbanner aus der Zeit vor Big

Water verkünden, dass das *All-American* »Heimat des Königs der Biere« sei. Natürlich schenkt Grace kein Budweiser mehr aus, seit St. Louis mit dem Rest des Mittleren Westens abgesoffen ist, aber das Schild verbreitet weiter Optimismus. Alles andere jedoch brüllt hinaus: »Lasst alle Hoffnung fahren!« Nur ein Weg führt durch die stählernen Tore, und das ist der vorbei an dem schwer bewaffneten Wachmann in dem kugelsicheren Pförtnerhaus.

Ich werde langsamer und fahre zum Tor, kurbele die Scheibe herunter und halte an.

Ein schwarzer Junge, nicht älter als vierzehn, tritt aus dem Pförtnerhaus. Er trägt einen Kampfanzug und Springerstiefel und zielt mit einem Schnellfeuergewehr auf mich. Seine Haut ist hellbraun, getüpfelt mit leuchtenden Sommersprossen, und auf seinem Kopf thront ein deplatziert wirkendes Gewirr aus krausem rotem Haar. Die Hände, die die Waffe umfassen, erinnern eher an Welpenpfoten, aber ich bin nicht so dumm, ihn zu unterschätzen.

»Du siehst deiner Mom ähnlich«, sage ich zur Begrüßung.

»Die Bar öffnet erst bei Sonnenuntergang«, informiert er mich in unbeeindrucktem Ton.

»Ich bin nicht zum Trinken gekommen. Ich bin hier, um mit deiner Mom zu sprechen.«

Er runzelt die Stirn. »Wer zum Teufel bist du?«

»Maggie Hoskie. Sie kennt mich.«

Der Junge taxiert mich. Ich sehe, wie die scharfen Augen mich bewerten, wie sie das Gewehr auf der Halterung ebenso erfassen wie das Blut in meinem Gesicht und auf meinen Händen, ehe sie bei Kai verweilen, der die Augen geschlossen hat und wieder zu schlafen scheint. »Was zum Henker ist mit dem passiert?«, fragt er. »Er ist doch nicht tot, oder? Er sieht scheiße aus.«

»Er ist nicht tot. Die Law Dogs haben ihn sich vorgenommen.«

Prompt entspannen sich seine Schultern ein wenig, und als er grinst, sieht er für einen Moment so aus wie der Teenager, der er eigentlich ist. »Verdammte Law Dogs«, sagt er und bringt dabei all den Zorn auf, den jemand nur aufbringen kann, der noch nie direkt mit ihnen konfrontiert gewesen ist.

»Ja«, stimme ich zu. »Meinst du, wir können jetzt reinfahren und mit Grace reden?«

Er trägt ein altmodisches Walkie-Talkie an seinem Gürtel, das er nun zur Hand nimmt, als er sich von mir abwendet, um mit wem auch immer am anderen Ende zu reden. Während er mir den Rücken zukehrt, flüstert mir K'aahanáanii zu, dass es ein Leichtes wäre, einfach die Glock zu ziehen, die ich immer noch in der Tasche habe, und ihm eine Kugel in den Hinterkopf zu jagen. Natürlich würden dann andere Bewaffnete im Laufschritt herkommen, und ich weiß, wer immer dumm genug ist, Graces Sohn zu töten, wird nicht weit kommen. Aber Sommersprosse wäre trotzdem Geschichte.

Ich schüttele den Gedanken ab, zwinge mich, ein paarmal tief durchzuatmen und K'aahanáanii wegzudrängen.

Er dreht sich um und winkt mich lächelnd durch. »Mom steht hinterm Tresen!«, brüllt er, als ich durch das Tor fahre. »Sie sagt, ihr sollt hinter dem Haus parken. Jemand zeigt euch, wo genau.«

Ich fahre über den staubigen Parkplatz zur Rückseite der Bar. Rechts von uns steht ein perfekt sauberer, doppelt-breiter weißer Trailer mit Blumenkästen in den Fenstern, umrahmt von einer einladenden Veranda. Zwei Leute sitzen auf Schaukelstühlen vor dem Trailer und halten lässig Gewehre im Schoß. Beide stehen auf und gehen die Stufen hinunter auf uns zu. Es sind Zwillinge, ein Mann und eine Frau, die mit ihrer hellbraunen, sommersprossigen Haut und den roten Locken beide aussehen wie ältere Versionen des Jungen am Haupttor. Die Frau winkt mich zu einer Reihe Garagen gegenüber dem Haus, während der Mann sich beeilt, eines der sechs Garagentore zu öffnen. Ich steuere den Truck hinein, sorgsam darauf bedacht, den Lack nicht zu verkratzen.

Ehe ich auch nur den Motor abgeschaltet habe, öffnet der Mann schon die Beifahrertür und schnappt sich Kai, hebt ihn aus dem Truck, als wäre er so leicht wie eine Feder. Dann huscht er aus der Garage und bringt Kai zu dem Trailer. Einfach so.

Erstaunt springe ich raus, um ihm folgen, aber die Frau streckt einen muskulösen Arm aus und versperrt mir den Weg.

»Wo bringt er ihn hin?«, frage ich aufgebracht.

»Wir kümmern uns um ihn. Mom will dich sehen.«

Ich denke kurz daran, sie einfach umzurennen und Kai zu folgen. Der Mann hat inzwischen die Veranda erklommen und drückt mit der Schulter die Tür des Trailers auf. Ich sehe zu, wie sie im Inneren verschwinden.

»Ich sollte bei ihm sein«, protestiere ich.

Unerbittlich schüttelt sie den Kopf. »Erst Mom.«

Sie hat recht. Ich bin Gast hier, und die Gastgeberin hat nach mir gefragt. Ich muss zu ihr gehen. Also winke ich der Frau zu, sie möge mir den Weg zeigen, und nachdem sie das Garagentor geschlossen hat, um meinen Truck zu verstecken, gehen wir gemeinsam zur Hintertür der *All-American*-Bar.

Die Tür schwingt auf und gibt den Blick frei auf das ewige Zwielicht, das allen guten Spelunken zu eigen ist. Direkt geradeaus befindet sich ein mit Parkett ausgelegter Tanzboden, und auf der linken Seite steht ein Durcheinander aus niedrigen Wagenradtischen nebst den passenden Stühlen auf einem rechteckigen Stück orangefarbenen Teppichbodens, der seine besten Zeiten schon hinter sich hat. Über die vordere Wand zieht sich eine lange hölzerne Theke, vor der eine Reihe von Barhockern auf Kundschaft wartet.

Grace Goodacre ist hinter der Bar, wo sie immer zu sein scheint. Sie ist eine kleine Frau mit einem nussbraunen Gesicht, getüpfelt mit Leberflecken und Sommersprossen, und einem Wust weißer Haare, die sie in Form von Dreadlocks zu einem dicken Zopf geflochten hat. Auf ihren Lippen liegt ein warmes, einladendes Lächeln, doch in ihren dunklen Augen flackert Argwohn. Kurz sieht sie meine Eskorte an, woraufhin ihre Tochter zurück zur Tür geht und sich mit ihrem Gewehr im Anschlag dort aufbaut.

Grace winkt mich zu sich, und ich überquere die Tanzfläche und setze mich auf einen der einsamen Barhocker. Sie zapft mir ein Bier vom Fass und stellt es vor mir auf den Tresen.

»Eigentlich trinke ich kein Bier«, sage ich.

Sie klopft mit dem Knöchel auf die Theke. »Du trinkst, was ich sage. Ich erinnere mich noch an deinen letzten Besuch. Hast wegen diesem Kerl in deinen Whiskey geheult. Clarissa musste dich rausschleifen, damit du deinen Rausch in deinem Truck ausschlafen konntest. Von jetzt an trinkst du Bier.«

Ich laufe leuchtend rot an. Sehe mich über die Schulter zu ihrer Tochter um, bei der es sich wohl um die fragliche Clarissa handeln muss. »Daran erinnere ich mich nicht, Grace.«

»Tja, ich schon, und das ist alles, worauf es ankommt.«

Wir starren einander an, und die Spannung zwischen uns ist beinahe greifbar. Ich bin auf ihr Wohlwollen angewiesen, und das gefällt mir nicht. Es macht mir Kieferschmerzen. Aber ich bin zu ihr gekommen. Ich brauche ihre Hilfe. Und sie weiß das.

Ich nippe an meinem Bier. Meine Augen fallen beinahe unfreiwillig zu, als ich den Alkohol wahrnehme. Das Bier ist kühl und frisch, und mir wird erst jetzt klar, wie durstig ich bin. Ich nehme noch ein paar tiefere Züge, ehe ich das Glas abstelle.

Grace beobachtet mich mit erwartungsvollem Stirnrunzeln.

»Es ist gut«, gebe ich zu.

Sie schnaubt, eine Art wortloses Hab-ich-dir-ja-gleich-gesagt. Die erste Runde geht an sie. Sie hat klar gezeigt, wer hier das Sagen hat, und nun poliert sie Gläser, als wären wir nur zwei alte Freunde. »Also, was führt dich zu mir, Maggie Hoskie?«

»Könnte ein Plätzchen brauchen, an dem ich mich eine Weile

verkriechen kann. Schätze, die CWAG könnte mir ans Leder wollen.«

Sie mustert die Blutflecken auf meinem Brustkorb, meinen Händen und in meinem Gesicht. »Zahlst du?«

»Hab gerade nicht viel dabei. Diese Situation ist ziemlich … unerwartet eingetreten.«

Ein enttäuschter Zug zeigt sich auf ihren Lippen. Sie hebt eine Hand, und Clarissa gleitet von ihrem Hocker und geht zur Hintertür hinaus. Minuten später ist sie mit einigen Dingen aus meinem Truck zurück, die sie auf dem Tresen ausbreitet. Sofort geht Grace mit kleinen, emsigen Händen mein Hab und Gut durch. Ihre Augen verweilen bei meinem Gewehr, und ich lege die Stirn in Falten.

»Mein Gewehr kannst du nicht haben«, sage ich.

Sie zuckt mit den Schultern. »Was soll ich mit deiner scheiß Pumpgun, wenn ich ein ganzes Arsenal AR-15 habe?«, fragt sie.

»Meine ich doch«, stimme ich zu.

Sie lächelt. »Nimm dein verdammtes Gewehr, Maggie«, sagt sie und schiebt mir die Waffe rüber, ehe sie es sich anders überlegen kann.

»Das ist übrigens nicht irgendein scheiß Ding«, sage ich. »Der Schaft ist eine Spezialanfertigung, die genau zu meiner Hand passt. Dafür habe ich zwei Tage lang Luzerneballen gebunden, und es ist jede Minute davon wert. Hey, meine Jacke kannst du auch nicht haben!«

Sie schiebt die Lederjacke in meine Richtung, ohne auch nur aufzublicken. »Der Kaffee?«, fragt sie und tippt auf die Metalldose mit dem kostbaren Mehl.

Ich winke ab. »Nimm ihn.« Jeder will diesen verdammten Kaffee. Wenn ich mir damit Graces guten Willen erkaufen kann, dann ist er sein Gewicht in Gold wert.

»Sonst hast du wirklich nichts, was? Bringt die Kopfjagd denn so wenig ein?«

Ich denke an die Decke, die ich auf dem Boden des Chapter Houses in Lukachukai zurückgelassen habe. »Wie gesagt, diese Situation kam unerwartet.«

Spitze Fingernägel pochen auf die Theke. »Der Kaffee ist nur ein Anfang«, sagt sie. »Also werd' bloß nicht pampig, wenn ich ihn nehme. Das ist nur eine Vergütung, anständig und fair.«

»Okay.«

»Und du schuldest mir irgendwann einen Gefallen. Nicht jetzt. Ich sehe selbst, dass du bis zum Hals in irgendeiner Scheiße steckst, mit der ich nichts zu tun haben will, aber wenn du es in einem Stück da rausschaffst, dann kommst du wieder vorbei und wir unterhalten uns.«

»Okay.«

Sie wischt mit der Hand über den Tresen, mustert die Dinge, die sie zurückgewiesen hat – Proviant für ein paar Tage, meine Patronen und Coyotes Beutel. Nach dem fragt sie nicht einmal. Ich habe das Gefühl, für sie sieht er nicht so aus wie für mich. »Schaff diesen Mist hier raus«, weist sie ihre Tochter an, die sich beeilt, ihrer Mutter zu gehorchen.

»Vorsichtig mit meinem Scheiß«, sage ich zu ihr, als sie die Sachen raus- und vermutlich zurück zu meinem Truck bringt.

Ich drehe mich wieder um und stelle fest, dass Grace mich mit einem abschätzigen Ausdruck in den Augen mustert. »Was ist das da in deiner Tasche?«

Ich ziehe die Glock heraus und lege sie auf den Tresen.

»Gesichert?«

»Glocks haben keine manuelle Sicherung. Zieh einfach nicht den Abzug. Das ist sicher genug.«

Sie verdreht die Augen. »Dämlich. Hatte sowieso nie was für diese automatischen Pistolen übrig. Ich ziehe einen Revolver jederzeit vor.« Mit der Hand, in der sie das Handtuch hält, zeigt sie auf die Waffe. »Hat die irgendetwas mit deinem Besuch zu tun?«

»Könnte man so sagen.«

»Dann will ich sie ganz bestimmt nicht.« Und schon wandert sie wieder in meine Tasche.

»Gut, dann erzähl mir mal was über den Mann, den du mitgebracht hast.«

»Ein Law Dog hat ihn sich vorgenommen.«

»Derselbe Law Dog, der vor dem Lauf dieser Waffe geendet hat?«

»Es war Longarm.«

Grace starrt mich an. Ich starre zurück. Die Stille zieht sich dahin, bis sie sich mit einem knappen Schaudern abwendet.

»Willst du, dass wir wieder verschwinden, Grace?«, frage ich mit leiser Stimme. Wenn sie das von uns verlangt, weiß ich nicht, wo wir hingehen sollen, aber ich werde auch nicht an einem Ort bleiben, an dem ich nicht erwünscht bin. Vielleicht lässt sie ja wenigstens Kai bleiben. Wenn er in Sicherheit ist, dann komme ich schon zurecht mit was immer als Nächstes auf mich wartet.

Grace seufzt. »Nein, das will ich nicht«, sagt sie. »Aber beim nächsten Mal setzt du dich nicht an meinen Tresen und trinkst Bier, als wärest du lediglich um einen Freund besorgt, der bei einer Rauferei den Kürzeren gezogen hat. Hat deine Mutter dir nicht beigebracht, dass man mit schlechten Neuigkeiten nicht hinterm Berg halten soll?« Sie stößt ein bellendes Gelächter hervor. »Ich bin ja selbst schuld, wenn ich vergesse, mit wem ich rede«, gesteht sie. Dann murmelt sie einen Fluch und meinen Namen und noch etwas, dem ich nicht so ganz folgen kann, aber es ist ziemlich klar, dass es kein Kompliment ist.

Mit einem schiefen Grinsen greift sie unter den Tresen und holt eine Flasche mit einer bernsteinfarbenen Flüssigkeit hervor. Dann nimmt sie zwei Schnapsgläser vom Regal hinter sich, schenkt uns beiden einen Whiskey ein und schiebt meinen über die Theke zu mir rüber. Dankbar stelle ich das Bier zur Seite und nippe an dem Whiskey, lasse ihn sengend durch meine Kehle rinnen. Sie kippt ihren in einem Schluck hinunter.

Finsteren Blicks zeigt sie mit dem Finger auf mich. »Du hast vierundzwanzig Stunden, dann bist du verschwunden. Keine Minute länger, ganz egal, was du mir im Gegenzug anbietest. Und jetzt hau ab und sieh nach deinem Kerl. Du hast kein Quäntchen Verstand, wenn es darum geht, dir einen Mann auszusuchen, Maggie Hoskie. Bring diesem wenigstens bei, wie man kämpft.«

Ich nicke und schütte rasch den Rest meines Drinks hinunter, mache mir aber nicht die Mühe, ihr zu erklären, dass Kai nicht mein Kerl ist. Clarissa ist zurück und bringt mich hinaus zum Trailer. Als ich mich noch einmal umdrehe, sehe ich, dass Grace sich noch einen Whiskey einschenkt. Dann fällt die Tür vor meiner Nase zu.

# Kapitel 21

Graces Tochter führt mich zu dem makellos aussehenden Trailer hinter dem Gebäude, zeigt mir ein Badezimmer, in dem ich Kai das Blut abwaschen kann. Sie drückt sich in der Nähe herum, bis ich fertig bin, bringt mich anschließend in ein hübsches, aufgeräumtes Wohnzimmer und befiehlt mir zu warten. Ich sehe mich in Graces Privatraum um, den zu betreten mir zuvor noch nie gestattet worden war. Eingerahmt von zwei weißen Weidenstühlen dominieren zwei überdimensionierte Sofas das Zimmer, beide dekoriert mit einem lebhaften Lavendelmuster und kleinen, passenden Wurfkissen. Eine weitere Handvoll Kissen stapelt sich vor einem der Sofas, als würden sich dort oft Gruppen von Menschen einfinden und die Kissen müssten als zusätzliche Sitzgelegenheiten herhalten. Die Wände sind in einem fahlen Purpurton gestrichen. Jeder freie Platz an der Wand wird von Fotos in weißen Rahmen belegt. Das erste Foto, das meine Aufmerksamkeit erregt, zeigt eine Frau, deren tiefbraune Haut voller Sommersprossen ist. Das Haar hat sie zu einem Zopf aus Dreadlocks gebunden, und ein Lächeln ziert ihr hübsches, jüngeres Gesicht. Grace hält einen sehr hellhäutigen Mann mit einem Wirrwarr aus roten Locken und freundlich blickenden blauen Augen im Arm.

Angezogen von dem Bild, trete ich näher. Bisher habe ich noch nie ein Bild von Rick, Graces Ehemann, gesehen. Sie redet auch nicht über ihn, jedenfalls nicht mit mir. Ich weiß, dass er kurz nach Big Water gestorben ist. Gerüchten zufolge wurde er außerhalb seines Franchise-Sandwichshops in Tse Bonito von einem Räuber ermordet, der auf das Wechselgeld in seiner Tasche aus war. Die Leute sagen, eine ganze Menge Law Dogs hätten dort herumgestanden und einfach zugesehen, wie Rick verblutet ist, während der Ganove seine Taschen durchwühlt hat. Das würde allerdings zweifelsfrei erklären, warum Grace die Law Dogs so hasst.

Ich beuge mich vor, um genauer hinzuschauen. Wie glücklich sie aussehen. Wie eine Familie. Der Rest der Bilder ist ganz ähnlich. Eines zeigt Grace mit all ihren Kindern – die Zwillinge, ein älterer Junge, den ich nicht kenne, und ein Baby mit großen Ohren, bei dem es sich um Sommersprosse vom Tor handeln muss. Dann eines mit Rick und den Zwillingen, als sie noch Kleinkinder waren, und dann je ein Bild vom Highschoolabschluss der Zwillinge, damals, als es noch echte Highschools und eine formelle Schulbildung gegeben hat. Ich habe es nur bis zum ersten Jahr geschafft, ehe Big Water zugeschlagen hat, was bedeutet, dass die Zwillinge zumindest ein paar Jahre älter sein müssen als ich.

Der Rest des Hauses ist so ordentlich wie das Wohnzimmer. Ich erhasche einen Blick in eine hübsche Küche mit Frühstückstresen, gestaltet im gleichen Mix aus Weiß und Lavendeltönen wie die übrigen Räume. Auf der Fensterbank hockt sogar eine getigerte Katze. An diesem Ort scheint es, als wäre die Zeit stehen geblieben. Man konnte beinahe glauben, die Schrecken von Big Water hätten nie stattgefunden. Wäre da nicht Ricks Abwesenheit.

Ich höre, wie eine Tür geschlossen wird, und sehe Clarissa durch den schmalen, langen Gang zurückkommen. »Du kannst jetzt zu ihm«, sagt sie und winkt mich herbei.

»Also, Clarissa«, fange ich an.

Sie schneidet mir das Wort ab. »Rissa. Nur meine Mom nennt mich Clarissa. Du nennst mich Rissa.«

»Okay, Rissa«, sage ich, während ich ihrem breiten Rücken den Gang hinunter folge. Ich bin keine kleine Frau, aber Rissa hat mir gute drei Zoll und an die dreißig Pfund an Muskelmasse voraus. Der Anblick ist beeindruckend. »Ich habe gehört, du hast mich in dieser Nacht vor einigen Monaten in meinen Truck zurückgetragen.«

Sie wirft einen dicken, rotbraunen Zopf über ihre Schulter. »So was passiert dann und wann. Du hast mir keine Probleme gemacht.«

»Ich habe nicht gezetert? Oder dich beschimpft?«

»Mich nicht, nein. Aber es hat sich angehört, als wäre dieser Neizgháni ein echter Arsch.« Sie räuspert sich. »Ich hoffe, es macht dir nichts aus, wenn ich das sage.«

»Überhaupt nicht.«

Vor einer geschlossenen Tür bleiben wir stehen. »Dein Freund ist da drin. Als ich das letzte Mal nachgeschaut habe, hat er geschlafen, aber wenn du selbst nach ihm sehen willst, dürfte das auch in Ordnung sein.«

»Wie geht es ihm?«

»Sein Gesicht hast du ja gesehen. Gebrochene Nase, Veilchen. Vermutlich hat er eine Gehirnerschütterung. Wundert mich, dass er noch in so einem guten Zustand ist, wenn man bedenkt, wie übel er verprügelt worden ist. Wahrscheinlich pinkelt er ein paar Tage lang Blut.« Ihre sommersprossigen Wangen erglühen in einem leuchtenden Rot, als dürfe sie so etwas nicht sagen. Als sie dann die Tür öffnen will, bin ich plötzlich überfordert. Ich strecke die Hand aus, um sie aufzuhalten. Sie starrt erst die Hand auf ihrem Arm an und dann mich.

»Nein«, sage ich mit furchtbar trockener Kehle. »Ich muss da nicht rein. Lassen wir ihn ausruhen.«

»Sicher?«

»Wenn du sicher bist, dass er okay ist.«

»Ein paar Tage Bettruhe, davon abgesehen …« Wieder zuckt sie mit den Schultern und mustert mich aus ihren haselnussbraunen Augen, in denen sich nichts als Neugier spiegelt.

»Ja, klingt toll.« Ich lasse ihren Arm los, mache kehrt und gehe den Gang in die andere Richtung hinunter. Weg von Kai. Zögere kurz, ehe ich sie bitte: »Sag ihm, dass ich bei Grace vierundzwanzig Stunden herausschlagen konnte und er danach seinen eigenen Handel mit ihr schließen muss.«

Rissa runzelt die Stirn, und ihre Neugier weicht Verwirrung. »Warum kannst du ihm das nicht selbst sagen?«

»Weil ich nicht mehr da sein werde.«

# Kapitel 22

Und ich habe wirklich vor zu gehen. Ich belade den Truck, schlüpfe in meine Lederjacke und schnalle mir das Gewehrholster um. Dann beschließe ich, lieber nicht das Risiko einzugehen, dass der Truck den Geist aufgibt, wenn ich ihn der Tageshitze aussetze, und überlege mir, trotz besagter Hitze zu Fuß in Richtung Osten zu marschieren, bis ich eine Gelegenheit bekomme, jemand anderen um ein etwas verlässlicheres Vehikel zu erleichtern. Oder notfalls bis nach Crystal zu laufen. So weit ist das nicht, vielleicht fünfzig Meilen Luftlinie. Die kann ich in ein paar Tagen schaffen.

Für Tah. Ich rede mir ein, dass ich Kai für Tah zurücklasse. Weil ich ihm versprochen habe, für die Sicherheit seines Enkels zu sorgen. Aber ein Teil von mir weiß, dass das nicht wahr ist. Denn Kai so zerschlagen und blutend zu sehen, hat etwas mit mir gemacht. Es hat Gefühle in mir geweckt, die ich nicht haben will. Und es ist genau so, wie ich es Tah von Anfang an gesagt habe: Alles, was ich Kai zu bieten habe, ist der Tod.

Aber als es allmählich dämmert und die Lichter rund um das *All-American* aufflammen, ertappe ich mich dabei, immer noch auf der Veranda auf einem Schaukelstuhl zu sitzen und mein Böker zu schärfen.

Und dort findet mich Grace.

Sie steht mit ihren ganzen fünf Fuß über mir. Nicht gerade gewaltig, aber die Frau weiß zu beeindrucken. Sie stemmt die Hände in die Hüften, kneift die Augen zusammen und lacht bellend. »Du siehst so grimmig aus, Mädchen. Wen willst du mit diesem Messer abstechen?«

»Wer immer abgestochen werden muss, Grace.«

Eine Minute lang starrt sie mich nur an. »Jesus, Maria und Josef, Maggie. Das war ein Scherz.«

Sie lässt sich auf den Schaukelstuhl neben mir fallen, klatscht ihr stets präsentes Handtuch in die andere Hand und murmelt etwas vor sich hin, das ich nicht ganz verstehen kann. Ich bin ziemlich sicher, dass sie mich mal wieder verwünscht, sage aber keinen Ton.

»Hab gehört, was in Tse Bonito passiert ist«, informiert sie mich schließlich. »Es waren Gäste da. Sie haben gesagt, es hätte ein Feuer gegeben. Und dass dieser alte Medizinmann …«

»Was willst du, Grace?«, falle ich ihr ins Wort.

Sie bricht ab, die Augen auf den Horizont gerichtet. »Jeder trauert auf seine Weise«, sagt sie leise, aber ihre Stimme klingt belegt vor Mitgefühl. »Als ich meinen Rick verloren habe, da haben die Leute von mir erwartet, dass ich heule und wehklage und mir die Haare ausraufe. Aber ich habe nicht einmal eine Träne vergossen. Nie. Ich habe mich in die Arbeit gestürzt, mich um meine Kinder gekümmert. Ich habe meiner Zeit einen Sinn gegeben, der all diese Tränen aufgesaugt hat.« Sie seufzt unter der Last der Erinnerung. »Aber als ich mein Baby verloren habe, meinen Erstgeborenen, Cletus, da hätte ich weinen wollen, bis ganz Dinétah überflutet ist, so fertig war ich.« Sie wischt sich mit dem Handtuch über die Stirn. »Ich glaube nicht, dass ich je aufhören werde, um dieses Kind zu weinen.«

Ich weiß, was sie zu tun versucht. Sie will mir sagen, dass es okay ist, um Tah zu trauern.

»Wir wissen noch gar nicht, ob Tah wirklich tot ist«, sage ich.

Sie antwortet nicht, schaukelt nur in ihrem Stuhl vor und zurück.

»Ich bin okay, Grace«, versichere ich ihr. »Ich war schon oft mit dem Tod konfrontiert, hab meine Familie verloren, und Tah war nicht … Wir waren nicht verwandt. Wir hatten seit dem letzten Frühling nicht mal miteinander geredet. Es ist in Ordnung.

Falls du also erwartest, dass ich zusammenklappe und mich an deiner Schulter ausheule oder so was …«

»Gott bewahre!«, schnaubt sie.

»Ja. Na, dann.«

Sie schweigt eine Weile und sagt dann: »Dieser Neizgháni hat dich echt verhunzt.«

Erschrocken sehe ich sie an. Zum ersten Mal seit Tagen habe ich nicht an meinen alten Mentor gedacht. »Er hat nichts damit zu tun.«

»Natürlich hat er. Ein Mann wie der. Bei so einem Mann aufzuwachsen. Ihn zu lieben. Einfach alles hat mit ihm zu tun.«

Ich erröte. Grace nickt nur. »Ich habe vier Kinder großgezogen, Maggie. Drei sind immer noch bei mir, auch wenn Gott es für richtig gehalten hat, mir den Ältesten zu nehmen.« Sie saugt Luft durch ihre Zähne, während sie mit mir den Sonnenuntergang betrachtet. »Ich erkenne ein leidendes Kind, wenn ich es vor mir habe.«

»Ich bin kein Kind.«

»Wir sind alle Gottes Kinder.«

»Und ich brauche keine Mutter.«

»Jeder braucht eine Mutter«, faucht sie und zieht eine Braue hoch. »Sogar so ein zähes Biest wie du. Aber den Job übernehme ich freiwillig bestimmt nicht. Ich hatte schon genug Probleme, meine schießwütigen Kinder am Leben zu erhalten. Ich habe keine Ahnung, was ich mit dir anfangen sollte.«

»Und warum sitzen wir dann hier und reden?«

»Alles, was ich sage, ist, wenn Neizgháni dich nur eine Art gelehrt hat, einer Katze die Haut abzuziehen, heißt das nicht, dass es nicht auch noch andere Methoden gibt, um das zu tun. Oder dass man der Katze überhaupt die Haut abziehen sollte.«

Ich ziehe eine Grimasse, aber ihr ist es vollkommen ernst. »Krieg das jetzt nicht in den falschen Hals, aber du bist irgendwie ziemlich scheiße darin, volkstümliche Ratschläge zu erteilen. Ist vielleicht besser, du schenkst weiter Getränke in der Bar aus.«

Sie lachte abgehackt. »Und was für ein zähes Biest du bist.«

»Freut mich, dich amüsiert zu haben.«

»Oh, du hast mich nicht amüsiert, Maggie. Du ängstigst mich zu Tode. Ich werde froh und dankbar sein, wenn ich dich wieder verschwinden sehe.«

Ich seufze und fühle mich leer. Ein Mensch mehr, der mich nicht in seiner Nähe haben will. »Bald, Grace. Bald.«

»Hm.« Sie streckt die Beine aus und tippt mit einem Fuß auf den Holzboden. »Hm.« Atmet langsam aus und wieder ein. »Der alte Chuck Begay hat gesagt, die Polizei kontrolliert alle, die auf den Straßen von oder nach Tse Bonito unterwegs sind. Die wichtigste Fernstraße ist derzeit vollständig gesperrt, und die Law Dogs schikanieren die Leute auf Teufel komm raus und scheinen absolut bereit zu sein, Tse Bonito komplett auseinanderzunehmen. Chuck dachte, es wäre wegen des Feuers, aber da du vorhin Longarm erwähnt hast …«

»Klingt ganz passend«, gebe ich zu.

»Werden die nach dir suchen?«

»Vielleicht. Vielleicht auch nicht. Aber Kai ist vermutlich mit ihm gesehen worden. Es könnte ein paar Tage dauern, aber irgendwer *wird* früher oder später eins und eins zusammenzählen und mir ein paar Fragen stellen wollen.«

»Ich nehme an, es ist auch nur eine Frage der Zeit, bis die Tatsache, dass du und dieser Junge hier seid, die Runde machen wird.«

»Dann, schätze ich, sollten wir besser gehen.«

»Ich sage dir nicht, dass ihr gehen sollt«, erwidert sie. »Ich sage dir nur, womit ihr rechnen müsst. Das ist alles.«

Ich nicke. »Verstanden.«

Sie bleibt noch einige Minuten sitzen, ehe sie erklärt: »Tja, ich gehe wohl besser zurück in meine Bar und tue, was ich wirklich gut kann.« Sie bedenkt mich mit einem schmallippigen Lächeln und stemmt sich vom Stuhl hoch.

Das Knarren von Schritten auf der hölzernen Veranda verrät mir, dass wir Gesellschaft bekommen haben. Sie blickt auf, und was immer sie über meine Schulter hinweg sieht, sorgt dafür, dass ihr Lächeln deutlich an Glaubwürdigkeit gewinnt. »Na, wenn du kein hübscher junger Bursche bist«, sagt sie, und schon weiß ich, dass es nur Kai sein kann. »Jetzt verstehe ich, warum Maggie dich hergeschafft und von uns wieder zusammenflicken lassen hat. Aber du musst lernen, dich zur Wehr zu setzen. Du und dieses Mädchen, wenn ihr es noch länger mit den Law Dogs aufnehmen wollt, dann musst du lernen, zurückzuschlagen, hörst du?«

»Ja, Ma'am.« Kais Stimme ertönt irgendwo ziemlich dicht hinter mir, und ich kann das strahlende Lächeln, das er Grace gerade zeigt, beinahe vor mir sehen.

Grace legt mir für eine Minute die Hand auf die Schulter. Ich verspanne mich unter ihrem Griff, aber sie tut, als würde sie nichts davon merken, und beugt sich zu meinem Ohr herab. »Vergiss nicht, was ich dir gesagt habe, Maggie.« Sie richtet sich wieder auf und zeigt auf Kai. »Sorg dafür, dass sie zuhört. Auf mich hört sie nicht, aber ich stelle mir vor, ein hübscher junger Mann wie du kann einem Mädchen ein paar Dinge sagen, die ihm ausreichend Grund zum Zuhören liefern.«

»Himmel, Grace«, stöhne ich peinlich berührt.

Aber Kai handhabt die Sache ganz elegant, reißt irgendeinen Witz darüber, dass sein Mundwerk gut geölt sei und die Damen es lieben, worauf sie glucksend bekundet, sie sei schockiert und alt genug, um seine Großmutter zu sein. Und dann ist sie auch schon die Treppe hinunter und eilt über den staubigen Hof zurück in ihre Bar. Ich sehe ihr nach, bis die Tür zuschlägt.

Der Stuhl neben mir schaukelt, als Kai Platz nimmt. »Du hast mir nicht erzählt, dass dein paramilitärischer Schlupfwinkel eine verdammte Bar ist. Es gibt doch noch Hoffnung für dich, Mags.«

Kai trägt andere Klamotten. Ein rotes T-Shirt mit AC/DC-Aufdruck auf der Brust, dazu eine schwarze Cargohose. Und richtige Stiefel, die Art, die bis zur Mitte der Wade reichen und geschnürt werden müssen. Die Sachen sehen für die Zwillinge zu klein und für den Jungen am Tor zu groß aus, also müssen sie aus dem Haufen stammen, den Grace für ihr Ensemble eigentümlicher Hausgäste bereithält. Wie dem auch sei, es ist um Längen besser als der schicke Putz mit den glänzenden Schuhchen.

Kais schwarzes Haar ist zur Abwechslung nicht wirr und zerzaust, sondern klebt feucht zurückgekämmt an seinem Kopf, und sein Gesicht sieht gänzlich heil aus, die Haut über den hohen Wangenknochen glatt, die Lippen zu einem halbherzigen Lächeln verzogen. Aber seine Augen sind gerötet, und mir kommt in den Sinn, dass er möglicherweise geweint hat, nicht seinetwegen, sondern wegen Tah. Und die Tatsache, dass ich keine Tränen für meinen Freund habe, den Freund, der mir nicht einmal, sondern zweimal das Leben gerettet hat, lastet plötzlich auf meiner Seele wie ein tonnenschweres Gewicht. Ich bete, dass Grace mit ihren abgedroschenen Weisheiten richtigliegt und jeder auf seine eigene Weise trauert. Dass ich überhaupt fähig bin zu trauern.

Und dann macht es endlich klick. »Was zum Teufel, Kai? Dein Gesicht. Es ist makellos!«

»Wurde auch Zeit, dass du zugibst, dass du mich attraktiv findest.« Ein Scherz, aber seine Stimme klingt angespannt und besorgt. Irgendwie hört er sich an, als hielten ihn eher Hoffnung und Gebete aufrecht als Haut und Knochen.

»Sei kein Klugscheißer und sag mir, warum du so gut aussiehst.«

»Gene?« Und da ist es, sein strahlendes Lächeln. Nun ja, sagen wir, eine deutlich abgeschwächte Version.

»Kai, fang an zu reden. Du bist geheilt. Vollständig.« Was nicht ganz stimmt. Ich sehe den Nachhall der Blutergüsse unter seinem leicht geschwollenen Auge, eine Spur aus Gelb und Grün, die aussieht, als wäre sie Tage alt, nicht nur Stunden.

»Nicht vollständig. Meine Rippen tun immer noch weh, wenn ich zu tief einatme, und ich habe das Bedürfnis, mich schwallartig zu übergeben, wenn ich zu schnell aufstehe. Das habe ich auf die harte Tour herausgefunden.«

»Ist das das Werk von Graces Zwillingen?« Unwillkürlich strecke ich die Hand aus, berühre beinahe seine Wange, halte jedoch im letzten Moment inne und verlagere sie wieder in meinen Schoß. »Ich habe dich gesehen. Du hast ausgesehen, na ja, wie jemand, der Prügel bezogen hat. Und ich habe auch gesehen, dass du richtig übel Prügel bezogen hast.«

Er starrt auf seine Füße, als er mir antwortet: »Azee'tsoh Dine'é, weißt du noch? Medicine People Clan.«

Allerdings weiß ich das noch. »Tah hat gesagt, deine Gebete seien machtvoll. Ich dachte, er meint, die Gebete für andere wären stark. Aber sie machen dich stark.«

»Sie tun beides«, bestätigt er. »Ich schätze, ich bin unzerstörbar.« Wieder ein Scherz, aber da ist etwas in seiner Stimme, etwas, das nicht so leichtherzig klingt und andeutet, dass er durchaus weiß, wie knapp er dem Tode entkommen ist. »Aber denk nicht, ich hätte vor, das auszuprobieren«, fügt er prompt hinzu.

»Nein«, stimme ich zu und frage mich, ob Gebete ihn auch noch hätten retten können, hätte Longarm Gelegenheit bekommen, ihm eine Kugel in den Kopf zu jagen.

Wir schweigen, lassen die Nacht simmern. Nach einer Weile ergreift Kai wieder das Wort.

»Damals in Burque.« Er streicht sich mit einer Hand über das Gesicht und fängt von vorn an. »Damals in Burque, da gab es ein Mädchen. Ihr Name war Lachryma, das bedeutet ›Tränen‹. Sie war wunderschön. Eine Prinzessin in der Familia Urioste, eine künftige Wasserbaronin. Ihre Familie hat diese prächtigen Fiesta-de-Burque-Galas veranstaltet, Maskenbälle, oben auf ihrem Anwesen in den Bergen. Da gab es prunkvolle Könige und Königinnen. Sie haben den spanischen Hof wiederaufleben lassen. Dieses ganze alte Zeug. Alvaro und ich, wir hatten diese Kostüme. Er war ein Konquistador und ich der König der Stürme, und ich habe uns den Weg zu dieser Party freigequatscht. Dort bin ich ihr begegnet. Und es war …« Er grinst matt. »Die älteste Geschichte auf Erden, nicht wahr? Und ich bin der Narr.«

Ich weiß nicht recht, worauf er mit seiner Story hinauswill, aber ich kann mir vorstellen, wie sie endet. Eine Prinzessin und Landerbin und ein armer Indianerjunge. »Nicht, wenn du sie geliebt hast.«

»Romantikerin«, sagt er mit einem leichten Nicken und fummelt an einem losen Faden an seinem T-Shirt herum. »Ich habe sie nicht geliebt, Mags. Ich wollte …« Er macht eine vulgäre Geste mit den Händen. »Wir waren von Anfang an scharf aufeinander. Aber als wir ein paar Wochen später erwischt wurden, hat sie mich den Wölfen vorgeworfen. Ich war es ihr nicht wert, meinetwegen ihre Familie zu verprellen. Diese Art von Reichtum und Macht … Na ja, so etwas wirft man nicht einfach weg, nur um ein paar heiße Nächte mit einem dreckigen Navajo in der Gosse zuzubringen.«

»Was ist passiert?«

»Verurteilt zu einer öffentlichen Prügelstrafe. Und Verbannung.«

»Weil du dich mit einem Mädchen getroffen hast?«

»Weil ich eine Prinzessin defloriert habe, obwohl die Idee, ich wäre der Erste in ihrem Garten gewesen, ein schlechter Witz ist. Aber die Uriostes sind eine mächtige, alte Familie. Wenn die darauf beharren, dass ihre Prinzessin noch Jungfrau war, und mich dazu benutzen, ein Exempel zu statuieren, wer soll sie dann aufhalten?« Er schluckt. »Die haben mir beide Beine gebrochen.« Er hebt einen Arm und berührt seinen Ellbogen. »Den auch.« Dann legt er einen Finger an seine Wange. »Und mir den Kiefer zertrümmert. Danach war ich nicht mehr so attraktiv. Schwer zu glauben, was?« Sein Lächeln ist so schwach wie traurig. »Aber das war nicht das Schlimmste. Das war die Demütigung. Meine Freunde, mein Vater, alle, die wir kannten, sind Zeuge geworden.« Mit einem raschen Ruck reißt er den Faden von seinem T-Shirt. »Sie haben mir bis Sonnenuntergang des folgenden Tages gegeben, um aus Burque zu verschwinden. Alvaro hat einen Typ dafür bezahlt, mich zu meinem cheii zu bringen. Er war der einzige Mensch, den wir kannten, der vielleicht bereit wäre, mich aufzunehmen. Einen Krüppel. Entstellt. Und er war Medizinmann, also dachten wir, wenn mir irgendjemand helfen könnte, die Schmerzen auszuhalten …« Seine Stimme verliert sich, und die Erinnerungen bringen seine Augen zum Schwimmen. »Wir haben nicht damit gerechnet, dass ich je wieder laufen kann. Aber als ich nach der ersten Nacht bei Tah aufgewacht bin, waren die Schmerzen weg. Meine Beine haben funktioniert, meine Arme haben sich gut angefühlt. Und meine Augen haben sich silbern verfärbt.«

Ich wusste, ich hatte mir das nicht eingebildet. »Clankräfte«, hauche ich. »Deine Gebete sind nicht einfach besonders machtvoll. Du hast Clankräfte, die sich als Heilung manifestieren.«

Er nickt. »Ich weiß nicht, was die Augenfarbe damit zu tun hat, aber das scheint schlimmer zu werden, je häufiger ich meine Kräfte benutze.«

Ein wenig verblüfft schaukele ich auf meinem Stuhl zurück. Die Augenfarbe ist seltsam, ein verstörender Anblick, aber nun, da ich weiß, dass das eine Nebenwirkung seiner Clankräfte ist, ergibt sie schon mehr Sinn. »Hast du deswegen geglaubt, du könntest mit Longarm reden? Hast du keine Angst gehabt, du könntest verletzt werden, weil du dir gedacht hast, du würdest dich auch wieder heilen können?«

Er zögert. »So was in der Art«, gesteht er. »Aber er hat mich von hinten angesprungen, ehe ich viel sagen konnte, und mich in den Schwitzkasten genommen, sodass ich nicht mehr sprechen konnte. Er hat etwas gebrüllt über …« Er zögert, winkt ab und lässt fallen, was immer er hat sagen wollen. »Es war dumm. Ich war dumm. Ich hätte es kommen sehen müssen. Ich dachte nur, das, was ich gestern zu ihm gesagt habe, würde ein bisschen länger nachwirken.«

»Bei Leuten wie Longarm kommst du mit Vernunft nicht weit. Diese Law Dogs sind alle so.«

»Möglich, dass *du* mit Vernunft bei denen nichts erreichst. Ich habe einfach keine Gelegenheit bekommen, mit ihm zu reden. Anderenfalls …«

»Kai.«

Ergeben reckt er eine Hand hoch. »Du hast recht. Ich habe Mist gebaut. Ich bin nur froh, dass du da warst, um den Helden zu spielen.«

Ich möchte lachen, aber es bleibt mir in der Kehle stecken. »Ich bin ziemlich sicher, Helden erschießen keine Bullen. Versuch's noch mal.«

»Ich habe es versucht«, sagt er leise und ernsthaft.

Ich erröte unter der Last seines Blicks, dem Dämmerlicht in seinen Augen. Als er meine Hand ergreift, lasse ich es zu, und wir sitzen schweigend beisammen und blicken hinaus in den marineblauen Wüstenhimmel und zu der dünnen Linie aus Wolken über dem Horizont, die von der untergehenden Sonne orange und purpurn eingefärbt wurde. Leise Stimmen und Spelunkenmusik wehen aus dem *All-American* herbei, als drinnen die Party losgeht.

»Willst du über Grandpa reden?«

»Nein.«

»Maggie …«

Ich entziehe ihm meine Hand. »Wenn du noch ein Wort darüber sagst, gehe ich.«

Er lehnt sich zurück und wischt sich mit einer Hand über die

Augen. Anschließend ist seine Handfläche feucht. Ich weiß, ich sollte versuchen, ihn zu trösten, aber ich kann nicht. Ich kann einfach nicht. Der bloße Gedanke löst in mir ein Gefühl aus, das Grauen ziemlich nahekommt. Mit dem Saum seines T-Shirts trocknet er sein Gesicht, und es vergeht noch eine ganze Minute, ehe er wieder etwas sagt: »Ich habe gehört, wie du Graces Tochter gesagt hast, du würdest gehen.« Seine Stimme klingt gepeinigt, doch in seinem Ton verbirgt sich neben dem Kummer noch ein anderes Gefühl. Etwas Angespanntes. Besorgtes. Was Sinn ergibt, schätze ich.

»Ja, habe ich. Wollte ich.«

»Und warum bist du nicht?«

»Ich weiß es nicht.« Und das ist eine ehrliche Antwort, jedenfalls ist sie so ehrlich wie möglich. Den Rest kann ich nicht eingestehen, nicht ihm gegenüber. Ich kann ihn kaum mir gegenüber eingestehen, und im Grunde weiß ich gar nicht so genau, was dieser Rest umfasst.

Ich rechne damit, dass er nachhaken, etwas Schlaues sagen oder noch einen albernen Witz reißen wird, um die Dunkelheit zu lüften, die sich über uns gesenkt hat. Aber er sitzt nur da und schweigt.

»Kai …«, fange ich an.

»Ich hasse diesen deprimierenden Scheiß«, fällt er mir ins Wort und lacht, fährt sich mit einer Hand durch das Haar, das ihm prompt wirr vom Kopf absteht. »Menschen sterben, ist doch so? Sie sterben die ganze verdammte Zeit.«

»Wir wissen es nicht genau.«

Er beugt sich auf seinem Stuhl zu mir hinüber. »Jedenfalls sollten wir leben, solange wir können? Sagt man nicht so?«

»Wer ist ›man‹?«, frage ich, misstrauisch über diesen plötzlichen Begeisterungsausbruch.

»Keine Ahnung. Die Leute.« Er starrt mich an, bis was immer ihn angetrieben hat, einfach zerfällt und er wieder auf seinem

Stuhl zurücksackt. Er lacht leise, doch es klingt bitter. Dann sieht er mich lächelnd an. »Schätze, ich kann dich nicht zu ein paar Bier und ein bisschen Line Dance überreden?«

Ich habe gerade über etwas anderes nachgedacht, also sage ich: »Du solltest gehen, Kai. Das wäre sicherer.«

»Gehen?«

»Jetzt ist der richtige Zeitpunkt. Das ist alles nicht das, wozu du dich bereit erklärt hattest.« Ich spreche in eindringlichem Ton, versuche, zu überzeugen, so gut zu lügen wie nie zuvor. »Graces Zwillinge können dich bestimmt bis zur Mauer bringen. Quer durch die Wüste sind das von hier aus nicht mehr als zwanzig Meilen. Frei von Cops, du bleibst die ganze Zeit in der Checkerboard Zone.«

»Du willst, dass ich gehe?« Er legt eine kurze Pause ein. »Und was hast du vor?«

»Ich habe einen Hexer aufzuspüren, weißt du noch?«

Für eine Minute schweigt er. Dann: »Ich kann nicht gehen.«

»Doch«, erwidere ich. »Du darfst nicht bleiben, das ist nicht richtig. Du hast so viel … Wie auch immer, ich weiß, du kannst nicht zurück nach Burque, aber es gibt andere Orte. Lake Powell. New Denver. Besser, du …«

»Ich sagte, ich kann nicht.«

»Aber …«

»Maggie, hör auf. Ich werde nirgendwohin gehen.« Seine Augen blicken in meine, ein Funkeln im zunehmenden Dunkel des Sonnenuntergangs.

Eine Sekunde lang verliere ich den Faden und denke stattdessen daran, wie seine Hand in meiner gelegen hat, ehe sein Lachen mich aus den finsteren Orten in meinem Kopf zurückholt.

»Sag ›okay‹, Mags«, bittet er in einem ruhigen, ernsten Ton. »Sag, ich soll bleiben.«

Ich schließe die Augen und atme in den Abendhimmel. »Bleiben?«

»Natürlich. Partner.«

Nach einer Weile stehe ich auf und stecke das Gewehr zurück in das Holster auf meinem Rücken. Meine Hände kontrollieren gewohnheitsmäßig meine Waffen – Messer, Gewehr, Munition in dem Gürtel an meiner Hüfte. Und die halb leere Glock in meinem Bund. Ich schenke ihm ein Lächeln.

»Dann los.«

»Was immer ihr vorhabt«, ertönt plötzlich eine Stimme, »es wird warten müssen.«

Es ist Rissa, die über den Hof auf uns zukommt und, zwei Stufen auf einmal nehmend, die Treppe erklimmt, auf dem Fuß gefolgt von ihrem Bruder. Ein AR-15 hängt an dem Schultergurt über ihrem Rücken, eine .44 Magnum steckt in einem Holster an ihrer Hüfte. Schwarze Springerstiefel, braune Tarnhose und schwarze und sandfarbene Streifen im Gesicht. Das lange Haar hat sie zu zwei dicht am Kopf anliegenden Zöpfen geflochten.

Ihr Bruder ist weitgehend genauso ausstaffiert, trägt aber zusätzlich einen Lederhandschuh und hat sich etwas um die Hand gewickelt, das aussieht wie eine alte Uhr. Ein rotes Plastikfeuerzeug ist mit Klettband an seinem Handgelenk befestigt, und ein durchsichtiger Schlauch führt von dem Feuerzeug zum Zifferblatt der Uhr.

»Was ist das?«, frage ich und starre die Konstruktion an seinem Arm an. »Was ist los?«

»Wir haben über Funk eine Meldung reinbekommen, dass unten in Rock Springs Schlimmes vorgeht«, antwortet Rissa.

Mein Blick huscht zu Kai. »Hast du nicht neulich erst Rock Springs erwähnt?«

Er nickt. »Flüchtlingsstadt, gleich diesseits der Ostmauer. Hab auf meinem Weg nach Tse Bonito drei Tage dort verbracht, während sie meine Papiere kontrolliert haben. Was ist da los?«

Der Zwilling mit der Uhr-Feuerzeug-Vorrichtung – Clive hat Grace ihn, glaube ich, genannt – sieht mich mit erbitterter Miene an. »Monster.«

# Kapitel 23

»Haben Sie gesagt, welche Art Monster?«, frage ich.

Rissa zuckt mit den Schultern. »Der Typ war ziemlich hysterisch. Hat etwas von Zombies erzählt, aber das klingt ziemlich an den Haaren herbeigezogen, sogar für Dinétah.«

Etwas kribbelt in meinem Nacken, eine Sorge, die nur halb ausgeformt ist, sich aber weiter aufbaut. »Warum hat er gedacht, es wären Zombies? Hat er das gesagt?«

»Er hat behauptet, sie würden versuchen, ihre Gehirne zu essen.«

Clive gibt ein bellendes Lachen von sich, aber ich kann nicht erkennen, ob er die Vorstellung, es könnte sich um Zombies handeln, für lustig hält, oder ob er Angst hat.

»Das sind keine Zombies«, sage ich zu den Zwillingen, als sich die Sorge zu einem ausformulierten Gedanken entwickelt. »Aber ich glaube, ich weiß, womit die es zu tun haben. So einem bin ich vor ein paar Tagen in Lukachukai begegnet, und ich habe gesehen, was sie in Crownpoint angerichtet haben.«

Rissa unterbricht ihre Waffenkontrolle und mustert mich einmal vom Scheitel bis zur Sohle. »Ach, richtig. Du bist die Monstertöterin.«

Ich klappe den Mund zu einem Widerspruch auf, will ihr sagen, dass Neizgháni der einzige Monstertöter ist, aber ich bekomme keine Gelegenheit dazu, weil ihr Bruder sich umgehend auf mich stürzt.

»Also, wie packen wir das an? Greifen wir einfach an und schießen alles zusammen? Genug Feuerkraft haben wir.« Er tätschelt aufmunternd sein Gewehr.

»Da leben Menschen«, protestiert Kai. »Familien und Kinder. Du kannst nicht einfach um dich schießen.« Dann dreht er sich zu mir um. »Was meinst du, Maggie?«

Auch die Goodacres starren mich erwartungsvoll an, und plötzlich geht mir auf, dass sie sich von mir in die Schlacht führen lassen wollen. Aber ich bin keine Anführerin. Ich bin immer Neizgháni gefolgt oder habe allein gearbeitet. Ich weiß nicht, ob ich ihnen geben kann, was sie von mir wollen.

»Du bist die Monsterexpertin«, sagt Kai mit ruhiger, besänftigender Stimme. »Wir vertrauen dir.«

Ich starre noch eine Minute vor mich hin, betrachte seine mild blickenden Augen und schaue dann in die identischen haselnussbraunen der Zwillinge, die nicht ganz so vertrauensvoll wirken, aber durchaus Bereitschaft zum Zuhören signalisieren. Die Bereitschaft zu glauben, dass das, was ich zu sagen habe, sie am Leben halten wird. Ich fürchte jedoch, dass es das nicht wird. Fürchte, dass ich das nicht kann. So, wie ich Tah in Tse Bonito nicht schützen konnte, wie ich Kai nicht davor bewahren konnte, Prügel zu beziehen. Ich fürchte, Rock Springs wird ein weiterer Punkt auf der Karte meines Scheiterns werden, und frage mich, wie groß und wie voll diese Karte noch werden kann, sollte es tatsächlich so kommen. Aber das bringt mich jetzt nicht weiter. Jemand muss etwas tun, und wie es aussieht, bin dieser Jemand ich.

Ich hoffe nur verzweifelt, dass ich es dieses Mal hinkriege.

»Okay, hört zu«, fange ich an, und sie stecken mehr oder weniger die Köpfe mit mir zusammen. »Wenn es sich um die Kreatur handelt, an die ich denke, dann ist es schwer, sie zu töten. Es bringt nichts, auf sie zu schießen. Ihr müsst ihr den Kopf abschlagen.«

»Und was ist mit verbrennen?«, fragt Clive und fummelt an der Uhr-Feuerzeug-Konstruktion herum, bei der es sich, wie mir nun klar wird, um eine Art Flammenwerfer handeln muss.

»Rock Springs ist eine Zeltstadt«, bemerkt Kai.

»Okay, also werden wir das Feuer auf ein Minimum begrenzen. Wenn das außer Kontrolle gerät, schaden wir mehr, als wir nützen. Die Kreaturen sind nicht besonders gewitzt, aber sie sind stark und erstaunlich schnell. Sie könnten plumpe, einfache Waffen haben, aber sie verfügen nicht über die Fingerfertigkeit, einen Abzug zu ziehen. Oh, und sie beißen.«

Clive schaudert. Dann war das vorangegangene Gelächter also ein Ausdruck der Furcht. Gut zu wissen.

»Aber«, fahre ich fort, »ihre Zähne sind nicht spitz. Sie sind stumpf und werden eure Schutzkleidung nicht überwinden können, jedenfalls, sofern ihr welche tragt.« Ich sehe mich zu Kai in seinem geborgten T-Shirt um.

»Ich suche ihm etwas Robusteres«, bietet Clive an. »Vorausgesetzt, er kommt mit.« Es sind noch keine achtundvierzig Stunden vergangen, seit Kai ernsthaft Prügel bezogen hat, und ich bin offen gesagt nicht überzeugt, dass er zu einem weiteren Kampf bereit ist.

Und ich bin nicht die Einzige, die so denkt, denn nun meldet sich Rissa zu Wort: »Nicht böse gemeint, aber bist du sicher, dass du dabei sein willst? Du bist hier mit einem zermatschten Gesicht und einer stiefelförmigen Delle in den Nieren angekommen, und jetzt willst du es schon wieder mit Monstern aufnehmen?« Ihre Worte mögen zynisch klingen, aber sie sieht Kais unverletztes Gesicht genauso an wie wir anderen.

»Ich bin sicher.« Er zögert und wirft mir einen kurzen Blick zu. »Ich kann helfen.«

»Dann bist du dabei«, sage ich in einem Ton, der keinen Widerspruch duldet. Ich werde vor den Goodacres keine Zweifel an ihm äußern. Das hat er nicht verdient.

Rissa sieht Clive mit einem Blick an, der mir nicht sonderlich gefällt, aber Clive zuckt nur mit den Schultern. »Klar. Warum nicht? Lässt sich nicht so leicht unterkriegen, der Junge.« Er klopft Kai so heftig auf den Rücken, dass der kleinere Mann zusammenzuckt. »Unser Navajo-Duracellhase.«

Rissa kichert. »Na schön. Also, Hase, wie gut bist du mit der Waffe?«

»Ich brauche keine Waffe.«

»Das sagst du jetzt«, spottet sie. »Aber ich gehe nirgends mit dir hin, wenn du mir nicht den Rücken freihalten kannst.«

»Lass ihn in Ruhe«, sage ich. »Du kannst ihn sowieso nicht überzeugen. Er hat seine eigene Art, uns zu unterstützen.«

Rissa setzt zu einem Protest an, aber ihr Bruder bringt sie zum Schweigen und wirft einen vielsagenden Blick auf Kais Gesicht. Gleich darauf geht zwischen den Zwillingen etwas vor, und Rissa gibt nach.

»Wie weit ist es?«, frage ich Clive.

Der blinzelt in die Ferne, als könne er Rock Springs von hier aus sehen. »Ungefähr zwanzig Minuten in östlicher Richtung, wenn wir die Motorräder nehmen und rasen, so schnell wir können.«

»Die Motorräder?«

Er zeigt zu einem offenen Stellplatz in den Garagen, zwei Tore von der entfernt, in der mein Truck steht. Zwei schwarze Elektromotorräder mit fetten Stollenreifen und beeindruckender Federung stehen in der Öffnung. Beide sehen schnell und robust aus, aber damit erschöpft sich mein Wissen über Motorräder auch schon.

»Je eins gefahren?«, fragt Clive.

»Kann ich nicht behaupten.«

»Okay. Du fährst mit mir und Hase mit Rissa.« Er schaut zum Himmel hinauf, der in wenigen Minuten vollständig dunkel sein wird. »Los, Kinder. Die Monster bringen sich nicht von allein um.«

# Kapitel 24

Minuten später rasen wir auf zwei Kawasaki-Geländemotorrädern über die offene Steppe. Ich klebe hinter Clive, die Schutzbrille, die er mir gegeben hat, sicher auf der Nase, und Kai fährt mit Rissa. Clive und ich übernehmen die Führung. Ich verfüge über die Sinne, die mir meine Clankräfte verleihen, und er hat den Flammenwerfer am Handgelenk. Er liefert mir sogar eine Demonstration, ehe ich auf das Motorrad steige.

»Raffiniert«, sage ich, als ich die Flammen in seiner Hand tanzen sehe.

»Ohne Ende«, stimmt er mir mit einem animalischen Grinsen zu.

Es dauert nicht lange, und wir sind da. Clives Schätzung war korrekt, und es ist gerade ein paar Minuten vollständig dunkel, als wir den Ortsrand der staubigen kleinen Zeltsiedlung erreichen. Clive bringt sein Motorrad ungefähr zwanzig Meter hinter dem nächsten Zelt zum Stehen, und wir warten darauf, dass Rissa und Kai zu uns stoßen. Überall flattert Zeltplane in der leichten Brise. Die meisten der graubraunen Höcker sind gerade groß genug für zwei oder drei Personen, aber es gibt auch ein paar altmodische weiße Zelte, wie man sie in alten Militärfilmen zu sehen bekommt, und etliche Provisorien aus Fallschirmmaterial und Reißverschlüssen in allen möglichen Formen und Farben. An der Außengrenze der Zeltstadt stehen hohe Pfosten mit großen Halogenlampen, doch nur eine von ihnen verbreitet einen flackernden, unsteten Lichtschein, gespeist von einem Generator, der immer wieder aussetzt. Der Rest des Ortes liegt in tiefer Dunkelheit.

Keine Laute. Keine Leute.

Und das allein reicht, um mir einen kalten Schauer über den Rücken zu jagen. Aber dann hole ich tief Luft, und der Geruch überfällt mich mit voller Wucht. Hexerei, genau wie oben auf dem Berg.

»Sie sind hier, so viel steht fest«, murmele ich. »Riecht ihr das?«

Rissa runzelt die Stirn. »Nein, aber ich bin auch keine von euch.« Ich weiß nicht recht, ob sie meint, dass sie keine Clankräfte hat, oder dass sie keine Diné ist. Natürlich trifft beides zu, aber dieser Gestank ist so kräftig, dass ich angenommen habe, jeder könnte ihn riechen – Clankräfte oder Diné hin oder her.

Ich sehe Kai an. »Ich rieche es«, bestätigt er und schiebt die Brille auf den Kopf. »Stinkt wie in einem Karner.«

Ich weiß nicht, was ein Karner ist, aber ich weiß, was es bedeuten muss. Tod. Er will sagen, dass es nach Tod riecht.

Die Zwillinge wechseln einen ihrer mysteriösen Blicke, sagen aber nichts. Die Brise lebt ein wenig auf, und über uns ziehen ein paar spärliche Wolken am Mond vorüber.

»Wo sind all die Leute?«, fragt Kai.

»Hase hat recht«, stimmt Rissa zu. »Hier sollten Leute sein.«

»Dutzende«, sagt Kai. »Das ist die erste Stadt nach der Mauer. Jeder, der von Osten nach Dinétah kommt, macht hier halt und lässt sich erfassen. Der Ort ist nie verlassen.«

»Tja, aber sie können nicht alle tot sein«, meint Rissa.

»Doch, das könnten sie«, erwidere ich, in Gedanken bei Crownpoint. »Aber dann müsste es hier Leichen geben, und ich kann keine sehen. Vielleicht haben die Monster Jagd auf Essbares gemacht.«

»Sie haben sie *gefressen*?«, fragt Clive, und seine Stimme klingt plötzlich eine ganze Oktave höher.

Ich nehme einen Hauch Ozon im Wind wahr. Und tatsächlich, da, am Fuß eines Pfostens, sind Brandspuren. Neizghâni. Das kann kein Zufall sein.

»Sie verstecken sich«, mutmaßt Kai. »Die Leute verstecken sich.«

»Möglich«, stimmt Clive zu. »Aber wo?«

Für einen Moment setzt Kai eine nachdenkliche Miene auf, doch dann lächelt er. »Die Tunnel.«

Wir sind eine Viertelmeile außerhalb von Rock Springs und starren Löcher in die Luft. Rechts von mir liegt ein großer Hügel aus Steinen, Geröll und großen Felsbrocken. Kai ist überzeugt, dass irgendwo dort die Tunnel sind, dass sie von hier aus unterirdisch bis zur Mauer führen. Die Mauer können wir von unserer Position aus nicht sehen, es ist bereits zu dunkel, um mehr als die unmittelbare Umgebung zu erkennen, aber wir alle wissen, dass sie da ist, dass sie nicht weit von hier aufragt wie ein stumm lauernder Hüne.

»Also, wie finden wir den Eingang zu diesen Tunnels?«, fragt Rissa.

»Ich habe nur von ihnen gehört«, antwortet Kai. »Schmugglertunnel. Über die bringen sie Waren rein, von denen der Grenzschutz nichts wissen soll. Sie müssen also möglichst nahe an der Mauer liegen, und näher als hier ist von Rock Springs aus nicht möglich, also wäre es doch nur logisch …«

Rissa spuckt auf die trockene Erde und spricht aus, was wir alle denken: »Keine Menschen, keine Monster. Sieht für mich ganz nach falschem Alarm aus.«

Ich bin geneigt, ihr zuzustimmen, wenn da nicht diese eine Sache wäre: »Aber da ist dieser Geruch.« Und der Blitzschlag.

»Und die Tatsache, dass hier eben keine Menschen sind«, mahnt Kai. »Das ist nicht normal. Ich sage euch, normalerweise sind hier …«

»Ich glaube dir ja«, unterbricht sie ihn. »Ich meine, jemand muss ja in all diesen Zelten wohnen. Aber jetzt sind sie nicht hier.

Also, sag du mir, was das zu bedeuten hat. Sind sie tot? Verstecken sie sich?« Sie ist nur noch eine Silhouette in der Dunkelheit, während sie sich mit leise klimpernder Ausrüstung von uns fortbewegt. »Keine Ahnung. Aber ich schätze, heute Abend bekommen wir keine Antworten mehr auf diese Fragen.« Sie geht zurück zu den Motorrädern, die ungefähr hundert Fuß von uns entfernt parken. »Wir kommen morgen bei Tageslicht noch mal her und sehen uns an, was es zu sehen gibt. Weil wir jetzt …«

Aber sie kommt nicht dazu, den Satz zu beenden, denn plötzlich taucht wie aus dem Nichts ein tsé naayéé' mit einem Schwert in der Hand auf und schlitzt ihr den Bauch auf.

Dann passieren drei Dinge auf einmal. Rissa fällt schreiend auf die Knie und versucht verzweifelt, ihre Gedärme im Bauch zu halten. Der tsé naayéé' reißt den Arm zu einem weiteren Schlag nach hinten und zielt dieses Mal auf Rissas Hals. Mein Obsidianmesser fliegt durch die Luft, bevor mein Gehirn überhaupt erfassen kann, dass ich es geworfen habe. Und es ist nur die Mischung aus Instinkt, Training und Clankraft, die dafür sorgt, dass meine Klinge fliegt und direkt im Auge des Monsters landet. Es schreit, lässt das Schwert fallen und greift nach dem kleinen Messer. Aber seine Finger sind dick und klobig, und es gelingt ihm nicht, die heftlose Klinge herauszuziehen.

Ich habe mein Böker gezogen und bin in Sekunden über dem tsé naayéé', hacke mit dem Jagdmesser auf seinen Hals ein, bis er sich nicht mehr rührt. Aus dem Augenwinkel sehe ich, wie Clive sein Gewehr herumschwingt und die Dunkelheit nach weiteren Kreaturen absucht. Und er wird nicht enttäuscht. Ich zähle zwei – nein, drei –, die wie aus dem Boden gewachsen auf uns zurasen. Fluchend sehe ich zu, wie Clive abdrückt und einen Kugelhagel auf die Kreaturen loslässt. Sie werden langsamer, eine stolpert sogar, aber sie bleiben auf den Beinen und kommen nach wie vor auf uns zu.

»Feuer!«, schreie ich. In seiner Panik hat Clive vergessen, was ich ihm über Kugeln erzählt habe. Er schießt nur immer weiter, und mir wird klar, dass ich das falsche Wort gewählt habe. Er feuert schließlich, aber ich will, dass er seinen Flammenwerfer aktiviert.

Kai ist neben mir. »Lauf!«, ruft er. »Geh und hilf ihm! Ich kümmere mich um Rissa.«

Rissa. Ich war so darauf bedacht, das Monster auszuschalten, dass ich Rissa völlig vergessen habe. Sie liegt keinen Meter entfernt am Boden, die Hände in den Bauch gekrallt. Viel ist von ihr nicht zu hören, nur ein leises Wimmern. Blut und andere Dinge schimmern dunkel und feucht und wulstig im Sternenlicht.

»Maggie«, schreit Kai nun. »Geh zu Clive!«

Und ich springe auf, laufe los, bin an Clives Seite, gerade einen Moment bevor uns die Monster erreichen. Mir bleibt eine Sekunde. »Verbrenn sie!«, brülle ich und greife nach Clives Arm. Er beugt das Handgelenk, entlässt einen Sprühregen Treibstoff, als ich das Feuerzeug betätige. Feuer schießt in seine Handfläche, und Clive holt aus und schlägt dem Monster, das ihn zu Boden wirft, mitten ins Gesicht. Die Kreatur kreischt, als ihr dichtes, zottiges Fell in Flammen aufgeht. Ihre Haut knistert wie Reisig.

Das nächste Monster hat es auf mich abgesehen. Ich kann es nicht sehen, aber ich fühle es kommen. Ich ducke mich, wirbele um die eigene Achse und spüre den entsetzlichen Luftzug, mit dem seine Machete über meinen Kopf hinwegjagt. Aber ich bin genau da, wo ich sein will. Ich ziehe ihm das Böker über die Achillessehnen.

Und ich bin in Bewegung, erwarte das nächste Monster schon, als es zum Angriff ansetzt. Diesem schlage ich mit einem sauberen Zug gleich im ersten Versuch den Kopf ab.

Clive springt wieder auf. Der tsé naayéé', den er in Brand gesteckt hat, raucht noch, der, den ich zum Krüppel gemacht habe, versucht, sich mit funktionsuntüchtigen Beinen fortzuschleppen, und zwei andere haben ihre Köpfe verloren.

»Sind da noch mehr?«, rufe ich und starre wilden Blicks angestrengt in die Dunkelheit, um überhaupt irgendetwas erkennen zu können. Ich spüre, wie mich meine Kräfte verlassen, wie schon jetzt die Nachwirkungen von Honágháahnii an meiner Muskulatur zerren. »Könnt ihr noch mehr sehen?«

Niemand antwortet, also humpele ich zu der Stelle, an der Kai Rissa in seinem Schoß birgt. Er hat einen Streifen Stoff von seinem T-Shirt benutzt, um einen provisorischen Verband anzufertigen, den er ihr fest um den Bauch gewickelt hat. Er riecht vage nach Zedern, und mir geht auf, dass er mit Salbe bestrichen sein muss.

»Sie braucht medizinische Versorgung«, sagt Kai mit vor Sorge angespannter Stimme. »Mehr, als ich ihr hier geben kann. Wir müssen sie nach Hause bringen.«

Clive ist nun auch bei uns. Sein Gesicht ist so blass, dass die Sommersprossen aussehen wie Blutspritzer, und seine Augen glänzen etwas zu sehr. Aber er wirkt ruhig, als er fragt: »Könnt ihr mir helfen, sie zu den Motorrädern zu bringen?«

Kais Kopf ruckt hoch, und er reißt die Augen weit auf, als er etwas in der Ferne fixiert. Ein Muskel an seinem Kiefer zuckt, und seine Mimik jagt mir einen kalten Schauer über den Rücken, als würden eisige Finger über meine Haut tanzen. Ich drehe mich um, um nachzuschauen, was er gesehen hat.

Ein Dutzend weitere tsé naayéé' klettern über die Felsen und kommen auf uns zu.

Meine Muskeln protestieren, als ich mich aufrichte. »Clive, ich werde deinen Flammenwerfer brauchen. Ich bin schnell, aber die sind zu weit verteilt, und ich glaube nicht, dass ich sie alle ausschalten kann, ehe sie uns erreicht haben.«

Clive hebt die Hand an, aber der Mechanismus klemmt. Er dreht den Schlauch, der seinen Treibstoffvorrat mit der Uhr verbindet, aber irgendetwas scheint nicht zu stimmen.

»Er ist verstopft«, murmelt er. »Oder kaputtgegangen, als ich gefallen bin.« Er schlägt das ganze Ding gegen seine Hüfte in dem Versuch, das Problem zu lösen, aber es hilft nichts. Der Treibstoff will nicht fließen. Und das ist alles, was wir haben.

Ich schlucke und die eiskalten Finger bohren sich in mein Inneres und krallen sich tief in mich hinein. Ich bin erschöpft, ausgelaugt durch die Nutzung meiner Clankräfte, aber ich weiß, was ich zu tun habe. »Ich halte sie auf, solange ich kann«, sage ich. »Ihr werdet euch beeilen müssen, um zu den Motorrädern zu kommen.«

»Wir lassen dich nicht allein«, widerspricht Clive.

»Doch, das tut ihr, es sei denn, du willst, dass deine Schwester stirbt.« Ich denke an Grace und daran, was sie auf der Veranda zu mir gesagt hat. Darüber, dass sie schon ihre halbe Familie verloren hat. Auf keinen Fall will ich dafür verantwortlich sein, dass sie auch noch den Rest verliert.

»Sie würde nicht wollen, dass ich davonlaufe.«

»Verdammt, jetzt haut ab!«

»Wartet«, geht Kai dazwischen, legt vorsichtig Rissas Kopf auf den Boden und steht auf, um sich zwischen Clive und mir aufzubauen. Der Geruch ist jetzt stärker, erstickend geradezu, und die Monster kommen näher. Fünfzig Fuß, vierzig …

»Gib mir das Feuerzeug«, fordert er. Clive runzelt die Stirn, befreit es aber aus der Konstruktion und reicht es Kai. »Halt deine Messer bereit«, sagt Kai zu mir. »Nur für alle Fälle. Und Clive, du gehst zu deiner Schwester und machst dich bereit, loszurennen, wenn ich es sage.«

Seiner Stimme haftet eine ruhige Autorität an, die ich vorher nie wahrgenommen habe. Niemand erhebt Einwände. Stattdessen tun Clive und ich, was er uns gesagt hat.

Kai tritt vor. Fängt an zu singen. Navajo-Worte, sanft und leise.

Näher, keine zwanzig Fuß, aber er lässt sie kommen. Seine Stimme klingt immer noch ruhig.

Fünfzehn. Zwölf.

Und dann schnippt er das Feuerzeug an, beugt sich über die Flamme und *bläst*.

Sein Atem fängt Feuer, jagt es in einem rasenden, immer stärker anwachsenden Strudel hinaus. Bald ist er so groß wie ein Kind und wächst immer noch weiter. Und er dreht sich im Kreis, wird zu einem Zyklon aus Blau, Orange, Gelb und Rot, zu einem massiven Wirbelwind aus Feuer, der wächst und wächst und wächst. Die Flammen leuchten so hell, dass ich unwillkürlich zurückweiche. Ich will standhalten, aber das Inferno zwingt mich weiter zurück. Ich kann hören, wie Kai immer noch mit sanfter Stimme singt, wie Clive leise flucht, ehe der Flammentornado auch alle Geräusche verschlingt, sich wie ein lebendiges Wesen auf die angreifenden tsé naayéé' stürzt und sie einfach verschluckt.

Wo sie auch stehen, sie werden eingeäschert. Dann huschen die Flammen nach rechts, und auch die Leiber der Toten brennen, gehen so rasch, leuchtend und heiß wie trockenes Reisig in Flammen auf. Fleisch und Knochen lösen sich in Luft auf. Bis es nirgendwo in Rock Springs noch eine Spur von den Monstern gibt.

Und dann, so schnell wie es begonnen hat, sind Wind und Feuer wieder fort. Den einzigen Hinweis auf diesen Flammenzyklon liefert die graue Asche, die träge in der kaum wahrnehmbaren Brise herumwirbelt.

Nur wenige Sekunden sind vergangen.

Kai keucht auf und fällt auf die Knie. Sein Gesicht ist schweißnass, und er keucht und schnappt nach Luft, als wäre er gerade mit Höchstgeschwindigkeit durch die Wüste gerannt. Ich will ihm auf die Beine helfen, aber er winkt ab. Beugt sich vor und stemmt die Hände auf die Hüften, während er immer noch darum kämpft, Luft in seine Lunge zu zwingen.

»Was zum Teufel war das?«, ertönt hinter uns Clives Stimme und erspart mir die Mühe, selbst zu fragen.

»Nur ein bisschen Wind«, würgt Kai hervor. »Ich war nicht mal sicher, ob das funktioniert, aber …«

Aber das hat es. Etwas Vergleichbares ist mir noch nie begegnet. Nicht einmal von Neizgháni. Und plötzlich begreife ich, wovon Tah gesprochen hat. »Wetterkünste«, flüstere ich, ein Wort, das nur für seine Ohren bestimmt ist.

Er verzieht das Gesicht und antwortet nicht, allerdings bin ich auch gar nicht sicher, ob ich wirklich eine Frage gestellt habe.

Wie betäubt starren wir alle in die Richtung, in der noch Augenblicke zuvor die Monster gewesen sind.

Endlich bricht Kai die Stille. »Wir müssen Rissa nach Hause bringen.« Über die Schulter schaut er sich zu Clive und mir um.

Clive erwidert den Blick, und etwas spiegelt sich schwach in seinen Augen. Ehrfurcht? Angst? Was immer es ist, es verschwindet nicht, als er nickt und sich vorsichtig seine bewusstlose Schwester über die Schulter legt. Ich helfe ihm, sie mithilfe von Stoffstreifen und einem Stück Seil, das ich von einem eingestürzten Zelt abgeschnitten habe, halb am Motorrad und halb an ihrem Bruder festzuzurren. Dann fährt er los, und Kai und ich stehen eine Minute lang schweigend da und sehen ihm nach, warten, bis das Motorengeräusch in der Wüstennacht verhallt.

»Sie wird es schaffen«, sagt Kai schließlich leise. »Die Salbe ist antibiotisch, aber sie muss genäht werden. Ein Heilgebet könnte auch nicht schaden. Aber solange Clive sie am Leben erhält, bis wir zurück sind …«

»Was war das, Kai?«, frage ich, nun, da wir alleine sind.

Er starrt in die Ferne, als hätte er mich nicht gehört, aber ich weiß, er hat.

»Hat Tah dir das beigebracht?«

Er lacht. »Nein.«

»Was ist es dann? Irgendeine Art Burqueño-Magie?«

Er schaut mich scharf an.

»Weil ich so etwas noch nie gesehen habe. Du hast den Wind gerufen.«

»Der Wind war schon da«, erklärt er. Inzwischen atmet er wieder normal, offenbar hat seine Superheilkraft wieder zugeschlagen, aber seine Stimme klingt todmüde. »Es ist nur … ich habe ihn dazu gebracht, zu etwas Größerem zu werden. Und das Feuer kam von dem hier.« Er hält Clives Feuerzeug hoch, das er die ganze Zeit in der Hand gehalten hat. »Ich kann keine Elemente erschaffen, aber wenn sie schon da sind, dann … hören sie zu.«

»Ist das Wetterkunst?«

Er antwortet nicht. Die Stille dehnt sich zwischen uns, und der Wind, der vollkommen normale Wind, lebt ein wenig auf und erschüttert die Zelte und die dekorierten Fahnenmasten hinter uns.

Fröstelnd reibe ich mir mit beiden Händen die Arme. Welche Macht Kai auch hat – Medizin, fremdartig, Clan, oder irgendeine Kombination –, die Wahrscheinlichkeit, dass man sie nicht preisen, sondern eher fürchten sollte, ist hoch, und das begreife ich tief in meiner Seele. Jemand, der Tornados auslösen kann, der könnte auch ganze Städte auslöschen. Das ist gefährlich. Und gefährliche Leute müssen kontrolliert werden. Und wenn sie nicht kontrolliert werden können, sollte man sie idealerweise unschädlich machen. Kein Wunder, dass er seine Geheimnisse wahrt.

»Meinst du, die sind weg?«, fragt er.

»Ich kann sie nicht mehr riechen«, entgegne ich und lasse das Thema Wetterkunst vorerst fallen.

»Ich auch nicht«, stimmt er zu. »Aber das bedeutet nicht, dass sie nicht zurückkommen können.«

»Was, meinst du, ist aus all den Leuten geworden? Hier gibt es doch keine ch'įįdii, oder? Wie in Crownpoint, meine ich.«

»Nein. Wahrscheinlich verstecken sie sich«, sagt er. »Vermutlich sind die weniger gefährdet als wir, solange wir hier herumstehen wie große Zielscheiben für was immer über diesen Bergkamm kommen könnte.«

Er hat nicht unrecht.

»Hast du das auch gesehen?«, fragt er. »Es sah aus, als wären sie aus dem Nichts aufgetaucht. Was meinst du, wo sie hergekommen sind? Und wer erschafft sie? Und warum?«

Mir kommen die auf einen Blitz zurückzuführenden Brandspuren im Hauptteil des Lagers in den Sinn, und da regt sich in mir ein entsetzlicher Verdacht. Es kommt mir frevlerisch vor, sogar blasphemisch, aber Tah hat es selbst gesagt: Neizgháni denkt nicht wie ein Mensch. Und er hätte Zugriff auf die Art heiliger Objekte, die nötig sind, um Monster zu schaffen. Plötzlich ist mir endlos kalt.

Ich versuche, den Gedanken zu verdrängen, schüttele meine Hände aus und dehne meinen Hals.

Als ich zu dem verbliebenen Motorrad gehe, lässt Kai mich nicht aus den Augen. Ich schwinge ein Bein hinüber und setze die Brille wieder auf. Noch bin ich nicht bereit, meinen Verdacht zu teilen. Dafür ist er zu ungeheuerlich. Zu vernichtend.

»Lass uns verschwinden«, sage ich, während mein Geist immer noch um die Idee kreist, dass Neizgháni unser »Hexer« sein könnte. Und dann fällt mir auf, dass Kai sich nicht rührt.

Er hat den Blick gesenkt und wartet, als wäre er nicht sicher, dass er willkommen ist. Aber das ist verrückt. Er mag über eine ziemlich wilde Magie verfügen, die alles übertrifft, was mir je begegnet ist, aber er hat auch gerade erst unser aller Leben gerettet. Ich neige den Kopf zur Seite und schaue ihn an. »Bist du dir jetzt zu gut für das Sitzbrötchen?«

Er blickt auf und lässt sein charakteristisches Lächeln aufblitzen. Als er herbeiläuft, um sich hinter mich auf das Motorrad zu setzen, kichert er sogar. Er setzt ebenfalls seine Brille auf und schlingt die Arme um meine Taille. Drückt seine Brust fest an meinen Rücken und klemmt meine Oberschenkel zwischen seinen ein. Ich schüttele leise lachend den Kopf. Was immer er sonst ist, wenn es ums Flirten geht, ist er jedenfalls schamlos.

»Hattest du vor, mir irgendwann davon zu erzählen?«, frage ich ihn.

»Ach, Mags.« Er seufzt direkt an meinem Hals. »Wo bleibt denn da die Überraschung?«

# Kapitel 25

Kai und ich bremsen am Tor des *All-American*, und Sommersprosse, dessen Namen ich mir immer noch nicht eingeprägt habe, winkt uns mit hochgerecktem Daumen und einem albernen Grinsen durch.

»Schätze, das bedeutet, dass Rissa noch am Leben ist«, sage ich über die Schulter zu Kai. Der brummt etwas in meinen Rücken, was sich ziemlich nach »Hab ich doch gesagt« anhört. Mit einem schwindelerregenden Gefühl der Erleichterung atme ich tief durch die Nase ein. Wie sehr Kai mir auch das Gegenteil versichert hat, ein Teil von mir war absolut überzeugt, wir würden zu einer trauernden Mutter zurückkehren und ich hätte mir einen weiteren Todesfall auf das Gewissen geladen.

Ich steuere das Motorrad neben seinen Kameraden, der vor der Eingangstreppe des Trailers steht. Mir fällt verschmiertes Blut an den Instrumenten auf. Wüsste ich nicht schon, dass Rissa noch am Leben ist, dann wäre das für mich ein böses Omen.

Kai ergreift meine Hand und drückt sie kurz. Ich bin so verdattert, ich tue gar nichts, sondern lasse ihn meine Hand in seiner halten, fühle seine trockene, kühle Haut an meiner. Er zwinkert mir zu und lässt los, um die Tür zu öffnen und mir den Vortritt zu überlassen.

Ich bereite mich mental auf die verbalen Prügel vor, die Grace zweifellos für mich bereithält. Nicht, dass ich die nicht verdient hätte. Ihre Zwillinge haben mir vertraut, ich war die Anführerin, und es war meine Aufgabe, sie sicher in die Gefahr und wieder hinaus zu führen. Und ich habe versagt.

Mir kommt in den Sinn, dass Grace mehr tun könnte, als

mich nur anzuschreien. Sie könnte mich rauswerfen, und auch, wenn sich Rock Springs wie eine ganz andere Welt anfühlt, wir haben das *All American* nur für ein paar Stunden verlassen. Wir brauchen immer noch eine sichere Zuflucht für die Nacht, und es sieht ganz so aus, als hätte ich uns diese Chance vermasselt.

Clive und Grace sitzen auf dem lavendelfarbenen Sofa mit dem Blumenmuster. Er hält die kleine Hand seiner Mutter in seiner großen. Wie sie da zusammen kauern, sehen sie einander so ähnlich, dass ich stutze. Er mag das rote Haar seines Vaters haben, aber diese Apfelwangen und der Mund sind ganz Grace. Dass sie geweint hat, ist nicht zu übersehen, und sie tupft sich das Gesicht mit einem Taschentuch ab, das für den Augenblick an die Stelle des Poliertuchs getreten ist. Als ich eintrete, wirft sie mir einen Blick zu, den ich nicht so ganz einordnen kann, und steht auf. Meine Augen zucken zu Clive, in der Hoffnung, dass er mir einen Hinweis darauf gibt, was mich erwartet, doch sein Gesichtsausdruck ist unergründlich.

Grace geht um den Kaffeetisch herum und kommt auf mich zu, und ich erstarre. Dann hebt sie die Arme, öffnet sie weit, und ich bereite mich auf den Hieb vor. Aber stattdessen tut sie etwas Unfassbares. Sie schlingt die Arme um mich und drückt mich.

Ich stehe vollkommen verblüfft da. Erstarrt wie ein Reh im Scheinwerferlicht. Es klingt erbärmlich, aber ich kann mich wirklich nicht erinnern, je umarmt worden zu sein. Ich bin sicher, dass meine nalí das getan hat, aber das ist mindestens vier Jahre her. Neizghání? Ein lachhafter Gedanke. Aber vor mir steht Grace, die kleine Frau mit dem großen Mundwerk, und hält mich fest, als würde ich ihr etwas bedeuten.

Ich lasse die Umarmung zu, weil es unhöflich wäre, es nicht zu tun. Und vielleicht stehe ich auch unter Schock. Endlich lässt sie los und hält mich mit feuchten, schimmernden Augen auf Armeslänge von sich. Dann dreht sie sich zu Kai um, der neben mich getreten ist, und macht das Gleiche mit ihm. Er ist nicht so ein emotionaler Krüppel wie ich, also entspannt er sich und erwidert die Umarmung. Sie hält ihn ungefähr eine Minute fest, ehe sie loslässt und sich aufrichtet, um uns anzusehen.

Ich habe mit dem Schlimmsten gerechnet und verstehe nicht, wie mir geschieht. Und bin umso verdatterter angesichts der Worte, die nun über ihre Lippen kommen.

»Deine Schuld bei mir ist abgegolten, Maggie Hoskie. Dauerhaft. Du und Kai, ihr seid in meinem Heim immer willkommen und könnt bleiben, so lange ihr wollt.«

Meine Brauen schießen Richtung Haaransatz, und mein Unterkiefer sackt herab. Kai murmelt einen Dank in unser beider Namen. Grace schnieft und tupft sich die Augen, ehe sie mich umrundet, mich im Vorübergehen kurz an der Schulter berührt und zur Tür hinaus verschwindet. Ich höre, wie sie energisch geschlossen wird, und dann knarren die Verandastufen, als sie sich auf den Rückweg zum Tresen macht, um das Geschäft in der Bar für diesen Abend hinter sich zu bringen.

Kai scharrt neben mir mit den Füßen, und ich drehe mich zu ihm um. Er wirkt ein wenig verwirrt. »Ob das wohl bedeutet, wir müssen unsere Drinks nicht bezahlen?«

Clive bricht in schallendes Gelächter aus, das den ganzen Raum ausfüllt. Kai läuft rot an und grinst, und gleich darauf schütten beide sich aus vor Lachen, nur ich begreife immer noch nicht, was da gerade passiert ist.

»Sie ist nicht sauer?«, bringe ich schließlich hervor.

»Nein«, erwidert Clive. »Nach ihrer Lesart habt ihr uns beiden das Leben gerettet. Wäret ihr mit eurem Monsterwissen nicht hier gewesen, dann wären wir allein hingefahren und hätten versucht, diese Viecher zu erschießen, und wir haben ja gesehen, wie gut das funktioniert hat. Wir haben also gelernt, dass wir ohne euch jetzt beide tot wären.«

»Aber Rissa …?«

»Sie hat Schmerzen, aber sie wird wieder gesund. Mom hat

die Wunde genäht, aber sie hat gesagt, was immer Kai mit diesem provisorischen Verband für sie getan hat, hat den Heilungsprozess beschleunigt. Sie ist in Nullkommanichts wieder auf den Beinen.«

Besorgt legt Kai beinahe das ganze Gesicht in Falten. »Ich denke trotzdem, sie braucht ein Gebet.«

Clive schüttelt den Kopf. »Lass sie erst mal ausruhen. Der Körper braucht Schlaf, ehe man ihn mit brennendem Tabak einnebelt.« Er ist inzwischen auf den Füßen und kommt mit einem leicht dümmlichen Grinsen im Gesicht auf uns zu, im Begriff, je einen Arm um Kai und mich zu legen. Ich entschlüpfe ihm, ehe er mich berühren kann, aber Kai lässt zu, dass er seinen fleischigen Bizeps auf seinen Schultern ablegt. »Und die Sache mit den Drinks würde ich an deiner Stelle vergessen, Hase. Meine Mom ist euch dankbar, weil ihr meiner Schwester das Leben gerettet habt und so, aber niemand trinkt umsonst. Aber ich sage euch was, die erste Runde geht auf mich.«

»Kommst du mit, Mags?«, fragt Kai grinsend. »Den Helden zu geben macht verdammt durstig.«

Ich blinzele. Es ist, als könnte ich die beiden reden und lachen und scherzen hören, obwohl sie irgendwie an einem ganz anderen Ort sind, von dem ich nicht weiß, wie ich ihn erreichen soll. »Nein. Geht ihr nur. Ich werde mir eine Mütze Schlaf gönnen.«

»Ach, komm schon, Maggie«, bettelt Clive. »Nur eine Runde. Dann kannst du mir erzählen, wieso du so schnell mit diesem fiesen Messer bist.«

Ich verziehe das Gesicht, und Kai, der mich die ganze Zeit im Auge behält, zieht Clive in Richtung Tür. »Lass ihr ein bisschen Zeit für sich, Clive«, sagt er. »Sie ist es nicht gewöhnt, die Heldin zu sein.«

Clive grummelt, lässt sich aber wegführen. »Dann trinke ich einen für dich«, ruft er über seine Schulter, als die beiden zur Tür hinausgehen.

Ich warte, bis ich sie über den Hof laufen höre und gleich darauf für einen Moment eine Mischung aus Gelächter, Musik und allerlei anderen Geräuschen an meine Ohren dringt, als die beiden die Hintertür des *All-American* öffnen. Dann kehrt Stille ein. Erst, als ich mich überzeugt habe, dass ich wirklich allein bin, schleppe ich mich den Korridor hinunter zu den Gästezimmern. Unterwegs werfe ich rasch einen Blick in Rissas Krankenzimmer. Sie scheint friedlich zu schlafen und wirkt überhaupt nicht wie jemand, der noch vor gerade einer Stunde damit beschäftigt war, seine Eingeweide im Bauch zu halten. Nicht zum ersten Mal an diesem Tag bestaune ich Kais Fähigkeiten.

Das Bett im Gästezimmer ist schlicht und schmal, aber die Laken sind sauber und riechen nach Sommer und das Kissen fühlt sich unter meinem Kopf an wie eine Wolke. Ich mache mir nicht einmal die Mühe, meine blutbesudelten Sachen abzulegen, sondern schüttele lediglich das Gewehrholster vom Rücken, schiebe die Glock unter die Matratze und falle ins Bett. Ich höre, wie die Tür mit leisem Knarren aufgleitet, öffne ein Auge und sehe Graces Tigerkatze hereinschleichen. Als sie auf das Bett springt, schließt sich die Tür schon wieder. Ich habe nicht die Energie, ihr begreiflich zu machen, dass ich ein Hundemensch bin, und so rollt sie sich zufrieden schnurrend zu meinen Füßen zusammen.

Ausnahmsweise fällt es mir nicht schwer, Schlaf zu finden.

# Kapitel 26

Ich wache gerade zur rechten Zeit für das Abendessen am nächsten Tag wieder auf.

»Abendessen?«, frage ich fassungslos, als Grace den Kopf zur Tür hereinsteckt, um mich zu Tisch zu rufen.

Sie kichert. »Du bist nicht die Einzige. Clive ist erst seit einer halben Minute wach, allerdings haben er und dein Knabe auch bei Sonnenaufgang die Bar zugemacht. Hat ihn übrigens nicht davon abgehalten, die Morgengebete für mein Baby zu sprechen.« Sie hat wieder das Poliertuch in der Hand und schlägt es gegen die andere, und ihre Schultern beben vor Vergnügen. »Dieser Typ hat was. Ein echter Charmeur.«

Ich setze mich auf und reibe mir den Schlaf aus den Augen. »So? Du bist nicht die Erste, der das auffällt.«

»Und tanzen kann er auch.« Sie hebt die Arme, als hätte sie einen Tanzpartner, und wirbelt durch mein Zimmer. So habe ich sie noch nie erlebt, und ich sehe mich gezwungen, alles infrage zu stellen, was ich über diese Frau zu wissen geglaubt habe.

»Kai hat mit dir getanzt?«

»Und mit allen anderen, die gestern Abend da waren«, bestätigt sie. »So ein Charmeur.«

»Ja, das sagtest du bereits.«

Sie sieht mir an, dass ich nicht so erfreut bin, wie sie es erwartet hat, und sie lässt die Arme sinken und stemmt die Hände in die Hüften. »Also, komm zum Essen. Dir den Magen zu füllen ist das Mindeste, was ich für dich tun kann, nach allem, was du für meine Zwillinge getan hast.«

Kai, Clive und Rissa sitzen am Küchentresen, reden und lachen und häufen sich Essen auf ihre Teller. Mein Magen knurrt, als mir der Geruch von Carne Adovada in die Nase dringt. Ich frage mich, wo Grace das Fleisch herhat, sage mir aber dann, dass sie mit ihrem Waffenhandel und dem Schnapsausschank vermutlich zu den reichsten Leuten im östlichen Dinétah gehört.

»Monstertöterin!«, ruft Clive gut gelaunt. »Komm und setz dich zu uns. Du hast gestern eine höllische Party verpasst.«

»Ich hörte davon.« Ich gleite auf den freien Stuhl neben Rissa. Mir fällt auf, dass sie anstelle des mit roten chilé gewürzten Schweinefleischs, das so toll duftet, einen Teller mit heißer Brühe vor sich hat. Ich nicke ihr zu, und sie erwidert die Geste.

»Dein Bursche hier ist der Hammer!«, ruft Clive so ungestüm wie ein Welpe.

»So?« Ich greife zu dem Vorlegelöffel, um mich zu bedienen. Hefeteigbrot gibt es auch, und ich nehme mir einen Brocken und tunke ihn in die Chilisoße, tränke ihn mit den wertvollen Inhaltsstoffen.

»Ja, du hättest mal sehen sollen …«

Aber ich werde von einer genaueren Schilderung dessen, was ich hätte sehen sollen, verschont, da in diesem Augenblick die Vordertür auffliegt und mit lautem Knall gegen die Wand donnert. Clive ist schon halb aufgesprungen und greift nach der Pistole an seiner Hüfte, als Sommersprosse den Kopf hereinsteckt. »Futtert ihr immer noch?«

»Komm rein und iss was«, ruft Grace ihrem jüngsten Sohn zu. »Ich habe etwas Besonderes für unsere Gäste gekocht.«

Sommersprosse legt den Kopf zur Seite. »Da ist jemand, der Maggie sehen will.«

Das Essen auf halbem Wege zum Mund, erstarre ich. Mein Blick huscht zu Kai. Wer könnte mich hier wohl sehen wollen?

»Wer?«, fragt Grace.

»Er sagt, sein Name ist Ma'ii.«

Ma'ii ist draußen auf der Veranda und schaukelt träge in einem von Graces Schaukelstühlen. Er trägt eine Variante des Gentleman-Outfits aus dem Wilden Westen, dieses Mal in Hellblau und Orange. Über seinen Schultern liegt der übliche kamelfarbene Mantel. Müßig dreht er einen Gehstock in der Hand und pocht damit auf die Planken der Veranda, doch das ist auch schon das einzige Anzeichen dafür, dass er verärgert ist. Sein Hut ist abwesend, und seine fahle Haut ist der untergehenden Sonne ausgesetzt, während eine unsichtbare Brise durch sein Haar rauscht.

Ich lehne mich an einen Pfosten gleich hinter seiner Schulter, die Arme vor der Brust verschränkt. »Was willst du hier?«

Lässig mustert er den Hof, betrachtet das *All-American*, den Klingendraht, die lange Garagenanlage, und sagt: »Das hier sieht gar nicht nach Canyon de Chelly aus.«

»Ich war beschäftigt.«

»Oh, ja, ich weiß. Nur zu gut.« Er gibt ein Ts-ts von sich, und seine lange Zunge leckt über spitze Zähne. Dann verdreht er seinen Oberkörper, um mich mit seinen glitzernden, goldenen Augen zu fixieren. »Allmählich kommt es mir so vor, als würdest du unsere Freundschaft nicht wirklich ernst nehmen.«

Ich entwirre meine Arme und setze mich auf den Schaukelstuhl neben seinem. »Gestern ist etwas wirklich Übles passiert.« Die Details lasse ich aus. Ich kann nichts Positives darin sehen, Ma'ii von Tah zu erzählen.

»Ach ja, der Medizinmann«, sagt er in einem übertrieben melancholischen Tonfall.

»Woher weißt du von Tah?«

»Ich bin Coyote. Ich weiß …«

»Ja, wie auch immer. Aber was hat das mit dir zu tun? Wenn du nur gekommen bist, um dich zu beklagen, weil ich deinen Auftrag …«

Er hebt eine Hand, um mich zum Schweigen zu bringen. »Ich bin nicht nur an diesen … wo genau sind wir eigentlich?«

»*Grace's All-American*. Das ist eine Bar.«

Er schnuppert. »Bist du sicher? Egal. Ich wollte gerade sagen, ich bin nicht nur hergekommen, um mich nach deinen Fortschritten bei der Ausführung meines Auftrags zu erkundigen. Ich bin gekommen, weil ich etwas über die Monster erfahren habe, die du suchst.« Er legt eine dramatische Pause ein. »Ich glaube, man könnte es einen Hinweis nennen.«

»Die tsé naayéé'?«, ertönt Kais Stimme hinter uns. Ich habe gar nicht gemerkt, dass er da ist, aber nun tritt er vor, um Ma'ii in die Augen zu sehen. »Was?«

»Ah, Kai Arviso!« Ma'iis Miene hellt sich auf. »Wie wunderbar, dich wiederzusehen.« Seine listigen Augen blicken zu mir. »Seid ihr, du und Magdalena, schon ein Liebespaar?«

Ich schnaube vernehmlich. »Kannst du dich bitte konzentrieren, Ma'ii?«

»Also noch nicht«, sagt er, ehe er sich wieder mir widmet. »Ein Feuerbohrer.«

»Ein was?«

»Ein Stab.« Er wedelt mit einer Klauenhand. »Ein Werkzeug, das Haashch'ééshzhiní benutzt hat, um die Sterne zu entflammen.«

Kai und ich wechseln einen Blick. Derselbe Gott wie in den Aufnahmen aus Crownpoint. Das Ding, das ich Zündler genannt habe.

»Und das hat was genau mit den Monstern zu tun?«

»Ich habe dir alles erzählt, was ich weiß. Aber eine Kollegin von mir handelt mit solchen Dingen. Sie weiß mehr darüber, und dieser Feuerbohrer könnte sich sogar in ihrem Besitz befinden. Mach sie ausfindig und bring in Erfahrung, was sie weiß, dann kennst du vielleicht den Ursprung der Lebenskraft dieser Monster.«

»Willst du damit sagen, dieser Feuerbohrer wird dazu benutzt, die tsé naayéé' zu beleben?«

»Das wäre möglich, Maggie«, sagt Kai. »Es könnte das Ding von den CDs sein.«

»Was ist für dich dabei drin, Ma'ii? Warum hilfst du uns? Warum sollten wir dir vertrauen?«

Er zieht ein langes Gesicht und schaut mich aus Augen an, die man nur als Welpenaugen bezeichnen kann. »Du kränkst mich. Hatten wir nicht eine Abmachung? Haben wir nicht einen Handel geschlossen und gemeinsam das Brot gebrochen? Als Freunde? Ich habe gelobt, dir zu sagen, was ich über die Monster weiß, und du schuldest mir im Gegenzug einen Ausflug zum Canyon de Chelly.«

Er ist gewitzt, das muss ich ihm lassen. Und das ist seit einer ganzen Weile der erste echte Hinweis, und er passt auch zu allem anderen. »Also gut.«

Er beugt sich vor. »Also gut, was?«

»Danke.«

Ma'ii verbeugt sich auf seinem Stuhl. »Das Vergnügen ist ganz meinerseits.«

»Und wo finden wir nun deine Freundin mit dem Feuerbohrer?«

»An einem Ort, den, soweit ich unterrichtet bin, der junge Kai Arviso schon früher besucht hat. Tatsächlich hatte er dort erst vor drei Nächten ein Gespräch mit einem toten Mann.«

»Wovon redet er?« Ich sehe Kai an. Der zuckt zusammen und schüttelt ein wenig verächtlich den Kopf. Offensichtlich weiß er, wovon Coyote spricht.

»Wovon redet er?«, wiederhole ich. »Wo hast du einen toten Mann getroffen?«

Mit nachdenklich geschürzten Lippen sieht Kai Coyote an, als korrigiere er gerade jeden positiven Gedanken, den er je in Bezug auf Ma'ii gehegt hat. Schließlich sieht er mich an. »Der tote Mann ist Longarm, richtig? Er spricht also von Tse Bonito. Von einem Ort in Tse Bonito. Er meint das *Shalimar*.«

# Kapitel 27

»Bist du sicher, dass das nötig ist?«

Eine Stunde später stecke ich zusammen mit Clive in dem beengten Badezimmer von Graces Trailer, und er fummelt an meinem Haar herum. Für einen muskelbepackten Waffennarren ist er ein bemerkenswert guter Stylist. »Mach dich auf eine Überraschung gefasst«, hat er mich gewarnt, ehe wir angefangen haben, und ich habe nur gelacht, weil ich mir nicht viel davon versprochen habe. Aber nun möchte ich mein Einverständnis zu gern widerrufen.

Er hat meinen Pony überzeugt, seitlich über meiner Stirn zu liegen. Es sieht cool aus, aber auch unpraktisch und nervend, wie so ziemlich alles andere, was er sich heute Abend für mich hat einfallen lassen. Meine Augen hat er mit einem schwarzen Lidstrich eingerahmt, und meine Lippen hat er in einem kräftigen Scharlachrot bemalt. Ich habe seit der Highschool kein Make-up mehr getragen und nicht gewusst, dass es das Zeug überhaupt noch gibt, bis Clive einen Vorrat rausgekramt hat, der jede Dragqueen zufriedenstellen würde. Was, wie sich herausstellt, der Wahrheit ziemlich nahekommt.

»Wo hast du das alles her?« Ich sehe mit offenem Mund zu, während er in einem Kasten mit Lippenstiften, Lidschatten und wer weiß was noch alles herumwühlt.

Er zuckt mit den Schultern. »Ein Exfreund von mir hatte eine Dragshow. Er hat mich abserviert. Ich habe sein Zeug behalten. Und jetzt sammle ich alles, was ich kriegen kann, und spiele ein bisschen damit herum. Weil man ja nie wissen kann, wann man gebeten wird, eine Monstertöterin umzustylen.«

»Ich dachte, du stehst auf Waffen!«, platze ich heraus.

Er lacht. »Ist das deine Art zu fragen, ob ich schwul bin?« Er bearbeitet meine Wange mit dem Daumen, reibt eine straffende Creme auf meine Haut. »Weil, kann ich nicht gleichzeitig auf Waffen und Glamour stehen? Das schließt sich nicht gegenseitig aus, weißt du?«

»Äh, na ja, irgendwie schon.«

»Sei nicht albern«, weist er mich ein wenig von oben herab zurecht, während er mir zum Abschluss irgendeinen Puder ins Gesicht pinselt. Kritisch beäugt er sein Werk. Dann deutet er mit einer ruckartigen Bewegung seines Kinns an, ich solle in den Spiegel schauen. Eine Fremde blickt mir entgegen.

Ich winde mich. Zerre an dem knappen Top, das Clive vorhin aus einer Kiste mit abgelegten Kleidern gezaubert hat. Es besteht aus zwei auf dem Kopf stehenden Vs, die an meinen Schultern beginnen und etwa einen Zoll über meinem Bauchnabel enden, was dem Wort »dekolletiert« eine ganz neue Bedeutung verleiht. Ein dünner, horizontaler Lederstreifen hält das Ding an meinen Brüsten zusammen. Ich trage immer noch meine Leggings und meine Mokassins, aber zwischen Hosenbund und Top sind gute drei Zoll blanker Haut zu sehen. Mein Jagdmesser trage ich in einer Scheide an einem tief sitzenden Hüftgürtel, und das Gewehr hängt über meinem Rücken. Clive hat irgendwo einen Patronengurt ausgebuddelt, der schräg über meinem Brustkorb liegt wie eine todbringende Version der Schärpen bei Schönheitswettbewerben. Er ist gefüllt mit Patronen für mein Gewehr – für übernatürliche und für menschliche Gegner. Er hat sogar ein Holster für meine Glock aufgetrieben, die nun an meiner anderen Hüfte ruht.

»Das wird scheuern«, murre ich und zucke mit den Schultern, um das Rückenhalfter zurechtzuschütteln. Die Gurte graben sich in meine nackte Haut, aber jedes Mal, wenn ich mich beklage, beharrt Clive darauf, dass das nun einmal nicht zu vermeiden sei.

»Wie wäre es, wenn du mich wenigstens meine Lederjacke tragen ließest?«, bettele ich. »Dafür ist sie gedacht. Um meine Haut zu schützen.«

»Nein, das würde den Look ruinieren.«

»Und was genau soll dieser Look darstellen? Mad Max?«

»Monstertöterin«, sagt er nur. »Darauf musst du stolz sein.« Unsere Blicke begegnen sich im Spiegel. Ich weiß nicht, was ich dazu sagen soll.

Er seufzt angesichts meines Unbehagens. »Stell dir eben vor, es wäre ein Kostüm, wenn es unbedingt nötig ist.«

»Siehst du das etwa anders?«

»Du musst begreifen, dass das *Shalimar* kein Ort wie jeder andere ist. Es ist ein … na ja, du wirst es dir selbst ansehen müssen. Aber vertrau mir, du musst da Eindruck machen. Du hast doch gesehen, was Kai getragen hat, als du ihn hergebracht hast.«

Blaugrüne Hose, Anzughemd, Krawatte. Und silberne Schuhe.

»Kleider machen Leute«, klärt er mich auf. »Außerdem, bei all dem Eisen, was du trägst, musst du dich eben so ausstaffieren, dass es aussieht, als würde das einfach zu deinem Look gehören, nicht so, als wärest du tatsächlich dort, um jemanden umzubringen.«

»Ich verstehe nicht, wo der Unterschied liegt.«

Geschlagen mit solch einer schlechten Schülerin, seufzt er erneut. »Ich weiß, dass du das nicht tust.« Er schiebt meine Hand weg, als ich versuche, mir den langen Pony aus den Augen zu streichen. Ich setze eine Grimasse auf, überlasse aber dem Mann die Kontrolle über meine Haare. Er weiß darüber offensichtlich mehr als ich. Er fummelt noch ein paar Minuten an mir herum, ehe er, endlich zufrieden mit seinem Werk, zur Tür zeigt. Ich manövriere um ihn herum, stoße sie auf und flüchte so schnell ich kann aus der Enge. Nur um gleich darauf abrupt wieder stehen zu bleiben.

Kai lehnt an der gegenüberliegenden Wand, angezogen wie eine

Art futuristischer Navajo-Häuptling. Weiche, schwarze Lammlederhose, die in kniehohen schwarzen Mokassins steckt, dazu ein dunkelblaues Knautschsamthemd, weit und lang, das an den Oberarmen mit Velourslederstreifen und an der Taille von einem silbernen Concho-Gürtel gehalten wird. Eine weiße Muschelkette hängt an seinem Hals, schwarze Perlen wie Tropfen an seinen Ohren, und an jedem Finger funkeln Ringe. Das Haar steht ihm chaotisch und stachelig mit silbern gefärbten Spitzen vom Kopf ab, und ein Streifen aus mitternachtsblauem Stoff umspannt seine Stirn und ist an der Seite verknotet. Ein Klecks silberner Farbe umgibt seine Augen. Ich muss mich zusammenreißen, um ihn nicht anzuhimmeln wie ein Schulmädchen einen Superstar. Filmstar-Boyband reicht als Beschreibung nun bei Weitem nicht mehr.

Aber zu meiner Verwunderung gafft Kai mich an und ringt nach Worten. »Du siehst …«

»Flintenmiezenscharf?«, schlägt Clive hinter mir vor. »Bodyguard-Sexbombe?«

»Bitte hör auf zu helfen«, murre ich und zupfe wieder einmal an dem Ding herum, das so tut, als wäre es mein Oberteil.

Kai lässt mich nicht für einen Moment aus den Augen. Ich trete unruhig von einem Fuß auf den anderen, und mir steigt die Hitze ins Gesicht. »Gefährlich«, sagt er. »Ich wollte sagen, du siehst gefährlich aus.«

Ich atme auf und klatsche in die Hände. »Gut. Du bist auch ziemlich schick. Jede Menge Klunker. Echt majestätisch.«

Er gluckst leise.

Ich weiß, dass ich plappere, aber sein Blick fühlt sich an wie Feuer. »Da wir die Komplimente nun ausgetauscht haben, können wir jetzt gehen?« Ich marschiere zur Tür. »Hast du Ma'iis Ringe?«, frage ich ihn im Gehen. Ma'ii hat darauf bestanden, dass wir sie mitnehmen, nur für den Fall, dass wir das Bedürfnis verspüren, gleich weiter zum Canyon de Chelly zu reisen. Kai hat zugestimmt und sich bereit erklärt, sie zu tragen, also habe ich keine Einwände erhoben.

Kai klopft auf einen kleinen Beutel, der an seinem Gürtel befestigt ist. »Auf Coyotes Tasche musste ich verzichten, aber Grace hat mir bei dem Säckchen und dem Outfit geholfen. Und bei den Klunkern. Ich musste ihr im Gegenzug nur meine Seele versprechen.«

»Da bist du billig davongekommen«, knurre ich. »Mir hat sie meinen Kaffee abgenommen.«

Coyote steht unten an der Treppe und dreht sich um, um uns anzusehen. Ihm bleibt der Mund offen stehen. Zur Abwechslung fehlen dem Gauner wirklich die Worte.

Ich gehe die Stufen zuerst hinunter. »Also, wie sieht es aus?«

»Du bist wirklich eine Kreatur, wie geschaffen für Gewalt«, murmelt Ma'ii, während er meinen Mörderschick begutachtet. »Wie hat dieser Neizgháni dich noch genannt? Chínílbaá?«

Ich zeige mit dem Finger auf ihn. »Lass es«, warne ich ihn.

Ergeben hebt er die Hände, die Unschuld in Person.

Wir versammeln uns auf der freien Fläche zwischen Trailer, Bar und Garage. Ma'ii steht zwischen Kai und mir. Derweil gesellt sich Rissa zu Clive auf die Veranda, um uns zuzusehen, und sogar Grace kommt aus der Hintertür der Bar und will sich die Show nicht entgehen lassen. Die Bar hat vor einer Viertelstunde geöffnet, und schon jetzt sind ein paar Gäste da, die sich mit ihr an der Hintertür drängeln.

»Publikum, toll«, grummele ich.

»Die Menschen lieben Spektakel«, rügt mich Ma'ii. »Und ihr zwei seid heute Abend wirklich ein spektakulärer Anblick. Ich wusste gar nicht, dass du zu so einer Pracht fähig bist, Magdalena. All diese Waffen sind ein Teil von dir geworden.«

Seufzend zerre ich an dem verdammten Gurt, der mir in

den Rücken schneidet. »Danke, Ma'ii. Das hört jedes Mädchen gern.«

Er streckt die Hände aus, eine zu mir, eine zu Kai.

Ich runzele die Stirn. »Müssen wir Händchen halten?«

»Vielleicht nicht«, gesteht er. »Aber gestatte es einem alten Kojoten, heute Abend für kurze Zeit die Freude jungen Fleisches zu genießen, auch wenn es sich darauf beschränkt, eure Hände zu halten.«

Kai packt Coyotes Hand mit festem Griff, beugt sich zu mir und flüstert: »Sei froh, dass er nicht gesagt hat, wir müssen miteinander kuscheln.«

Er hat nicht unrecht.

»Bereit, Kinder?«

Ich ergreife die Hand des Gauners und sehe Kai an, und all dem Kummer der letzten paar Tage zum Trotz breitet sich ein Grinsen auf meinem Gesicht aus. »Das wollte ich immer schon tun«, gebe ich zu, und dann erfüllt Ozongeruch meine Nase, und die Welt geht in Flammen auf.

Keine Sekunde später schlägt der Blitz in Tse Bonito ein, und da sind wir – eine Monstertöterin, ein Diné-Prinz und ein Gauner. Halb rechne ich damit, dass wir in einem Meer Law Dogs oder direkt vor einer Blockade landen, aber die Straße, auf der wir uns befinden, ist verlassen, keine Menschenseele zu sehen. Als wären wir in unserer eigenen kleinen Nische der Welt.

Ich streiche mir das Haar aus dem Gesicht und sehe an dem Gebäude hinauf, das vor uns aufragt. Es ist eine Art verlassenes Motel mit einem ausgedehnten Parkplatz, der vorwiegend aus gerissenem Asphalt und Steppenläufern besteht. Ein überdachter Gang führt hinauf zu einem Eingangsbereich mit zweiflügeligen Glastüren, hinter denen es zu einem Empfangstresen und einem Souvenirshop geht. Oder zumindest mal gegangen ist. Nun sind die Türen verbrettert und das Innere ist dunkel und wirkt unheimlich. *THE SHALIMAR* ist auf einem Schild an der Fassade in einer altmodischen Schrift aus den 1950ern zu lesen. Was vermutlich auch die Zeit ist, in der hier zum letzten Mal jemand abgestiegen ist.

»Was jetzt?«, frage ich.

Kai starrt mit unergründlicher Miene an dem Gebäude empor. »Wir gehen rein.«

»Da drin ist nichts. Es ist verlassen.«

»Nicht nach Sonnenuntergang«, korrigiert mich Ma'ii. »Und nicht, wenn man weiß, wo man suchen muss.«

»Kommst du mit?«, frage ich ihn.

»Ich habe bereits eine anderweitige Verabredung«, sagt er und schüttelt sein eierschalenblaues Halstuch mit den Klauen auf. »Die, die ihr sucht, wird Mósi genannt. Sie hat, was ihr begehrt.« Er wirft einen Blick auf seine Taschenuhr.

»Danke, Ma'ii«, sage ich. Wie sehr wir uns auch immer wieder in die Haare kriegen, ich kann nicht abstreiten, dass er seinen Teil der Abmachung einhält.

»Oh, danke mir noch nicht«, warnt er mich lächelnd. »Du wirst mich vielleicht verfluchen, ehe das vorbei ist. Und nun …« Er wedelt mit einer Hand in Richtung Eingang.

Ich drehe mich zur Tür um, aber Kai legt mir eine Hand auf den Arm. »Warte«, flüstert er, und sein Blick folgt Coyote. Einen Moment stehen wir da und sehen zu, wie er die verlassene Straße von Tse Bonito hinunterschlendert und dabei seinen Gehstock schwingt.

Erst als Ma'ii vollständig außer Sicht ist, greift Kai in sein Hemd und zieht einen kleinen gelben Beutel heraus, der an einer Lederschnur um seinen Hals hängt. Er öffnet ihn und nimmt ein Säckchen mit etwas heraus, das aussieht wie gelblicher Sand, und eine kleine Dose mit einer silberfarbenen Salbe.

»Warum wolltest du nicht, dass Ma'ii deinen Medizinbeutel sieht?«

»Das ist etwas, wovon er nichts wissen muss.«

Auch wenn ich neugierig bin, warum er besorgt ist, Ma'ii könnte davon erfahren, kann ich nicht sagen, dass ich anderer Meinung wäre. Ma'ii hilft uns, aber er verfolgt seine eigenen Ziele. Er ist nach wie vor nicht vollkommen vertrauenswürdig. Kai öffnet zuerst das Täschchen mit dem gelben Sand. »Nimm das«, sagt er und bietet ihn mir an. »Leck deinen kleinen Finger an, tauch ihn hinein und steck ihn in den Mund.« Als er meinen argwöhnischen Blick bemerkt, seufzt er. »Ich verspreche, es wird dir nicht schaden.«

Ich tue, was mir gesagt wird. Das Zeug schmeckt scharf und unangenehm. »Was ist das?«

»Bitterwurz. Es schützt dich vor böser Medizin und Menschen, die dir Böses anhaben wollen. Allerdings kann es dir nicht gegen eine Faust oder eine Waffe beistehen.« Er sieht mich vielsagend an. »Die Gefahren da drin werden subtilerer Natur sein. Mósi ist eine Bik'e'áyée'ii, nicht irgendein wütender Cop oder ein stumpfsinniges Monster, und das hier ...« Er hält das Döschen mit Farbpaste hoch. »Das wird dir helfen, Dinge zu bekämpfen, die du nicht immer sehen kannst.«

Ich mustere das kleine Gefäß. »Was ist das? Noch mehr Make-up? Ich glaube, ich bin bemalt genug.«

Er bedenkt mich mit einem schiefen Lächeln. »Ich trage es auch.«

»Das ist dein Privileg, Schönling.«

»Es ist Medizin«, erklärt er. »Tupf es auf deine Augen, dann hilft es dir, Illusionen zu durchschauen.«

Seine Finger streichen sanft über meine Haut, als er mir die Mischung auf die Augenlider aufträgt. Sein Gesicht ist dicht an meinem, und sein warmer Atem lässt meine Wimpern erzittern. Nun, da er so nahe ist, kann ich seinen Geruch wahrnehmen; Zedern und ein Hauch Tabak. Das ist der Geruch guter Medizin, der Geruch von Tahs Hogan. Ich schließe die Augen und atme ihn tief ein. Einen Moment später spüre ich, wie er sich von mir entfernt.

»Was siehst du?«

Meine Lider öffnen sich flatternd, und ich schaue mich um, fühle mich unsicher, bis er meine Schulter berührt und mich sacht in die Richtung des alten Hotels dreht. Nur, dass da jetzt in großen, strahlenden Lettern zu lesen ist:

SHALIMAR – HANDELSPOSTEN & TANZCLUB

»Wie ist es möglich, dass ich davon nichts gewusst habe?«, hauche ich, überwältigt von der Metamorphose.

»Hast du viel Zeit in Tse Bonito verbracht?«

»Ich hasse diesen Ort. Ich komme nur her, wenn ich dazu gezwungen bin.«

Kai lacht. »Ich habe das *Shalimar* an meinem ersten Abend in der Stadt entdeckt.«

»Wie das?«

Er zuckt mit den Schultern. »Im Gegensatz zu dir bin ich gern unter Leuten, und das ist eine Art Treffpunkt. Als ich zum ersten Mal hier war, war ich gelangweilt und habe mich allein gefühlt. Ich dachte, hier lerne ich vielleicht ein paar Einheimische kennen. Kann ja nicht schaden.«

»Lass mich raten«, brumme ich und setze eine ernste Miene auf. »Sie schenken Champagner aus.«

Wieder lacht er, und ich stelle mit einem kleinen Schaudern fest, dass ich anfange, dieses Lachen zu mögen.

Sein Atem stockt für eine Sekunde, ehe er sagt: »Ich weiß, dass du mir nie eine Antwort auf diese Freundschaftssache gegeben hast, aber nach allem, was passiert ist …« Er lässt den Rest des Satzes in der Luft hängen.

Ich grinse. »Fordere dein Glück nicht heraus, Hase.«

Er stöhnt. »Bitte nicht!«

»Was? Ich habe gehört, Jungs mögen Spitznamen. Die geben ihnen ein gutes Gefühl.«

»›Hase‹ gibt mir kein gutes Gefühl. Das vermittelt mir alles andere als ein gutes Gefühl.«

»Ach, ich weiß nicht. Ich finde es irgendwie ganz nett.«

Mit gespielter Verzweiflung schüttelt er den Kopf und bietet mir seinen Arm an. Ich ergreife ihn nicht. Ich ziehe es vor, eine Hand in der Nähe meiner Kanone und die andere frei zu haben. Aber ich halte ihm die Tür auf, und so betreten wir gemeinsam das *Shalimar*.

# Kapitel 28

Der Lärm ist das Erste, was mir auffällt. Tanzmusik donnert in meinen Ohren, und die harten Schläge einer Basstrommel jagen Vibrationen durch meine Fußsohlen. Meine nervöse Hand verirrt sich zu dem Bökermesser. Sollte sich hier jemand an uns heranschleichen wollen, würde ich ihn nicht kommen hören.

Wir stehen am Kopf einer langen, breiten Treppe, die mindestens zwei Dutzend Steinstufen in die Tiefe führt, ehe sie in einer diffusen Unterwelt verschwindet. Licht pulsiert durch die Nebelwolken unter uns – pink, violett, burgunderrot und purpurn.

»Das kann doch nicht wahr sein. Ein Nachtclub mitten in dem verdammten Reservat?«

»Was?«, brüllt Kai.

Ich schüttele den Kopf. Als ich das Schild mit der Aufschrift *TANZLOKAL* gesehen habe, dachte ich an so etwas wie *Grace's All-American.* Twostepp zu Hank Williams und Loretta Lynn. Aber so ist es hier nicht. Die Dissonanz ist überwältigend.

»Name?«, fragt jemand rechts von mir.

Ich drehe mich um. Meine Hand liegt schon wieder an meinem Böker, ehe mir klar wird, dass da nur jemand meine Identität überprüfen will. Ein junger Mann sitzt auf einem einsamen Barhocker und starrt mich erwartungsvoll an. Er ist Diné und sieht mit seiner durchhängenden Hose und dem überdimensionierten Leinenjackett ziemlich gewöhnlich aus. Abgesehen von einer Sache: seinen Ohren. Er trägt eine Art Prothese über den Ohren, deren Seiten sich elegant über seine Haare nach oben wölben und dort zusammenstoßen.

Ich reiße mich gerade lange genug vom Anblick seiner Ohren

los, um festzustellen, dass er ein Klemmbrett in den Händen hält. »Müssen wir auf einer Liste stehen, um reinzukommen?«

Kai stupst mich an. »Stell dich einfach vor«, flüster-brüllt er mir ins Ohr.

»Was?«

»Auf Navajo-Art. Nenn ihm deine Clans, die ersten beiden reichen. So kommt man hier rein.«

Ich tue, was er sagt. »Man nennt mich Magdalena Hoskie. Ich bin vom Living Arrow Clan und wurde geboren für den Walks-around Clan. Folglich bin ich Diné.«

Der Junge mit den großen Ohren notiert etwas auf seinem Klemmbrett, grunzt zufrieden und dreht sich zu Kai um. Der rasselt seine Vorstellung herunter und beugt sich dafür so tief herab, dass ich kaum etwas hören kann. Der Türsteher schreibt pflichtbewusst Kais Clans auf und winkt uns zur Treppe.

Ich rühre mich nicht von der Stelle. »Wir suchen jemanden namens Mósi. Kennst du sie?«

Der Türsteher erschrickt, als wäre er es nicht gewohnt, dass jemand ihn direkt anspricht, und glotzt mich dämlich an.

»Sie erwartet uns«, sage ich. Ich weiß zwar nicht, ob das stimmt, aber einen Versuch ist es wert.

Nun sieht er erst recht verdattert aus. Er leckt sich die Lippen, und sein Blick huscht zu meinen Waffen. »Heute Abend wird niemand zu Mósi vorgelassen«, entgegnet er, und seine Stimme klingt wie ein schrilles, nervöses Quieken. »So lautet die Anweisung.«

»Es ist wichtig«, drängele ich.

»Niemand«, kreischt er, und seine Augen zucken zwischen Kai und mir hin und her, ehe er sich auf Kai konzentriert. »Das gilt auch für die Highroller!«

Kai hat das Ganze schweigend verfolgt und uns lediglich zugesehen, aber nun berührt er meinen Arm. »Komm, Maggie«, sagt er. »Er kann uns nicht helfen.«

»Aber er weiß …«, setze ich an und rede mit der Luft, weil Kai schon die halbe Treppe hinuntergelaufen ist. Ich hetze hinterher. »Warum hast du mich den Typ nicht ein bisschen aushorchen lassen? Ich hätte ihn dazu bringen können, dass er uns zu Mósi lässt.«

Er wirft einen raschen Blick über die Schulter, und dann ist sein Mund an meinem Ohr und er flüstert so leise, dass kaum ein Laut zu hören ist: »Der Typ an der Tür? Jaa'yaalóolii Din'é – Sticking-Up-Ears People.«

»Sein Clan? Das ist der Grund, warum er diese Ohrdinger trägt?« Ich zeige auf meine eigenen Ohren.

»Er trägt nichts. Das sind seine Ohren. Außerdem haben sie ein hervorragendes Gehör«, fährt er fort, »und den Gerüchten zufolge können sie zwischen Lügen und Wahrheit unterscheiden. Nimm einfach an, von jetzt an würde jemand alles, was wir sagen, belauschen. Dass sie uns beobachten, kann ich mit Bestimmtheit sagen. Wenn Coyotes Freundin uns erwartet, dann wird sie bereits wissen, dass wir hier sind. Vertrau mir.«

Ich werfe einen Blick über die Schulter. Von dem Jaa'yaalóolii Dine'é abgesehen, ist hinter uns niemand zu sehen. Und der starrt mich geradewegs an. Aus kalten, berechnenden Augen. Von der Scheu, die er zuvor gezeigt hat, ist nichts mehr zu sehen, beinahe, als hätte es sie nie gegeben. Ein Schauer rinnt über meinen Rücken, und meine Instinkte flüstern warnend auf mich ein. Damit, dass das *Shalimar* irgendwie seltsam wäre, habe ich gerechnet, aber nicht damit, dass es voller Monster ist.

Ich drehe mich wieder zu Kai um und beuge mich dicht zu ihm. »Also, diese Medizin auf meinen Augen lässt mich Illusionen durchschauen?«, frage ich.

»Ja. Normale Ohren sind die Illusion.«

»Die Monster verstecken sich vor aller Augen«, murmele ich. Und wir sind im Begriff, direkt in ihren Schlupfwinkel zu marschieren.

Wir erreichen den Fuß der Treppe. Ich blinzele in die vor uns liegende Finsternis. Die farbigen Lichter liefern nur einen schwachen, nebelhaften Lichtschimmer, der nichts von den dahinter lauernden Tiefen offenbart. Die Musik dröhnt immer noch ohrenbetäubend laut. Mein Magen schlägt Purzelbäume. Plötzlich fühlt es sich falsch an, hier zu sein. Ich halte Kai auf, lege ihm eine Hand auf den Arm.

»Wo geraten wir hier rein, Kai?«

Kai antwortet nicht. Etwas in der Dunkelheit, das ich nicht sehen kann, nimmt ihn total in Anspruch.

»Kai.«

Er kehrt zu mir zurück. Blinzelt langsam einige Male. »Denk einfach daran, dass du unvoreingenommen bleiben musst. Und wundere dich nicht, wenn du etwas Seltsames siehst. Es wird unheimlich werden.«

»Unheimlich« wird dem *Shalimar* nicht so ganz gerecht.

Die Logik sagt mir, dass wir im Untergrund sind. Ich weiß, dass wir durch die Tür gekommen und die Treppe hinuntergegangen sind. Wir müssen mindestens zwanzig oder dreißig Fuß unter der Erde sein. Aber die Decke des *Shalimar* bohrt sich mindestens hundert Fuß oberhalb meines Kopfes weit in das Dunkel eines Sternenhimmels über der Wüste. Diese jeglicher Logik widersprechende Decke sollte mir einen Eindruck von Weite vermitteln, stattdessen fühle ich mich klaustrophobisch, und ich kann das Wissen nicht verdrängen, dass wir tief unter der Erdoberfläche sind.

Wir befinden uns in einem langen Raum, der an eine Lagerhalle erinnert und sich an die hundert Meter weit in die Ferne zieht. Ich kann nicht erkennen, wo genau er endet, sehe nur die verschwommene Andeutung einer Wand. Der ganze Saal ist halb so breit wie lang, und die Wände sind so bemalt, dass er aussieht wie der Innenhof des Motels in den 1950ern. Aber es ist alles zweidimensional, wie Kulissen an einem Film-Set in Hollywood – da gibt es ein limonengrünes Hotelzimmer mit einer Tür, die sich nicht wirklich öffnen lässt, neben dem Inneren eines Diners mit roten Vinyl-Barhockern, einer neonfarbenen Jukebox und Gemälden von lächelnden Mädchen mit hochtoupierten Haaren oder Pudelfrisur an den Wänden. Alles eben und sonderbar beunruhigend. Lange Tische von der weißen Plastikvariante, die meine nalí früher bei Walmart gekauft hat, stehen nahe den Wänden, und hinter jedem dritten oder vierten Tisch ist ein Barkeeper eifrig damit beschäftigt, Agave-Tequila und Cactus-Bier auszuschenken. Zwischen den Getränkestationen haben Händler Tische mit diversen Waren aufgebaut und preisen über die allgegenwärtige, donnernde Musik hinweg brüllend und voller Eifer ihre Waren an. Ich sehe alles Mögliche auf diesen Tischen. Alte, zerlegte Elektronikgeräte, deren Eingeweide sich zwischen Drähten und Hauptplatinen auf die Tischplatten verteilen, stapelweise Kleidung, die aussieht, als wäre sie entweder gebraucht oder handgefertigt. Da ist ein Tisch mit Waffen, vorwiegend Messer oder irgendwelche Dinge, die angeschliffen wurden, um als Messer genutzt zu werden, aber an einer Wand steht auch ein verschlossener Kasten mit Schusswaffen. Sie liegen auf Glasplatten, und gleich daneben erkenne ich Magazine mit Munition. Rechts von dem Waffenhändler bietet eine junge Frau Zedernbündel und handgerollte, papierlose Tabakwaren an. Noch etwas weiter unten sehe ich ein Kind, das hinter einem handbeschrifteten Schild mit dem Hinweis *Tausch gegen alle Arten von Gütern* verbeulte Dosen Campbell's-Suppen und Wachtelbohnen verkauft, die pyramidenförmig aufgestapelt sind.

Aber weder der Schwarzmarkt noch die physikalisch unmöglichen Dimensionen oder die schaurige Atmosphäre sind dafür verantwortlich, dass ich froh bin, meine Waffen in Griffweite zu haben. Es sind die Kunden.

Mit Kais Medizin auf den Augen blicke ich hinter die Illusionen, und die Kinder von Dinétah verwandeln sich in Traumgestalten. Genauer gesagt, in Albtraumgestalten.

Viele der Clans sind mir bekannt. Ats'oos Dine'é, die Feather People, sind mit ihren in den typischen Falkenfarben Grau, Braun und Weiß gefiederten Körpern leicht zu erkennen. Andere haben ein kunstvolleres Federkleid mit Rot-, Gelb- und Blautönen. Allen gemeinsam ist ein drittes Augenlid, das sich horizontal über den starrenden Augen bewegt. An der Bar sitzen zwei Big Deer People, über deren Köpfen sich gewaltige Sechsender erheben. Sie tragen weite Hirschlederhemden und die Füße, die weiter unten hervorlugen, sehen aus wie anmutige schwarze Hufe. Ein Mann mit einem Patchworkmantel, der in einem Stapel mit Autoteilen aller Art wühlt, kann nur zum Rabbit Clan gehören, die Ohren und die überdimensionierten Zähne sind unverkennbar.

Ein Pärchen mit Drinks in Händen geht an uns vorbei. Beide tragen aufwendige Kostüme, die Frau ein hellrosafarbenes Kleid voller Strass zu extrem hohen Stilettos, der Mann einen schmal geschnittenen Anzug mit mächtigen Schulterpolstern, in dem er aussieht, als wäre er einem alten Gangsterfilm entsprungen. Ich habe keine Ahnung, wo sie die Klamotten aufgetrieben haben könnten, aber wenn ich bedenke, was Clive für Kai und mich herausgesucht hat, dann sollte ich wohl nicht überrascht sein. Aber die Kleidung ist auch nicht der Grund dafür, dass ich sie angaffe. Beide, der Mann und die Frau, sind knochendürr, und ihre Haut spannt sich zu fest über ihr Skelett, ihre Wangenknochen springen geradezu obszön hervor. Ihr Haar ist strähnig, die Körper so dünn, dass die schicken Klamotten einfach nur an ihren verwelkten Leibern herabhängen.

»Dichin Dine'é«, sagt Kai, als er mich glotzen sieht. »Hunger People.«

Kai führt mich zu einer langen, nierenförmigen Bar. Ein paar Gäste, größtenteils Frauen, aber auch ein paar Männer, starren ihn an, als er vorübergeht, und mir fällt auf, wie ihre Augen sein attraktives Gesicht mustern und den Wert seines Schmucks taxieren. Er scheint es gar nicht zu merken, und falls er es doch tut, dann ignoriert er es sehr überzeugend. Ich rücke ein wenig näher an ihn heran, die Hand am Heft meines Messers, bis die gierigen Augen mich wahrnehmen und sich von ihm abwenden.

Ich beuge mich zu Kai. Die Musik ist tatsächlich etwas leiser geworden, und wir können in normaler Lautstärke reden, aber ich bin lieber vorsichtig wegen der Sticking-Up-Ears-Spione in unserer Mitte und beschränke mich aufs Flüstern. »Komme ich dir irgendwie anders vor?«

»Hmm?«

»Mit dieser Medizin auf den Augen. Bin ich …?« Ich breche ab. Ich weiß, ich sollte mich darauf konzentrieren, Mósi zu finden, aber ich muss es einfach wissen. Ich muss wissen, ob Kai nun, da ich aller Illusion beraubt sein muss, mein echtes Ich sehen kann. Und wenn er das kann, ist es dann monströs? Ist das Böse an mir sichtbar, der Makel, vor dem mich Neizgháni gewarnt hat?

Aber, überzeugt, die Wahrheit längst zu kennen, bringe ich es nicht über mich, ihn zu fragen.

Kai schafft es, die Aufmerksamkeit des Barkeepers zu erregen, und winkt nach einem Drink, ehe er mich erwartungsvoll anblickt. Ich schüttele nur den Kopf. Kai lässt einen von dem halben Dutzend Ringen an seinem kleinen Finger als Bezahlung auf den Tresen fallen und reicht mir ein großes, schmales Glas Tequila. Ich öffne den Mund, um zu protestieren, doch er flüstert: »Du musst ihn nicht trinken. Tu einfach so, als ob, und versuch, dich zu entspannen. Du sieht aus, als wärest du drauf und dran, jemanden zu erschießen.« Das alles sagt er mit einem Lächeln, ehe er von seinem Drink nippt und den Blick über die Menge schweifen lässt.

Nun wird mir bewusst, dass ihm die Blicke, die ihm ständig folgen, durchaus nicht entgehen. Er ist genauso wachsam wie ich.

Der Gedanke hilft mir, mich ein bisschen zu entspannen, und ich nehme das Glas und tue, als würde ich davon trinken. Der derbe Geruch dringt mir in die Nase, und ich würge. Tequila war noch nie meins.

»Willst du wissen, wie du aussiehst?«, fragt er mich.

Mein Herz schlägt prompt schneller. Also hat er mich gehört, als ich ihn gefragt habe. Ich nicke. Halte die Luft an.

»Wie eine Monstertöterin.« Er salutiert vage mit seinem Glas und kippt den Tequila in einem Zug hinunter.

Ich lege die Stirn in Falten. »Was soll das heißen?«

Er winkt dem Barkeeper, um sich einen weiteren Drink zu bestellen. Bekommt ihn und leert ihn mit nur einem Schluck. Wischt sich den Mund ab und sagt: »Was meinst du, was das heißt?«

»Willst du damit sagen, dass ich nicht anders aussehe als sonst?«

»Und ich?« Er neigt den Kopf zur Seite und setzt ein irgendwie verdrehtes Lächeln auf. Ich bin nicht sicher, aber ich glaube, er ist betrunken oder zumindest auf dem besten Weg.

»Meinst du wirklich, es ist eine gute Idee, gerade jetzt Tequila zu trinken?«

»Auf keinen Fall«, gesteht er und bestellt den nächsten.

»Was tust du dann hier?«

»Ich sterbe«, murmelt er so leise, dass ich nicht sicher bin, ob ich richtig gehört habe.

»Du tust was?«

Abrupt dreht er sich um und mustert mich aus glänzenden Augen. »Du hast meine Frage nicht beantwortet, Mags.«

»Welche Frage?« In meiner Verwirrung habe ich völlig vergessen, was er mich gefragt hat.

»Sehe ich irgendwie anders aus?«, fragt er erneut, reckt die Arme zur Seite und wirft sich in die Brust.

Ich werde es nicht zugeben, aber er sieht besser aus. Seine

Haut scheint bronzefarben zu schimmern, und seine Augen haben einen überirdischen Silberton angenommen, dessen Anblick schwer zu ertragen ist. Die Linien seines Kinns wirken stärker, eleganter, und er strahlt ein besonderes Charisma aus, ist ungeheuer anziehend, mehr noch als sonst. Es ist beinahe magisch. Nein, nicht beinahe. Es *ist* magisch.

»Für mich siehst du aus wie immer«, lüge ich.

Seine Ohrringe blitzen auf, als er nickt, als wüsste er genau, was ich sehe und was ich denke und dass ich nicht die Wahrheit sage. Er stellt sein leeres Glas auf dem Tresen ab. »Siehst du, Monstertöterin? Wir sind alle Lügner.«

Ich habe keine Ahnung, was ich dazu sagen soll. »Was ist hier los, Kai?«, frage ich. »Was ist mit dir los?«

Beinahe bekümmert schüttelt er den Kopf. »Lass uns einfach diese Mosi finden und von hier verschwinden«, sagt er, und ein Schaudern erfasst seinen ganzen Körper. »Dieser Ort bekommt meinem Kopf überhaupt nicht.«

Dem habe ich nichts entgegenzusetzen.

Er richtet sich zu voller Größe auf. »Ich gehe mich ein bisschen umschauen. Mal sehen, was ich herausfinde.«

»Wir sollten zusammenbleiben«, widerspreche ich und denke an diese gierigen Augen, die ihn verfolgt haben.

»Nein. Da ist … Es wäre besser, wenn ich allein gehe.« Er lacht, und ich rieche den Schnaps in seinem Atem. »Niemand redet mit mir, wenn du um mich herumstolzierst, als wolltest du jedem, der in meine Nähe kommt, ein Messer in den Leib rammen. Lass mich allein gehen. Ich komme wieder.«

»Ich glaube nicht …«

»Ich kann auf mich aufpassen, weißt du noch?«

Ich bin nicht glücklich damit, aber ich lasse ihn ziehen. Er ist ein erwachsener Mann, und ich habe nicht vor, mich mit ihm zu streiten.

»Schön«, stimme ich also zu. Er beugt sich zu mir, seine Lippen streichen über meine Wange, und ich verspanne mich, als mir die schräge Mischung aus Zedernduft und Alkoholausdünstungen in die Nase steigt.

»Links von dir«, murmelt er. Heißer Atem trifft auf mein Ohr, ehe er sich entfernt. Ohne sich noch einmal umzuschauen, verschwindet er in der Menge, jedenfalls so sehr jemand wie er dazu überhaupt in der Lage ist. Ich warte ein paar Sekunden, ehe ich mich nach links umblicke. Sofort erkenne ich, was er mich hat sehen lassen wollen. Die Proportionen eines Footballspielers unter einem Mob aus rotem Haar. Was macht der hier?

Mit einem vage schuldbewussten Lächeln drückt sich Clive am Rand der Menge herum. Er trägt einen Anzug im Westernstil mit einem Bolotie. Der Anzug ist zu knapp geschnitten für seinen großen, muskulösen Körper, und der Braunton ist alles andere als schmeichelhaft. Trotzdem haut es irgendwie hin. Als hätte man eine Mischung aus Rambo und Howdy Doody vor sich.

»Von dir hätte ich mehr erwartet«, stichele ich, als ich zu ihm gehe, und zeige auf sein Outfit. »Wenn man bedenkt, was du dir für mich hast einfallen lassen.«

Er zuckt mit den Schultern und zupft sein Bolotie zurecht. »Von Kampfanzügen abgesehen, finde ich nicht viel in meiner Größe.«

»Wir können gern tauschen. Ich wette, du siehst toll aus in so einem knappen Top.« Dann stelle ich die Frage, die auf der Hand liegt: »Was machst du hier? Bist du gekommen, um meine Frisur zu kontrollieren?«

Er lacht und schüttelt den Kopf. »Nein, nichts dergleichen. Obwohl …« Er leckt sich einen Finger an und streckt die Hand aus, als wollte er ihn mir ins Gesicht drücken. Ruckartig weiche ich zurück, und meine Hand zuckt zu meinem Messer.

Jegliche Farbe weicht aus seinem Gesicht. »Ich wollte dir nur das Silberzeug von den Augen wischen. Das ist ein bisschen zu discomäßig, sogar für mich.«

Verlegen laufe ich rot an und lasse die Hand sinken. »Sorry«, sage ich und reibe mir die nackten Arme. »Ich wollte dir nichts. Ich mag es nur nicht, wenn man mich anfasst«, rechtfertige ich mich kläglich.

»Schon gut«, antwortet er. »Ich war eigentlich sowieso sicher, ich würde viel früher eine Niere verlieren, weil ich dir diesen Pony gemacht habe.«

»Ha, ha«, knurre ich finsteren Blicks.

»Ich respektiere deine Fähigkeiten, aber du hast deinen Ruf weg, Mädchen«, bemerkt er, lehnt sich an den Tresen und trinkt einen Schluck von seinem Bier. »Tu nicht so, als wüsstest du nicht, wovon ich rede.«

»Den Ruf, eine Psychopathin zu sein?«

»Das ist ein bisschen zu hart. Sagen wir, gewalttätig und unsozial.« Clive lächelt, als er das sagt, trotzdem tut es weh.

»Als wäre das so überraschend für dich«, sagt er, als ihm mein Gesichtsausdruck auffällt, ehe er seinen Blick über die Menge wandern lässt. »Also, jemand muss dich lange genug angefasst haben, um dir das auf die Augen zu schmieren. Wer war der Glückliche?«

»Was denkst du denn?« Ich verrate ihm nicht, dass es dabei nicht ums Aussehen geht und es vielmehr einem ganz praktischen Zweck dient. Kai wollte die Medizin vor Coyote versteckt halten. Vielleicht muss Clive dann auch nichts davon erfahren.

»Wo ist eigentlich dein Prachtbursche?«, fragt Clive, der sich immer noch im Saal umschaut.

»Weiß ich nicht genau«, gebe ich zu. »Er ist ohne mich losgezogen. Hat gesagt, er hätte etwas zu tun.«

Er blinzelt mit seinen langen, roten Wimpern. »Das hört sich nicht gut an.«

Ich zucke mit den Schultern. »Er ist erwachsen.«

»Ja, das ist er«, sagt Clive, und seine Stimme klingt anerkennend. Als er meine überraschte Miene bemerkt, lacht er. »Keine

Sorge, ich werde dir deinen Mann nicht ausspannen. Aber nur fürs Protokoll, du weißt schon, dass er gestern Abend mit mir getanzt hat, oder?«

»Du hast mit Kai getanzt?«

»Mehr als nur einmal. Und er ist nicht übel. Obwohl ich immer noch nicht glauben kann, dass er ein Medizinmann ist.«

»Wie meinst du das?«

»Ich meine, sollte es nicht irgendwelche Regeln geben, die es einem Medizinmann verbieten, so verdammt sexy zu sein?«

In Gedanken stimme ich zu, aber ich sage nur: »Wenn dich das tröstet, er hat seine Ausbildung noch nicht abgeschlossen.«

»Du hast in Rock Springs dasselbe gesehen wie ich«, erwidert er. Plötzlich ist er vollkommen ernst, und von dem vertraulichen Flachsen ist nichts mehr zu spüren. Er trinkt einen Schluck von seinem Bier und fährt fort: »Wie auch immer, habt ihr schon Glück gehabt bei der Suche nach dem Hinweis, von dem euch der Kojote erzählt hat?«

»Noch nicht«, gestehe ich, dankbar für den Themenwechsel.

»Kann ich irgendwie helfen?«

Plötzlich misstrauisch kneife ich die Augen zusammen. »Du hast mir immer noch nicht erzählt, warum du hier bist, Clive.«

»Ach, einer der Gäste im *All-American* hat gesagt, es gäbe hier heute einen Kampf. Irgendeine Art Entscheidungskampf. Dachte, vielleicht lohnt es sich, mal hinzugehen. Und da ihr sowieso hier seid, kann ich euch vielleicht sogar helfen.«

»Im *Shalimar* finden Kämpfe statt?«

»Dann und wann. Ist meistens eine ziemlich gute Show.«

Ich sehe mich im Saal um, kann mir aber nicht vorstellen, wo es hier einen Kampfring geben sollte. Hinter einer der flachen, zweidimensionalen Türen, in einem Kaninchenbau ohne Boden, in einem Kleiderschrank. »Was ist das für ein Ort?«

»Gute Frage«, sagt Clive. »Das weiß niemand so genau. Er kommt und geht nach eigenem Gutdünken. Manchmal ist er hier, und dann …« Mit einer Hand macht er eine Geste, die eine Explosion andeutet. »Schätze, das ist so, wenn eine Katze den Laden schmeißt.«

»Weiß Kai davon? Von den Kämpfen, meine ich.«

»Keine Ahnung. Aber du kannst ihn ja fragen.« Mit einem Nicken deutet er auf die Menge, und ich sehe, dass Kai auf dem Rückweg ist.

»Ich habe herausgefunden, dass im *Shalimar* heute ein Kampf stattfinden soll«, sagt Kai. Er wirkt wieder ganz normal, keine Anzeichen für einen Rausch wahrzunehmen. Daran hatte ich bisher noch gar nicht gedacht, aber seine Heilkraft muss die Auswirkungen des Alkohols bekämpfen. Was immer Kai zu ertränken versucht, es taucht schnell wieder auf. »Erst mal Amateurkämpfe«, berichtet er. »Aber um den letzten Kampf machen sie ein großes Geheimnis. Gerüchten zufolge soll es ein legendärer Entscheidungskampf werden.«

»Hab ich auch gehört«, stimmt Clive zu. »Da kann man eine Menge Geld gewinnen, wenn man eine Chance zum Wetten bekommt.«

Die Kämpfe sind interessant, aber Glücksspiel reizt mich nicht. Das ist eher Ma'iis Gebiet. Dem dürften all die Risiken und die diversen Möglichkeiten zum Falschspielen gefallen. Und dann fällt mir ein, was der Türsteher über Highroller gesagt hat. »Clive, gibt es hier einen Buchmacher? Jemanden, über den alle Wetten laufen? Und der die Kämpfe organisiert?«

»Ja«, bestätigt er.

»Heißt diese Person zufällig Mósi?«

»Das ist die Katze, von der ich gesprochen habe, ja.« Er kneift die haselnussbraunen Augen zusammen. »Hast du nicht gesagt, du wärest noch nie hier gewesen?«

»Musste ja so kommen«, murmele ich.

»Was geht in deinem Kopf vor, Mags?«, fragt Kai argwöhnisch.

»Ich bin eine gute Kämpferin«, sage ich. Und das stimmt. Ich beherrsche keine extravaganten Kampfkünste, aber Neizgháni hat meine Nahkampfausbildung auch nicht gerade vernachlässigt. Meine Technik fällt eher unter den Begriff »skrupellos« – schnell zuschlagen, hart zuschlagen und wieder verschwinden. Rechnet man meine Fähigkeiten im Kampf zu meinen Clankräften dazu, dann dürfte ich wohl ein paar Runden überstehen können. Das sollte reichen, um mir die Aufmerksamkeit der hauseigenen Buchmacherin des *Shalimar* zu sichern.

Kai massiert sich die Nasenwurzel. »Meinst du wirklich, wenn du dich als Kämpferin anmeldest, bringt uns das näher an sie heran?«

»Anderenfalls lässt man uns nicht mal in die Arena«, meint Clive. »Der Kerl an der Tür hat gesagt, die Kämpfe sind ausverkauft. Sie lassen nur noch die Teilnehmer und ihre Teams rein, soweit ich gehört habe.«

»Ich mache es«, konstatiere ich. »Wir brauchen diesen Feuerbohrer, und wenn ich dazu ein paar Muskelprotzen die Scheiße aus dem Leib prügeln muss, dann ist das eben so.«

Eine Minute lang starrt Kai mich nur an. »Du musst nicht kämpfen«, sagt er dann und hält drei Streifen Papier hoch.

»Was ist das?«

»Unsere Eintrittskarten.«

Ich nehme sie ihm ab. »Wo hast du die her?«

»Wie bist du da drangekommen?«, fragt Clive und nimmt mir die Karten ab. »Himmel, die sind für die erste Reihe.«

Kai schüttelt den Kopf. »Also, wollt ihr nun da rein oder nicht?«

Ich bedenke die Jungs mit einem Grinsen. »Teufel, ja.«

# Kapitel 29

Trotz des VIP-Status, den unsere Tickets versprochen haben, stecken wir in einer langen, ungeordneten Reihe wartender Zuschauer fest, genau wie alle anderen auch. Es geht nur langsam voran, vor allem, weil die beiden Schläger vom Bear Clan an der Tür jeden nach Waffen durchsuchen.

»Ich gebe meine Waffen nicht ab«, jammere ich Clive die Ohren voll, als wir uns dem Kontrollpunkt nähern.

»Sieht ganz so aus, als müsstest du«, erwidert er.

Clive hat recht. Ich sehe zu, wie ein Mann, der bereits am Kontrollpunkt angekommen ist, ein Messer mit neun Zoll langer Klinge aus dem Stiefel zieht und in die bereitstehende, abschließbare Metallkiste wirft. Einer der Bear-Clan-Typen verriegelt die Kiste mit einem kleinen Schlüssel und stellt sie auf ein Regalbrett, auf dem schon ein Dutzend anderer Kisten steht. Dann reicht er dem Mann den Schlüssel, der an einer langen Schnur hängt und dem Anschein nach der einzige seiner Art ist. Offensichtlich vertraut mit der Vorgehensweise, schlingt sich der Mann die Schnur über den Kopf und geht weiter.

»Scheint ziemlich sicher zu sein«, sagt Kai. Tatsächlich sieht es so aus, als würde ich die einzige Person sein, die auf mein Zeug zugreifen kann, immer vorausgesetzt, niemand stiehlt die Kisten selbst. Ich muss einfach glauben, dass Diebstahl zumindest in der Kampfarena verpönt ist. Und hart bestraft wird. Um die Kundschaft bei Laune und den Geldstrom im Fluss zu halten. Das scheint sowieso das Motto des *Shalimar* zu sein.

Als wir den Tisch erreicht haben, wirft einer der großen Rausschmeißer nur einen Blick auf mich, und seine Mundwinkel wandern missbilligend abwärts. Grunzend greift er unter den Tisch und fördert eine extra große Kiste zutage. Er winkt mir zu, ich solle mich an die Arbeit machen. Erst kommt der Patronengurt, dann Schulterholster und Gewehr. Für alle Fälle entlade ich die Glock, ehe ich sie in die Kiste lege. Dann meine Messer, alle drei. Ich schließe die Kiste und nehme den Schlüssel an mich, und dann folgen Clive und ich der Schlange. Kai hinkt ein paar Schritte hinterher. Wir passieren die Metalldetektoren und nähern uns dem Gedränge und dem großen Ereignis.

»Warst du schon einmal bei so einem Kampf, Clive?«, frage ich, als wir die Arena betreten. »Wie läuft das ab?«

Die Arena ist nicht groß, aber auch nicht klein. Und wir müssen nicht in ein Kaninchenloch oder durch einen Schrank gehen, aber durch eine Tür, die zugleich ein Teil eines detaillierten Bildes vom O.K. Corral ist. Der Raum reicht für ungefähr zweihundert Personen oder mehr, was, wenn man bedenkt, dass wir immer noch unter der Erde sind, recht beeindruckend ist. Nicht zum ersten Mal frage ich mich, wer oder was diesen Ort geschaffen hat. Der eigentliche Kampfplatz besteht aus einem sauber gefegten Bereich verdichteter Erde, der zwölf Fuß tiefer liegt als der Rest des Bodens. Tribünen, die aussehen, als wären sie aus einer Highschool gerettet worden, drängen sich am Rand und bieten den Zuschauern einen freien Blick auf das Geschehen in der Mitte des Rings.

Und da geschieht bereits einiges. Wir haben die Eröffnungsrunde verpasst. Blutflecken, so frisch, dass sie noch nass sind, tüpfeln den Erdboden. Gewalt vibriert in der Luft, beschleunigt meinen Herzschlag und entflammt meine Nerven. Ich muss gestehen, ich bin aufgeregt und nicht frei von Vorfreude. Die Tribünen füllen sich. Es sieht aus, als wäre die Veranstaltung wirklich ausverkauft, und die Atmosphäre rund um die Grube ist elektrisch aufgeladen.

»Die erste Hälfte des Abends ist für ein offenes Turnier reserviert. Diese Kämpfe sind gerade vorbei«, erklärt Clive, während wir uns einen Weg durch das Gedränge bahnen und beide den blutbefleckten Ring betrachten. »Der Gewinner jeder Runde kommt weiter, der Verlierer ist raus. In der zweiten Hälfte finden geplante Kämpfe statt. Manchmal kann sich ein Turnierkämpfer für so einen Kampf qualifizieren. Das sind die Kämpfe, bei denen das große Geld zu gewinnen ist.«

Ich nicke wissend. »Also wenn jemand das Turnier übersteht, kann er dadurch zu den planmäßigen Kämpfen aufsteigen, aber der Haken ist, dass sie keine Ahnung haben, gegen wen sie antreten müssen. Und bis sie dahin kommen, haben sie sich schon mit einer Handvoll Amateuren herumprügeln müssen und fühlen sich vermutlich nicht mehr ganz so toll. Ein eindeutiger Vorteil für ihre Gegner.«

»So, wie du es formulierst, klingt es nach einem abgekarteten Spiel.«

»Mag sein. Aber wenn man mit den Turnierkämpfen genug Aufsehen erregt und es zu den planmäßigen schafft, kann man die Einsätze in die Höhe treiben. Und wenn man dann seinen Kampf gewinnt, kann man vermutlich eine gute Siegesprämie einstreichen.«

»Sofern man lange genug lebt, um seinen Gewinn zu zählen.«

»Bei dem offenen Turnier geht es doch darum, aufzusteigen, richtig? Und was dann? Blankwaffen bei den planmäßigen Kämpfen?«

Er mustert mich mit hochgezogenen Brauen. »Hast du so was schon mal gemacht?«

»Nie für Zuschauer«, erwidere ich. »Aber ich habe mich mit meinem alten Lehrer mit so was vergnügt. Nicht mit Wetten, nur mit Kämpfen. Ich weiß, wie das läuft.«

»Du hast recht. Im offenen Turnier geht es um den Gesamtsieg, damit man sich für die Profikämpfe qualifiziert, und in den planmäßigen Kämpfen treten die Gegner mit Blankwaffen an und kämpfen, bis das erste Blut fließt.«

»Das lassen die zu?«

»In diesem Raum ist eine Menge Geld versammelt. Die Gesetzeshüter gucken da gern mal weg.«

»Tatsächlich?«

»Hast du nicht die Jungs gesehen, die an der Tür nach Waffen gesucht haben? Law Dogs stellen hier den Sicherheitsdienst.«

Ich beuge mich zu ihm, um ihm noch eine Frage zu stellen, als ich eine Hand auf meiner Schulter spüre. Kais Hand. Er flüstert mir etwas ins Ohr: »Schau mal da drüben rechts, hinter den beiden großen Jungs mit den schwarzen Security-T-Shirts.«

Ich schaue, strenge die Augen an. Dort, gute drei Meter oberhalb der höchsten Sitzreihe, sitzt in einer Art Glaskasten, der einen 360°-Ausblick ermöglicht, eine Gestalt, bei der es sich nur um Mósi handeln kann.

Ich hatte nicht recht gewusst, wonach wir suchen sollten, da Ma'ii sich wieder gewohnt geheimnisvoll gegeben und uns keine Beschreibung geliefert hat, die über Name und Geschlecht hinausgegangen wäre. Ich wusste, dass Mósi der Navajo-Begriff für »Katze« war, also hatte ich angenommen, sie würde in irgendeiner Weise katzenähnlich sein. Ob katzenähnlich in dem Sinne, wie Ma'ii ein Hundeartiger war oder ob es einfach nur um jemanden ging, der sich aus purem Gehabe den Namen »Katze« zugelegt hat, wusste ich nicht. Jetzt weiß ich es.

Sie ist klein, gerade mal viereinhalb Fuß groß. Bei all den wilden Clan-Manifestationen an diesem Ort hätte sie einfach nur eine weitere Zurschaustellung von Diné-Blut sein können, aber ich weiß, dass sie mehr ist als das. Dieser spezielle Sinn, der mich warnt, wenn Monster in der Nähe sind, erkennt in ihr etwas Inhumanes. Unsterbliches. Etwas anderes, etwas, das nicht dazugehört.

Ihre Augen sind groß, überdimensioniert blicken sie aus einem kleinen, herzförmigen Gesicht mit einem zarten, spitzen Kinn. Dreieckige Katzenohren ragen über der Pagenkopffrisur auf, und zwischen der platten Nase und den heruntergezogenen

Mundwinkeln flattern weiße und graue Tasthaare. Sie trägt ein leuchtend grünes Partykleid oder sagen wir, ein Kleid, das mit dem weiten Glockenrock und den Puffärmeln gut zu Partys in TV-Serien der 1950er gepasst hätte. Auf ihrem Kopf sitzt ein durchsichtiger Visor, und sie hat sich einen Stift hinter das Katzenohr geklemmt, der jedoch nur Show ist, denn ihre kleinen, klauenartigen Hände peitschen so schnell über die Tastatur vor ihr, dass man den Bewegungen gar nicht mehr folgen kann. Vier ebenso sittsam ausstaffierte Frauen mit passenden Kleidern in Komplementärfarben stehen direkt außerhalb des Glaskastens um sie herum, brüllen und nehmen Wetten an wie die Börsenmakler früherer Zeiten. Zumindest sie sehen menschlich aus, wenn man von den leuchtend roten Wangen absieht, die ihren Clan preisgeben.

»Mósi«, sage ich. »Wie zum Teufel sollen wir an sie herankommen?«

»Sieht aus, als müssten wir das nicht.«

Zwei kräftige Sicherheitsleute aus dem Bear Clan kommen auf uns zu. Riesig, breite Schultern, zottiges Haar, genau wie ihre Clan-Namensvettern. Einen erkenne ich als den Kerl wieder, der mir meine Waffen abgenommen hat. Ich schalte auf höchste Alarmbereitschaft um. Clive hat gesagt, das wären Law Dogs, die in ihrer Freizeit hier arbeiten. Wahrscheinlich werden sie uns nicht erkennen, aber die Möglichkeit besteht natürlich immer.

»Nein«, sagt Kai, der meine Besorgnis vorausgesehen hat. »Schau.«

Er zeigt auf Mósi in ihrem Glaskasten, die uns nun direkt anstarrt. Ihre Augen bohren sich durch das Chaos um uns herum und fixieren mich unnachgiebig.

»Der Boss schickt uns. Mitkommen«, ertönt die rumpelnde Stimme eines der Männer. Im nächsten Moment legt er mir eine schwere Hand auf die Schulter.

»Wir freuen uns über die Einladung«, sagt Kai artig.

Der Sicherheitsmann lacht. »Du nicht. Uns hat man nur gesagt, wir sollen Neizghánis Zögling zu ihr bringen, das ist alles.«

»Neizghánis Zögling?« Ich weiß nicht, ob ich das als Beleidigung oder als Anerkennung werten soll.

»Sie geht nicht ohne uns«, protestiert Kai.

»Der Befehl gilt nur für sie«, erwidert der Sicherheitsmann.

»Ich weiß, dass er nur für sie gilt, aber lasst uns doch vernünftig sein. Wir lassen sie nicht allein mit euch gehen, also solltet ihr uns mitkommen lassen«, sagt Kai. Er starrt den Mann an, und seine Augen leuchten in einem hellen Silberton dank der Medizin, die ich immer noch auf den Lidern trage.

Grunzend wechselt der Mann einen Blick mit seinem Partner. Der zuckt mit den Schultern, und der Blick des ersten Bear-Clan-Typen huscht flackernd über meine Schulter hinweg. Ich drehe mich um und sehe, wie Mósi vage in unsere Richtung nickt. »Schön, nimm deinen kleinen Wanderzirkus mit. Aber im Ring wird dir das auch nicht helfen.« Damit macht er kehrt und marschiert zurück in die Richtung, aus der er gekommen ist, und uns bleibt nichts anderes übrig, als ihm zu folgen.

Ich schaue mich zu Clive um, ein breiter, muskulöser Kerl, der dank seiner Locken und der Sommersprossen irgendwie unschuldig wirkt. Und Kai studiert mich, als wäre ich das Wichtigste auf Erden.

»Ich glaube, ihr spinnt beide«, gestehe ich. »Und vermutlich bringt ihr euch noch um, wenn ihr mit diesem Mist weitermacht. Aber ich weiß die Geste zu schätzen.«

»Das ist keine Geste, Maggie«, sagt Kai. »Wir stehen hinter dir.«

»Clive?«, frage ich.

Der Rotschopf hat eine feierliche Miene aufgesetzt. »Du hast mir und meiner Schwester das Leben gerettet. Da musst du nicht mehr fragen.«

Mehr werde ich nicht erreichen, und schließlich sind die beiden durchaus imstande, ihre eigenen Entscheidungen zu treffen. Wenn sie mir in die Finsternis folgen wollen, wer bin ich dann, sie aufzuhalten?

»Okay«, sage ich. Meine Hände tasten automatisch nach meinen Waffen, bis mir wieder einfällt, dass ich sie nicht bei mir habe. »Gehen wir zu Mósi.«

Mósis Höhle, und anders kann man das wirklich nicht bezeichnen, ist in die Erde getrieben worden, weit unten in dem gähnenden Abgrund, der sich *Shalimar* nennt. Die Sicherheitsmänner führen uns eine Wendeltreppe hinunter, bis wir weit unter dem eigentlichen Club sind. Anschließend geht es durch einen Gang, der aussieht, als wäre er direkt in die rote Erde von Dinétah gegraben worden. Boden, Wände und Decke des abgerundeten Tunnels bestehen aus blankem Fels und verdichteter Erde. Wie Maulwürfe bewegen wir uns durch die Finsternis. Meine Nachtsicht ist hervorragend, aber selbst ich muss mich auf unsere Führer vom Bear Clan und ihre Gaslaternen verlassen, um meinen Weg zu finden. Über uns kann ich das Stampfen und Jubeln der Menge hören. Wir sind direkt unter der Arena, und mit jedem dumpfen Schlag von oben rieseln Staub und lose Steine aus der Decke auf unsere Köpfe, während im Ring der Kampf weiterwütet.

Endlich gelangen wir an eine Stelle, an der sich der Gang zu einer ausgedehnten Höhle aufweitet, groß genug, dass neben uns noch ein Dutzend weiterer Leute Platz hätten. Sie ist rund. Die Rückseite beherrscht eine erhabene Plattform, und links von uns zweigt ein Gang ab. Der Boden ist mit Fellen ausgelegt, und über der Plattform hängen kleine Nagetiere an ihren Schwänzen von der Decke herab wie dekorative Hängelampen. Ich sehe eine braune Wüstenmaus und die größeren Ratten, die in Tse Bonito verbreitet sind. Sogar ein paar graue Eichhörnchen sind dabei. Sie alle starren aus kleinen, schwarzen, toten Augen in den Raum.

Unwillkürlich schaudere ich. Die unheimliche Atmosphäre hat soeben die Grenze zum Makabren überschritten.

Kai ist so dicht neben mir, dass sich unsere Schultern streifen, als er mir zuflüstert: »Was ist das für ein Ort?«

»Mósi *ist* eine Katze«, antworte ich.

Sein Blick wandert über die Decke. »Das erklärt immerhin die toten Tiere.«

Ich versuche, mir alles ins Bewusstsein zu rufen, was ich über Katzen weiß, aber das ist nicht gerade viel. Ich habe nie eine Katze besessen, und die wilden oben in den Bergen, die Rotluchse und Pumas, bleiben in ihren Verstecken, wenn ich in der Nähe bin. Graces Katze kam mir ganz okay vor, aber ernsthaft, wer kann das schon wissen? Und ich bin sicher, selbst wenn ich über ein umfassendes Wissen über Katzen verfügen würde, es würde mir nicht helfen, Mósi zu verstehen, obwohl mir ein grundlegendes Verständnis für das Verhalten von Kojoten mehr als einmal geholfen hat, mit Ma'ii Schritt zu halten.

Unsere Gastgeberin steigt mit schwingendem grünem Glockenrock eine Wendeltreppe über der Plattform herunter. Ich nehme an, dass sich am oberen Ende dieser Treppe ein Glaskasten befindet, von dem aus man auf die Arena herabblicken kann. Kein idealer Ausgang, denn ich weiß nicht recht, wie man das Glas zerbrechen könnte, aber es sieht so aus, als wäre das, abgesehen von dem Weg, den wir gekommen sind, die einzige andere Möglichkeit, aus dieser Höhle herauszukommen. Sollte es notwendig werden, dann finde ich einen Weg, um das Glas zu zerbrechen.

Am Fuß der Treppe bleibt Mósi kurz stehen und taxiert uns. Sie ist älter, als ich erwartet habe. Aus der Ferne hat sie jünger gewirkt, aber nun sehe ich die grauen Strähnen in ihrem schwarzen Haar und die Andeutung feiner Linien in der Augen- und Mundpartie. Andererseits, was bedeutet Alter schon für ein unsterbliches Wesen? Die eigentliche Frage lautet: Warum hat Mósi diese spezielle Maske gewählt? Welchem Zweck dient sie, und was hofft sie zu erreichen, indem sie auftritt wie eine Oberschwester? Wenn das dazu dienen soll, mich zu beruhigen und mir zu vermitteln, dass sie im Grunde nur mein Bestes will, dann funktioniert es nicht.

Ihre Augen streifen uns und bleiben kurz an Kai hängen. Sie lächelt ihm zu, als hätte sie ihn erkannt. Seltsam, aber mir ist schon aufgefallen, dass Kai merkwürdige Reaktionen bei den Leuten provoziert, ganz besonders bei Bik'e'áyée'ii. Mehr ist das hier auch nicht.

Endlich fasst sie mich ins Auge und winkt mich zu sich zum Rand der Plattform. Dort liegt ein Haufen Kaninchenfelle auf dem Boden, und meine Mokassins sinken geräuschlos in die dicke Pelzmasse, als ich zu ihr gehe.

»Willkommen, Kind«, sagt sie mit einer Stimme, die an ein neugieriges Schnurren erinnert. »Lass mich dich ansehen.«

Ich halte still, während sie mich im Zwielicht der Höhle mustert. »Ich dachte, Katzen können im Dunkeln sehr gut sehen«, fordere ich sie heraus.

»Das können wir, Kind. Und wir können auch dein Herz schlagen hören. Und deine Erregung riechen. Unter anderem.« Ihre Nase zuckt, als sie schnuppert.

Gar nicht unheimlich. Ich warte, während sie im Kreis um mich herumstolziert und mir dabei so nahe kommt, dass ich ihre Schnurrhaare über meinen Arm streichen spüre.

»Du bist also Neizghánis Waffe. Sein Kampfkind.«

Schon wieder Neizghání. Vielleicht liegt das gar nicht an meinem Ruf. Vielleicht hat Ma'ii Mósi von meinem früheren Lehrer erzählt. »Was hat Coyote dir erzählt?«

»Oh, Ma'ii war nicht derjenige, der mir von dir erzählt hat. Das war die Mutter.«

»Neizghánis Mutter? Changing Woman?« Mir ist nie in den Sinn gekommen, dass Neizghánis Mutter von mir wissen könnte, umso weniger, dass sie über mich reden könnte.

»Hmm … ganz genau. Sie ist nett zu uns. Zu Cat, Buffalo und Deer. Sogar zu Coyote. Wir sind die, die ihr in ihrem Haus im Westen Gesellschaft leisten, nicht ihr Fünffingrigen mit all euren Problemen und Tumulten.«

Ich nehme an, ich sollte jetzt beleidigt sein, aber die Vorstellung, Zeit mit Changing Woman zu verbringen, erschüttert mich bis ins Mark. Nicht, weil sie eine Heilige ist, mächtiger als alles, was wir kennen, sondern weil Neizgháni ihr Sohn ist.

Mósi entgeht nicht, dass ich erbleiche, und sie lächelt. »Ach, mach dir keine Gedanken, wir haben nur über Dinge geredet, die bereits bekannt sind.«

»Was soll das heißen?«

»Eben das.« Sie berührt mit einem Finger ihre Nase und zeigt dann erst auf mein Herz und anschließend auf meine Leistengegend. »Eben das.«

Durch und durch gruselig. Ich kann schon jetzt spüren, wie meine begrenzte Geduld sich abnutzt. Ich bin nicht in Stimmung für Ratespielchen mit einer Katze. Wir sind aus einem bestimmten Grund gekommen, und der ist nicht die Demontage meiner Beziehung zu Neizgháni mit noch einer neugierigen, tratschenden Bik'e'áyée'ii. Ich habe keine Ahnung, warum alle so daran interessiert zu sein scheinen, aber ich weiß, dass jetzt nicht der passende Zeitpunkt dafür ist.

»Hat Ma'ii dir gesagt, warum wir mit dir reden wollen?«

Sie umkreist mich immer noch und legt den Kopf schief. Ich empfinde das dringende Bedürfnis, sie zu packen und festzuhalten. Meine Hand zuckt, so sehr giere ich danach.

»Er hat gesagt, du hättest etwas«, fahre ich fort. »Etwas, das Monster erschaffen kann.«

»Warst du vorhin unter meinen Gästen? Haben dir unsere kleinen Kämpfe gefallen?«

Ich blinzele, verdattert über den abrupten Themenwechsel. »Wir sind erst spät gekommen, also haben wir die Kämpfe nicht gesehen«, gestehe ich. »Aber was diesen Gegenstand betrifft, Ma'ii hat ihn als Feuerbohrer bezeichnet …«

»Katzen sind natürlich Jäger. Keine echten Kämpfer. Oh, sicher, wir kämpfen, wenn man uns in die Enge treibt, aber wir ziehen es vor, uns an unsere Beute heranzuschleichen. Es ist die Jagd, die wir lieben.«

Mein Blick huscht zu Kai. Er ist der mit dem Redetalent, und Mósi ist interessiert an ihm, ein Interesse, das sich nicht auf den Rest von uns auszudehnen scheint. Vielleicht kann er die Katze wieder in die Spur bringen.

Kai fängt meinen Blick auf, räuspert sich und tritt einen Schritt vor.

»Ist das deine Beute?«, fragt er und zeigt auf die diversen Nagetiere, die an der Decke hängen. Mósi bleibt wie angewurzelt stehen und sieht Kai an. Für einen Moment glaube ich, sie wird ihn anfallen, stattdessen bricht sie in Gelächter aus, ein hohes, aggressives Kichern, das lange genug anhält, dass Kai mich mit einem verwirrten Ausdruck in den edlen Zügen ansehen kann. Aber ich habe keinen blassen Schimmer, warum die Katze so hysterisch gackert, also zucke ich lediglich mit den Schultern.

»Nein, du dummes Kind«, sagt Mósi, als ihr Gelächter verstummt und sie wieder zu Atem gekommen ist. »Das sind Geschenke von meinen Lieblingen.« Sie deutet auf die unzähligen Hauskatzen, die frei durch die Höhle schleichen. »Ich hänge sie auf, um ihnen den angemessenen Respekt zu erweisen.«

»Also so was wie eine gruselige Version einer Mutter, die die selbst gemalten Bilder ihres Kindes an die Kühlschranktür hängt?«, frage ich.

Sie lächelt, eine unerfreuliche Mimik, die ihre langen Vorderzähne bloßlegt.

»Ich bitte um Vergebung, Mósi«, sagt Kai, ohne zu zögern. »Ich hätte mir denken können, dass eine große Jägerin wie du wertvollere Beute zur Strecke bringt.«

»Mmmmm«, macht Mósi zustimmend. Ihre Augen huschen zu mir und dann wieder zu Kai. Nun hört sie zu.

»Wir sind gekommen, weil Coyote uns gesagt hat, du hättest etwas, das uns helfen könnte, herauszufinden, wer die Monster macht, die Dinétah terrorisieren.«

Kai kommt zu uns auf die Kaninchenfelle, greift nach ihrer Hand, zieht sie sanft hinab und setzt sich mit ihr auf die weiche Masse totes Tier. Dann winkt er mir zu, mich ebenfalls zu setzen, also lasse ich mich widerwillig auf meine Fersen sinken. Daraufhin winkt Kai mit der freien Hand Clive zu, um ihm zu signalisieren, dass auch er Platz nehmen soll.

»Hmmmm … du bist ein edler junger Mann«, murmelt Mósi, deren Blick immer noch auf Kai ruht. Sie reibt mit einer Hand über den weichen Samt seines Hemdärmels, ehe sie ihre Finger wieder mit seinen verschränkt. »Ja, ein edler junger Mann. Du wirst dem Volk starke Medizin schenken. Ja, das wirst du. Wenn du überlebst.« Nun sieht sie mich an und kichert, als wäre Kais Überleben nur ein Witz.

Kai erbleicht, doch sein Lächeln hält stand. Er drückt die Hand der verrückten Katze, als würden sie nur ganz zwanglos miteinander plaudern. »Hast du von diesen Monstern gehört?«, fragt er.

»Das habe ich.«

»Sie sind böse und stumpfsinnig. Sie haben Kinder getötet. Mütter und Väter. Brüder und Schwestern.«

»Und du willst die Person töten, die sie geschaffen hat?«

»Ja«, sage ich.

Mósis Blick wandert wieder zu mir. »Richtig, Kampfkind. Du bist eine Jägerin wie ich. Du sehnst dich danach, das Blut deiner Feinde zu kosten, ihre Hälse zwischen deinen Kiefern brechen zu hören.«

Kai hüstelt in Anbetracht der lebhaften Beschreibung, und ich muss zugeben, dass ich es zwar anders formuliert hätte, sie der Sache aber dennoch ziemlich nahekommt. »Wirst du uns helfen?«

Sie schürzt die Lippen, ein Musterbild der Betroffenheit. »Das ist nicht so einfach. Ein anderer hat bereits Anspruch auf das Objekt erhoben, das du begehrst.«

»Wer?«, fragt Kai.

»Jener kam zu Mósi, zunächst mit Drohungen. Doch ich sagte Nein, es ist rechtmäßig mein, es wurde mir als Geschenk gebracht. Jemandem ein Geschenk wegzunehmen, das demjenigen aus freien Stücken überreicht wurde? Das würde Mutter nicht erlauben. Also hat jener mir versprochen, große Reichtümer dafür zu bezahlen, aber was bedeuten Reichtümer für eine Katze?«

Ich beiße mir auf die Lippen, schlucke das Offensichtliche hinunter, das mir auf der Zunge liegt. Diese Katze ist eine Buchmacherin.

»Ich sagte ihm das Gleiche, was ich euch sagen werde«, verkündet sie.

»Was da wäre?«, frage ich.

»Ihr müsst darum kämpfen. In meiner Arena.«

»Das ist alles?«, hake ich nach. Das ist nichts anderes als das, was ich so oder so vorhatte, bis Kai mit den Tickets aufgetaucht ist.

»Maggie, warte«, sagt Kai. »Wir wissen nicht …«

»Ich bin einverstanden.«

Kai steht auf, zieht mich hoch und weg von der Katze, die mich mit einem Raubtierlächeln bedenkt.

»Ich glaube nicht, dass das eine gute Idee ist«, flüstert Kai mit spürbarem Unbehagen in der Stimme. »Ich habe ein schlechtes Gefühl bei der Sache.«

»Ma'ii hat gesagt, das wäre unsere Chance, den Hexer zu finden.«

»Und du traust ihm?«

»Nein, aber ist das nicht der Grund, warum wir hier sind?«

»Ich halte es nur für keine gute Idee, wenn du in die Arena gehst.«

»Ich kann mich in einem Kampf behaupten, Kai. Das ist wirklich meine geringste Sorge.«

»Das wird der letzte Kampf dieser Nacht werden«, sagt Mósi.

Im Grunde ist es mir egal, welcher Kampf es ist. Und ein kleiner Teil von mir sehnt sich schon nach dem Ring, seit ich ihn zum ersten Mal gesehen habe. Die Gewalt ist vertraut, so einfach ist das. Das ist etwas, das ich verstehe. Ich entferne mich von Kai und kehre zu Mósi zurück.

»Ich kämpfe.«

»Ja.« Mósi schnurrt, und ihre Augen funkeln, als sie die Stimme hebt, um ihre Sicherheitsleute zu rufen. »Dann ist es bezeugt. Neizghánís Kampfkind hat sich dem Ring verpflichtet. Dies ist ein Versprechen, das sie nicht brechen kann, will sie nicht den Unmut der Diyin Dine'é riskieren.«

»Es ist bezeugt«, intonieren die Männer formell im Chor. Mósis Lächeln ist dermaßen selbstzufrieden, sie sieht wirklich aus wie eine Katze, die gerade einen Kanarienvogel verschlungen hat. Beinahe rechne ich damit, dass sie gelbe Federn ausspuckt. Irgendwas ist da im Busch.

»Was ist mir entgangen?«, frage ich Kai.

Er schüttelt den Kopf und ist offenbar genauso ratlos wie ich.

»Maggie«, erklingt Clives Stimme hinter uns. Ich sehe mich über die Schulter um. Clive sitzt nahe dem Eingang und ist aschfahl unter seinen Sommersprossen. Selbst seine Lippen sind farblos. »Das hatte ich vorhin nicht erwähnt, aber der letzte Kampf endet nicht, wenn das erste Blut fließt. Der letzte Kampf geht bis zum Tod.«

# Kapitel 30

»Worum es auch geht, es ist nicht wert, dafür zu sterben.«

Kai marschiert auf und ab und ist aufgeregter, als ich ihn je erlebt habe. Er dreht die Ringe an seinen Fingern, einen nach dem anderen, arbeitet sich an seiner rechten Hand vor und zurück. Seine Ziegenlederstiefel wirbeln jedes Mal, wenn er abrupt auf dem Absatz kehrtmacht, kleine Staubwolken auf. Seine Augen leuchten wieder silbern, als führten sie ein Eigenleben.

Ich sitze auf dem Boden und sehe ihm vage amüsiert zu. Wir befinden uns in einer langen, schmalen Zelle mit zwei Türen. Die, die weiter entfernt von uns ist, führt hinaus zu dem kreisförmigen Gang, der um den Ring herumgeht. Hinter dem anderen liegt ein Maschendrahtzaun mit einem Tor, das sich direkt in den Ring öffnet. Mósis Sicherheitsleute haben uns aus der Höhle des bösen Kätzchens hierher geführt, nachdem ich mich mit dem Kampf einverstanden erklärt hatte. Kai bestand darauf, mich zu begleiten, und Mósi hat ihm mit einer knappen Bewegung ihres kätzischen Kopfes ihr Einverständnis erteilt. Aber Clive hat sie rausgeworfen, zurück auf seinen Platz in der ersten Reihe, von dem aus er das bevorstehende Blutbad besonders gut sehen können wird.

»Danke für dein Vertrauen«, kommentiere ich trocken, als Kai an dem dicken Türkisklunker an seinem Mittelfinger herumfummelt. Er hört gerade lange genug mit dem nervösen Gezappel auf, um mich mit einem entrüsteten Seitenblick zu bedenken.

»Das habe ich nicht gemeint. Ich meine nur, das ist es nicht wert, dass jemand dafür sterben muss.«

»Das weißt du nicht.« Ich sitze im Schneidersitz an der Wand und empfinde eine unfassbare Ruhe. Geräusche dringen durch das Maschendrahttor, und wir können das rohe Geschrei der Menge hören, die da draußen ihre Einsätze macht und ganz allgemein nach Blut verlangt.

»Doch, das weiß ich«, widerspricht Kai und dreht am nächsten Ring. Geht wieder ein paar Schritte, ehe er herumpeitscht und zu mir zurückkommt. »Ich meine, ich weiß, das könnte der Schlüssel dazu sein, herauszufinden, wer dieser Hexer ist, aber es muss auch einen anderen Weg geben.«

»Gib es auf, Kai. Es ist gelaufen. Ich schaffe das schon.«

»Das weißt *du* nicht.«

Ich ziehe eine Braue hoch. »Ernsthaft? Du meinst nicht, dass ich diesen Kampf gewinnen kann? Ich glaube, jetzt bin ich gekränkt.«

»Sei doch mal eine Minute lang ernst.«

»Clive hat gesagt, die Law Dogs sehen weg, weil alles freiwillig ist, und sie bekommen einen fetten Anteil an den Gewinnen des Hauses.«

»Die Cops machen mir keine Sorgen.«

»Was macht dir dann solche Sorgen?«

Fassungslos starrt Kai mich an. »Wie kannst du so ruhig sein, wenn dir ein Kampf auf Leben und Tod bevorsteht? Selbst wenn du dabei nicht umkommst, musst du töten, um zu überleben.«

»Das wäre nicht das erste Mal.«

»Es wäre nicht ...«, stottert er.

»Es wäre nicht einmal das erste Mal in dieser Woche.«

»Das ist kein Witz!«

Ich stöhne vernehmlich. »Ich dachte, du würdest mit meiner ›mörderischen Natur‹ zurechtkommen. Du hast mir gesagt, dass dir Living Arrow nichts ausmacht. Dass du froh bist, eine Mörderin als Partnerin zu haben.«

Ruckartig bleibt er stehen und sieht mich niedergeschlagen

an. »Und es ist meine Schuld, nicht wahr? Meinetwegen hast du Longarm erschossen. Gott, ich habe dich gezwungen, ihn zu töten. Wäre ich nicht so unbesonnen gewesen …« Sein ganzer Körper sackt zusammen, jeglicher Kampfeswille ist wie weggepustet. Er kommt zu mir, lehnt sich an die Wand, gleitet an ihr herab und setzt sich im Schneidersitz neben mich. Bekümmert schüttelt er den Kopf. Die Wucht des Todes dieses Law Dogs trifft ihn nun zum ersten Mal wirklich. Unsere Schultern sind nahe genug aneinander, dass wir uns berühren könnten, aber wir tun es nicht.

»Töten ist meine Clankraft, so wie das Heilen deine ist.« Ich breite die Hände aus, ziehe kurz die Schultern hoch. »Das ist, wer ich bin. Ich dachte, das hättest du begriffen.«

»Ja, wenn es um Monster geht. Darum, Monster zu töten Hexer zu jagen. Unschuldigen zu helfen.«

»Früher hat es für mich in dem Punkt wirklich nur Schwarz und Weiß gegeben, aber jetzt … ich weiß auch nicht. Es fühlt sich anders an, verstehst du? Seit Neizgháni gegangen ist. Es ist, als könnte ich die Monster nicht mehr von den Guten unterscheiden, also ist es das Beste, ich ziehe nur den Abzug und überlasse die Einordnung jemand anderem.«

»Das meinst du nicht ernst.«

»Vielleicht doch. Vielleicht bin ich keine von den Guten.« Ich denke an die Black Mesa. »Vielleicht bin ich das schon sehr lange nicht mehr.«

»Du bist eine von den Guten. Ich habe gesehen, was du in Rock Springs getan hast. Du hast Leben gerettet.«

»Rissa hätte ich beinahe umgebracht.«

»Du hast ihr das Leben gerettet.«

»Nein. Ich habe niemanden gerettet. Das warst du. Ich versuche schon die ganze Zeit, dir klarzumachen, dass ich keine Heldin bin, Kai.«

»Eine Heldin zu sein heißt nicht, dass du perfekt sein musst. Es heißt nur, dass du das Richtige tust, dass du dein Bestes tust, um die Leute, die dir am Herzen liegen, zu beschützen. Dass du bereit bist, dich selbst zu opfern, um das zu schaffen. Mir ist egal, was du sagst, um das zu leugnen – ich war dabei. Ich habe es miterlebt.«

Er verstummt und starrt die Wand auf der anderen Seite an. Ich beuge mich zu ihm, lasse nun doch zu, dass sich unsere Schultern berühren. Versuche, ihm Danke zu sagen, für das Vertrauen, das er in mich investiert. Das Vertrauen, das ich nicht verdiene. Ich weiß nicht einmal, was ich damit anfangen soll, dennoch bin ich dankbar dafür. Und zugleich rechne ich fest damit, dass er vor mir zurückweicht. Aber das tut er nicht, er sieht nur kurz zu der Stelle, an der wir uns berühren.

Eine Weile sitzen wir so beisammen, und außer dem fernen Gebrüll der Menge über uns, die zwei Kämpfer bejubelt, die gerade jetzt versuchen, das Blut des jeweils anderen zu vergießen, ist kein Laut zu hören.

Als er dann doch endlich wieder etwas sagt, klingt seine Stimme sanft und distanziert. »Wer hat dir nur so einen Bockmist eingetrichtert?«

Ich zucke weg. »Was?«

Er dreht sich zu mir um. Er mag in einem ruhigen Ton gesprochen haben, aber seine Augen sehen aus, als würde sich unter der Oberfläche ein Sturm zusammenbrauen. Ich schaudere, versuche, mich zu konzentrieren, aber sein überraschender Ausbruch hat mich völlig aus der Bahn geworfen. »Wer hat dir eingeredet, du wärest nichts als eine Mörderin?« Nun ist seine Stimme schon lauter. »Oder dass Living Arrow so etwas wie ein Fluch ist? Dass deine Vergangenheit dich selbst zu einer Art Monster macht?«

»Ich … ich …« Ich versuche verzweifelt, mich zu verteidigen. »Das Böse ist wie eine Krankheit«, setze ich an.

»Also denkst du, dass du böse bist?«

»Nein. Aber wenn es dich erwischt …«

»›Erwischt‹? Hör dir doch nur mal selbst zu, Maggie. Was

immer dir zugestoßen ist, mag böse gewesen sein, aber du bist nicht böse. Und aus dieser bösen Tat ist ein Segen entstanden, kein Fluch.«

»Ich glaube nicht …«

»Aber das hast du mal, oder etwa nicht?«

Ich erinnere mich daran, für Großmutter Schafe gehütet zu haben. Ich erinnere mich an einen pinkfarbenen Pyjama mit Herzen auf dem Rücken. Daran, wie wir uns Western angesehen haben, wie wir zusammen gelacht haben. Aber dann erinnere ich mich auch wieder an andere Dinge. »Nicht sehr lange.«

»Weißt du eigentlich, dass Tah dachte, du könntest die Sterne vom Himmel angeln? Er hat immer mit dir vor mir geprahlt und wollte mich überzeugen, dass du unser Volk retten würdest. Für ihn warst du eine Heldin.«

»Tah war immer …«

»Hat Longarm dich dazu gebracht, so zu denken? Ich weiß noch, was er zu dir gesagt hat. Hast du den Giftcocktail getrunken, den dir dieser Scheißkerl angedreht hat?«

»Natürlich nicht.«

»Wer war es dann? Neizgháni? Dieser Lehrer, dessen Name nur erwähnt werden muss, und schon machst du dicht? Hat er dir gesagt, du wärest vergiftet, eine Art geborene Mörderin? Hat er dich überzeugt, dass du keine Freunde haben kannst? Dass niemand dich lieben kann?«

»Kai, hör auf! So ist das nicht. Du verstehst das nicht.«

Ein lautes Gebrüll ertönt aus der Arena und verrät uns, dass der Kampf vorbei ist. Wir drehen uns beide um und beugen uns vor, um einen Blick auf den Gewinner zu werfen. Und auf den Verlierer.

»Dann hilf mir, es zu verstehen«, flüstert er eindringlich, als er sich wieder zu mir umdreht. »Ich höre dir zu. Hilf mir zu verstehen.«

Was soll ich sagen? Das ist das einzige Leben, das ich kenne?

Es ist die einzige Sache, die ich gut kann? Töten ist die eine Sache, durch die ich für Neizgháni von Wert war? Und nur durch Neizgháni war ich überhaupt irgendetwas wert?

»Ich … ich kann nicht«, stottere ich. »Du weißt nicht, wie das für mich war. Du hast Freunde. Die Leute lieben dich. Aber du hast auch gesehen, wie die Leute auf mich reagieren.«

»Einige Leute würden mir liebend gern den Schädel einschlagen«, sagt er ironisch. »Die Uriostes, die Law Dogs. Hast du das gemeint?«

Gegen meinen Willen muss ich lachen. »O Gott, das ist wahr, oder?«

Er seufzt. Nickt. Atmet dann tief durch und schaut mich mit ernster Miene an. »Eine der ersten Lektionen, die Grandpa mir erteilt hat, lautet, dass Clankräfte Gaben sind, kein Fluch. Wir mögen sie nicht verstehen, nicht begreifen, warum nur manche von uns mit ihnen gesegnet sind, ihr volles Potenzial nicht kennen, aber er war überzeugt, dass sie ein Werkzeug im Kampf gegen finstere Zeiten sind, gegen Monster. Und wie jedes Werkzeug können auch sie zum Guten oder zum Bösen dienen. Ein guter Mann benutzt einen Hammer, um ein Haus zu bauen. Ein schlechter Mann benutzt ihn, um seinen Nachbarn zu töten. Der Hammer ist derselbe.«

»Ich bin eher eine Schusswaffe als ein Hammer. Ich bin eine Waffe. Geschaffen, um zu töten.«

»Dann eben eine Schusswaffe. Aber eine, die ebenso dazu dienen kann zu schützen, statt zu zerstören. Oder auch nicht. Schmelz eine Waffe ein, bis nur noch das Wesentliche bleibt, dann hast du nichts weiter als Metall, das sich zu allem formen lässt, was du willst. Nichts spricht dagegen, dass du das Gleiche tust.«

»Ich weiß, was du mir sagen willst, aber du kennst mich nicht. Nicht richtig. Du weißt nicht, was ich durchgemacht habe. Oder was ich getan habe.« Graue Augen, die erlöschen, als ich meine

Klinge über eine Kehle ziehe. Das Messer am Mantel eines Toten abwische. Longarm, dessen Gesicht aussieht wie rohes Hackfleisch. Und ein kleines Mädchen, dessen Kopf einen Berghang herabrollt.

Und mehr. So vieles mehr.

»Das muss ich auch nicht wissen«, entgegnet Kai. »Alles, was du getan hast, deine Vergangenheit, das ist nur noch eine Geschichte, die du dir selbst erzählst. Ein Teil davon ist wahr, aber manches ist auch gelogen.« Mit der Rückseite eines Fingers streicht er mir über die Wange.

Stirnrunzelnd weiche ich zurück. »Du denkst, ich lüge?«

Seine Stimme klingt beinahe unerträglich lieb. »Nur dir selbst gegenüber.«

Das Gleiche hat Ma'ii gesagt, aber mir bleibt keine Zeit, über diese Fügung nachzudenken. Das Tor auf der anderen Seite öffnet sich krachend, und wir drehen uns beide um. Es ist einer der Sicherheitsmänner vom Bear Clan. Als er hereinkommt, stehen wir auf und sehen zu, wie er durch die Zelle marschiert, um das Maschendrahttor aufzuschließen. Kai ergreift meine Hand und drückt sie fest. Ich lasse es zu, drücke vielleicht sogar ein bisschen zurück.

»Zwei Minuten«, knurrt der Mann und gibt mir ein Messer. Ich brauche einen Moment, bis mir klar wird, dass es mein Böker ist. Sieben Zoll scharfer Stahl, leicht gekrümmt mit schwerer Spitze, um einen nach unten gerichteten Stoß zu unterstützen. Sie haben meine Waffenkiste geöffnet.

Der Sicherheitsmann grinst mich an. »Sei froh, dass du das überhaupt bekommst. Mósi denkt, dass du mit deinen eigenen Waffen besser kämpfen kannst, und sie will einen guten Kampf sehen.«

Ich stecke das Messer in die leere Scheide an meinem Gürtel.

»Alle rufen deinen Namen. Also raus mit dir. Und ein bisschen Effekthascherei kann nie schaden. Treibt die Einsätze hoch. Du bist ein Mädchen, also wetten die Leute jetzt schon gegen dich, und, na ja …« Er kichert leise und gemein.

»Na ja, was?«, frage ich.

»Wer wettet schon gegen ihn?«

»Ihn? Wer ist er?«

Ein Grinsen breitet sich bösartig auf seinen schmalen Lippen aus. »Du kannst dir immer noch nicht denken, gegen wen du antreten sollst?«

»Nein.«

»Alle haben nur darauf gewartet, diesen Kampf zu sehen.«

Verwirrt lege ich die Stirn in Falten. »Ich habe dem Kampf gerade erst zugestimmt. Wie ist es möglich, dass irgendwer darauf wartet?«

Er lacht. »Mósi wusste, dass du kommst. Sie hat Gerüchte über diesen Kampf streuen lassen, seit Coyote ihr das Ding gebracht hat, um das ihr zwei euch streitet.«

»Was?« Ma'ii hat Mósi den Feuerbohrer gebracht?

»Bei deinem Gegner war sie nicht so sicher«, fährt er fort. »Der Coyote hat es versprochen, aber wir konnten es erst glauben, als er tatsächlich aufgetaucht ist. Coyote hat es uns ja gesagt.«

»Ma'ii. Du redest von Ma'ii.«

»Warum sollte Ma'ii Mósi den Feuerbohrer überlassen, statt ihn gleich dir zu geben?«, fragt Kai, der nicht minder verwundert ist als ich. Ich werfe ihm einen besorgten Blick zu. Was führt der Gauner im Schilde?

»Und er hat gesagt, dass du ganz bestimmt kommen wirst«, fährt Bear Clan fort. »Dass du dich nicht fernhalten kannst. Der weiß genau, wie du tickst, Mäuschen.«

Den letzten Teil ignoriere ich. »Also hat Ma'ii die ganze Geschichte eingefädelt?«

Der Mann vom Bear Clan zuckt mit den gewaltigen Schultern. »Ich weiß nicht, was er und Mósi ausgetüftelt haben. Ich weiß nur, dass das ein höllischer Kampf wird. Oder …« Er mustert mich forschend, überlegt offensichtlich, ob er auf einen Gewinner gesetzt hat oder auf einen Verlierer. »… wenn die ganzen Geschichten über dich nicht bloß Schwachsinn sind, könnte es auch ein Blutbad werden.«

»Ein Blutbad?« Mir rutscht der Magen in die Kniekehlen. »Gegen wen zum Teufel trete ich an?«

Aber er hat keine Zeit mehr, mir zu antworten. Sie rufen meinen Namen.

# Kapitel 31

Ich betrete die Arena.

Gebrüll prügelt auf meine Sinne ein. Blut rauscht durch meine Adern, pulsiert in meinen Ohren und verwandelt alle Geräusche in ein dumpfes Getöse. Ich lasse den Blick über die Menge schweifen. Die Arena ist bis zum Rand voll mit ekstatisch schreienden Leuten, aber ich kann nicht viel von ihnen sehen, weil mir die Scheinwerfer ins Gesicht leuchten. Mósi ist nur ein Schatten in einem Glaskasten. Mehr erkenne ich auch nicht an der Stelle, an der Clive sitzen dürfte. Kai verliert sich irgendwo in der Finsternis, wartet in der Zelle, aus der ich gerade gekommen bin, hält seinen Medizinbeutel bereit und dazu sämtliche Gebete, die er kennt, falls ich sie brauchen sollte.

Und dann fällt mir etwas Helles ins Auge. Ma'ii. Immer noch in Himmelblau und Orange. Er wirbelt einen kurzen, rußgeschwärzten Stab mit seinen Klauenfingern herum und grinst. Ich brauche einen Moment, bis mir aufgeht, was das ist.

Er tippt sich mit der Spitze des Stabs an den Hut, ein Salut. Oder ein Abschied.

Und ich weiß es. Einen Sekundenbruchteil, bevor er angekündigt wird, weiß ich, wer mir auf der anderen Seite des Rings entgegentreten wird.

»Naayéé' Neizghání!«

Er tritt aus dem Tunnel, der meinem gegenüberliegt, und die Menge verfällt in ehrfürchtiges Schweigen. Er sieht so prachtvoll aus, wie ich ihn in Erinnerung habe. Attraktiv, ja, aber auf eine wilde, absolut jenseitige Art. Ebenholzschwarzes Haar, das ihm bis zur Taille reicht, fällt offen über seinen Rücken. Augen, so dunkel wie die Stunde vor Anbruch der Morgendämmerung, ein Gesicht, wie von einem Künstler gemeißelt. Definierte Wangenknochen, Adlernase, dichte Brauen. Heute trägt er nicht seine Quarzrüstung. Mächtige Muskeln zeichnen sich an seiner nackten Brust ab, und über seinem Herzen prangt ein Tattoo, das einen stilisierten Blitz darstellt. Seine kräftigen Beine sind mit weichem Leder verhüllt, und die Füße stecken in traditionellen Jagdmokassins. Er ist von Kopf bis Fuß der mythische Held, den Legenden entsprungen, um in der Arena gegen mich anzutreten.

Vollkommene Stille kehrt ein, als er geschmeidig und todbringend in den Ring tritt. Ich kenne ihn, ich habe jahrelang mit ihm trainiert, mich zu dem Versuch verpflichtet, ihn heute Nacht zu töten, aber selbst ich stehe mit offenem Mund da, wie benommen durch seine bloße Gegenwart. Er hebt die Hand, und seine Faust umfasst einen Blitzdolch, eine kleinere Version seines berüchtigten Schwerts. Er lächelt; die Arena verwandelt sich in ein Tollhaus, und die Menge singt seinen Namen.

Nun sieht er mich an, seine schrecklichen Augen durchbohren mich, und sein Lächeln wird zu einem Grinsen, wärmend wie der Sonnenaufgang.

»Yá'át'ééh, Chíníbaá'.« Seine Stimme übertönt den Lärm der Menge, rollt über mich hinweg wie Donnergrollen. »Ich habe nicht erwartet, dich heute hier zu sehen.«

Ich kämpfe darum, wenigstens einen Moment klar zu denken. Schaffe es schließlich, ein einziges Wort zu krächzen.

»Warum?«

Meine Stimme ist so angespannt wie das Fell einer Trommel. Ich zittere. Schweiß rinnt über meinen Rücken, und meine Finger sind so schlüpfrig, dass ich kaum das Messer halten kann. Mósi sagt irgendetwas über den Kampf, informiert über Gewinnchancen oder Regeln oder irgendetwas ähnlich Irrelevantes. Das Einzige, woran ich denken kann, ist der Mann, der vor mir steht.

Eine Million Fragen walzen durch meinen Kopf. Ich möchte zu ihm laufen, ihn in die Arme schließen, ihn festhalten und nie wieder loslassen. Ich möchte ihm mein Messer ins Herz rammen und ihn so leiden lassen, wie ich gelitten habe. Aber vor allem will ich wissen, warum. Warum hat er mich verlassen? Warum ist er nicht zurückgekommen? Warum jetzt? Warum hier? Einfach … warum?

Er lacht, ein tiefes, erdiges Poltern. »Wo soll ich sonst sein? Ich bin gekommen, um das zu fordern, was mir und den meinen gehört, wenn nötig durch Blut. Die Frage sollte lauten, warum bist *du* hier? Der Tod kommt zu allen Fünffingrigen zu ihrer Zeit«, fährt er fort. »Bist du sicher, dass dies deine Zeit ist?«

Ich versuche, etwas zu sagen, aber meine Stimme lässt mich im Stich. Derweil pocht das Herz in meiner Brust wie ein Presslufthammer.

Er hebt beide Hände, um die Menge zum Schweigen zu bringen. Licht erblüht an der Spitze seines Dolches. »Niemand soll sagen, Neizgháni kenne kein Erbarmen«, brüllt er. Dann spricht er zu mir: »Geh jetzt, Chíníbaá'.«

»Nein!«, kreischt es aus dem Glaskasten. Mósi. »Du bist dem Ring verpflichtet, wie sie es ist. Ihr könnt den Kampf nicht aufgeben, ohne die Diyin Dine'é zu erzürnen.«

Neizgháni reckt das Kinn hoch und antwortet der Katze nicht minder laut. »Was bedeutet mir der Zorn der Götter? Wird meine Mutter sich von mir abwenden? Wird mein Vater mich niederstrecken? Ich fürchte mich nicht.« Dann sieht er wieder mich an, produziert sich aber vor der Menge. »Und du, Chíníbaá'«, fragt er mit einem wissenden Lächeln, »fürchtest du dich?«

Ich schlucke, lecke mir die trockenen Lippen und versuche, mich zu erinnern, warum ich hier bin. »Ma'ii hat uns beide geprellt. Er hat den Feuerbohrer.«

Er scheint überrascht zu sein. »Natürlich hat er Black Gods Feuerbohrer. Er hat ihn aus dem Haus meiner Mutter im Westen gestohlen. Er hat versprochen, ihn mir zurückzugeben, sobald wir hier fertig sind.«

»Aber …« Ich stottere, während mein Kopf verzweifelt versucht, diese neue Information zu verarbeiten. Neizgháni weiß Bescheid? Bedeutet das, ich liege richtig und er gehört dazu? Oder bedeutet es, dass dieser Feuerbohrer überhaupt nichts mit den Monstern zu tun hat? Aber wenn das der Fall ist, wie …?

Die Menge ist zu laut. Brüllt. Verlangt nach unserem Blut. Ich kann nicht denken.

Neizgháni blickt auf mich herab, und ich sehe so etwas wie Mitleid in seinem Gesicht. »Tritt nicht zum Kampf an, Chíníbaá'. Geh heim.«

»Nein.« Ich weiß, ich bin unvernünftig. Ich weiß, ich muss überhaupt nicht gegen Neizgháni kämpfen. Das bisschen Logik, das mir geblieben ist, verrät mir, dass die Sache mit dem Feuerbohrer nur eine List war, um mich herzulocken und mit Neizgháni zu konfrontieren. Ich wurde hereingelegt, und meine einzige Möglichkeit, mich dem Spiel des Gauners zu entziehen, besteht darin, fortzugehen. Aber ich kann nicht. Stolz und Furcht und zu viel Zorn machen es mir unmöglich.

Der Mann vom Bear Clan hatte recht. Ma'ii weiß genau, wie ich ticke.

Ich richte mich zu voller Größe auf, lasse meinen Blick über die Tribüne schweifen. Mir kommt in den Sinn, was der Sicherheitsmann über Effekthascherei gesagt hat. Vorbei an Furcht und Schock gehe ich tief in mich und erhole mich gerade genug, um das Folgende zu tun: Ich stelle die Hüfte aus, erhebe mein Böker und fange mit einer gelassenen Zuversicht, die Kai mit Stolz erfüllt hätte, an, meine Fingernägel zu säubern. Langsam. Unbekümmert. Mit einer sieben Zoll langen Klinge aus scharfem Stahl.

»Vielleicht bist du derjenige, der nicht antreten sollte«, sage ich. »Niemand soll sagen, dass ich, Chíníbaá', kein Erbarmen kenne!«

Das ist ein absolut lächerlicher Akt gespielter Tapferkeit, aber es funktioniert. Die Menge tobt. Und nun singen sie meinen Namen. Chíníbaá'! Chíníbaá'! Nicht ganz so laut, aber das ist immer noch besser als vorher.

Seine Stirnfalten graben sich tiefer ein. »Was treibst du für ein Spiel?« Nun spricht er leise, so, dass nur ich ihn hören kann.

»Du hast mich verlassen«, zische ich. »Ich dachte, du würdest nicht mehr zurückkommen.« Da kommt mir ein Gedanke. »Wolltest du zurückkommen? Wolltest du jemals zurückkommen?«

Er hat nicht einmal den Anstand, ein schuldbewusstes Gesicht aufzusetzen. Er starrt mich einfach nieder, der Mistkerl. Und da wird mir klar, dass ich keine Angst mehr habe. Ich bin stinksauer.

»Wir kämpfen!«, schreie ich und reiße die Arme hoch. Die Menge antwortet, singt meinen Namen immer lauter, erklimmt eine fieberhafte Tonhöhe.

Abgestoßen schüttelt er den Kopf. »So stur«, murmelt er. Er ist nicht beglückt.

»Das müsstest du doch wissen«, kontere ich. Kindisch, aber das ist mir egal.

»Vergiss nur nicht, dass du diesen Weg selbst gewählt hast.« Donnernd klatscht er in die Hände. »Also kein Erbarmen. Wir kämpfen!«

Und die Glocke läutet.

Ich schlage zu.

Er wehrt meinen Angriff ab, drängt mich leichtfüßig zurück. Aber ich bin auch leichtfüßig.

Wir umkreisen uns, belauern uns. Angriff, Parade. Dieser Tanz der Gewalt, er ist so vertraut. Tausende Male haben wir ihn geübt.

Seine Reichweite ist doppelt so groß wie meine. Träge stößt er zu, zieht mir die Waffe über den nackten Arm. Die Kälte seiner Klinge brennt auf meiner Haut, hinterlässt eine sengende Hitze, und Blut rinnt an meinem Bizeps herab. Er hat das erste Blut gefordert. Mühelos. Einfach so.

Ich warte nicht. Ich rufe meine Clankräfte. Flüssiges Feuer rast durch meine Adern wie alles verschlingende Flammen, und die Zeit scheint langsamer zu vergehen, während ich schneller werde. Meine Muskeln spannen sich, wölben sich, dehnen sich aus. Mich erfüllt eine Kraft, die mir Mut verleiht, mir Auftrieb gibt. Nun sind wir einander schon ebenbürtiger. Aber soweit es meine Clankräfte betrifft, tickt die Uhr, und er tut seinen nächsten Zug.

Er stürzt sich auf mich, versucht, mich zu Boden zu ringen. Ich warte bis zum letzten Augenblick, ehe ich mich bewege, meinen Fuß vorstrecke, um ihm die Beine wegzutreten, sodass sein eigener Schwung ihn zu Fall bringt. Mit einem überraschten Grunzen schlägt er auf der Erde auf. Mit dem Messer gehe ich zum Gegenangriff über, ziele auf seine Nieren, aber er rollt sich herum, und ich treffe nur die leere Luft.

Schon ist er wieder auf den Beinen, dic Augen vor Fassungslosigkeit weit aufgerissen. »Versuchst du ernsthaft, mich zu töten?«

»Das ist der Plan.« Ich weiß, so schnell hat er mich seit dem ersten Mal nie wieder erlebt, und ich bin nun kein verzweifeltes kleines Mädchen mehr, dafür hat er gesorgt.

Im einen Moment ist er noch dort, im nächsten über mir. Dieses Mal schätzt er meine Geschwindigkeit besser ein. Er schlingt die gewaltigen Arme um mich, stößt mich zu Boden. Ich kämpfe, schlage auf ihn ein, dränge ihn zurück. Er brüllt, seine Muskeln wölben sich. Und dann hebt er mich einfach hoch und rammt mich auf den Boden, dass mir der Atem aus der Lunge gepresst wird und ich nach Luft ringe.

Die Menge bricht in Geschrei aus, und er lacht und hebt theatralisch die Arme unter ihrem Jubel, ehe er mich mit einem Lächeln mustert. Er ist nicht einmal außer Atem. »Ich vermisse das«, sagt er. »Ich vermisse dich. Komm zurück zu mir.«

Ich liege da, versuche zu atmen, versuche, seine Motive zu begreifen, seinen nächsten Zug zu kalkulieren. »Du hast mich verlassen.«

Sein Gesicht sieht rechtschaffen aus, aber seine Stimme verhöhnt mich. »Ich habe ein bisschen Zeit gebraucht.«

»Ein Jahr?«

»War es so lang? Du scheinst es unbeschadet überstanden zu haben.« Sein Blick wandert über meine Brust, von der das Top so viel entblößt. »Ich habe sogar den Eindruck, das hat dir gutgetan.« Mit einem breiten Grinsen wirft er sich das Haar über die Schulter. »Vielleicht solltest du mir dankbar sein.«

»Fick dich!«, fauche ich, rolle mich herum, schwinge das Messer und stoße es ihm ins Bein.

Jegliches Amüsement schwindet aus seinen Zügen, als er zähneknirschend einen Schmerzensschrei unterdrückt. Er packt meinen Unterarm und zieht mich vom Boden hoch. Für einen Moment baumele ich am äußersten Rand seiner Reichweite wie ein Fisch an der Angel, und dann wirft er mich einfach weg.

Im Fallen wedele ich mit den Armen, schaffe es, mich dieses Mal mit den Ellbogen abzufangen, statt flach auf dem Rücken zu landen. Mein Kopf wird schmerzhaft zurückgeschleudert, aber meine Waffe lasse ich nicht los.

Das Heft seines Dolches rast brutal auf mich zu, und ich spüre, wie etwas in meinem Handgelenk bricht.

Ich schreie, und meine Finger verkrampfen sich vor Schmerz und können das Messer nicht mehr halten. Mit einem Tritt befördert er mein Böker quer durch den Ring. Ich ziehe die nutzlos gewordene Hand dicht an meine Brust und versuche, mich wegzurollen. Er nagelt mich an Ort und Stelle fest, setzt sich auf meinen Bauch, sodass ich gezwungen bin, auf dem Rücken liegen zu bleiben.

Ich hebe die Beine an, werfe sie um seine Brust und halte seine Arme fest. Er versucht, sich zu befreien, aber ich gebe nicht nach, sondern drehe die Hüften hin und her und bringe ihn zu Fall, während ich mich hochdrücke. Für einen Moment sitzen wir miteinander verschlungen Auge in Auge am Boden.

Ich bin im Vorteil, kann aber meine Hand nicht benutzen, also tue ich das Einzige, was mir einfällt, und ramme ihm die Stirn an die Nase. Blut spritzt, und er brüllt und befreit ruckartig seine Arme. Als würde ich gar nichts wiegen, packt er mich und schleudert mich durch die Arena.

Ich knalle in den Dreck, prelle mir die Schulter, und mein Kopf donnert auf den Boden. Wie gelähmt bleibe ich liegen. Er spielt mit mir. Natürlich spielt er mit mir. Selbst mit all meinen Clankräften bin ich ihm unterlegen. Für ihn ist das nur ein Spiel. Aber jetzt habe ich ihn wütend gemacht, und ich spüre, dass das Spiel vorbei ist.

Ich muss mich bewegen.

Aber ich kann nicht. Etwas in meinem Körper ist zerbrochen, und er reagiert nicht mehr.

Das Einzige, was ich noch hören kann, ist das Hämmern meines Herzens. Der Lärm der Menge ist zu dem undeutlichen Grollen eines fernen Windsturms verblasst. Ich blinzele, aber langsam, so langsam. Meine Clankräfte sind erschöpft, sind den Mühen des Kampfes erlegen, und ich kann mich nicht einmal bewegen. Unter Schock, hilflos und verwundet, sehe ich einfach nur zu, wie er herbeistolziert.

Ich habe Mühe, wenigstens bei Bewusstsein zu bleiben. Dunkelheit engt mein Blickfeld ein.

Ich glaube Kai zu sehen, wie er gegen die Sicherheitsleute vom Bear Clan kämpft. Etwas brüllt, das ich nicht hören kann. Aber etwas ist falsch. Er ist so weit weg. Und er leuchtet, erscheint mir wie eine unmögliche silberne Gestalt, umgeben von einem finsteren Nimbus aus Schatten. Das kann nicht stimmen.

Neizghánis Hand packt meine unverletzte Schulter und dreht

mich auf den Rücken. Ich schreie auf, als mir ein sengender Schmerz die Wirbelsäule hinaufschießt. Er steht mit gespreizten Beinen über mir, Kinn und Brust sind blutverschmiert. Ich habe ihm die Nase zertrümmert.

Nun fällt er auf die Knie, kauert erneut rittlings auf mir. Dieses Mal habe ich nicht die Kraft, ihm etwas entgegenzusetzen. Er ist schwer, presst sich mit seinem Gewicht auf mein Becken. Panik ergreift Besitz von mir, und ich versuche zu entkommen, aber er zieht nur die Beine zusammen und zwingt mich, stillzuhalten.

Ich fange an zu zittern, eine Folge der gewaltigen Adrenalindosis, die die Clankräfte mit sich bringen. Oder des Schocks. Eine Woge überwältigender Furcht droht mich zu ertränken.

Er beugt sich über mich, sein langes, seidiges Haar streichelt meine Haut. Seine große Hand greift nach meinem Hals und zieht mein Gesicht an seines heran. Ich warte darauf, dass er mir die Luftröhre zerquetscht, aber stattdessen streicht er nur sanft mit dem Daumen über meine Kehle. Ich sehe ihm in die Augen, in diese bodenlosen Abgründe der Nacht.

»Ich könnte dir mit einer Drehung meiner Hand das Genick brechen«, sagt er sachlich. »Ist es das, was du willst?« Seine Miene verfinstert sich, seine Hand quetscht meine Kehle.

Ich kann nicht sprechen, könnte ihm nicht einmal antworten, wenn ich wollte. Stattdessen würge ich an meinem eigenen Blut und meinen Tränen.

Sein Blick wird milder, als er sieht, wie ich mich quäle. »Ach, Chínı́baá', du bist so kämpferisch, so wunderschön«, haucht er, und ich höre Verwunderung in seiner Stimme. »Aber du weißt nie, wann du aufhören musst. So warst du schon immer.«

Und dann liegen seine blutigen Lippen auf meinen, seine Zunge öffnet meinen Mund, und er küsst mich, grob, brutal und besitzergreifend. Ich schmecke Eisen und Salz. Mit meiner Kehle in einer Hand, dem Mund immer noch an meinem, greift er mit der anderen Hand nach unten, schließt die Finger um das Heft seiner Waffe und stößt mir die Blitzklinge aufwärts unter die Rippen.

Er zielt direkt auf mein Herz.

# Kapitel 32

Ich brenne. Bin eingehüllt in ein loderndes Inferno. Meine Haut schält sich von den Knochen, das Blut in meinen Adern kocht und verdampft. Ich schreie, als ich in Flammen aufgehe.

Und dann Wasser. Wie die Flüsse, die im Tauwetter des Frühlings aus dem Gebirge rauschen, kraftvoll und kühlend breiten sie sich in mir aus und spülen den sengenden Feuersturm hinweg.

Ein Tsunami aus Geräuschen, alle auf einmal. So laut, dass es wehtut. Wie eine gewaltige Dissonanz. Kreischende, abscheuliche Laute. Zweihundert Leute brüllen um mich herum.

Und Schmerz. So viel Schmerz. Eine Qual aus kreischenden Nerven, überdehnten Muskeln und zerschmetterten Knochen. Gott, tut das *weh*. Ich versuche, mich zusammenzurollen.

Ein Echo ruft mich zurück, das Echo eines eindringlichen Rufs.

*Was immer du tust, mach schnell. Er kommt zurück!*

Aber er ist fern. Zu fern.

*Nein, Mags, bleib bei mir! Ich kann dich retten, aber du musst kämpfen. Du musst mir helfen und kämpfen!*

Diese Stimme. Ich kenne sie. Sie klingt freundlich. Und wenn sie spricht, dann will ich kämpfen. Ich will es, ich tue es.

Aber ich kann nicht tun, was die Stimme sagt. Ich war so stur. Ich habe schon gekämpft. Und ich habe verloren.

Und jetzt will mein Herz nicht mehr schlagen.

Weil es gebrochen ist.

# Kapitel 33

Ich erwache in der Dunkelheit. Unter Schmerzen. Aber sie sind nicht mehr so schlimm wie zuvor. Nun spüre ich den Schmerz einer Verletzung, doch es ist nicht die sengende Qual einer offenen Wunde, nicht die Tortur gebrochener Knochen. Vorsichtig drehe ich mein Handgelenk – das, das er so lässig zertrümmert hat. Dann taste ich nach der Stelle unter meinen Rippen, an der das Messer auf dem Weg zu meinem Herzen eingedrungen ist, und stoße auf Laken und Decken. Ich liege in einem Bett, das nicht mir gehört. In einem Raum, den ich nicht kenne.

Panik wogt auf, bis ich den Duft von Zedern und Tabak an meiner Haut und in meinem Haar wahrnehme. Beinahe kann ich das Echo der Gebetslieder durch meine Ohren hallen hören. *Kai?* Meine Augen starren in die Finsternis, aber ich kann nichts sehen.

Erschöpft und verwirrt schlafe ich wieder ein.

Als ich das nächste Mal erwache, liegt es an seiner sanften Beharrlichkeit. Er ist hier und hat mir Essen gebracht, drängt darauf, dass ich etwas zu mir nehme. Also setze ich mich auf, wickele mir das Laken um die Schultern und esse. Aber dann fällt mir wieder ein, dass mein Herz von einer blitzförmigen Klinge gespalten wurde, und ich weine. Also stellt er den Teller weg, klettert zu mir ins Bett, hält mich in den Armen und lässt mich weiterschlafen.

Die Sonne hat schon den halben Weg über den Himmel hinter sich gebracht, ehe ich wieder erwache. Die Vorhänge in dem Zimmer sind geschlossen, aber ich kann das leuchtende Gelb der

Mittagssonne durch die Ritzen am Rand des Fensters dringen sehen. Kais Arme halten mich immer noch fest, und ich bin in Versuchung, einfach liegen zu bleiben. Aber ich weiß, dass ich aufstehen muss. Ich muss herausfinden, was passiert ist, wie es möglich ist, dass ich noch lebe. Und dann gibt es da noch ein paar Dinge, um die ich mich kümmern muss.

Ich schlüpfe aus dem warmen Bett, sorgsam darauf bedacht, ihn nicht zu wecken. Versehentlich trete ich auf etwas Weiches, Flaumiges, das wütend aufschreit und durch den schmalen Türspalt hinausschießt. Graces Katze. Ich bin in Graces Haus. Bloß in einem Raum, den ich nicht kenne. Nein, nun, da ich mich umsehe, erkenne ich ihn doch. Es ist derselbe Raum, in dem Rissa in jener Nacht gelegen hat, in der das Monster sie aufgeschlitzt hat. Das muss Graces Krankenzimmer sein. Als sich meine Augen an die Lichtverhältnisse gewöhnt haben, ist es unverkennbar. Da steht ein Tisch mit Schalen und Verbänden, einem Fächer aus Federn, einer Spule Zahnseide, diversen Mixturen und Salben.

In der Dunkelheit suche ich nach meinen Klamotten, bis mir klar wird, dass sie ruiniert sein müssen, entweder zu blutig, um sie noch zu retten, oder in den Wirren nach dem Kampf weggeworfen. Es macht mir nichts aus, auf Clives lächerlich knappes Top zu verzichten, aber ich hoffe, dass meine Mokassins die Sache überstanden haben. Und all meine Waffen. Ich brauche sie. Wenn ich wüsste, wo sie sind, würde ich umgehend jedes Messer und jede Schusswaffe in meinem Besitz umgürten. Ich würde sogar damit schlafen. Ich würde sie nie wieder ablegen.

Endlich finde ich am Fuß des Betts einen Morgenmantel. Er ist dick und wollen und hat einen scheußlichen Lavendelton, aber er ist besser als nichts. Ich schlüpfe hinein, verschnüre ihn vorsichtig an der Taille. Die Wunde an meiner Seite ist mir allzu bewusst. Endlich öffne ich die Tür und werde von einem Stimmengemurmel weiter unten am Gang empfangen. Ehe ich hinausgehe, schaue ich mich über die Schulter noch einmal zu Kai um.

Sein Gesicht ist blass und ausgezehrt, und er hat dunkle Ringe um die Augen. Sein Haar steht ihm in feuchten, knotigen Strähnen in alle Richtungen vom Kopf ab, und Schweiß überzieht seine Haut mit einem dumpfen Glanz, als litte er unter Fieber. Sein ganzer Körper wirkt so eingefallen, als hätte er in kurzer Zeit eine Menge Gewicht verloren, und er hat sowieso kaum Fett am Leib gehabt. Ich weiß, dass er die Gebete, die Tah ihn gelehrt hat, genutzt haben muss, um mich zu retten, aber ich weiß auch, dass er seine Clankräfte eingesetzt hat und sein körperlicher Verfall der Preis ist, den er dafür bezahlt.

»Große Medizin«, flüstere ich.

Vorsichtig schließe ich die Tür von außen.

Clive entdeckt mich zuerst. Mit einem strahlenden Lächeln steht er auf. »Monstertöterin!«

Ich zucke zusammen. »Nenn mich nicht so. Nicht heute.«

Er wird ernst. »Dann Maggie.«

Ich sehe mich in dem Raum mit den fremden Gesichtern um. Trete einen Schritt zurück zu der Wand in meinem Rücken. »Was ist hier los?«, frage ich in angespanntem Tonfall.

»Ich habe sie zusammengerufen«, erklärt Grace. »Sie schulden mir einen Gefallen. Darum schulden sie jetzt dir einen Gefallen.« Sie sitzt neben Clives Sessel auf der Couch. Rissa nimmt einen anderen Sessel ein. Und ich kann Sommersprosse in der Küche hören, wo er laut summend mit Töpfen klappert. Aber die, von denen ich mehr erfahren will, sind die anderen im Raum.

»Hoskie«, sagt Hastiin gedehnt.

Ich nicke dem Thirsty Boy zu. Er sieht noch genauso aus wie vor ein paar Tagen an dem Kontrollpunkt. Kurzes Haar, ungepflegter Bart. Blauer Kampfanzug und Schädeltuch. Er lehnt an der gegenüberliegenden Wand, wo er der Tür am nächsten ist.

Drei weitere Thirsty Boys in Kampfanzügen und Leder blicken von den lavendelfarbenen Bodenkissen zu mir herauf. Wäre ich nicht so vom Donner gerührt, sie hier zu sehen, würde ich über den lächerlichen Anblick lauthals lachen.

Etwas kracht in der Küche. Angespannt wie Katzen fahren wir alle zusammen. Ein Raum voller banger, nervöser Mörder.

Seufzend stemmt Grace sich hoch. »Ich werde ihm mal helfen. Sonst versaut er uns noch den Kaffee.«

»Es gibt Kaffee?«

Grace schenkt mir ein Lächeln.

»Schwarz, bitte«, sage ich, als sie davonhastet, um ihrem Jüngsten bei seinen häuslichen Pflichten beizustehen.

»Was machst du hier, Hastiin?«, frage ich.

»Du hast die Lady doch gehört«, sagt er achselzuckend. »Die Thirsty Boys sind ihr was schuldig, und sie überträgt den Anspruch auf dich. Außerdem wollten wir dich sowieso nicht allein losrennen und Monster umbringen lassen, nur damit du den ganzen Ruhm einstreichen kannst.«

Meine Brauen wandern aufwärts. »Ihr seid hier, um mir zu helfen?«

»Sieht ganz so aus.«

»Aber ihr hasst mich.«

Etwas zuckt an seinem Kinn. »Du schuldest mir Kohle. Das ist nicht das Gleiche.«

Ich möchte protestieren, aber wozu? Er ist hier, und das ist es, was zählt. Und ich bin offen gestanden so froh über die Unterstützung, dass ich den Mistkerl umarmen könnte, würde ich nicht befürchten, dass er dann umgehend die Flucht ergreifen würde.

»Danke«, sage ich.

Er starrt mich eine Weile lang an und grunzt. »Heißt nicht, dass du mir das Geld nicht mehr schuldest«, grummelt er.

»Wie fühlst du dich?«, fragt Clive.

»Beschissen«, gebe ich zu, schließe die Augen und lehne mich an die Wand. »Was ist passiert?«

»Du weißt es nicht mehr?«

Ich erinnere mich an den größten Teil. Die Arena, der brutale Kuss, das Messer in meinem Herz.

»Am Ende hat pures Chaos geherrscht«, berichtet Clive behutsam. »Ein Blitz ist in Mósis Glashaus gefahren. Die Tribüne hat Feuer gefangen. Die Menge ist in Panik geraten und geflohen. Kai hat getan, was er konnte, um dich zu heilen, aber wir mussten da raus. Das hier konnte ich für dich retten.« Er greift auf der anderen Seite um das Sofa herum und zieht eine abschließbare Metallkiste hervor, verbeult und leicht angekohlt, davon abgesehen aber intakt.

Ich keuche auf. »Ist das, was ich denke, dass es ist?«

»Dachte, das würdest du gern behalten.«

»Danke«, hauche ich. Irgendwie hat er es entgegen allen Erwartungen geschafft, meine Waffen zu retten.

»Aber dein Böker konnte ich nicht finden. Nur die Kiste.«

»Das ist prima«, versichere ich ihm. »Mehr als genug.«

Grace kommt mit dem Kaffee und einer Kanne Tee zurück, der nach Pfefferminze riecht, und wir alle nehmen uns eine Tasse unseres bevorzugten Gifts. Honig wird herumgereicht, und einer der Thirsty Boys murmelt entzückt vor sich hin, als er sich einen Klacks in seinen Tee drückt.

»Also, was jetzt?«, fragt Rissa.

Stille kehrt ein, als sich alle Augen auf mich richten.

Ich umfasse die Tasse mit beiden Händen. Ihre Wärme wirkt beruhigend. »Wie Hastiin gesagt hat, es sind immer noch Monster da draußen. Es gibt immer noch einen Hexer zu töten. Ich weiß, ich bin beinahe gestorben, aber eben nicht ganz. Also bin ich okay.« Eine Lüge, aber sie ist unumgänglich.

»Ich glaube, wir wissen alle, was wir zu tun haben«, ertönt eine müde Stimme aus dem Gang. Alle schauen sich um und sehen

Kai ins Zimmer tappen. Er schlüpft auf den freien Platz neben mir und nimmt zuversichtlich meine Hand. Ich erröte, peinlich berührt über diese Demonstration der Zuneigung, und im ersten Moment befiehlt mein Instinkt, mich ihm zu entziehen. Aber ich mag das Gefühl seiner Haut an meiner, den Trost, den mir seine Nähe spendet. Und ich habe mich, während wir schliefen, daran gewöhnt, in seinen Armen zu liegen. Also lasse ich meine Hand, wo sie ist.

»Kai hat recht.« Ich atme tief durch. »Wir müssen uns Neizgháni vornehmen.«

Gemurmel macht sich bemerkbar, am lautesten bei Rissa und den Thirsty Boys. Hastiin selbst hält glücklicherweise den Mund. Kai drückt beruhigend meine Hand.

»Bist du in dem Punkt sicher, Hoskie?«, fragt Hastiin mich schließlich, und ich weiß, was er denkt. Neizgháni ist ein Held. Wir jagen nicht die Guten, es sei denn, wir sind die Bösen.

»Nein«, gebe ich zu. »Aber es gibt nur eine Möglichkeit, herauszufinden, ob ich richtig liege.«

»Es könnte vielleicht einen besseren Weg geben«, bemerkt Rissa.

»Er hat versucht, sie zu töten«, wirft Kai wütend ein. »Warum sollte er das tun, wenn er nicht vorhätte, uns aufzuhalten?«

»Die beiden verbindet eine lange Geschichte ...«, setzt Rissa spöttisch an.

»Er weiß von den Monstern. Und von dem Zündler«, sagt Kai. »Wenn er so unschuldig ist, warum hat er dann all diese Menschen sterben lassen?«

»Das bedeutet nicht ...«, versucht sich Hastiin an einem Einwand.

»Aber warum?«, fragt Clive in diesem Moment und beugt sich vor. »Wenn er dahintersteckt, und, ja, es hört sich ganz so an, warum?«

»Er ist ein Unsterblicher«, meldet sich Grace zu Wort. »Wer

weiß, warum die tun, was sie tun? Wille der Götter und so. Für den Versuch, aus ihm schlau zu werden, ist das jedenfalls nicht der richtige Zeitpunkt. Seht euch die Fakten an. Seht euch das an, was wir wissen.«

Dankbar für ihre Worte nicke ich. »Und was ich weiß, ist, wo wir ihn finden können.« Alle sehen mich erwartungsvoll an. »Black Mesa.«

Ein Herzschlag zieht dahin. »Du willst, dass wir zur Black Mesa gehen?«, fragt Hastiin dann.

»Das ist der letzte Ort, an dem er und ich zusammen waren. An der alten Mine. Dort wird er warten.«

Hastiin tritt unbehaglich von einem Fuß auf den anderen. »Das ist aber nicht irgendeine Vergeltungsgeschichte, die du dir in deinem Kopf zurechtlegst, Hoskie? Denn ich habe mich bereit erklärt, diese Monster zu töten, nicht dazu, mein Leben und das meiner Jungs zu riskieren, um die Streitereien irgendeines Liebespaares beizulegen.«

»Ich habe ihn auch gehört«, sagt Kai. »Ich habe gehört, was er zu Maggie gesagt hat. Über die Monster. Die Black Mesa. Das alles. Dort wird er sein, und dort werden wir die Monster finden.«

Er lügt. Kai kann unmöglich gehört haben, was Neizgháni in der Arena zu mir gesagt hat. Und Neizgháni hat die Black Mesa nie namentlich erwähnt. Kai sieht mich nicht an, stattdessen ruht sein Blick unverwandt auf Hastiin, als könne er ihn allein durch die Kraft seines Willens überzeugen.

Hastiin wird ganz ruhig, und für einen Moment bin ich überzeugt, dass er uns im Stich lassen wird. Aber dann klatscht er sich schnaubend mit der Hand auf das Bein. »Also dann«, sagt er. »Ich schätze, wir unternehmen jetzt alle zusammen einen kleinen Ausflug zur Black Mesa.«

Bei einem Topf Hirschgulasch mit dicken, luftigen Tortillas, die Grace und Sommersprosse für uns gezaubert haben, planen wir unser Vorgehen. Anschließend gehen Rissa und Clive Graces Arsenal durch, versorgen uns mit der benötigten Feuerkraft und reden mit den Thirsty Boys über die notwendigen Modifikationen, um Gewehre zu Flammenwerfern umzubauen. Die Besprechung hat etwas Berauschendes, was teilweise auf die Aufregung zurückzuführen ist, teilweise auf schlichte Furcht. Ich bleibe, so lange ich kann, werfe ins Gespräch, was ich über die Geografie der Black Mesa und Neizghánis bevorzugte Taktik in Erinnerung behalten habe. Mir ist völlig klar, dass er uns bereits erwartet, aber das ist nicht der Punkt, der mir Sorgen bereitet. Er hat mich am Leben gelassen, und ich weiß nicht warum. Warum hat er mein Leben verschont, als ich seiner Gnade ausgeliefert war? Warum hat er mich geküsst, so wie er es getan hat? Und warum hat er mich verspottet, indem er mich aufgefordert hat, zu ihm zurückzukommen?

Ich überlasse das Kriegsgerede den anderen und ziehe mich mit der Ausrede, ich müsse mich ein wenig ausruhen, in Graces Gästezimmer zurück. Die hintere Wand ist mit Bücherregalen gesäumt, und ich gehe die Taschenbücher durch in dem Versuch, die bangen Gedanken loszuwerden.

»Irgendwas Gutes gefunden?«, fragt Kai hinter mir.

Ich drehe mich um und sehe ihn lächelnd in der Tür stehen. Er trägt noch dieselbe ausgebeulte Cargohose und das AC/DC-T-Shirt wie zuvor und sieht bereits gesünder aus, dennoch wirkt er mit den Falten an seinem Mund und den dunklen Ringen unter den Augen älter, ernster. Gar nicht mehr so majestätisch und unerreichbar wie im *Shalimar*. Jetzt erinnert er mich eher an einen gestürzten Prinzen. Oder zumindest an einen, der unter schwerem Beschuss steht.

»Na ja, ich suche das Lehrbuch ›Wie man einen Unsterblichen tötet, der einen gerade in den Hintern getreten hat, und eine Armee menschenfressender Monster vernichtet‹, aber es ist nicht da.« Ich tippe auf eine freie Stelle im Regal. »Ich schätze, Grace hat es falsch einsortiert.«

»Ach so«, entgegnet Kai und kommt herein. »Das ist sehr beliebt. Bestimmt hat es jemand ausgeliehen und vergessen, es zurückzugeben.«

»So was Mieses!«

Er gluckst und kommt näher, nimmt irgendein Buch aus dem Regal. »Wie wäre es mit diesem?« Auf dem Einband ist ein muskulöser, sehr typisch aussehender Prärieindianer mit nacktem Oberkörper und langen, wallenden Locken abgebildet, der eine weiße Frau küsst, in deren rotem Haar sich der Wüstenwind fängt. Im Hintergrund sind ein Planwagentreck und herumstreifende Büffel zu sehen.

»Mmm … ein Liebesroman. Hätte nicht gedacht, dass du der Typ dafür bist.«

Er stellt das Buch zurück ins Regal. »Dann kennst du mich nicht gut genug.«

»Oh, ich kenne dich ziemlich gut«, sage ich und denke an die letzten paar Tage und Nächte. Erinnere mich daran, wie seine Arme mich umfangen haben, wie sein Körper dicht an meinem gelegen hat.

Er neigt den Kopf zur Seite, kneift ein Auge zu und mustert mich, als überlegte er, ob ich tatsächlich mit ihm flirte oder es wenigstens versuche. Die Wahrheit lautet, ich habe keine Ahnung, was ich tue. Aber Kai hat Erbarmen mit mir, und seine Mundwinkel wandern aufwärts. »Das hat alles nur deiner Heilung gedient«, verkündet er grinsend.

»Tatsächlich?«, gebe ich zurück. »Ich kann mich nicht erinnern, dass Tah sich je bei mir angekuschelt hat, um meinen Heilungsprozess zu fördern.«

»Da wir gerade von Heilung sprechen, wie geht es dir?«

Seufzend lehne ich mich an das Bücherregal. Ein Teil der

Leichtigkeit ist schon wieder fort. »Wie ein Ackergaul nach einem Galopprennen«, gestehe ich.

Er starrt mich ausdruckslos an. »Ich habe keine Ahnung, was das bedeutet.«

»Du bist so ein Stadtkind.«

»Schuldig im Sinne der Anklage.«

Ich zögere, weiß nicht recht, was ich ihm erzählen soll. Aber nach allem, was er für mich getan hat, hat er Aufrichtigkeit verdient. »Ich habe Schmerzen«, gebe ich zu. »Physisch und psychisch. Ich weiß, mein Körper wird heilen, aber was den Rest von mir betrifft …« Ich zucke mit den Schultern. »Ich habe ihn geliebt, Kai.«

Einige Augenblicke lässt er schweigend den Kopf hängen. »Es hat eine ganze Weile auf der Kippe gestanden«, räumt er dann ein. »Dein Handgelenk konnte ich heilen, deinen Rücken auch, aber dein Geist … Er wollte nicht zurückkommen.«

Versucht er, mir zu erklären, dass ich tot war? Ich schaudere, nicht bereit, diesen Gedanken auch nur in Betracht zu ziehen. Wäre ich gestorben, dann wüsste ich das, nicht wahr? Und selbst Kai kann niemanden von den Toten zurückholen.

»Weißt du, Leute, die dich lieben, tun dir nicht so weh«, fährt er fort und lässt mich nicht aus den Augen. »Liebe sollte dich nicht mit dem Tod bedrohen.«

Ich weiß nicht, was ich dazu sagen soll, aber ich weiß, dass er recht hat. Dass das, was immer zwischen mir und Neizgháni war, nicht mehr da ist, falls es überhaupt je existiert hat. Aber Gefühle sterben nicht einfach über Nacht. Ich kann nicht ändern, was ich empfinde.

Aber ich kann anfangen loszulassen, Platz zu schaffen für etwas anderes, einen anderen.

»Immerhin sind wir jetzt quitt«, sage ich, und meine Stimme ist erfüllt von vorgespielter Tapferkeit, während ich versuche, zu dem hellen Ort zurückzukehren, an dem wir noch vor wenigen Augenblicken waren.

Er runzelt die Stirn, weiß offensichtlich nicht, worauf ich hinauswill. »Wie meinst du das?«

Ich gehe einen Schritt auf ihn zu, verringere die Distanz zwischen uns. »Ich habe dir das Leben gerettet und du mir. Quitt, richtig?« Nun stehen wir Nase an Nase, so dicht, dass ich seinen Atem auf meiner Haut spüren, den ZederndufT seiner wirren Haare riechen kann.

Sein Lächeln ist anmaßend. »Tja, eigentlich habe ich dir zweimal das Leben gerettet. Du hast Rock Springs vergessen.«

»Rock Springs hatte ich voll im Griff«, flüstere ich, und meine Lippen berühren sein Ohrläppchen. »Du wolltest nur angeben.«

Er schlingt die Arme um meine Taille und murmelt: »So habe ich das nicht in Erinnerung.«

Nahe an meinen Lippen zögert er, fragt erst, und sein Gesicht ist erfüllt von derselben Güte, derselben fremdartigen, aber sanften Kraft, die mir das Leben gerettet hat, derselben Loyalität, die ihn dazu getrieben hat, mir vorhin gegenüber Hastiin beizustehen. Und obwohl ein Teil von mir dem Gefühl erliegt, er müsse sich des schlimmsten Monsters erwehren, das ich je zu bekämpfen hatte, beuge ich mich vor und presse meinen Mund auf seinen. Seine Lippen sind so weich, und seine Hände wandern an meinem Rücken empor, bis seine feingliedrigen Finger sich in meine Haare wühlen und er mich fester an sich zieht.

Der Kuss ist weit entfernt von dem sadistischen Feuer, das Neizghánis Kuss innewohnte, sofern man das überhaupt als Kuss bezeichnen kann. War Neizgháni eine sengende Flamme, gleicht Kai der besänftigenden Kühle einer reinen Gebirgsquelle, deren Wasser durch meinen Körper fließt, meine Angst besänftigt und das Potenzial hat, meine Einsamkeit und meinen Kummer durch eine bloße Berührung zu zähmen.

*Medicine People Clan* – der Gedanke flackert irgendwo in meinem Hinterkopf auf. Kais Kuss ist heilsam.

Und dann bewegt er sich an mir, presst seine Hüfte an meine. Sein Bein gleitet zwischen meine Knie, und ich lasse es zu.

Hungrig drängt er sich an mich. Er stöhnt, und es fühlt sich an wie ein leises Grollen, das meinen ganzen Körper mit Verlangen erfüllt. Ich ziehe ihn noch fester an mich, fahre mit den Fingernägeln über die nackte Haut an seinen Armen, küsse ihn heftiger. Seine Hand gleitet an meinem Rücken herab und umfasst die Rundung meines Hinterns.

Und dann bin ich wieder auf dem Kamm bei meiner nalí, liege in einer Pfütze meines eigenen Erbrochenen. Bin auf der Black Mesa, schaudere im Schatten eines Kohlenbergwerks, während das Blut toter Männer unter meinen Fingernägeln trocknet. Bin im Gebirge über Lukachukai und schneide einem Kind den Kopf ab.

Obwohl ich doch gerade nichts anderes will, als in meinem eigenen Körper zu sein. Bei Kai.

Mein Verlangen erlischt, als hätte jemand einen gottverdammten Lichtschalter umgelegt.

Er spürt, dass etwas nicht stimmt, und weicht mit einem besorgten Ausdruck in den Augen zurück. »Alles in Ordnung?«, fragt er kurzatmig und leise, und seine Stimme klingt belegt vor Begierde. Das ist so schmeichelhaft, dass ich lachen muss, ein kurzer Ausbruch von Freude.

»Ja, alles bestens«, lüge ich. »Es ist nur … ich möchte es langsam angehen.«

Erleichtert grinst er mich an. Legt seine Stirn an meine. »Wir können es so langsam angehen, wie du willst, Mags.« Er streicht mit den Händen über meine Seiten, berührt dabei die Wunde unter meinen Rippen. Ich zucke zusammen. Vorsichtig hebe ich mein Shirt, um mir die Stelle anzusehen, an der Neizghánis Messer eingedrungen ist. Die Narbe ist etwa vier Zoll lang. Die Wunde muss recht sauber gewesen sein, eher tief als breit, und die Blitzklinge musste sich beinahe wie ein Brandeisen verhalten und das rohe Fleisch ausgebrannt haben. Eine erhabene Narbe von der Form eines Blitzes wird mir ewig erhalten bleiben. Kais Finger tasten sie ab, drücken sanft darauf. Da ist etwas unter der Haut. Es bewegt sich unter seinen Fingerspitzen. Narbengewebe? Aber das ist egal. Und dann trifft mich die Erkenntnis wie ein Schlag. Ich weiß, was das bedeutet. Neizgháni hat mich als sein Eigentum gebrandmarkt.

Plötzlich brauche ich Luft. Mir ist, als drehe sich der Raum um mich, während gleichzeitig die Wände näher rücken. Aber Kai schließt mich in seine Arme und gibt besänftigende Laute von sich. Etwas in mir bricht einfach zusammen. Ich möchte sexy sein, möchte von diesem umwerfenden, lieben Mann begehrt werden. Und stattdessen bin ich ein verdammtes Nervenbündel.

Ich mache einen Schritt rückwärts, vergrößere den Abstand zwischen uns. Die Hände in die Hüften gestemmt, bemühe ich mich, meinen Atem unter Kontrolle zu bringen, bis ich wieder sprechen kann.

»Warum hast du da draußen für mich gelogen?« Meine Stimme klingt sanft, eine Frage, kein Vorwurf, trotzdem blickt er erschrocken auf.

»Was?«

»Gegenüber Hastiin. Warum hast du ihm gegenüber behauptet, du hättest Neizgháni diese Dinge sagen hören?«

Er zögert, senkt den Blick und schaut mir schließlich doch wieder in die Augen. »Du weißt, dass ich auf deiner Seite bin? Dass ich, ganz gleich, worum es geht, hinter dir stehe?«

»Was ist, wenn ich mich irre, Kai?«

»Macht das etwas aus? Du wirst dich ihm so oder so stellen müssen, Maggie.«

»Habe ich das nicht gerade getan? Und besonders gut ist das auch nicht ausgegangen.«

»Nicht vor Publikum«, entgegnet er. »Und nicht unvorbereitet. Ich meine, du musst ihn zu deinen eigenen Bedingungen konfrontieren. Wenn du dazu bereit bist. Wenn du einen Plan hast.«

»Und was, wenn ich ihn nicht töten kann?«

»Du musst. Das ist deine einzige Möglichkeit, wenn du dich je von ihm befreien willst.« Mit einem Finger streicht er über die Narbe, und ich weiß, dass er recht hat. »Wie sich herausgestellt hat, hat Grace Batterien«, wechselt er das Thema. »Während du geschlafen hast, hatte ich Gelegenheit, mir diese CDs anzuhören.«

Die CDs hatte ich völlig vergessen. »Irgendwas Neues?«

»Erinnerst du dich an Ma'iis Ringe?«

»Die Richtungsringe?«

»Ich glaube, ich weiß jetzt, wozu sie gut sind. Und ich glaube, ich weiß, wie du Neizgháni töten kannst.«

Ich schließe die Augen. Plötzlich bin ich schrecklich müde. Ein Teil von mir ist zu furchtsam gewesen, um auch nur zu hoffen, ich könnte je mit Neizgháni fertigwerden, und ein Teil von mir fürchtet sich vor dem, was ich tun werde, wer ich sein werde, ohne ihn. Aber ich bin schon seit Monaten ohne ihn, jedenfalls körperlich. Worüber mache ich mir also so viele Gedanken?

»Hey«, sagt Kai und zieht mich an sich. »Keine Sorge, ich werde bei dir sein. Du wirst nicht allein sein. Und dieses Mal werden wir ihn schlagen.«

Ich möchte ihm glauben, und die Lüge ist so süß, dass ich sie einfach stehen lasse. Uns einen Moment des Friedens gönne, ehe wir uns dem Sturm stellen müssen.

»Also, dann erzähl mal, was hat es mit den Ringen auf sich?«

# Kapitel 34

Wir verlassen *Grace's All-American* in den dunklen Stunden vor Anbruch der Morgendämmerung. Ich führe eine kleine Armee an. Clive und Rissa, die mit ihren Motorrädern besonders schnell und wendig sind, fahren voraus. Sie werden als Erste eintreffen, die Gegend auskundschaften und uns über die Walkie-Talkies, die Grace uns gegeben hat, Bericht erstatten. Kai und ich folgen in meinem Truck, und Hastiin und dreißig seiner Thirsty Boys bilden den Abschluss.

Der Himmel im Westen über der offenen Wüste ist pechschwarz. Die Wolkendecke ist ein Segen, weil sie das Sternenlicht abschirmt, und von dem abnehmenden Mond ist so oder so nur ein schmaler Streifen übrig. Der einfachste Weg für uns würde durch Tse Bonito führen, aber wir sind uns alle einig, dass es sicherer sein dürfte, die Stadt in einem weiten Bogen auf der Südseite zu umfahren, auch wenn uns das Zeit kosten wird.

»Wir fahren an der Südmauer entlang«, schlägt Hastiin vor. »So weit im Süden suchen euch die Law Dogs bestimmt nicht. Zu wenig Leute.«

»Betrachtet es von der guten Seite«, kommentiert Clive.

»Die da wäre …?«, frage ich.

»Ihr könnt euch die Südmauer ansehen.«

Hastiin nickt ihm zu. »Darauf kannst du deinen Arsch verwetten. Über zweihundert Meilen massiver Türkis, satte fünfzig Fuß hoch. Ein gottverdammtes Wunder der Sechsten Welt.«

Und sie ist genauso, wie Hastiin gesagt hat. Zuerst ist da nur ein blauer Schimmer im morgendlichen Zwielicht, der eher an einen fernen Ozean erinnert als an irgendetwas anderes. Aber als wir näher kommen, erkenne ich, was wirklich dahintersteckt: das Werk der Diyin Dine'é.

Hastiin reckt eine Hand hoch, und wir alle halten an und stellen die Motoren ab, sind uns einig, innezuhalten und das Wunder zu würdigen.

»Jenseits der Mauer herrscht ein verdammter Big-Water-Albtraum«, sagt ein Thirsty Boy zu seinem Freund, laut genug, dass wir es durch die offenen Scheiben des Trucks hören können. »Da kommt man sich doch vor wie ein Glückskind, wenn man Diné ist, was?«

»Nein«, widerspricht Kai so leise, dass nur ich ihn verstehen kann. »Da kommt man sich klein vor.«

Ich sage nichts dazu, aber Kai kommt der Wahrheit sehr nahe. Für mich ist die Mauer eine Erinnerung an die Macht, mit der wir es in wenigen Stunden werden aufnehmen müssen. Denn wenn die Diyin Dine'é so etwas schaffen können, welche Chancen haben wir dann wirklich im Kampf gegen Neizghání?

»Lasst uns weiter«, sage ich, lege den Gang wieder ein und fahre als Erste los. Die Thirsty Boys und die Goodacres kehren in die Formation zurück, und wir ziehen weiter nach Westen. Die Mauer bleibt noch für weitere fünfzig Meilen direkt links von uns, bis Hastiin uns das Signal gibt, nach Norden zu schwenken.

Die Zeit vergeht schnell, die Aufregung darüber, die Mauer von Nahem zu sehen, und die allgemeine Nervosität sorgen dafür, dass wir beständig wachsam und angespannt sind. Eine Weile finden noch Wortgeplänkel am Walkie-Talkie statt. Die Zwillinge informieren uns über jeden Wasserlauf, in den der Truck versehentlich rutschen könnte. Aber nach einer Weile wird es ruhig. Der Wind peitscht durch die offenen Scheiben herein, und die kühle Stille des frühen Morgens erfüllt das Fahrerhaus. Kai und ich sind schweigsam und hängen unseren eigenen Gedanken nach. Das Schweigen ist zäh und sonderbar verkrampft.

»Hast du gut geschlafen?«, frage ich besorgt, da mir nur allzu bewusst ist, dass er einen großen Teil seiner Heilenergie für mich verbraucht hat und ich bald noch mehr davon benötigen werde.

Einen Moment lang starrt er mich nur an wie ein Reh im Scheinwerferlicht. Aber dann scheint er wieder wach zu werden. »Ja. Ich hatte nur mal wieder Albträume. Die werde ich einfach nicht los.«

Ich nicke und bin ziemlich überzeugt, dass wir letzte Nacht alle schlecht geträumt haben.

Zwei Stunden später erreichen wir die Abzweigung bei Rough Rock und lassen jede ernst zu nehmende Straße und alle Spuren der Zivilisation hinter uns. Ich schaue mich kurz über die Schulter um. Die Stadt verschwindet rasch in der Finsternis.

»Jetzt ist es nicht mehr weit«, informiere ich Kai. »Das Nest der Bad Men, das wir damals ausgehoben haben, war bei der Mine. Die ist jetzt schon eine Weile verlassen, aber die alte Ausstattung lässt sich verkaufen. Außerdem benutzen die Bad Men die Kohleflöze für ihre Zeremonien …« Mir fällt auf, dass ich plappere. Meine Nerven liegen blank. Und Kai hört mir nicht mal zu. Er starrt zur Windschutzscheibe hinaus, die Augen auf den Himmel gerichtet. Ich folge seinem Blick.

»Sieh dir den Himmel an«, sagt er. »Sieht das für dich normal aus?«

Der Himmel sollte inzwischen hell sein und sich in dem unfassbaren Blau eines Herbstmorgens über uns spannen. Stattdessen schimmert er mattgrün. Donner grollt in der Ferne.

»Das ist wie in meinem Traum«, flüstere ich.

Kai peitscht förmlich zu mir herum, einen sorgenvollen Ausdruck in den weit aufgerissenen Augen.

»Ich hatte einen Traum. Damals, als wir uns gerade erst begegnet waren. Ziemlich komisches Zeug. Neizgháni, gekleidet wie ein Hexer. Du, mit irgendwelchen Flügeln. Wie auch immer, in meinem Traum hat der Himmel über der Black Mesa so ausgesehen.«

»Ich glaube an Träume«, gesteht Kai heiser. »Meinst du, der hatte etwas zu bedeuten?«

Ich runzele die Stirn. »Hoffentlich nicht. Der hat nicht gut geendet. Hey, bist du okay? Du siehst …«

Das Funkgerät knistert. »Hase, hier ist Rissa, bist du da? Over.«

Kai greift zu dem Walkie-Talkie. »Hase hier. Was seht ihr? Over.«

»Du lässt dich immer noch Hase nennen?«, frage ich.

»Ich glaube nicht, dass ich sie davon abhalten kann«, murrt er.

»Wir sehen gar nichts«, sagt Rissa.

»Geht es etwas genauer? Over.«

»Ich meine, hier gibt es nichts außer dem Mineneingang. Da, wo Maggie wollte, dass wir uns umsehen. Over.«

Ich schnappe mir das Walkie-Talkie. »Bist du sicher?« Mit Verspätung hänge ich »Over« an.

»Ich bin sicher. Du hast gesagt, wir sollen die Straße nehmen, die direkt zur Mine führt, richtig? Tja, das haben wir getan, aber da ist …«

Die Übertragung geht in statischem Knistern unter, und dann hallt ein mächtiges Donnern durch den Lautsprecher und zugleich von draußen herein. Ein Blitz, direkt auf der Spitze des alten Förderturms.

»Das ist unser Hinweis«, sage ich mit hoher, überspannter Stimme zu Kai. Ich bringe den Truck zum Stehen. Nervosität pulsiert nun in meinem ganzen Körper. Ich öffne die Tür und steige aus. Kai rutscht rüber und nimmt meinen Platz am Steuer ein.

»Bist du sicher, dass du das tun willst?«, fragt er.

»Denk einfach an unseren Plan, okay?«

Er nickt. »Maggie …«

Ich blicke auf. Ich bin jetzt schon hochgradig angespannt, und nun schießt das Adrenalin in meinen Blutstrom. In Gedanken bin ich bereits bei dem, was mich als Nächstes erwartet.

»Vergiss nicht, dass wir Freunde sind, ja?«, sagt er. »Und dass ich … Ich bin auf deiner Seite.«

Ich schenke ihm ein Lächeln. »Mehr als nur Freunde. Partner. Jetzt hau ab. Lass die anderen nicht warten.« Ich knalle die Tür zu. Sehe zu, wie der Truck in die Dunkelheit rumpelt. Schüttele nervös die Hände aus, besorgt über diesen verrückten Plan. Besorgt, ich könnte, Kais Unterstützung zum Trotz, dieses Mal nicht mit dem Leben davonkommen.

Ich warte, bis sich der von dem Truck aufgewirbelte Staub wieder gelegt hat, und taste kurz nach meinen Waffen. Gewehr auf dem Rücken, Patronen an der Taille. Kein Böker, aber ich habe meine Wurfmesser und die Glock und den neuen Lederbeutel an meinem Gürtel, in dem Ma'iis naayéé' ats'os liegen. Die Ringe fühlen sich an meiner Hüfte vage warm an, als wären sie lebendig. Ich lasse meine Schultern kreisen und atme ein paarmal tief durch.

Ich laufe langsam los, jogge nur, suche mir sicheren Halt auf der trockenen, aufgerissenen Erde. Das Land hier ist kahl, ganz anders als das vergleichsweise üppig grüne Gebirge oder mein kleines Tal. Das traurige Leid von der Black Mesa umfängt mich. In dem zunehmenden Licht unter dem grünen Himmel ist die Ähnlichkeit mit meinem Traum plötzlich so unübersehbar, dass mir ein Schauer über die Arme läuft und eine Gänsehaut zurückbleibt.

Nach einer halben Meile bin ich in meinem Rhythmus, werde schneller, bis ich in gleichbleibendem Tempo renne. Der Förderturm wird größer und größer, ragt vor dem gallegrünen Himmel auf. Ich bleibe geduckt, bewege mich so schnell und so leise ich nur kann. Endlich erreiche ich den ersten Anbau. Gleich darauf klettere ich die schmale Metallleiter empor, die auf den Turm hinaufführt. Die ersten Etagen habe ich schnell geschafft, aber als ich halb oben bin, fühlt sich das Metall unter meinen Händen kalt an und klappert und bebt, als wollte es sich von dem Gebäude lösen und mich zu Boden schleudern. Zu laut, ermahne ich mich, auch wenn mir klar ist, dass er mich so oder so kommen sehen muss. Ich halte inne, um mir die Hände zu wärmen, und betrachte den Boden unter mir. Ich kann Motorräder über die Mesa fahren sehen, aber Monster sind immer noch nicht in Sicht. Ich berühre die Ringe mit meinen Händen und rufe mir Kais Plan ins Gedächtnis.

»Du kannst das schaffen, Maggie«, sage ich mir. Denn wenn ich erst auf dem Dach bin, dann habe ich einen Rundumblick auf die ganze Gegend. Es ist der perfekte Aussichtspunkt, und dieser Blitzschlag verrät mir, dass Neizgháni ganz meiner Meinung ist.

Doch als ich mich auf das Dach ziehe, ist Neizgháni nicht derjenige, der mich erwartet.

»Yá'át'ééh, Magdalena«, sagt Coyote. »Wie reizend. Bist du gekommen, um dir das Gemetzel anzusehen?«

# Kapitel 35

»Ma'ii.«

»Das ist mein Name.«

»Und warum bin ich nicht überrascht, dich hier zu sehen?«, frage ich und stolziere auf ihn zu. Er trägt wieder einen anderen Westernanzug, dieses Mal in Schattierungen von Schwarz und Grau mit cremefarbener Halskrause und einer einzelnen blutroten Rose am Revers. Auf seinem Kopf sitzt ein schwarzer Cowboyhut.

»Wo sonst in Dinétah sollte ich wohl sein?«

»Wo ist er?«, frage ich und suche das Dach nach Neizgháni ab. Aber wir sind allein, der Gauner und ich. »Ich weiß, dass ihr beide eure Finger im Spiel habt.«

Er runzelt die Stirn. »Du denkst, ich würde mit diesem Trottel zusammenarbeiten? Das kann nur ein Scherz sein.«

»Du musst hier verschwinden.«

»Nein, Magdalena«, sagt er in schneidendem Ton. »Ich denke, ich werde bleiben.«

Ich fluche wütend. Ich war so sicher, dass Neizgháni hier sein würde. Er hat diesen Aussichtspunkt schon früher geschätzt und gesagt, es wäre ein großartiger Platz, um sich das Land in der Tiefe anzusehen. Und dann war da auch noch der Blitz. Aber vielleicht hatte ich gerade den falsch eingeschätzt. Vielleicht war er nun unten am Boden. Ich spüre, dass Coyote mich beäugt. »Hör mal, mir ist egal, welche Rolle du bei dieser Sache gespielt hast. Darum kümmere ich mich später. Aber jetzt …«

Wir hören es beide zur gleichen Zeit. Das Kreischen von einem Dutzend Motorrädern, die auf einmal beschleunigen, der

Angriff von hundert blutrünstigen Kreaturen. Lauschend neigt er den Kopf. »Ah … da ist er, der Fanfarenstoß. Und schon geht es los!«

Ich haste zu ihm zum Rand des Dachs. Ein Haufen fahler Leiber bewegt sich ostwärts, ergießt sich über den Rand des Abgrunds. Wie ein Larvenheer kommen sie näher. Dutzende, so weit ich sehen kann, die sich an einer Lücke in der Reihe der Kaninchensträucher sammeln.

Ich sehe Thirsty Boys mit auf den Rücken geschnallten Flammenwerfern auf ihren Motorrädern auf sie zurasen. Der Truck steht weiter entfernt, und bei der einsamen Gestalt auf der Ladefläche kann es sich nur um Kai handeln, der sich den nahenden Monstern entgegenstellt.

Die Boys fächern sich auf, verteilen sich weit, um die Monster in ihre Flanken zu nehmen. Dann zünden die Waffen der Boys, und sie überziehen die tsé naayéé' mit einem lodernden Flammenteppich. Die Schreie der Monster hallen über die Mesa, als sie Feuer fangen.

»Pfiffig«, stellt Ma'ii fest.

»Warte. Sie sind noch nicht fertig.«

Kai klettert auf das Dach des Trucks, baut sich breitbeinig auf und streckt die Hände aus. Ich kann ihn beinahe singen hören, und ich sehe, wie Clive ganz in der Nähe einen Feuerstoß in den Himmel jagt.

Und der Wind kommt. Genau wie in Rock Springs nimmt er das Feuer mit, verwandelt sich in ein zuckendes Inferno und frisst sich durch die Reihen der Kreaturen wie eine hungrige Bestie.

»Faszinierend«, kommentiert Ma'ii mit widerwilligem Respekt, den Blick auf Kai gerichtet. »Und überraschend schnell.« Er zieht seine Taschenuhr hervor und kontrolliert die Zeit.

Von meinem Aussichtspunkt aus kann ich erkennen, dass wir die Zahl der Gegner deutlich dezimiert haben. Nun sind nur noch einige Monster übrig. Clive und Rissa schließen sich den

Boys an, und sie nehmen sie sich gemeinsam vor, schlagen Köpfe ab oder überziehen sie mit Flammen. Ich grinse und stoße ein erleichtertes Seufzen aus. Unser Plan funktioniert.

Und dann erregt etwas im Süden meine Aufmerksamkeit. Etwas, das um eine Kurve biegt und sich über den Hang nähert.

»Ah«, macht Coyote und hört sich an, als würde er sich köstlich unterhalten. »Die Kavallerie!«

Entsetzt sehe ich zu, wie weitere Monster auf die Mesa strömen, wie sie rasant hinter dem Truck näher kommen. Kai dreht sich mit erhobenen Händen zu ihnen um. Ich halte die Luft an, als ich ihn stolpern sehe. Ich weiß, dass er erschöpft ist, ausgelaugt, nachdem er mich geheilt hat und nun gezwungen ist, seine Kräfte so schnell erneut einzusetzen. Vergeblich rufe ich Hastiin oder Clive oder irgendjemandem zu, sie sollen zurückkommen und Kai helfen, aber sie können mich nicht hören, und die Monster rücken immer näher. Die anderen hätten gar keine Chance, rechtzeitig zu ihm zu stoßen.

Ein Blitz schlägt im Boden ein.

Blendend hell, und als ich die Nachbilder endlich weggeblinzelt habe und wieder sehen kann, ist er da. Fünfzehn Fuß vor Kai steht er zwischen ihm und den Monstern. Er ist prachtvoll anzusehen. Sein schwarzes Haar fließt wie ein Schattenvorhang über seinen Rücken, seine Rüstung funkelt, und er hält das Blitzschwert in seiner Hand.

Und worauf er es auch richtet, bleibt nichts als Verwüstung.

»Genau zur rechten Zeit!« Coyote klappt seine Taschenuhr zu. »Jetzt kann der Spaß beginnen.«

Ich glotze, sehe mit offenem Mund zu, wie Neizgháni aufräumt. Monster fallen überall, brechen wie auf sein Kommando in Flammen aus oder zerfallen einfach in tausend Stücke. Er schwingt die Arme herum und schert in einem Zug Köpfe von Hälsen. Rennt, wirbelt von ihren hungrigen Mäulern fort wie die leibhaft gewordene Gewalt. Er ist wunderschön.

»Ich muss da runter«, flüstere ich, während ich zuschaue, wie er die ganze Armee zerstört.

Coyote fährt sich mit einer Klauenhand durch die cremeweißen Rüschen an seinem Hemd. »Warte noch einen Moment, Magdalena. Ich sollte dir zuerst eine Geschichte erzählen.«

»Was?«, frage ich, abgelenkt von dem Anblick Neizghánis, der gerade einen riesigen tsé naayéé' durchbohrt. Er ist eine Naturgewalt, aber da sind so viele von denen, und nur einer von seiner Sorte. Und es scheinen immer noch mehr zu kommen. Zu Hunderten rücken sie näher.

»Eine Geschichte über einen einsamen Coyoten, der fälschlich beschuldigt wurde, und ein junges Mädchen, das in der passenden Position ist, um ihm zu seiner Rache zu verhelfen.«

Damit hat er mein Interesse geweckt. »Wovon redest du, Ma'ii?«

»Hast du mich bemerkt? Als ich bei dir war, dort auf dem Berg, nachdem du das erste Monster getötet hast?«

Ein Schrei lenkt meine Aufmerksamkeit gerade rechtzeitig zurück auf das Schlachtfeld, dass ich zusehen kann, wie ein Thirsty Boy unter einem Schwarm weißer Leiber begraben wird. Trotz Neizghánis Unterstützung sterben Hastiins Boys.

»Mach dem ein Ende, Ma'ii. Ich weiß, dass diese tsé naayéé' dir gehören. Warum tust du das?«

Coyote legt den Kopf schief. Zwinkert. »Die tsé naayéé'?«

»Streite es nicht ab. Ich weiß, dass du den Feuerbohrer hast. Ich weiß, dass du sie gemacht hast.«

»Oh, ich streite es nicht ab. Aber du verstehst mich nicht. Ich habe nicht nur die tsé naayéé' gemacht. Ich habe sie alle gemacht. Es sind alles meine Monster, Magdalena. Von Beginn an.«

»Ja, ich weiß. Lukachukai und Crownpoint und Rock …«

Er unterbricht mich mit einem scharfen, tadelnden Ts-ts. »Nein, nein, nein. Von den einsamen, mit Kiefer bestandenen Hängen oberhalb von Fort Defiance an«, kräht er und streicht mit den Klauen über die Rüschen an seinem Hemd.

Mir gefriert das Blut in den Adern.

»Es war so einfach«, sagt er milde. »Ich wusste, dass Neizgháni bereits auf der Jagd nach dem Hexer und seinen Kreaturen war. Nun musste ich nur noch dafür sorgen, dass ihr einander begegnet. Ein verzweifeltes Mädchen, das er unweigerlich würde retten müssen. Ein Held mit blutendem Herzen. Wie hätte er dich nicht zu sich nehmen sollen?« Er schaudert theatralisch. »Obgleich das mit deiner nalí eine scheußliche Angelegenheit war. Kannibalen. So abscheulich.«

Ich bekomme keine Luft. Das höre ich doch nicht wirklich. Unmöglich. Es kann einfach nicht wahr sein.

»Bedauerlich. Wahrlich. Man hat die eigenen Kinder eben nie ganz unter Kontrolle. Aber sieh dir nur meine neueste Schöpfung an.« Mit einer ausholenden Armbewegung erfasst er das Schlachtfeld in der Tiefe. »Ich wusste, ich brauche etwas, das ausreichend monströs ist, um dich aus deinem Schmollwinkel zu locken, und was wäre dazu besser geeignet, als zuerst einmal Neizgháni zu dir zu locken? Ein kleines Mädchen, heimgesucht von menschenfressenden Monstern. Allerdings«, sagt er in einem nachdenklichen Tonfall, »wenn ich ehrlich bin, und ich bin immer ehrlich, dann waren diese Kreaturen ein wenig enttäuschend. Etwas zu fixiert, wenn du verstehst. Und enttäuschende Gesprächspartner noch dazu. Wusstest du, dass sie nicht sprechen können? Grunzen. Stöhnen. Aber nicht eine geistreiche Bemerkung. Ich nehme an, das ist der Grund, warum sie immer versuchen, die menschlichen Stimmbänder zu verschlingen, aber wer kann das schon sagen? Sie selbst können es ja unglücklicherweise nicht.« Er kichert über seinen Scherz, nur um gleich darauf einen melancholischen Seufzer auszustoßen. »Wie sich herausgestellt hat, kann der Feuerbohrer den Funken des Lebens erschaffen, den Kreaturen aber keine Seele verleihen.«

Endlich gelingt es mir, meinen eigenen Mund aufzumachen. »Was hast du getan?«

Ma'ii strahlt mich an. »Nun, weiter nichts, als dich erstarken zu lassen, natürlich!«

»Was?«, krächze ich, heiser vor lauter Fassungslosigkeit.

»Ich erwarte nicht, dass du mir jetzt schon dankbar bist, aber mit der Zeit bestimmt.« Er schnalzt mit der Zunge.

Entsetzt starre ich ihn an.

»Clankräfte, natürlich«, erklärt er gereizt, als hätte ich ihn absichtlich nicht verstanden. »Wie sollten die sonst erwachen? Und dann habe ich dich zur größten Kriegerin ausbilden lassen, die die Diné je hatten.« Er beugt sich mit leuchtenden Augen zu mir. »Für mich musstest du verwundet sein, Magdalena. Und wütend. Und diese Wut musste sich gegen einen Mann richten.«

»Also ist mein ganzes Leben nur Teil eines Spiels, das du mit Neizgháni treibst?«

»Das ist kein Spiel, das kann ich dir versichern. Oder es ist das herrlichste Spiel aller Zeiten. Ich kann mich nicht entscheiden.« Er streicht Ärmelaufschläge glatt, die nicht glatt gestrichen werden müssen. »Du bist prächtig, Magdalena. Eine Waffe, besser als jede andere. Ich glaube, dass du das gar nicht richtig zu schätzen weißt. Und der da …« Er schaut hinab auf das Schlachtfeld unter uns. »… der schätzt es mehr, als er zugeben will. Natürlich bestand das Risiko, dass er dich tötet, wenn er dein Potenzial erkennt. Wenn er begreift, wie weit du ihm überlegen bist. Aber ich war einigermaßen sicher, dass er dich am Leben lässt. Weil, und das ist das Faszinierende, Magdalena, weil er dich liebt. Nun ja, soweit jemand wie er irgendwen lieben kann«, fügt er eilends hinzu.

Meine Knie fangen an zu zittern. »Aber du hast gesagt …«

»Was du glauben solltest. Ich habe deinen Hass benötigt. Nicht dein Erbarmen. Und ich habe dich ermutigt, Kai Arviso in dein Bett zu holen«, fügte er naserümpfend hinzu. »Jemanden, der dir Trost spendet, wenn Neizgháni tot ist. Ich wollte nie, dass du leidest. Ich bin ja schließlich kein Monster.«

Ein ersticktes Schluchzen löst sich aus meiner Kehle.

»Und du hattest vor, ihn umzubringen, nicht wahr?«, fragt er begierig. »Wie könntest du auch nicht? Nachdem er dich so gründlich gedemütigt hat. Nichts weniger hat er verdient.«

»Das hättest du nicht tun sollen, Ma'ii«, sage ich leise und ruhig und ziehe die Waffe aus dem Holster an meiner Hüfte. »Das hättest du mir nicht antun sollen. Mir nicht. Meiner nalí nicht.« Meine Stimme bricht. »Tah nicht.« Denn nun weiß ich, dass das Feuer, das seinen Hogan niedergebrannt hat, von Ma'iis Blitz ausgelöst wurde. Ob er das getan hat, um mich noch mehr in Rage zu bringen oder um Kai und mich aneinander zu binden oder aus irgendeinem anderen, verdrehten Grund, das ist in diesem Moment wirklich nicht wichtig.

Er seufzt. »Findest du das nicht ein bisschen melodramatisch?«

»So kannst du nicht mit Menschen umspringen. So kannst du nicht *mit mir* umspringen.«

Ich hebe die Waffe. Ziele auf Ma'iis Kopf.

»Wie ich sehe, kann ich von dir keine Dankbarkeit für meine Genialität erwarten«, murmelt er. Seine Augen beobachten mich, beobachten die Waffe, doch er rührt sich nicht. »Aber ich weiß auch, dass Neizghání noch heute durch die Hand seiner Schülerin sterben wird. Du willst es. Kai Arviso will es. Das ist ein kalter Akt der Vergeltung, den ich nicht bedauere.«

Ich sage nichts, halte nur die Waffe ruhig.

Dann sehe ich das Zucken eines Wolfsohrs, als die Illusion zu zerfallen beginnt. »Ach, wirklich, Magdalena. Ist Gewalt denn die einzige Ant…?«

Ein Schuss in seine Stirn.

Er kippt zurück, kracht in den Dreck. Ich gehe zu ihm. Betrachte für einen Moment die starren Augen, den offen stehenden Mund. Dann beuge ich mich herab und ziehe ihm mein Messer über die Kehle. Ein Vorhang aus Rot legt sich über seine fahle Haut. Ich säge mit dem Messer, bis ich seinen Kopf in der Hand halte, und schleudere ihn über den Rand des Dachs. K'aahanáanii heult wild und animalisch.

Eine Weile sehe ich zu, wie das Blut in kleinen Rinnsalen durch die Risse in dem von der Sonne gerösteten Dach sickert. Bis sie sich gefüllt haben und sich das Blut in einer Pfütze um den kopflosen Leichnam verteilt und die Ärmel seines edlen Westernanzugs durchtränkt.

# Kapitel 36

Ich renne über die Mesa, meine Beine rudern, meine Füße fliegen. Keine Clankraft treibt mich an, nur Entsetzen, Kummer und die Panik, ich könnte zu spät kommen. Mein Kopf spielt immer wieder Ma'iis grausames Geständnis ab, aber ich habe keine Zeit zu verarbeiten, was er mir erzählt hat. Zu begreifen, was ich fühlen sollte. Ein Teil von mir weiß, dass ich unter Schock stehen muss, und diesen letzten Funken Vernunft benutze ich dazu, all den brüllenden Schrecken dessen, was Ma'ii mir angetan hat, aus meinem Bewusstsein zu verdrängen, um ihn für einen anderen Tag aufzusparen. Denn jetzt muss ich Kai helfen.

»Halte dich an den Plan«, ermahne ich mich flüsternd. »Nichts hat sich geändert. Halte dich an den Plan.« Die naayéé' ats'os sind ein Hoffnungsschimmer in einem Geschehen, das mir vorkommt wie ein schlimmer Traum.

Ich renne geradewegs in einen Nachtmahr.

Der Boden ist übersät mit Leibern. Geschwärzte, verbrannte Monsterleichen, deren aschgraue Silhouetten allzu menschlich erscheinen. Und dann sind da die ersten wirklich menschlichen Toten, eine Handvoll blauer Kampfanzüge hebt sich unverkennbar von den verkohlten Überresten der Kreaturen ab. Thirsty Boys. Ich laufe weiter, nähere mich dem Rand des Canyons, wo der Truck steht. Nun kann ich sie sehen, die Handvoll meiner Verbündeten, die immer noch auf den Beinen sind. Erst bin ich erleichtert, dass sie noch leben. Dann graut mir.

Clive kniet vor Neizgháni, und die Spitze von Neizghánis Schwert zeigt auf seine Kehle. Der Goodacre-Zwilling schwankt wie ein Betrunkener. Blut läuft aus einer klaffenden Wunde an seinem Kopf. Rissa versucht verzweifelt, ihren Bruder aus Neizghánis Reichweite zu ziehen. Kai steht neben den Zwillingen. Die Regenbogenhäute seiner Augen schimmern wie eine massive Wand aus Quecksilber, das Braun ist gänzlich verschwunden. Die Hände streckt er nach vorn aus, die Finger sind gespreizt, als wollte er versuchen, eine unsichtbare Flut zurückzudrängen. Um ihn herum wummert die Luft, schwer und todbringend. Gefährlich.

Ein falsches Wort, ein falscher Zug, und wir sterben.

»Neizghání!«

Seine Augen, Pfuhle schwärzester Nacht, zucken zu mir. Die Thirsty Boys um uns herum packen ihre Waffen, platzieren ihre Finger näher am Abzug.

Ich wate mit erhobenen Händen in das Getümmel. »Rede mit mir«, verlange ich. Als ich in die Schusslinie trete, spüre ich den Druck von Kais elementarer Kraft, die sich immer noch weiter aufbaut, aber mein Blick ruht allein auf Neizghání.

»Der Rothaarige hat mich angegriffen«, sagt er. »Ich hätte ihm nichts zuleide getan. Ich kam nur, weil ich die Monster gerochen habe.«

»Dann geh jetzt. Die Monster sind tot. Lass diese Leute in Ruhe.«

Er lächelt, und sogar jetzt fühlt es sich an wie die ersten Sonnenstrahlen an einem kalten Wintermorgen. »Nun, das kann ich nicht.«

Einer von den Thirsty Boys hustet, und wir alle zucken zusammen und rechnen mit einem Kugelhagel, der glücklicherweise doch nicht einsetzt.

Ich atme langsam aus, bemühe mich, K'aahanáanii in Schach zu halten, so sehr es auch brüllt, ich sei in Gefahr und müsse töten. Jemanden. Irgendjemanden. Jeden.

Ich versuche, in einem ruhigen Tonfall zu sprechen. »Wusstest du, dass Ma'ii die Monster geschaffen hat?«, frage ich laut genug, dass alle mich hören können. »Ich weiß, dass du nichts damit zu tun hattest.«

Sein Stirnrunzeln gleicht einer Wolke, die sich vor die Sonne schiebt. »Natürlich hatte ich nichts damit zu tun.«

»Das wusste ich nicht. Ma'ii hat Spuren gelegt. Blitze. Er hat es so aussehen lassen, als wärest du verantwortlich.«

Seine Stirnfalten vertiefen sich. »Der Gauner hat mit seiner Torheit großes Leid angerichtet«, räumt er ein. »Ich werde mich um ihn kümmern.«

»Das habe ich bereits erledigt.«

Erst sieht er überrascht aus, dann grinst er noch breiter. »Chíníbaá'.«

»Nun weißt du, dass diese Menschen nicht deine Feinde sind, Neizgháni. Lass sie gehen.«

Er schweigt einen Moment, als würde er nachdenken. »Nicht diesen«, sagt er dann und zeigt mit seinem Schwert auf Kai. Die Erde unter mir scheint zu wackeln, droht, mich umzuwerfen. Ich hätte es wissen müssen. Ich hätte voraussehen müssen, dass Neizgháni in Kai eine Bedrohung erkennen würde. Einen Rivalen. Aber ich werde ihn auf keinen Fall der Gnade des Monstertöters ausliefern.

»Du kannst ihn nicht haben«, sage ich.

Er lacht, melodisch wie ein Frühlingsregen. »Und wer sollte mich hindern?«

»Ich.«

Sein Blick wandert über meinen Körper und verweilt dann an meiner linken Seite. »Wie gefällt dir das Geschenk, das ich dir gemacht habe?«

Unwillkürlich bewegt sich meine Hand zu dem Blitzbrandmal unter meinen Rippen, und genauso schnell lasse ich sie wieder fallen, als ich sein wissendes Lächeln wahrnehme.

»Damit du mich nie vergisst«, erklärt er. »Und damit ich dich immer finden kann.« Er tritt zwei Schritte auf mich zu. Ich kämpfe gegen das Bedürfnis, zurückzuweichen, und halte stand. Wenn ich jetzt Luft hole, werden sich unsere Körper berühren, also lasse ich es. Verschwörerisch beugt er sich zu mir, und sein Haar streicht über meine Haut.

»Wie ich sehe, hat er dich bereits korrumpiert.«

Ich stolpere zurück. Seine Worte treffen mich wie ein Hieb. Weiß er von den Nächten, die wir gemeinsam in Graces Bett verbracht haben, von dem Kuss, den wir erst gestern geteilt haben?

Er schürzt die Lippen, studiert mein Gesicht, aber ich kann ihm nicht ansehen, was in seinem Kopf vorgeht. »Er ist raffiniert, Chíníbaá', und ich werde dir deine Leichtgläubigkeit nicht verübeln. Aber du musst wissen, dass er …«

Ich schüttele den Kopf. Weiche weiter zurück. Ich kann nicht noch eine Offenbarung verkraften, nicht noch einen Verrat. Daran würde ich zerbrechen. »Nicht …«

Er hält inne, mustert mich. »Dann frag ihn. Frag ihn selbst. Frag ihn, warum er hier ist. Warum er darauf bestanden hat, dein *Partner* zu sein.« Tiefe Verachtung liegt in der Art, wie er das Wort *Partner* ausspuckt.

»Ich …«

»Frag ihn!«

Ich drehe mich zu Kai um. Er hat längst alle Macht entfesselt, über die er gebietet, und doch ist die Luft um ihn herum immer noch schwer und aufgeladen, und seine Augen sind nach wie vor silbern. Er ist blass, verschwitzt, und das sonst so perfekte Haar klebt ihm feucht am Kopf. »So ist das nicht, Maggie.«

Ich schlucke. Plötzlich graust es mir. Dieses Zittern in seiner Stimme, der panische Ausdruck in seinen Augen.

Neizgháni sagt die Wahrheit.

»Wie ist was nicht, Kai?« Meine Stimme klingt so schwach und ängstlich, dass ich sie selbst kaum wiedererkenne.

Neizgháni lacht. »Sag es ihr. Die Katze hat erkannt, was du bist, kaum, dass sie dich zu sehen bekommen hat. Sie hat dich deine einnehmenden Worte sprechen hören. Erzähl ihr von deinen Clankräften.«

»Wovon redet er, Kai? Medicine People?« Und dann geht mir auf, dass er mir nie von seiner anderen Clankraft erzählt hat. Ich hatte angenommen, sie hätte etwas mit dem Wetter zu tun. Aber nun weiß ich es nicht. Ich weiß es nicht.

»Meine Absichten mögen zu Beginn eigennützig gewesen sein«, sagt Kai in zurückhaltendem Ton. Genauso wie er vor Tahs Hogan zu mir gesprochen hat, als ich mich mit Longarm auseinandersetzen musste. Als wäre ich gefährlich. »Aber die Zeit, die wir zusammen verbracht haben … Das war echt, Mags. Wir sind Freunde. Echte Freunde. Ich würde alles tun. Ich hatte nicht vor …«

»Du hattest was nicht vor?«

Er zögert.

»Sag es mir.« Meine Stimme wird lauter. »Sag es mir!«

»Mags …«

»Nenn mich nicht Mags!«, blaffe ich. Ich zittere, als das kalte Grauen in meine Knochen sickert und ich das Gefühl habe, ich müsse in winzige Stücke zerspringen. Denn ich glaube, ich weiß es schon. Dieses Gesicht. Dieser Charme. All das war so überirdisch unter den Lichtern des *Shalimar* mit Medizin auf meinen Augen. Ich hatte es die ganze Zeit vor mir und konnte es doch nicht sehen. Aber ich muss es aus seinem Mund hören. Ich muss sein Geständnis hören. »Was ist deine andere Clankraft, Kai? Nicht Medicine People. Und auch nicht Weather Ways. Wofür wurdest du geboren?«

Er versucht gar nicht zu lügen. »Bit’ąą’nii. Talks-in-Blanket.«

»Und das bedeutet?«

»Ich kann Leuten ausreden, mir etwas zu tun. Die Urioste-Jungs, weißt du noch?«

Die Schläge damals in Burque, weil er mit der spanischen Landerbin geschlafen hatte.

»Ja.«

Er atmet durch, schließt kurz die Augen, als müsse er sich gegen einen Sturm wappnen. »Und ich kann Leute überreden … mir zu helfen.«

Ich kämpfe gegen eine Woge der Übelkeit an, die über mir zusammenbrechen will. Das alles ergibt Sinn. Wie er Longarm bei der ersten Begegnung hat überzeugen können. Oder Hastiin. Oder Grace.

Oder mich.

»Ein gut geöltes Mundwerk«, flüstere ich, als mir wieder einfällt, was er zu Grace gesagt hat.

»Ich bin gut mit Worten«, wiegelt er milde ab. »Das ist alles.«

Ich blicke über die Mesa zu der Welt, die hinter ihr liegt. Aber ich kann nirgendwohin fliehen. Der Wahrheit kann ich nicht entkommen. »Hast du diese Kraft mir gegenüber eingesetzt?«, frage ich leise.

»Maggie«, sagt er, und in seiner Stimme liegt so viel Kummer, dass mir das Herz stehen bleibt. »Du musst das verstehen. Meine Träume. Ich konnte ihnen erst keinen Sinn abringen. Gejagt zu werden vom Monstertöter. Ich meine, wie … was sollte ein Monstertöter von mir wollen?« Sein Blick huscht zu Neizgháni, der hinter mir steht. »Aber Träume lügen nicht. Ich wusste, ein Monstertöter würde mir ans Leder wollen.«

Ich hatte angenommen, er würde gestehen, dass er mich zu diesem Kuss überredet hat. Dazu, ihn mitzunehmen. Aber das … und dann fallen mir Kais Träume ein. Wie besorgt er war, wie er mich gebeten hat, ihn zu wecken, sollte er im Schlaf reden. Wie er mehr als nur einmal versucht hat, sie zu ertränken. Und dann sein Gesichtsausdruck, als ich ihn heute gefragt habe, wie er geschlafen hat.

»Was willst du mir sagen?«, frage ich.

»Ich wusste einfach nicht, ob der Monstertöter, der mir ans Leder will, er sein wird. Oder … ob du es bist. Und als du dann im

Hogan meines cheiis aufgetaucht bist und ich begriffen habe, wer du bist – na ja, das konnte einfach kein Zufall sein, nicht wahr? Ich musste dafür sorgen, dass du mich magst.« Diese Nacht in meinem Trailer. Sein Vorschlag, wir könnten zwanglosen Sex haben.

»Also …?«

»Partner. Freunde.«

Langsam breitet sich ein neuer Schrecken in mir aus. »War das Tahs Idee?«

»Nein!«, sagt er. »Er hat nichts davon gewusst. Ich habe ihm nicht von meinen Träumen erzählt. Er hätte sich nur Sorgen gemacht. Ich habe nicht einmal gewusst, wer der Monstertöter ist, aber dann hat Tah eines Tages von dir erzählt, und bald darauf bist du mit dem Monsterkopf aufgetaucht, und ich habe eins und eins zusammengezählt. Und damit war klar, was ich zu tun hatte.«

»Weil man seine Feinde manchmal besiegen kann, indem man sie sich zu Freunden macht.«

Die Worte, die er an mich gerichtet hat, als er mir erklärt hat, warum er in dieser ersten Nacht so nett zu Coyote gewesen ist. Aber er hat nicht nur von Coyote gesprochen. Er hat auch von mir gesprochen. Er hat dagesessen und mir erzählt, was er tun würde, und ich habe bis jetzt gebraucht, um das zu begreifen. Witzig, ich habe ihn vor Coyote gewarnt, ihm erklärt, was für ein Gauner er war, aber nun erzählt Kai mir, dass er selbst genauso schlimm ist, genauso manipulativ, und dass ich zu blind gewesen bin, um das zu erkennen.

»Ich muss etwas von dir wissen, Kai. Ich muss die Wahrheit von dir erfahren.«

»Ich weiß. Ich werde die Wahrheit sagen. Ich bemühe mich.«

»In dieser ersten Nacht in meinem Trailer, als du versucht hast, mich zu überreden, mit dir zu schlafen. War das auch nur ein Mittel zum Zweck? Hast du einfach einem einsamen, verkorksten Mädchen erzählt, was es deiner Meinung nach hören wollte? Eine Geschichte, so wie bei Longarm? Um mich zu verführen, bevor

Neizgháni kommt, um dich zu töten? Damit ich bereit bin, für dich gegen Neizgháni zu kämpfen?«

Er verzieht das Gesicht, als wäre er derjenige, der verletzt wurde. »Nein, Mags, so war das nicht.« Er zögert. »Na ja, anfangs vielleicht schon. Aber später nicht mehr. Nicht mehr nachdem du mich vor Longarm gerettet hast. Nachdem ich gesehen habe, wie tapfer du bist. Wie sehr du meinen Großvater geliebt hast. Und als du so überzeugt warst, du wärest eine Art Killermaschine, was dich innerlich zerrissen hat. Denn ich konnte sehen, dass du so viel mehr bist. Eine Anführerin. Eine Heldin.«

Hinter mir gibt Neizgháni einen missbilligenden Laut von sich, aber ich achte nicht weiter auf ihn.

»Und dieser Kuss, Kai. Was war das?«

Er läuft rot an und sieht mir direkt in die Augen. »Der war echt.«

Ich blinzele, versuche, die unerwünschten Tränen zu vertreiben. Mein Bauch tut weh, und ich schlinge mir die Arme um den Leib. »Es wäre besser, wenn der nicht echt gewesen wäre.«

»Maggie, nein. Nicht.« Seine Stimme klingt sanft, lieb. Dieselbe Stimme, die mich gerufen hat, als ich in der Arena gestorben bin. Ich klammere mich an den Gedanken. Kai hat um mich gekämpft. Er hat mich geheilt. Das war echt. Das war *echt*. Unser Kuss war echt.

Aber sein Blendwerk auch.

»Hast du mich geheilt, um mich zu retten? Oder hast du mich geheilt, damit ich für dich gegen Neizgháni kämpfe?«

»Ich habe dich geheilt, weil … ich dich nicht verlieren konnte.«

Verunsichert wende ich mich von ihm ab. Beuge mich vor, die Hände auf die Knie gestützt, und versuche, zu Atem zu kommen. Sage mir, dass ich selbst schuld bin, wenn ich mich hinters Licht habe führen lassen. Denn habe ich das nicht auch über Ma'ii gesagt? Kai hat es nur geschickter angestellt.

Ich hole tief Luft. Sehe Kai wieder an, und, Gott, tut das weh. Alles, was ich will, ist, die Uhr zurückzudrehen und wieder in Graces kleiner Bibliothek zu sein. Aber dieser Moment ist vergangen, und wir werden ihn nie zurückbekommen.

»Warum erzählst du mir all das? Warum benutzt du jetzt, wo du es am dringendsten brauchst, nicht Bit'ą́ą́'nii? Kannst du mich nicht einfach überreden, für dich gegen Neizghání zu kämpfen?«

Er nickt, langsam und bedächtig. »Das könnte ich. Aber ich will dich nicht belügen. Ich will dich nicht austricksen.«

Ein leises, grollendes Gelächter ertönt hinter mir. »Einmal ein Lügner, immer ein Lügner, Chíníbaá'. Er gibt selbst zu, dass man ihm nicht trauen kann. Er hat dich benutzt, hat sein Bestes getan, um dich gegen mich aufzuhetzen. Töte ihn für diesen Betrug, damit wir das hinter uns lassen können.«

»Geh weg.«

»Es muss dir nicht peinlich sein, dass er dich benutzt hat. Du bist nur eine Fünffingrige, und deine Art kann nicht ...«

»Ich sagte, geh weg!« Ich spüre, wie Neizghání sich strafft, also füge ich ein »Bitte« hinzu und drehe mich um. Er starrt mich mit einem fragenden Ausdruck in den Augen an. »Ich will nur ... Ich muss einfach nachdenken.«

Zuerst fürchte ich, dass er sich weigern wird, aber einen Moment später stolziert er davon.

Ich kauere mich auf den Boden, lege meine Hände auf die Erde, um Ruhe zu finden. Ich brauche einen Plan. Einen besseren Plan. Nicht von Ma'ii, nicht von Neizghání, nicht einmal von Kai ... Und ein Gedanke erhebt sich. Furchtbar. Monströs. Aber perfekt. Ich stehe wieder auf. Kai richtet sich ebenfalls auf wie ein Mann, der sich einem Erschießungskommando stellen muss.

»Was passiert in deinen Träumen, Kai?«, frage ich. »Wenn der Monstertöter kommt?«

Er zuckt zusammen. »Ich sterbe.«

»Und dann was?«

Er schüttelt den Kopf, versteht anscheinend nicht, was ich meine.

»Und dann was?«, wiederhole ich in drängendem Ton. Denn ich habe eine Idee. Eine, die dummerweise wehtut. Aber wenn es funktioniert …

Ich sehe in seinem Gesicht Verständnis heraufdämmern.

Und dann Furcht.

Er schluckt, die Sehnen an seinem Hals treten hervor, und ich kann erkennen, wie sich seine Gedanken auf der Suche nach einem Ausweg überschlagen. Irgendeinem Ausweg.

Er senkt den Blick, als er zu demselben Schluss kommt wie ich. Als er wieder aufblickt und mich ansieht, sind seine Augen braun. Das Silber ist vollständig verschwunden.

Und da weiß ich es.

Ich ziehe die Glock aus dem Holster. Sehe mich über die Schulter zu Neizgháni um. Er beobachtet mich neugierig, mischt sich aber nicht ein und ist weit genug entfernt, dass er mich, wenn ich mich nur ein bisschen weiter zu Kai hinüberbeuge, nicht hören kann. »Du hattest recht, was mich betrifft, Kai«, flüstere ich leise und eindringlich. »Darüber, dass ich mehr bin als eine Mörderin. Und ich glaube … ich glaube, ich will versuchen, das zu leben.« Mein Blick huscht zu dem Brandmal an meinem Herz. »Er würde mich nie in Ruhe lassen. Er würde dich nie in Ruhe lassen.«

»Wenn ich überlebe, dich aber an ihn verliere, dann bin ich sowieso tot.«

Ich klopfe auf die Ringe in dem Beutel an meinem Gürtel, um ihn an unseren Plan zu erinnern. »Du meinst nicht, dass ich diesen Kampf gewinnen kann? Ich glaube, jetzt bin ich gekränkt.«

Ich lächele, aber in meiner Stimme liegt keinerlei Humor. »Hab ein bisschen Vertrauen.«

Kais Gesicht sieht fiebrig aus. Eine lange Minute schaut er mich nur an, und ein Beben erfasst seinen gesamten Körper. Endlich breitet er die Hände neben dem Körper aus, eine Geste der Kapitulation. »Ich habe Vertrauen.«

Ich trete drei Schritte zurück. Hebe meine Waffe. K'aahanáanii ist still, bietet mir nichts, um es mir leichter zu machen. Und an dieser Sache ist nichts leicht. Aber meine Hand ist ruhig, und ich ziele genau.

»Dann ist es jetzt Zeit zu sterben, Hase«, flüstere ich.

Und jage ihm einfach so eine Kugel ins Herz.

# Kapitel 37

Kai bricht zusammen, kommt mit einem hässlichen dumpfen Geräusch auf dem Boden auf.

Clive hastet herbei, stürzt sich mit einem gequälten Aufschrei auf mich. Er hat ein Jagdmesser in der Hand, das mir zuvor nicht aufgefallen ist. Ich stolpere zurück, und er verfehlt mich meilenweit. Und dann ist Neizghání da und rammt Clive das Heft seines Schwerts an den sowieso schon verletzten Kopf. Der Rotschopf erschlafft und fällt neben Kai zu Boden, alle viere von sich gestreckt.

Stille. Stille umgibt uns. Die Erde bebt. Donner hallt aus der Ferne herbei.

Hastiin und die anderen starren uns an. Ich weiß nicht, wie viel sie gehört haben. Wie viel sie verstanden haben.

Und dann lacht Neizghání. Laut, freudig, ein Klang, der die Seele des Sonnengottes hätte erwecken können.

»Du überraschst mich immer wieder«, sinniert er und stößt Kais Körper mit seinem Mokassin an. »Ich vergesse beständig, wie viel Geschmack du am Blutvergießen findest. Aber es ist besser, dass er tot ist. Die Dinge, die mir die Katze über seine Macht erzählt hat, haben Chaos prophezeit.«

»Ja, na ja …«, sage ich und versuche so zu klingen, als wäre mir nicht weh ums Herz, als wäre ich nicht kurz davor, meine Innereien zu erbrechen, wenn ich Kai mit einem Loch im Herzen im Dreck liegen sehe und das Blut aus seinem Körper rinnt, genau wie in meinen Albträumen.

Ich kann hier nicht bleiben. Ich muss mich bewegen. Ich marschiere los, keine Ahnung, wohin. Nur … weg. Neizghání folgt mir. Berührt meinen Arm, als ich endlich stehen bleibe. Das Déjà-vu trifft mich wie ein verdammter Hammerschlag. Wir sind wieder auf der Black Mesa. Andere Leichen liegen nun zu meinen Füßen. Anderer Männer Blut klebt an meinen Händen.

»Willst du wissen, warum ich dich geküsst habe, Chíníbaá'?«, fragt er. »In der Arena? Du hast mich gar nicht danach gefragt.«

Ich drehe mich um. Er ist mir so nah. In seinen Augen verbergen sich alle Geheimnisse der Welt, und unsere Lippen berühren sich beinahe. Ich schlucke die plötzliche Flut an Flüssigkeit in meinem Mund hinunter, kämpfe gegen den Sinnestaumel in meinem Kopf. Meine Hände zittern, ob vor Verlangen oder vor Entsetzen, weiß ich nicht recht.

»Ich … ich …« Ich stottere nur sinnlos. Er riecht wie ein Blitzschlag, nach Hitze und Ozon. Nach Macht. Ich halte mich an der Erinnerung fest. Der Erinnerung an Kai. An kühles Gebirgswasser und heilsame Ruhe. Aber sie ist nun befleckt. Hat einen Riss bekommen, der groß genug ist, Neizgháni hindurchzulassen.

»Ich habe es getan«, flüstert er voller Leidenschaft, »weil du in diesem Moment überwältigend warst. Und ich habe dich gesehen. Ich habe dich *gesehen*. Das werde ich nie vergessen, Chíníbaá'. Das Mädchen, das leidenschaftlich kämpft.« Er umfasst meine Wange, und seine Handfläche glüht auf meiner Haut.

Ich erinnere mich an den Kuss in der Arena. An den brutalen Druck seiner Lippen auf meinen, den scharfen Kupfergeschmack des Blutes, das heiße, metallische Eisen. »Du hast nach Tod geschmeckt«, wispere ich.

Er grinst animalisch und schmerzhaft schön zugleich. »So wie du, Chíníbaá'. Das ist es, was wir teilen, dieser Geschmack des Todes. Das werde ich nie wieder infrage stellen.« Er berührt die Stelle unter meinem Herz, an der er mich gebrandmarkt hat. »Du bist mein.«

Und er tritt einen Schritt zurück und streckt die Hand nach mir aus.

Und mir wird bewusst, dass es noch nicht zu spät ist. Ich kann seine Hand ergreifen und mich ihm und dem Gemetzel anschließen. Kai vergessen. Meinen verrückten Plan vergessen. Ich könnte mich erneut sicher unter Neizghánis Flügel verkriechen und seine Lieblingsschülerin sein. Könnte seine Lippen erneut auf meinen spüren. Das Versprechen einer gemeinsamen Zukunft ist immer noch da, quält mich immer noch. Der Gedanke ist so verlockend, er macht mich schwindelig.

Aber da ist etwas, das ich mehr will als Neizgháni. Sogar mehr als Kai.

Ich nehme seine Hand nicht, sondern winke ihm zu, er möge vorausgehen.

Als er mir den Rücken zukehrt, ziehe ich den Beutel mit den naayéé' ats'os von meinem Hosenbund. Reiße ihn auf und nehme die Reife heraus. Sie sind noch genauso, wie ich sie in Erinnerung habe. Weder schwer noch leicht, gefiedert und leicht warm an meiner Haut. Sie zu sehen lässt meine Idee noch verrückter erscheinen, aber eine andere Chance habe ich nicht. Ich dehne den regenbogenfarbenen weit genug, dass er passt.

Neizgháni ist immer noch abgewandt. Ich bewege mich, ehe ich es mir anders überlegen kann. Hebe die Arme und ziehe ihm den Reif über den Kopf. Er fällt ihm um den Hals, und ich sehe fasziniert zu, wie er sich blitzschnell um seine Kehle spannt.

Ich weiche zurück, halte die Glock bereit. Sehe zu, den Finger am Abzug. Ich weiß, dass meine Waffe ihn selbst aus dieser geringen Distanz nicht töten kann, aber sie könnte ihn zumindest ein wenig aufhalten. Was albern ist. Selbst wenn ich ihn aufhalten kann, wird das meinen eigenen Tod doch auch nur hinauszögern, denn für diesen Verrat wird er mich ganz bestimmt töten.

Nein, das muss funktionieren. Es muss.

Er stolpert voran und dreht sich dann zu mir um. Sein Schwert fällt klappernd zu Boden, als er nach dem Reif greift, der ihm die Kehle zuschnürt. Seine Füße verlieren den Halt, und er muss sich mit einer Hand abfangen, um nicht zu stürzen. Seine Stirn legt sich in Falten, Verwirrung treibt seine Augenbrauen nach oben.

Rasch gehe ich in einem weiten Bogen um ihn herum und platziere die Ringe in den vier Himmelsrichtungen. Osten, Norden, Westen, Süden. Ein Schauer erschüttert seinen Leib, als ich den letzten Reif ablege, und er fällt auf die Knie, als würde er von unsichtbaren Seilen herabgezogen. Er versucht, mit krampfenden Fingern nach mir zu greifen, aber ich verschwinde mühelos außer Reichweite. Dann sinkt sein Kopf herab, als wäre er nicht mehr imstande, ihn zu heben.

»Was passiert hier?« Er keucht und hustet, umflattert von seinem langen, rabenschwarzen Haar.

»Es tut mir leid ...« Ich bringe die Worte kaum über die Lippen.

»Was hast du mir angetan?«

Hilflos hängt er da, während ich sein Blitzschwert wegziehe, sodass er es nicht mehr erreichen kann. Die Klinge ist so leicht wie die Freiheit und so schwer wie die Trauer, aber meine Hand umfasst das Heft, als wäre sie für mich gemacht worden. Ich stecke meine Pistole zugunsten des Schwerts weg, nur für den Fall, dass Kai sich geirrt hat und ich ihm den Kopf abschlagen muss.

»Chíníbaáʼ«, stammelt er. Seine onyxfarbenen Augen huschen zu dem Schwert und wieder zurück zu mir. »Du verrätst mich?« Seine Stimme klingt fassungslos. »Aber du hast ihn für mich getötet. Was tust du?«

»Ich bin nicht sicher«, flüstere ich. »Aber du hattest recht. Als ich dich geküsst habe, habe ich nur Tod geschmeckt. Und ich glaube, ich will mehr als das, Neizgháni. Ich glaube, ich will auch Leben. Und Liebe. Eine Liebe, die mich nicht mit dem Tod bedroht.«

Seine dichten Brauen rücken näher zusammen, als ergäbe das, was ich sage, keinerlei Sinn, und vielleicht ist das auch so. »Du kannst mich nicht ewig auf diese Weise bannen. Ich werde freikommen, und dann wirst du dich für das verantworten müssen, was du getan hast.« Er fängt an zu zappeln, zerrt stärker an dem Ring, erwehrt sich der Macht, die ihn festhält, erreicht aber immer weniger, während die naayéé' ats'os ihm seine Kraft rauben. »Vergiss nicht, was ich alles für dich getan habe«, zischt er mir zu. Sein Ton klingt grausam vor Verzweiflung. »Ich habe dich zu dem gemacht, was du bist.«

»Das weiß ich. Was auch daraus werden wird, ich weiß es.« Und dann kommen mir Ma'iis Worte in den Sinn. »Aber da gibt es ein kleines Mädchen zu retten.«

»Was für ein Mädchen«, geifert er. »Du ziehst ein fünffingriges Mädchen mir vor?«

Ich berühre das Brandmal, erinnere mich an das Mädchen auf dem bewaldeten Bergrücken über Fort Defiance, das Mädchen, das seine nalí verloren hat und seither selbst verloren gewesen ist. »Ja, ich schätze, das tue ich.«

Als er zu Boden sinkt, brechen seine Schreie über mich herein, die letzten Bemühungen eines sterbenden Hurrikans. Ich sehe zu, wie sich die Erde unter ihm auftut und ihn in Empfang nimmt. Bis zu den Unterschenkeln, bis zu den Knien, zur Brust. Die Erde fließt um ihn herum wie Treibsand.

Und ich wende mich ab. Ich kann nicht länger zusehen.

Ich warte, bis nur noch der Wind zu hören ist, der über die Mesa fegt. Sage mir, dass es so besser ist, aber in diesem Augenblick fühlt es sich nicht besser an. Es tut nur weh.

Das Klicken eines Sicherungshebels erregt meine Aufmerksamkeit, und ich drehe mich um.

Rissa zielt mit ihrem AR-15 auf mich. »Du solltest verschwinden«, sagt sie mit einer Stimme, so hohl wie ein Fass.

»Was?«

Ihre Miene ist bitter, der Kampfanzug blutig und zerrissen, und ihre Augen sind gerötet. Sie blickt zur Seite, zu ihrem bewusstlosen Bruder, zu Kai. »Du bist hier nicht mehr willkommen, Monstertöterin.«

Fassungslos starre ich sie an. »Aber ich habe ihn aufgehalten. Er hätte euch alle getötet.«

»Ich weiß nicht, was Neizgháni getan hätte. Ich weiß nur, was du getan hast.«

»Was ich getan habe? Ich …« Und dann ergibt alles einen Sinn. Sie denkt, ich hätte Kai kaltblütig erschossen. Ich spüre den Zorn, die Empörung, die ihr Körper verströmt.

Honágháahnii tritt zutage, füllt meine Adern mit Feuer. K'aahanáanii kräht Rissas Totengesang. Aber ich will Graces Tochter nicht töten. Sie versteht nur nicht.

»Kai hat dir das Leben gerettet«, sagt Rissa mit harter, hasserfüllter Stimme. »Ich war da, als er dich aus der Arena zurückgebracht hat. Ich habe gesehen, was er getan hat. Was er geopfert hat. Und das war eine beschissene Art, dich erkenntlich zu zeigen.«

»Aber ich habe …« Ich schlucke meine eigene Entrüstung hinunter, meinen Frust, und rufe mir ins Gedächtnis, dass das nur vorübergehend ist. Dass ich glauben muss, dass Kai aufwachen wird und dass er mich dann finden wird. Und Rissa wird mir höllisch Abbitte zu leisten haben.

»Geh!«, brüllt sie, und ihr Finger zittert am Abzug. Schweiß läuft ihr übers Gesicht. Ich weiß, dass sie K'aahanáanii spüren muss, selbst wenn sie nicht so recht weiß, was sie da fühlt. »Ich lasse dich gehen wegen all dem, was du für uns getan hast. Aber wenn ich dich noch einmal sehe, bist du tot.«

»Als könntest du mich töten.« Die Worte purzeln aus meinem Mund, ehe ich überhaupt darüber nachdenken kann.

Sie nickt nur freudlos. »Du magst recht haben. Vielleicht kann ich das nicht. Aber ich schätze, das können wir herausfinden.«

In der Ferne sehe ich Hastiin. Er beobachtet uns, greift aber nicht ein. Er glaubt auch, ich hätte Kai einfach so ermordet.

Ich schwinge mir Neizghánis Blitzschwert über die Schulter und marschiere zu meinem Truck. Rissa hält mich nicht auf. Sie folgt mir nur in Schussdistanz. Meine Clankräfte flüstern mir Möglichkeiten ein, sie zu töten, aber ich ringe sie nieder, gleite auf den Fahrersitz und lege das Schwert in die Gewehrhalterung.

Rissa steht draußen. Ich kann ihren Blick auf mir spüren, während sie zusieht, wie ich die Tür schließe und den Schlüssel im Zündschloss drehe. »Aber beerdigt ihn nicht, okay?«, bitte ich sie. »Ihr versteht nicht alles, was ihr zu verstehen glaubt. Lasst ihm einfach eine Chance.«

Sie gibt mir nicht zu verstehen, ob sie mich gehört hat, aber ich weiß, sie hat.

Ein letzter Blick zurück zu der Stelle, an der Neizgháni gestanden hat. Nichts deutet darauf hin, dass dies ein besonderer Ort sein könnte. Der Wind frischt auf und wirbelt Sand durch die Luft.

Ich fahre los.

# Kapitel 38

Vier Tage sind vergangen.

Der Sonnenuntergang des fünften Tages zeichnet leuchtende Schattierungen von Rot, Orange und Zinnoberrot an den Himmel, als ich am Rand der Klippe hocke, unter der mein Trailer steht. Die Luft ist kühl hier oben im Espenhain, und ich bin gut geschützt vor jedem, der in diese Richtung blickt. Nachdem ich die Black Mesa verlassen habe, bin ich eine Weile herumgezogen. War oben in den Bergen und habe von dem wenigen an Nahrung und Wasser gelebt, das ich bei mir hatte. Erst der Durst hat mich hinunter ins Crystal Valley getrieben, aber nun sitze ich schon seit Stunden hier oben auf dem Felsen und bin immer noch nicht hinunter zu meinem Trailer gegangen.

Ein Blick, und ich wusste, dass jemand ihn betreten hat, seit ich zum letzten Mal drin war. Vorhin dachte ich, ich hätte Sonnenschein gesehen, der von einem Perlmuttknopf zurückgeworfen wird, und eine knorrige Hand, die die Vorhänge zurückzieht. Aber falls ich falschliege und das in meinem Trailer nicht Tah ist, dann, fürchte ich, wird mein Kummer mich in einem Stück verschlingen. Und wenn ich richtigliege, wie soll ich ihm von Kai erzählen? Also rühre ich mich nicht vom Fleck und bleibe auf der Klippe. Außer Sichtweite.

Meinen Hunden geht es gut. Der Kleinste, der einzige Überlebende seines ganzen Wurfs, hat sich gerade an meinen Beinen zusammengerollt. Die anderen treiben sich irgendwo herum. Sind auf der Jagd oder auf Patrouille oder was immer Reservatsköter so tun. Aber dieser bleibt dicht bei mir.

Ich rücke das Blitzschwert auf meinem Rücken zurecht.

Mein Gewehr fehlt mir, aber ich kann nicht beides zugleich tragen, und ich bin ein bisschen eingenommen von der Waffe, die Feuer vom Himmel holen kann. Ich habe das Gefühl, ich werde die übernatürliche Unterstützung bald brauchen können. Meine Todesliste ist lang, aber meine Feindesliste ist länger. Ich bezweifle nicht, dass Neizgháni seinem Gefängnis auf der Black Mesa eines Tages entkommen und auf Rache aus sein wird. Und dieses Wiedersehen, das ist mir klar, muss mit dem Tod von einem von uns enden. Ich rechne auch damit, dass die Law Dogs früher oder später die Wahrheit über Longarms Ende herausfinden werden, dass dieser Tod mich irgendwann einholen wird. Oder vielleicht auch Rissa, vielleicht kommt sie, um ihr Versprechen einzulösen.

Der Wind lebt wieder auf und fegt durch die Zweige um mich herum. Wolken ziehen auf, regenschwere Wolken, die mit jeder Stunde schwerer zu werden scheinen. Sie sind dunkelgrau, beinahe schwarz, durchzogen von silbernen Blitzen wie die Augen eines gewissen Medizinmanns. Zweifellos erwartet mich ein Wolkenbruch, wenn sie sich erst geöffnet haben.

Etwas in der Tiefe erregt meine Aufmerksamkeit. Ich sehe, wie meine Tür geöffnet wird. Ein alter Mann mit einem Becher in der Hand kommt heraus. Ich kann den weißen Dampf sehen, der von dem Gefäß aufsteigt, kann beinahe von hier oben das satte, erdige Aroma riechen. Mein Magen knurrt übertrieben laut.

Tah sieht mich direkt an.

Ich murmele eine Verwünschung. Keine sehr schlimme. Natürlich kann der alte Mann mich sehen.

Ich bahne mir einen Weg den Hang hinab, der Köter folgt mir. Allmählich wird es Nacht, und ich höre, wie der Wald lebendig wird. Das leise Brummen von Insekten, das Scharren der Dachse im Dickicht, der Ruf der Nachtvögel. Zum ersten Mal seit Tagen spüre ich, wie ein Teil der schmerzlichen Last von der Black Mesa von meinen Schultern gleitet.

Tah reicht mir eine Tasse, und ich nehme sie. Nippe an dem dunklen, bitteren Kaffee, verbrenne mir die Zunge und lächele.

»Komm heim, shi Tochter«, sagt er und hält mir die Tür auf. »Wir werden gemeinsam auf ihn warten.«

Ich frage ihn nicht, wie er davon wissen kann oder ob er mich hasst für das, was ich getan habe. Ich beuge mich nur der Freundlichkeit, die er mir bietet. Und warte auf diesen Sturm. Warte darauf, dass ein Sturm, wie Dinétah ihn noch nie erlebt hat, über mich hereinbricht.

# Danksagung

Ich danke den Frauen vom Write Club, die mich in ihre schreibende Mädchengang aufgenommen haben. Ich war ein echter Neuling, und ihr habt mich dennoch willkommen geheißen. Und ich danke Hillary Fields, die mir geraten hat, einen dritten Weg in Erwägung zu ziehen; Pam Watts, die meinte, es wäre okay, hintergründig zu sein; und Randi Ya'el Chaikind, die einfach dauernd aufgetaucht ist.

Vielen Dank all jenen, die mir mit GoFundme 2015 den Weg zu VONA/Voices geebnet haben, ganz besonders Tami Riddle, die das verdammte Flugticket gekauft hat.

Meinen leidenschaftlichen Betalesern: Kaia Alderson, Tiera Greene, Mari Kurisato und Leslye Penelope. Denn dank euch müssen die Leser nun nicht die Trauerinsel besuchen und bekommen doch noch den Kuss.

Und ich danke meinem Ehemann, Michael Roanhorse, der Zeit, Mühe und manchmal seinen Ruf als Mann geopfert hat, um mich zu unterstützen. Meiner Tochter, die sich jedes Mal beklagt hat, wenn Mommy schreiben gegangen ist, mir aber auch Bilder von Maggie bei der Monsterjagd für die Wände in meinem Büro gemalt hat.

Herzlichen Dank an Pernell Begay, der meine Rechtschreibung bei den Navajo-Begriffen korrigiert und dafür gesorgt hat, dass ich in der Spur bleibe. Alle verbliebenen Fehler und Ärgernisse sind auf mich zurückzuführen.

Danke auch an Daniel José Older, der mir meine erste Absage geschickt hat, es aber hundertfach wiedergutgemacht hat. Du hättest nicht all meine nervenden Neulings-E-Mails beantworten müssen, aber du warst so nett und hast es getan. Nachdem du mir – sehr freundlich – gesagt hast, ich möge mal runterkommen.

Außerdem danke ich Joe Monti, meinem Lektor, Mitverschwörer und guten Freund. Du hast an mich und Maggie geglaubt, und ich werde dir immer dankbarer sein, als Worte es auszudrücken vermögen. Und vergiss nie, dass du im Reservat nie wieder verloren gehen kannst, denn du und deine Familie sind in unserem Haus immer willkommen.

Herzlichen Dank meiner Superagentin Sara Megibow, weil du mir den Rücken gestärkt und mich bei meinem Plan zur Ergreifung der Weltherrschaft unterstützt hast. Wir haben noch einen langen Weg vor uns, aber wir sind gut versorgt mit extravagantem Wein, und ich glaube an uns.

Danke, Tommy Arnold, für diese verdammt scharfe Cover Art.

Danke, ihr großartigen Leute bei Saga Press, die ihr mitgeholfen habt, dieses Buch zur Welt zu bringen. Es braucht ein Dorf – oder eben ein unfassbar tolles Verlagsteam.

Und danke euch allen, die ihr Teil dieser seltsamen und wundervollen Welt auf Book Twitter seid, danke für eure Begeisterung, eure Unterstützung und Gesellschaft. Ich fühle mich geehrt.

Ku'daa, ahséhee', danke euch.

*Außergewöhnliche Kräfte, geheime Identitäten und eine dunkle Verschwörung*

Laura Weller
BAY CITY HEROES –
IM ZEICHEN DER
GERECHTIGKEIT
Roman
DEU
640 Seiten
ISBN 978-3-404-20963-7

USA, 2045: Als Seraphina Winter überfallen und niedergeschlagen wird, brechen ungeahnte Fähigkeiten aus ihr hervor. Plötzlich schwebt sie hoch über der Stadt. Das kann nur eins bedeuten: Sie ist eine Veränderte – und steht von nun an auf der Abschussliste der Regierung. Gemeinsam mit vier anderen Veränderten beschließt sie, aus der Not eine Tugend zu machen. Sie verpassen sich geheime Identitäten und nehmen als Superhelden den Kampf gegen das Unrecht in der Stadt auf. Doch als immer mehr Veränderte spurlos verschwinden, muss Sera den Regierungsagenten John Hunter um Hilfe bitten, auch wenn sie nicht weiß, ob sie ihm wirklich vertrauen kann …

*Wo Worte den Tod bringen können …*

Genevieve Cogman
DAS TÖDLICHE WORT
Roman
Aus dem Englischen
von Dr. Arno Hoven
512 Seiten
ISBN 978-3-404-20956-9

Irene Winters ist Agentin der unsichtbaren Bibliothek, die jenseits von Raum und Zeit als Tor zwischen den Welten existiert. Seit undenklichen Zeiten werden diese Welten von einer erbitterten Feindschaft zwischen Drachen und Elfen erschüttert. Doch nun kommen beide Parteien im Paris des Fin de Siècle zusammen, um unter Führung der Bibliothek einen Friedensvertrag auszuhandeln. Es sieht nach einem Durchbruch aus, bis ein wichtiger Verhandlungsführer der Drachen ermordet wird. Der Täter muss schnellstens gefunden werden! Eine Abordnung – unter ihnen die Agentin Irene Winters – soll den Mörder aufspüren.

# Die Community für alle, die Bücher lieben

- In der Lesejury kannst du Bücher lesen und rezensieren, die noch nicht erschienen sind
- Gemeinsam mit anderen buchbegeisterten Menschen in Leserunden diskutieren
- Autoren persönlich kennenlernen
- An exklusiven Gewinnspielen und Aktionen teilnehmen
- Bonuspunkte sammeln und diese gegen tolle Prämien eintauschen

**Jetzt kostenlos registrieren: www.lesejury.de**

**Folge uns auf Instagram & Facebook:**
**www.instagram.com/lesejury**
**www.facebook.com/lesejury**